Secretamente Sua

Secretamente Sua

Tradução de
Isadora Prospero

TESSA BAILEY

Copyright © 2023 by Tessa Bailey

Tradução publicada mediante acordo com Taryn Fagerness Agency e Sandra Bruna Agencia Literaria, SL. Todos os direitos reservados.

TÍTULO ORIGINAL
Secretly Yours

COPIDESQUE
Julia Marinho

REVISÃO
Bruna Brezolini
Thaís Carvas

PROJETO GRÁFICO
Diahann Sturge

DIAGRAMAÇÃO E ADAPTAÇÃO DE CAPA
Henrique Diniz

ILUSTRAÇÃO DE MIOLO
© baza178 / Shutterstock

ILUSTRAÇÃO DE CAPA
Monika Roe

CIP-BRASIL. CATALOGAÇÃO NA PUBLICAÇÃO
SINDICATO NACIONAL DOS EDITORES DE LIVROS, RJ

B138s

    Bailey, Tessa
        Secretamente sua / Tessa Bailey ; tradução Isadora Prospero. - 1. ed. - Rio de Janeiro : Intrínseca, 2023.
        21 cm.

    Tradução de: Secretly yours
    ISBN 978-65-5560-701-7

    1. Romance americano. I. Prospero, Isadora. II. Título.

23-83152   CDD: 813
                CDU: 82-31(73)

Meri Gleice Rodrigues de Souza - Bibliotecária - CRB-7/6439

24/03/2023   28/03/2023

[2023]
Todos os direitos desta edição reservados à
EDITORA INTRÍNSECA LTDA.
Rua Marquês de São Vicente, 99, 6º andar
22451-041 — Gávea
Rio de Janeiro — RJ
Tel./Fax: (21) 3206-7400
www.intrinseca.com.br

Para Kristy
Amiga verdadeira, torcedora de longa data e grande defensora.
Obrigada por uma década de risadas e conversas sinceras.
Eu topo mais uma.

Capítulo um

Hallie Welch abaixou uma das páginas da seção de quadrinhos do jornal e espiou o outro lado da Grapevine Way, o estômago afundando quando mais um grupo de moradores passou reto pela sossegada Tinto, sua loja de vinhos favorita, e se dirigiu para a DisTinto — a nova monstruosidade espalhafatosa que abrira ao lado, anunciando na vitrine, sem critério, tanto molho de pimenta quanto harmonizações. A fachada da DisTinto era pintada de dourado metálico, o que refletia o sol e cegava os transeuntes, não lhes dando escolha exceto entrar aos tropeços, se não quisessem perder a visão. De onde Hallie estava, conseguia observar pela vitrine as fontes de vinho de última geração, as paredes de queijos fedidos e a caixa registradora iluminada feito uma máquina de pinball.

Enquanto isso, na frente da Tinto, as mesas de ferro forjado com tinta branca descascando permaneciam desocupadas e esquecidas. Hallie ainda conseguia visualizar sua avó naquela mais à direita, com uma taça modesta de Cabernet à sua frente. Todo mundo sempre parava para cumprimentar Rebecca. Perguntavam a ela quais eram as flores da estação e quais os bulbos adequados para determinado mês. E, embora ela sempre estivesse lendo um best-seller, colocava cuidadosamente no livro seu marcador de páginas de borla em seda e dava a cada pessoa atenção exclusiva.

Perdida naquela lembrança vívida, Hallie lentamente começou a abaixar o jornal por completo, amarrotando-o e, por fim, pousando-o no colo.

À frente da DisTinto havia uma verdadeira pista de dança, com uma bola de discoteca pendurada no beiral da loja. Ela girava o dia todo, refletindo a luz em prismas coloridos por toda a calçada e transformando as pessoas em zumbis que preferiam vinho saído de uma máquina do que vinho de verdade. De noite, aquele quadrado de madeira de três metros por três lotava com turistas levemente embriagados, as bolsas cheias de Rochefort de cheiro penetrante — e ninguém nem lembrava da Tinto, logo ao lado, ou se revoltava com o deboche com o nome da loja.

Quando a concorrente tinha aberto, um mês antes, Hallie quase sentiu pena do jovem casal que viera do sul do estado. Os coitados tinham investido seu suado dinheirinho numa estratégia apelativa. A loja nunca atrairia os moradores leais de Napa, que valorizavam tradição e rotina.

Ela estava errada.

A DisTinto prosperava. Enquanto isso, Lorna, a gentil senhora dona da Tinto, nem aparecia mais ao pôr do sol para acender velas nas mesas na calçada.

Hallie olhou para a taça resistente na bolsa. Ela aparecera na Tinto a semana toda, fazendo degustações diárias — tinha sido uma tentativa de apoiar o negócio, mas precisava de um plano melhor. No começo, beber durante o horário comercial fora divertido, mas os dias começaram a se mesclar uns com os outros e ela encontrara as chaves do carro no micro-ondas naquela manhã. Apoiar a Tinto só com a ajuda de alguns amigos não ia impedir que a mesa favorita da avó desaparecesse da calçada. E ela precisava ficar lá. O vento levara pedaços demais da avó nos últimos tempos; aquela mesa não teria o mesmo destino. Era o lugar aonde Hallie tinha ido com Rebecca todo domingo desde o ensino médio e onde aprendera a arte da jardinagem. Aquela mesa tinha que ficar.

Então, era hora de partir para a ofensiva.

Com muito cuidado, Hallie dobrou o jornal e o enfiou embaixo do braço. Examinou a calçada, à procura de amigos ou clientes, e então atravessou a rua em direção à DisTinto. Eles tinham acrescentado dois vasos de fícus de cada lado da porta, lindamente podados em forma de casquinha de sorvete, mas não ganhariam pontos por cuidar direito de plantas. Mesmo que elas estivessem vicejantes e fossem amadas. E se Hallie Welch — a proprietária da Flores da Becca e a melhor paisagista de Santa Helena — não passasse a gostar um pouquinho mais de alguém só por essa pessoa cuidar bem de uma planta, significava que tinham realmente a irritado.

Além disso, as plantas não eram seu foco no momento.

Ela parou diante da DisTinto e espiou a bola de discoteca, trocando o peso de um pé para o outro em seus sapatos com solado de borracha.

Lá vem encrenca, surgiu a voz da avó, flutuando de algum ponto no além. Quantas vezes Rebecca tinha olhado para Hallie e dito essas palavras? Centenas? Milhares? Agora, observando-se no reflexo da imaculada vitrine da DisTinto, Hallie entendia como a avó adivinhava suas intenções.

Duas manchas redondas e rosadas marcavam suas bochechas.

A mandíbula tensionada.

A expressão... diabólica?

Ou melhor, "determinada".

A sra. Cross, dona do café do outro lado da rua, saiu da DisTinto com uma garrafa do vinho de alguma celebridade na mão e um babador de papel ao redor do pescoço que dizia *Hora do vinho!*. Ela parou de forma brusca ao avistar Hallie e lhe deu um aceno.

— Não sei o que aconteceu — começou a sra. Cross, rapidamente arrancando o babador. — Eu deixei eles me mandarem mensagem só para ser educada e então esta manhã... acordei com uma mensagem sobre taças com bordas mergulhadas em chocolate e meus pés meio que só me trouxeram aqui para a degustação das três da tarde.

— Como estava o vinho? — perguntou Hallie, sentindo-se sem fôlego. *Mais uma que morreu pra mim.* — Robusto, com um retrogosto de traição, imagino.

A sra. Cross se encolheu — e teve a audácia de lamber um pouco de chocolate do canto da boca.

— Desculpe, querida. — Ela se espremeu para passar por Hallie e alcançar a calçada, apertando contra si sua garrafa de falsidade. — Estou com pressa. Vou pegar o turno da noite...

Hallie engoliu em seco e se virou de novo para o globo de discoteca, a luz ofuscante obrigando-a a apertar os olhos.

Depois de um breve segundo de hesitação, ela pegou um pedaço da casca de árvore que fora usada para plantar o fícus mais próximo, ergueu-se na ponta dos pés, enfiou-o no motor no alto da bola, impedindo aquela coisa horrorosa de girar, e saiu correndo.

Ok, talvez "correndo" seja um exagero. Hallie apertou o passo.

E percebeu que não estava vestida para fugir da cena do seu primeiro ato de vandalismo.

Sapatos emborrachados são feitos para andar por aí, não para hipoteticamente fugir da polícia. Sua bolsa transversal colorida e trançada batia contra o quadril a cada passo, e o conjunto de colares descombinados subia e descia em solidariedade aos seus peitos. Ela guardara um prendedor de cabelo azul no bolso para mais tarde fazer um coque. Deveria parar e prender o cabelo *agora* para facilitar a corrida? Cachos loiros voavam no seu rosto, velozes e furiosos, os sapatos de jardinagem guinchando de forma constrangedora a cada passo. Ficou evidente que o crime não compensava.

Quando um rosto familiar apareceu à sua frente na calçada, Hallie quase desabou de alívio.

— Posso me esconder na sua cozinha? Nem pergunta.

— Cacete, o que você fez agora? — perguntou sua amiga Lavinia, artista confeiteira e imigrante britânica. Ela estava prestes a acender um cigarro, uma cena que não era muito comum na Grapevine Way, mas abaixou o isqueiro quando viu Hallie correndo em sua direção, num alvoroço de colares, cachos e short jeans rasgado. — Atrás da batedeira industrial. Rápido.

— Obrigada — soltou Hallie numa voz esganiçada, catapultando-se para dentro da Fudge Judy, a loja de doces.

Ela passou depressa por um grupo de clientes boquiabertos e avançou pela porta em vaivém que levava à cozinha. Como recomendado, Hallie se acomodou atrás da batedeira industrial e aproveitou a oportunidade para finalmente fazer um coque.

— Oi, Jerome — disse ao marido de Lavinia. — Esses folhados de amêndoas estão lindos.

Jerome abaixou a cabeça para observar Hallie sobre a borda dos óculos e soltou um grunhido levemente crítico antes de voltar a trabalhar na fornada à sua frente.

— O que quer que seja, não envolva minha esposa dessa vez — pediu ele, devagar.

Acostumada com aquela atitude brusca e impaciente dele, Hallie bateu continência para o ex-detetive da polícia de Los Angeles.

— Nada de envolver sua esposa. Mensagem recebida.

Lavinia irrompeu na cozinha cheirando a cigarro.

— Que tal se explicar, mocinha?

— Ah, uma besteira. Eu só sabotei certa bola de discoteca de certa loja de vinhos. — Hallie desabou contra a parede. — Tivemos outra desertora. A sra. Cross.

Lavinia pareceu enojada. Hallie a amava por isso.

— A dona da cafeteria? Essas malditas não são leais. — Ela imitou a postura de Hallie, só que se apoiou nas costas do marido em vez de na parede. — Bem, já sabem onde eu *não* vou comprar meu café da tarde.

— Aquele que você joga metade no lixo e substitui por uísque? — perguntou Jerome, ganhando uma cotovelada nas costas.

— Eu sabia que você entenderia — disse Hallie, estendendo a mão para a amiga.

— Ei, lógico que sim. — A outra mulher fez uma careta. — Mas nem eu consigo mais fazer degustações diárias na Tinto. Ontem distribuí de graça três dúzias de donuts e agradeci ao carteiro com um "eu te amo", nitidamente por causa do excesso de vinho.

— É. — Hallie pensou na bola de discoteca parando de girar devagar e em sua fuga. — Estou começando a pensar que o consumo diurno de álcool pode estar afetando meu comportamento de forma negativa.

Jerome tossiu — a versão dele de uma risada.

— Qual é a desculpa para o seu comportamento *antes* de começar a fazer degustações diárias? — quis saber ele. Tinha parado de glacear os doces e se reclinado contra a mesa de metal, seus braços marrom-escuros cruzados sobre o peito largo. — Quando eu era da polícia, teríamos dito que isso é um agravamento de periculosidade.

— Não! — sussurrou Hallie, horrorizada, agarrando a alça da bolsa.

— Deixa ela em paz, Jerome — repreendeu-o Lavinia, dando um tapa no braço do marido. — Você sabe o que a nossa Hallie tem enfrentado ultimamente. E é angustiante ver todo mundo migrar para a DisTinto feito um bando de maria vai com as outras. Mudança demais de uma só vez, né, gata?

A solidariedade de Lavinia fez Hallie sentir uma pontada no peito. Nossa, como ela amava os amigos. Até Jerome, com sua honestidade brutal. Mas a gentileza deles também fazia Hallie se sentir como o único lápis de cera de cabeça para baixo na caixa. Ela era uma mulher de 29 anos se escondendo atrás de uma batedeira industrial depois de sabotar uma bola de discoteca e interromper o dia de trabalho de duas pessoas *normais*. Seu celular vibrava sem parar: sua cliente das 15h30, sem dúvida, exigindo uma explicação para o atraso.

Ela levou um minuto inteiro para pescar o aparelho de dentro da bolsa lotada.

— Alô?

— Hallie! Aqui é a Veronica, da Hollis Lane. Ainda está planejando fazer o meu jardim hoje de tarde? Já passou das quatro e eu tenho planos.

Quatro? Por quanto tempo ela ficou emburrada encarando a DisTinto e fingindo ler a mesma tirinha do Snoopy sem parar?

— Não tem problema. Pode sair. Já, já chego aí para começar.

— Mas você não vai conseguir entrar — explicou Veronica.

Hallie abriu e fechou a boca.

— Seu jardim é externo, não é?

— Sim, mas... Bem, eu deveria estar aqui para te *receber,* pelo menos. Os vizinhos deveriam ver nós duas juntas, para não acharem que você está invadindo. E... Ah, tá bom, talvez eu não me importasse de supervisionar um pouco também. Sou um tanto meticulosa.

Pronto. Ali. O beijo da morte para Hallie.

Uma cliente querendo controlar a narrativa das flores.

A avó dela costumava ter bastante paciência com esse tipo de situação, ouvindo as exigências dos clientes e gentilmente convencendo-os até aceitarem as suas ideias. Hallie não era muito chegada a delicadezas. Ela sabia criar jardins lindos que explodiam em cor e vida — e fazia isso por toda Santa Helena, mantendo vivos o nome da Flores da Becca e o espírito da avó que a criara desde os catorze anos. Mas não havia método na sua loucura. Era tudo instinto e um plantio baseado em seu humor.

Um caos, como o resto da sua vida.

Era assim que funcionava para ela. A loucura a ocupava, a distraía. Quando ela tentava se organizar, o futuro parecia opressivo.

— Hallie? — indagou Veronica no seu ouvido. — Você vem?

— Veronica, sinto muito pelo transtorno — disse, engolindo em seco e torcendo para que a avó não a ouvisse do paraíso. — Sendo fim de junho e tal, receio que minha agenda esteja meio lotada. Mas eu tenho um colega na cidade que sei que poderia fazer um trabalho fantástico no seu jardim... E ele é bem melhor do que eu para interpretar uma visão específica. Tenho certeza de que já ouviu falar de Owen Stark ou viu o nome dele pela cidade. Vou ligar pra ele assim que desligarmos e pedir que entre em contato com você.

Hallie encerrou a ligação logo depois.

— Bem, minha noite está livre agora. Talvez eu vá quebrar uma loja de conveniência.

— Aproveite e roube um maço de cigarros pra mim, gata — pediu Lavinia sem hesitar. — E uns antiácidos para o nosso Jerome.

— Qualquer coisa pelos meus cúmplices.

Jerome bufou.

— Eu te entregaria para a polícia num piscar de olhos — retrucou ele, virando-se para seus folhados e polvilhando-os com açúcar de confeiteiro.

Não é verdade, Lavinia disse silenciosamente.

Hallie lançou um olhar irônico para a amiga. Não podia culpar Jerome por estar irritado. Essa não era a primeira vez que ela se escondia atrás da batedeira. Pensando bem... Será que havia se passado sequer um mês desde a última ocasião? No dia da inauguração da DisTinto, ela talvez tivesse surrupiado alguns dos flyers de divulgação. E por alguns, ela queria dizer que tinha cancelado todos os seus compromissos e se esgueirado pelas redondezas, tirando-os das vitrines das lojas. Na última etapa da sua missão, fora pega por um gerente da DisTinto bem vestido demais num terno de tweed e oclinhos redondos. Ele a tinha perseguido por meio quarteirão.

Ela devia parar de se preocupar tanto com aquilo que não podia mudar. Se havia aprendido alguma coisa com uma mãe nômade foi que mudanças eram inevitáveis. Coisas, pessoas e até tradições estabelecidas muitas vezes podiam ser substituídas num piscar de olhos. Mas isso não aconteceria com a sua avó. Rebecca era o leme da vida de Hallie. Sem ela, para que caminho seguir?

Ela abriu um sorriso forçado.

— Tudo bem, vou deixar vocês dois em paz. Obrigada por me abrigarem. — E, como se conhecia bem demais, cruzou os dedos atrás das costas. — Prometo que é a última vez.

Lavinia se dobrou no meio de tanto rir.

— Meu Deus, Hallie. Consigo ver seus dedos cruzados refletidos na porta da geladeira.

— Ah. — Com o rosto ardendo, ela deu um passinho em direção à saída dos fundos. — Então eu vou indo...

— Espera! Esqueci, tenho novidades — disse Lavinia de repente, indo depressa na direção de Hallie.

Ela enganchou o braço no da amiga e a puxou para um pequeno estacionamento que era dividido por todas as lojas ao longo da rua. Assim que a porta de tela dos fundos da Fudge Judy se fechou, Lavinia acendeu outro cigarro e fez o tipo de contato visual que gritava *isso é coisa grande*. Exatamente o tipo de distração de que Hallie precisava para parar de pensar em si mesma.

— Lembra quando você me arrastou pra aquela degustação uns meses atrás na Vinícola Vos?

Hallie perdeu o fôlego ao ouvir o nome Vos.

— Sim.

— E lembra que você ficou trêbada e me contou que é apaixonada por Julian Vos, o filho, desde o primeiro ano do ensino médio?

— Shhhh. — O rosto de Hallie devia estar da cor de suco de beterraba naquele momento. — Fala baixo. Todo mundo conhece eles por aqui, Lavinia!

— Relaxa. Estamos sozinhas. — Ela apertou o olho, deu uma tragada longa no cigarro e soltou a fumaça de lado. — Ele voltou para a cidade. Eu ouvi diretamente da mãe dele.

O estacionamento pareceu encolher ao redor de Hallie, o chão se erguendo como uma onda de asfalto.

— Quê? Eu... *Julian?* — A quantidade de reverência contida no sussurro daquele nome teria sido constrangedora se ela não tivesse se escondido atrás da batedeira industrial da amiga duas vezes em um mês. — Tem certeza? Ele mora perto de Stanford.

— Sim, sim, ele é um professor genial. Um acadêmico que de alguma forma ainda saiu alto, bonito e misterioso. Quase te deu seu primeiro beijo. Lembro de tudo. E sim, tenho certeza. De acordo com a mãe dele, o filho pródigo gostoso vai morar na casa de hóspedes da vinícola por uns meses para escrever um romance histórico.

Uma corrente elétrica atravessou Hallie, descendo até seus pés.

Havia uma imagem de Julian Vos sempre, *sempre*, em stand-by na sua mente, e naquele momento ela pulou para o primeiro lugar na fila dos seus pensamentos, vívida e gloriosa. O cabelo preto balançando ao vento, o vinhedo da sua família como um labirinto infinito espalhando-se por toda parte, o céu ardendo com tons fortes de púrpura e laranja, os lábios dele aproximando-se na direção dos dela e parando no último segundo. Ele havia estado tão próximo que Hallie conseguiu sentir o gosto do álcool no seu hálito. Tão próximo que ela podia ter contado os pontinhos pretos em seus olhos cor de uísque se o sol não tivesse se posto.

Também se lembrava do jeito como Julian tinha agarrado seu pulso e a arrastado de volta para a festa, murmurando algo sobre ela ser do primeiro ano. A maior tragédia da vida de Hallie, até o momento em que perdera a avó, foi não ter conseguido aquele beijo. Nos últimos quinze anos, ela imaginara finais alternativos, de vez em quando chegando ao ponto de assistir às aulas de história dele no YouTube — e respondendo às suas perguntas retóricas em voz alta, como uma espécie de interlocutora psicótica.

Naturalmente, ela levaria esse hábito humilhante para o túmulo.

Isso sem falar no álbum de recortes que tinha feito no nono ano com referências para o casamento deles.

— E aí? — insistiu Lavinia.

Hallie se sacudiu.

— E aí o quê?

A confeiteira balançou a mão com o cigarro.

— Você pode topar com o seu antigo crush em Santa Helena em breve. Não é emocionante?

— É — disse Hallie devagar, implorando que as engrenagens na sua mente parassem de girar. — É, sim.

— Você sabe se ele está solteiro?

— Acho que sim — murmurou Hallie. — Ele não atualiza muito o Facebook. Quando atualiza, é geralmente pra postar um artigo sobre exploração espacial ou uma descoberta arqueológica...

— Você está literalmente secando toda a umidade da minha vagina.

— Mas o status dele continuava solteiro — acrescentou Hallie, rindo. — Da última vez que eu vi.

— E quando foi isso, posso saber?

— Um ano atrás, talvez?

Um mês, na verdade, mas ninguém estava contando.

— Não seria incrível ter uma segunda chance de conseguir aquele beijo? — Lavinia a cutucou nas costelas. — Mesmo que vá estar longe de ser o seu primeiro, nessa altura do campeonato, hein?

— Ah, é, vai ser pelo menos o meu...

A amiga semicerrou os olhos.

— Décimo primeiro? Décimo quinto?

— Décimo quinto. Isso mesmo. — Hallie sorriu. — Menos treze.

Lavinia a encarou por um longo tempo, soltando um assovio baixo.

— Jesus. Não é à toa que você tem tanta energia pra gastar. — Ela apagou o cigarro. — Certo, esquece o que eu disse sobre topar com ele, Boca Quase Virgem. O acaso não vai resolver. Temos que dar um jeito de organizar algum tipo de encontro casual. — Ela pensou por um instante, então teve uma ideia. — Ahh! Podemos ver na internet se a Vinícola Vos vai fazer outro evento em breve. Com certeza ele vai estar lá.

— Sim. Sim, eu poderia fazer isso. Ou poderia só ligar pra sra. Vos e ver se o jardim da casa de hóspedes dela precisa de uma repaginada. Minhas begônias acrescentariam um toque agradável de vermelho a qualquer jardim. E quem recusaria lantanas? Elas ficam verdes o ano todo.

— Hallie...

— E ainda tem aquele desconto de fim de junho que estou oferecendo.

— Você nunca consegue fazer nada do jeito fácil, né? — comentou Lavinia com um suspiro.

— Sou muito melhor em falar com homens quando minhas mãos estão ocupadas.

A amiga ergueu uma sobrancelha.

— Você ouviu o que acabou de dizer, né?

— Sim, sua pervertida, eu ouvi — murmurou Hallie, já levando o celular ao ouvido, a empolgação revirando seu estômago quando começou a chamar. — Rebecca sempre dizia para procurar sinais. Eu acabei de cancelar aquele trabalho na Hollis Lane por um motivo. Então estou livre para esse. Posso ter Napa correndo no sangue, mas degustações de vinho não são minha especialidade. Isso é melhor. Minhas flores serão como um escudo.

— Justo. Você só vai dar uma olhadinha nele.

— Isso! Uma olhadinha de nada. Em nome dos velhos tempos.

Lavinia estava começando a concordar com Hallie.

— Caralho, estou ficando meio animada, Hal. Não é todo dia que uma garota ganha uma segunda chance de beijar seu crush de longa data.

Exatamente. Era por isso que ela não ia pensar demais nisso. *Aja primeiro, reflita depois.* Seu lema costumava funcionar quase sempre. Existiam probabilidades muito piores. Tipo... a loteria. Ou quebrar um ovo e encontrar duas gemas. Mas, não importava o que acontecesse, ela acabaria vendo Julian Vos de novo. Em carne e osso. E em breve.

Obviamente, esse plano podia dar cem por cento errado. O que faria sentido também.

E se ele não se lembrasse daquela noite na vinícola?

Afinal, quinze anos tinham se passado e seus sentimentos por Julian no ensino médio eram terrivelmente unilaterais. Antes da noite do quase beijo, ele ignorava sua existência. E pouco depois ela havia sido tirada da escola pela mãe para fazer uma longa viagem de carro até Tacoma. Ele se formara logo em seguida e ela nunca mais o vira além das telas.

Um olhar confuso do protagonista das suas fantasias podia ser uma decepção esmagadora. Mas sua impulsividade tinha piorado desde a perda de Rebecca em janeiro, e naquele momento era tentador demais se jogar no desconhecido. Deixar a vida levá-la sem raciocinar sobre suas ações. Uma pequena pontada no peito a alertou para colocar o pé no freio, tirar um tempo para pensar, mas ela a ignorou, endireitando a postura assim que ouviu a voz nítida e quase divertida de Corinne Vos.

— Alô?

— Sra. Vos, olá. Aqui é Hallie Welch, da Flores da Becca. Eu faço o jardim ao redor da sua piscina e renovo sua varanda toda estação.

Uma levíssima pausa.

— Sim. Olá, srta. Welch. O que posso fazer por você?

Hallie afastou o celular para respirar fundo e reunir coragem, depois colou novamente o aparelho ao ouvido.

— Na verdade, eu é que gostaria de fazer algo para a senhora. Minhas begônias estão simplesmente espetaculares este ano, e achei que algumas delas poderiam ficar lindas na sua propriedade...

Capítulo dois

Julian Vos obrigou os dedos a se moverem pelo teclado, mesmo que a trama estivesse desandando. Ele tinha reservado trinta minutos para escrever sem pausa. Portanto, essa meta precisava ser cumprida. Seu herói, o viajante do tempo Wexler, estava no passado ruminando sobre como sentia saudades de fast food e encanamento moderno. Tudo isso seria posteriormente apagado, mas ele tinha que continuar escrevendo por mais trinta segundos.

Vinte e nove. Vinte e oito.

Alguém abriu e fechou a porta da frente da casa de hóspedes. Julian manteve os olhos grudados no cursor, embora franzisse a testa. Na tela do monitor, Wexler se voltou para seu colega e disse: "Não marquei de encontrar ninguém aqui esta tarde."

O *timer* tocou.

Julian recostou-se lentamente na cadeira de couro e permitiu que as mãos se afastassem do teclado e repousassem nas coxas.

— Oi, quem é? — chamou ele, sem se virar.

— Sua mãe. — Ele ouviu os passos dela da entrada até o corredor e subindo as escadas que levavam ao escritório dos fundos, com vista para o jardim. — Bati várias vezes, Julian — disse Corinne, parando na porta atrás do filho. — O que quer que você esteja escrevendo deve ser fascinante.

— Sim. — Como ela não tinha perguntado especificamente *o que* ele estava escrevendo, presumiu que sua mãe não estivesse interessada e não se deu ao trabalho de fornecer detalhes. Virou-se na cadeira e se levantou. — Desculpa a demora. Eu estava completando um sprint de trinta minutos de escrita.

Corinne Vos abriu um sorrisinho, brevemente revelando as rugas ao redor dos olhos e da boca.

— Pelo visto ainda segue seus cronogramas à risca.

Julian assentiu.

— Eu só tenho água com gás — disse ele, gesticulando para que ela andasse à sua frente. Apagar o que havia escrito era parte do processo (ele tinha lido extensivamente sobre métodos para criar seu primeiro rascunho em *Estruturando seu romance*), mas a mãe não precisava ver Wexler tagarelando sobre cheeseburgers e banheiros. O fato de Julian ter parado de ensinar história para escrever ficção já estava divertindo sua mãe mais que o suficiente. Ele não precisava jogar mais lenha na fogueira. — Bebe um pouco comigo?

Ela inclinou a cabeça, o olhar passando brevemente por cima do seu ombro até a tela do computador.

— Sim, por favor. Água com gás é uma boa pedida.

Os dois seguiram em silêncio até a cozinha, onde Julian pegou dois copos altos do armário e os encheu, entregando um à mãe, que continuava de pé. Não querendo ser mal-educado, ele também não se sentou.

— O que achou do lugar? — perguntou Corinne, batendo as unhas verde-petróleo no copo. Elas estavam sempre pintadas da mesma cor, para combinar com o logotipo da Vinícola Vos.

— Confortável?

— Muito.

— Tem certeza de que não prefere ficar na casa principal? — Ela deu uma olhada na cozinha. — Temos comida lá. E cozinheiros. Sem ter que se preocupar com essas coisas, você poderia se concentrar só em escrever.

— Agradeço a oferta, mas prefiro o silêncio. — Eles bebericaram sem falar nada. Não era audível, mas, mesmo assim, Julian sentia o movimento gentil do ponteiro dos segundos percorrendo o mostrador azul-escuro de seu relógio de pulso. — Está tudo correndo bem na vinícola?

— Lógico. Por que não estaria?

Corinne colocou o copo no balcão com um pouco de força demais e uniu as mãos em frente ao corpo de uma forma que o deixou estranhamente sentimental. Fazia com que se lembrasse das vezes em que Natalie, sua irmã, os metia em encrenca no vinhedo quando eram crianças. Eles voltavam para casa e encontravam Corinne esperando na porta dos fundos com a testa franzida e instruções para se lavarem imediatamente. A família dele não poderia de maneira alguma ser considerada unida — eles eram simplesmente parentes, carregavam o peso do mesmo sobrenome —, mas, no passado, em algumas ocasiões, como quando os irmãos apareciam na porta dos fundos logo antes do anoitecer cobertos de lama e gravetos, ele podia fingir que eram como qualquer outra família.

— Tem algo que eu gostaria de discutir com você, Julian, se tiver um tempo — anunciou ela.

Mentalmente, ele subtraiu quinze minutos de seu sprint de escrita seguinte e os acrescentou ao último do dia, para compensar. Assim, manteria seu cronograma em dia.

— Sim, claro.

Corinne virou a cabeça e olhou para os acres entre a casa de hóspedes e a da família. Fileira após fileira de uvas Vos. Vinhas verdes exuberantes enroscavam-se ao redor de estacas de madeira, explosões de frutas roxo-escuras aquecidas e nutridas pelo sol de Napa. Mais da metade daquelas estacas de sustentação estava lá quando o bisavô de Julian fundara o vinhedo e a distribuidora da Vinícola Vos no final dos anos 1950.

A outra metade daqueles pilares tinha sido devorada por um incêndio quatro anos antes.

Mais conhecido como a última vez que Julian estivera em casa. Como se tivesse recordado aquela semana infernal em voz alta, o olhar de Corinne se voltou para o filho.

— É verão em Napa. Você sabe o que isso significa.

Julian pigarreou.

— Degustações suficientes para transformar Santa Helena numa Disney para bêbados?

— Sim. E sei que você está ocupado aqui e não tenho a intenção de te atrapalhar. Mas vai acontecer um festival em menos de duas semanas. Filosuvinhas dos Sabores de Napa. É um nome ridículo, mas atrai muita atenção da mídia, sem falar em um público enorme. Naturalmente, Vos terá uma presença significativa no evento, e seria bom, aos olhos da imprensa e também de toda a região, se você estivesse lá. Apoiando o negócio da família. — Ela parecia fascinada com as sancas no teto. — Se pudesse estar lá das sete às nove da noite, seria suficiente.

Aquilo o surpreendeu. Sua mãe nunca pedia nada — a não ser que houvesse um motivo muito bom, e eram especialmente favores relacionados à vinícola. Ela se orgulhava muito de cuidar de tudo sozinha. Ainda assim, Julian não conseguiu se livrar da sensação de que havia algo errado.

— O negócio da família *precisa* de algum apoio extra?

— Não faria mal. — A expressão dela não mudou, mas algo oscilou no fundo de seus olhos. — Não é nada alarmante, lógico, mas há muita competição aqui em Napa Valley. Muita coisa nova e apelativa.

Para os padrões de Corinne, isso era o mesmo que admitir problemas. Seriam tão sérios assim? Julian não sabia, mas havia sido excluído de tudo relacionado à vinícola quatro anos antes. Com força total. Pelo pai. Mesmo assim, não podia simplesmente *ignorar* o tom de preocupação na voz da mãe, podia?

— O que eu... — Ele pigarreou. — Posso fazer algo pra ajudar?

— Você pode aparecer no festival — disse ela sem hesitar um segundo, o sorriso de volta ao rosto.

Sem escolha exceto recuar pelo menos por ora, Julian assentiu.
— Pode deixar.
Corinne soltou um suspiro de alívio e relaxou as mãos.
— Maravilha. Eu diria para você marcar no calendário, mas suspeito que essa será a primeira coisa que vai fazer quando eu for embora.
Julian deu um sorriso forçado.
— Verdade.
Talvez a única coisa que se podia dizer com certeza da família Vos era que eles conheciam as idiossincrasias uns dos outros. Seus defeitos. Corinne odiava depender de qualquer pessoa que não fosse ela mesma. Julian precisava de um cronograma rígido. Seu pai, embora não estivesse mais com eles, tinha sido obcecado em cultivar a uva perfeita, ao ponto de ignorar todo o resto à sua volta. E a irmã, Natalie, nunca parava de tramar ou planejar alguma piada. Ainda bem que estava aterrorizando a população de Nova York agora, a quase cinco mil quilômetros de Napa.
Deixando o copo no balcão, Julian acompanhou a mãe até a porta.
— Vou deixar você em paz — disse ela, virando a maçaneta e saindo ao sol. — Ah, antes que me esqueça: pode haver uma pequena comoção aqui fora mais tarde, mas nada com que você precise se preocupar.
Julian travou, a visão de seu temporizador digital desaparecendo feito névoa.
— Como assim, uma *pequena* comoção? Isso não existe.
— É, tem razão. — Ela franziu a boca. — Vai ser só uma comoção.
— De que tipo?
— A paisagista. Ela vai passar aqui para plantar umas begônias.
Julian não conseguiu esconder sua perplexidade.
— Por quê?
Olhos castanhos muito parecidos com os dele faiscaram.
— Porque eu a contratei para fazer isso.
A risada dele foi curta. Como se exalasse desdém.

— Eu não poderia me importar menos com flores e sou o único aqui que vai olhar para elas.

Ambos pararam e visivelmente se aprumaram. Discutir seria uma besteira. Eram pessoas civilizadas. Tinham sido ensinados a enfrentar a raiva com sorrisos, a não ceder ao desejo de sair sempre por cima. A real vitória era quando todo mundo recuava meio satisfeito, aliviado de estar de volta no próprio mundo.

— Que horas ela chega?

O canto da boca de Corinne tinha se erguido um pouco?

— Às três. — Ela sorriu e avançou pela varanda, descendo um degrau. Dois. — Aproximadamente.

Um dos olhos de Julian tremeu.

Ele abominava a palavra "aproximadamente". Se pudesse excluir um termo do dicionário, seria "aproximadamente", seguido por "quase" e "relativamente". Se essa paisagista só dava horários de chegada aproximados, eles não iam se dar bem. Melhor ficar em casa e ignorá-la.

Nada muito difícil.

A paisagista chegou quando faltavam cinco minutos para o sprint de escrita de Julian acabar.

Ele ouviu o que achou ser uma caminhonete estacionando do lado de fora, triturando o cascalho na entrada de carros, e então o motor alto se calou. Uma porta bateu. Dois cachorros começaram a latir.

Não, *três* cachorros.

Jesus. Cristo.

Bem, se precisassem de algo dele, teriam que esperar.

Ele não interromperia sua concentração nem para olhar as horas.

Mas, considerando que começara aquele sprint de escrita às quatro, presumia que fossem quase quatro e meia — o que significava que a paisagista chegara uma hora e meia além do horário combinado. Era um atraso tão grande que nem podia mais ser chamado assim. Já era uma ausência completa.

E ele a informaria disso. Assim que seu temporizador apitasse.

— Olá! — chamou uma voz extremamente alegre vindo da entrada de carros, seguida por um coro de latidos empolgados. — Sr. Vos?

Os dedos de Julian quase pararam no teclado ao ser chamado de sr. Vos. Em Stanford, ele era o professor Vos. Ou só professor.

Sr. Vos era o seu pai.

Por um segundo, seus dedos ficaram rígidos.

Ele digitou mais rapidamente para compensar o tropeço. E continuou escrevendo quando a porta da frente se abriu.

— Olá? Está todo mundo decente? — Alguma coisa na voz da paisagista (e aparente invasora) cutucou a memória dele, mas Julian não conseguiu evocar um rosto que combinasse com ela. Por que caralhos aquela mulher precisava entrar na casa se o jardim ficava lá fora? Será que a mãe tinha contratado essa pessoa como castigo por ele não ter voltado para casa por quatro anos? Se sim, a tortura estava funcionando. A pressão dele subia a cada rangido de passos no corredor. — Estou aqui para plantar suas begônias… *Ei! Junto!*

Se Julian não estivesse enganado, havia um par de patas repousando nos seus ombros. O focinho frio e molhado de outro cachorro farejou a sua coxa, depois tentou afastar os dedos dele do teclado.

O olhar de Julian flanou rapidamente até o temporizador. Mais três minutos.

Se ele não terminasse o sprint, não conseguiria relaxar a noite toda. Mas era difícil se concentrar quando via o reflexo de um labrador amarelo no monitor. Como se sentisse a atenção de Julian, o animal rolou de costas no tapete com a língua para fora.

— Desculpe interromper… — disse a voz animada, quase musical, atrás dele. — Ah, você vai continuar. Certo. — Uma sombra caiu sobre parte da escrivaninha. — Entendo. É um tipo de sessão cronometrada. — Ela estremeceu, como se tivesse descoberto que ele era um fantasma assombrando a propriedade, em vez de alguém que simplesmente valorizava minutos e seus muitos usos. Talvez ela devesse tomar nota. — Você não pode parar... — disse ela lentamente, sua presença aquecendo o alto das costas dele. — "Até o temporizador chegar a zero, ou não vai ganhar seu copo de uísque."

Espere.

O quê?

Ah, Jesus. Wexler estava dando voz aos pensamentos na cabeça de Julian de novo.

E a paisagista estava lendo por cima do ombro dele.

Finalmente, o temporizador tocou, fazendo os cachorros começarem uma competição de uivos.

Julian apertou o botão vermelho, respirou fundo e se virou lentamente na cadeira, armando a bronca do século. No departamento de História, em Stanford, ele era conhecido por ser exigente. Preciso. Rigoroso. Mas, quando se tratava de repreender alunos, ele deixava as notas falarem por ele. Não tinha tempo para preleções *extras* depois do expediente. Quando um aluno requisitava uma reunião, ele atendia, lógico. Contanto que o encontro fosse marcado com antecedência. Os que chegavam sem marcar hora ficavam nas mãos de Deus.

— Olha, eu adoraria saber *por que* você decidiu entrar na minha casa sem permissão...

Ele terminou de se virar.

Bem na frente de Julian havia o par de peitos mais incríveis que ele já tinha visto. Ele não era o tipo de homem que ficava boquiaberto por causa de uma mulher. Mas aqueles peitos estavam logo abaixo da sua linha de visão, a meros centímetros do seu rosto. Simplesmente não havia como desviar os olhos. E, pelo amor de Deus, eram espetaculares. Grandes, basicamente. Eram grandes. E chamavam bastante atenção naquela camiseta azul-clara, através da qual ele conseguia distinguir a estampa de bolinhas do sutiã da paisagista.

— É verdade? — perguntaram os peitos. — Você não bebe no fim do dia se não escrever por trinta minutos inteiros?

Julian se sacudiu, procurando desesperadamente a irritação que sentira nos minutos pré-peitos, mas não conseguia achá-la. Especialmente quando ergueu a cabeça e por fim encontrou os olhos cinzentos cintilantes da paisagista e algo inesperadamente deu uma cambalhota em seu estômago.

Meu Deus. Isso é que é um sorriso.

E muito caos.

Uma confusão de cachos loiros caía pelos ombros dela, apontando para todos os lados, como molas quebradas de um sofá. Ela usava três colares e nenhum combinava com o outro — um dourado, um de contas de madeira, um prateado. Os bolsos do short jeans estavam virados para fora e... É, ele realmente precisava manter a atenção acima do pescoço dela, porque suas curvas estavam exigindo ser reconhecidas e ele *não* tinha sido convidado a fazer isso. Assim como aquela mulher não tinha sido convidada para entrar na casa de hóspedes.

Ainda assim, ela era dona de um corpo sensacional e não estava escondendo nenhuma parte dele.

Havia algo no prazer entusiasmado do corpo da paisagista que fez o dele começar a endurecer. A percepção de que estava ficando excitado o fez se sentar mais reto e dar uma tossida no punho, procurando um jeito de recuperar o controle daquela situação insana. Três cachorros estavam se lambendo no tapete do seu escritório e...

Algo naquela mulher era muito familiar. *Muito.*

Será que tinham estudado juntos? Era a explicação mais provável. Napa Valley podia ser grande, mas os habitantes de Santa Helena formavam uma comunidade pequena e fechada. Vinicultores e seus empregados tendiam a morar ali para sempre. Transmitiam suas práticas às futuras gerações. Naquela manhã mesmo, enquanto fazia sua corrida diária, ele tinha topado com Manuel, o atual gerente da vinícola, cujo pai emigrara da Espanha quando Julian estava no ensino fundamental. O filho de Manuel só tinha doze anos, mas já aprendia o ofício para poder ocupar o posto do pai um dia. Uma vez que o vinho se infiltrava no sangue de uma família, tendia a permanecer lá. O vinho fluía da mesma forma nas veias da maioria dos moradores. Com exceção de novos milionários da tecnologia que compravam vinhedos para se gabar, não havia muita rotatividade de residentes.

Certamente, porém, se tivesse estudado com essa, se lembraria. Ela era definitivamente memorável.

Mas por que ele tinha a sensação de que devia conhecê-la *bem*?

Seria melhor prosseguir como se aquela fosse a primeira vez que se encontravam, caso a sensação estivesse errada, certo? Os homens não estavam sempre tentando dar em cima de mulheres alegando conhecê-las de algum lugar? Ou era só o seu colega Garth que fazia isso?

Julian se levantou e estendeu a mão.

— Julian Vos. Prazer em conhecer você.

O brilho nos olhos dela diminuiu nitidamente, e ele suspeitou, naquele exato momento, que tinha fodido a coisa toda antes mesmo de eles se apresentarem. Seu estômago se revirou quando a viu piscar depressa e renovar o sorriso, como se estivesse se obrigando a parecer alegre. Antes que Julian pudesse se retratar e perguntar por que ela parecia tão familiar, a paisagista se apresentou.

— Hallie. Estou aqui para plantar suas begônias.

— Certo. — Ela era baixa. Bem menor que ele. Com um nariz queimado de sol que Julian não conseguia parar de encarar. Era mais apropriado olhar pra ele que para os peitos incríveis, pelo menos. *Concentre-se no nariz.* — Precisa de algo de mim?

— Preciso, sim. — Agora ela parecia estar se livrando do que quer que estivesse na sua cabeça. Por que ele sentia que a tinha decepcionado? Além disso, por que queria tanto entender os pensamentos dela? Essa mulher nada pontual e seus cachorros estavam interrompendo seu trabalho, e ele ainda precisava completar mais um sprint de trinta minutos escrevendo antes que o dia de trabalho acabasse. — Já que a casa de hóspedes antes estava vazia, a mangueira lá fora está sem água. Vou precisar regar as begônias depois que estiverem plantadas. Sabe? Pra realmente dar as boas-vindas na casa nova? Deve haver um registro no porão ou talvez numa lavanderia...?

Ele a viu fazer a mímica do movimento de girar uma torneira, e notou a abundância de anéis nos dedos dela. As unhas sujas eram por conta da jardinagem, sem dúvida.

— Não faço ideia.

Hallie afastou um cacho loiro do olho e abriu um sorrisão para Julian.

— Vou dar uma olhada.

— Por favor. Fique à vontade.

Um instante se passou antes de ela se virar, como se esperasse mais dele. Quando ele não atendeu à expectativa, a paisagista assoviou para os cães, fazendo o trio se erguer.

— Vamos, garotos. Vamos — chamou ela, os incentivando a seguir pelo corredor com esfregadas vigorosas atrás das orelhas.

Sem perceber imediatamente o que estava fazendo, Julian os acompanhou.

Tudo nos movimentos dela lhe chamava a atenção. Eles eram ao mesmo tempo tensos e controlados. Ela era um turbilhão ambulante, tropeçando nos cães, desculpando-se com eles e virando em círculos em busca da tal torneira. Entrava e saía de quartos, murmurando consigo mesma e sempre cercada pela matilha.

Julian não conseguia parar de olhar.

Antes de se dar conta, tinha ido atrás de Hallie até a lavanderia e a encontrou de quatro, tentando girar um pedaço circular de metal para a esquerda, os cachorros latindo como se estivessem lhe incentivando ou possivelmente dando instruções.

Aquela casa realmente estivera em silêncio total uns cinco minutos antes?

— Quase lá, garotos, esperem.

Ela grunhiu e fez força, os quadris se inclinando para cima. O sangue na cabeça dele correu para baixo tão rápido que sua visão escureceu.

Um dos cães se virou e latiu para ele. Como que para dizer *Por que você está aí parado, babaca? Ajuda ela.*

A única desculpa dele era estar completamente distraído pelo raio de energia que aquela mulher lançara no seu espaço em uma questão de instantes. E, sim, também pela sua beleza, uma estranha mistura entre pinup radiante e mãe natureza desgrenhada. Distrair-se com a aparência dela não era nada apropriado.

— Levanta, por favor — pediu Julian depressa, abrindo os botões dos punhos da camisa e enrolando as mangas. — Deixa comigo.

Quando Hallie recuou engatinhando e se ergueu, seu cabelo estava ainda mais bagunçado que antes e ela teve que abaixar as pernas dos shorts que tinham subido nas coxas.

— Obrigada — sussurrou ela.

Ela estava encarando os antebraços dele?

— Sem problemas — disse Julian devagar, tomando o lugar dela no chão.

Pelo reflexo do registro, ele podia jurar que ela estava sorrindo enquanto ele se curvava, especialmente para sua bunda, mas a imagem provavelmente só estava invertida.

Ou não?

Balançando a cabeça diante daquela situação estranha, Julian agarrou o registro e girou-o para a esquerda, virando até parar.

— Pronto. Quer dar uma olhada?

— Ah, estou dando — disse ela, rouca. — Ah, a mangueira? Eu... Tenho certeza de que a água chegou até a mangueira. Obrigada.

Julian se ergueu a tempo de ver Hallie sair da casa como um tornado, seus admiradores caninos seguindo-a com total devoção nos olhos, as patas batendo no piso de taco até desaparecerem lá fora. O silêncio se instalou com força.

Graças a Deus.

Mesmo assim, ele foi atrás de Hallie.

Não fazia ideia do motivo. O trabalho o aguardava.

Talvez porque se sentisse estranhamente inquieto, como se tivesse sido reprovado em um teste.

Ou talvez porque não tinha respondido à pergunta dela?

É verdade? Você não bebe no fim do dia se não escrever por trinta minutos inteiros?

Se aquela mulher era atrevida o suficiente para perguntar a um estranho sobre seus hábitos, havia uma boa chance de ter várias perguntas adicionais, que ele não tinha o tempo ou a vontade de responder. No entanto, Julian continuou andando até a varanda, vendo-a abaixar a porta traseira da caminhonete branca e começar a descarregar caixas de flores vermelhas. Ela era baixinha, mal alcançava o queixo dele, e, assim que cambaleou sob o peso do primeiro carregamento, Julian deu um salto para frente sem pensar, os cachorros latindo com sua aproximação.

— Deixa que eu levo as flores. Só me fala onde quer que fiquem.

— Não sei ainda! Pode só deixar no jardim. Onde começa aquela fileira de arbustos.

Julian ergueu uma caixa e franziu a testa.

— Você não sabe onde elas vão ficar?

Hallie sorriu por cima do ombro.

— Ainda não.

— Quando vai decidir?

A paisagista se ajoelhou, inclinou-se para a frente e alisou o solo revirado.

— As flores meio que decidem por si. Eu vou levá-las de um ponto a outro até parecerem estar no lugar certo.

Julian não gostou muito da resposta. Parou a alguns passos dela, tentando sem sucesso não notar os fios do jeans branco puído grudados atrás das coxas dela.

— Elas vão ficar a uma distância igual umas das outras, imagino.

— Talvez, mas não estou planejando isso.

Era oficial: a mãe definitivamente o estava punindo. Ela enviara essa paisagista cheia de curvas para acabar com a concentração dele e expor sua necessidade de organização. Planos detalhados. Cronogramas. Sanidade relativa.

Hallie riu da expressão dele, levantou-se e mordeu o lábio por um momento. Limpou as mãos na frente esfiapada do short. Estava corando? Dentro da casa, ele podia ter jurado que ela estava avaliando o seu físico. Naquele instante, porém, ela passou por ele encolhida, quase como se fosse tímida demais para encará-lo nos olhos. O minifuracão loiro voltou à caminhonete para pegar uma sacola de lona cheia de ferramentas, depois atravessou o jardim de volta.

— Então... — começou ao passar por Julian. — Você tirou uma licença na universidade para escrever um livro. Parece bem emocionante. O que te fez tomar essa decisão?

Finalmente, ele abaixou a caixa de flores.

— Como você sabe?

Ela hesitou um segundo, com a espátula em mãos.

— Sua mãe me contou.

— Entendi. — Ele não sabia o que fazer com as mãos agora. Estavam sujas demais para pôr nos bolsos, então ele meio que só ficou parado olhando para elas. — É uma coisa que sempre planejei fazer. Escrever um livro. Mas acabou sendo antes do que eu esperava.

— Ah. Por quê?

Hallie se ajoelhou direto na terra, e o estômago de Julian deu uma cambalhota.

— Não posso pegar uma toalha pra você ou algo assim? — perguntou ele.

Ela o encarou, parecendo achar graça, mas não respondeu. E, de certa forma, Julian tinha consciência de estar enrolando. Ele não sabia como responder à pergunta. Por que estava de volta a Napa, escrevendo o livro antes do planejado? A resposta era pessoal e ele não a havia falado em voz alta a ninguém. Por algum motivo, no entanto, a ideia de contar a Hallie não o deixava desconfortável. Afinal, ela estava casualmente cavoucando a terra, em vez de esperar a resposta dele como se fosse alguma revelação monumental.

— Eu mudei um pouco a ordem do meu plano de dez anos depois que... Bem, um colega em Stanford, Garth, teve um colapso nervoso.

Ela abaixou a espátula e girou na terra para encará-lo, com as pernas cruzadas.

Mas sua atenção total não o incomodou nem o fez desejar não ter tocado no assunto. Os joelhos dela estavam cobertos de terra. Não tinha como a situação ser mais informal.

— Normalmente eu teria dado aulas no verão. Já faz um tempo que eu trabalho durante o ano todo. Eu não... saberia nem o que fazer com tempo livre.

O olhar de Hallie passou dele para o extenso vinhedo, e Julian sabia o que ela estava pensando. Ele podia voltar para casa, tirar uma folga na renomada vinícola da família. Só que não. Não era tão simples assim. Mas essa era uma conversa muito diferente.

— Enfim, no fim do semestre de primavera, houve uma comoção durante uma das minhas aulas. Uma aluna veio correndo do corredor e interrompeu minha aula sobre os conceitos geográficos do tempo para me pedir ajuda. Garth tinha... — A lembrança difícil o fez esfregar a nuca, lembrando tarde demais que suas mãos estavam sujas. — Ele tinha se trancado no escritório. E se recusava a sair.

— Ah, não, coitado — murmurou Hallie.

Julian deu um aceno curto.

— Ele tinha alguns problemas pessoais que eu não sabia. Em vez de lidar de frente com eles, tinha aceitado uma carga de trabalho pesada e...

— Foi demais.

— Sim.

Um dos cachorros se aproximou de Hallie, cheirando o rosto dela. Ela aceitou a lambida, dando tapinhas distraídos na cabeça do animal.

— Ele está melhor?

Julian pensou no telefonema descontraído com o colega três dias antes. Garth até tinha rido, o que o deixou aliviado e, ao mesmo tempo, com certa inveja. Se ao menos ele fosse tão resiliente e ágil quanto o amigo nesse processo de começar sua recuperação...

— Ele tirou um tempo de folga. Mais que necessário.

— E... — Ela pegou a espátula de novo e começou a cavar outro buraco. Aparentemente, ela nem tinha acabado o primeiro. — A situação com Garth fez *você* querer se afastar por um tempo também?

Um nó se formou na garganta de Julian.

— Começamos a lecionar na mesma época — disse ele apenas, deixando de fora o fato de que também tinha os próprios (e nunca confessados) problemas pessoais. Muitos dos quais tinham a ver com aquela vinícola. Lembranças de tendões se contraindo em seu pescoço, um peso afundando seu peito. A tontura e a incapacidade de encontrar raízes ao redor. Determinado, empurrou esses pensamentos para longe, voltando à questão de Garth.

— Tínhamos a mesma carga de trabalho, com muito pouca margem de manobra. Tirar um tempo de folga parecia a decisão mais inteligente. Por sorte, meu cronograma previa certa flexibilidade.

— Seu plano de dez anos.

— Isso. — Ele olhou de volta para a caminhonete dela, reparando nas letras brilhantes em azul e roxo. *Flores da Becca*. — Como empresária, tenho certeza de que você tem um também.

Ela apertou os lábios e lançou um olhar encabulado para ele.

— Pode ser um plano de uma hora? — Suas mãos pararam. — Mentira, não. Ainda não decidi se vou jantar na lanchonete ou no Francesco's hoje. Acho que tenho um plano de dez minutos. Ou teria, se soubesse onde essas flores vão ficar. Garotos!

Os cachorros pularam em cima dela, farejando alegremente o seu pescoço. Quase como se ela os tivesse chamado com o propósito exato de desviá-la daquela linha de raciocínio.

— Quem é Becca? — perguntou Julian, estremecendo ao ver a baba deixada no ombro da paisagista. — Está escrito *Flores da Becca* na sua caminhonete — justificou-se, meio alto demais, tentando abafar o martelar estranho da sua pulsação.

Ele nunca tinha visto alguém tão casualmente enlameado na vida. Sentada na terra, com flores e cachorros e sem nenhum plano.

— Rebecca era minha avó. A *Flores da Becca* foi fundada antes de eu nascer. Ela me ensinou jardinagem. — Hallie inclinou a cabeça um pouco e não encontrou os olhos dele. — Ela morreu em janeiro. O coração simplesmente... parou. Enquanto dormia. — Uma sombra cruzou suas feições, mas ela rapidamente se alegrou de novo. — *Minha avó* teria posto flores a uma distância igual.

— Sinto muito — disse ele, parando quando percebeu que ela tinha plantado três grandes grupos de flores vermelhas e mais folhagens verdes que os acompanhavam.

Tinha acontecido tão rápida e organicamente enquanto eles conversavam que ele nem havia reparado. Dando um passo para trás, Julian visualizou as plantas com a casa e descobriu que Hallie meio que... tinha preenchido os espaços vazios entre as janelas com flores. Como se enchesse lacunas. Será que havia sido inconsciente? Parecia existir um método ali que ele não conseguia decifrar. Ainda assim, o espaçamento era extremamente irregular e ela já estava posicionando a planta seguinte *muito* para a esquerda, causando um latejar atrás dos olhos dele.

— Você se incomodaria em colocá-las perto das outras? Você está bem na beirada de um semicírculo. Se eu inclinar a cabeça. E apertar os olhos.

Como no encontro inicial no escritório, ele sentiu a decepção dela, mesmo que não tivesse parado de sorrir.

— Ah. — Ela balançou os cachos loiros. — Claro.

— Esquece.

A palavra tinha saído da sua boca antes que ele percebesse.

Mas ela já tinha plantado as flores perto das outras, batido a terra ao redor e ligado a mangueira para regá-las. Agora estava juntando suas coisas e enfiando a espátula no bolso, que não era o mesmo onde estivera antes, se ele lembrava corretamente. Os cães a rodeavam, sentindo a partida iminente, saltitando.

Sim, eles estavam indo embora.

Graças a Deus. Certo? Assim ele podia voltar ao trabalho.

Que horas eram, afinal?

Ele tinha *perdido a noção do tempo* desde que Hallie chegara?

Julian ficou tão pasmo com a raridade do que acontecera, que Hallie já tinha percorrido metade do caminho até a caminhonete com o seu fã-clube antes que ele se desse conta.

— Tchau, Julian — disse ela, jogando a bolsa de ferramentas na traseira aberta da caminhonete. Abriu a porta rangente do motorista e se afastou para os cachorros entrarem. — Boa sorte com o livro. Foi muito bom ver você de novo.

— Espera. — Ele congelou. — De novo?

Ela deu partida e saiu sem responder.

Eles já se conheciam. Ele sabia. Onde? Como?

A quietude que restara após a passagem caótica de Hallie lembrou Julian de que ele voltara para Napa com um objetivo. Dentro de casa, o cursor estava piscando na tela. O tempo corria. E ele não podia mais ficar ali pensando naquela mãe natureza pinup linda. Ela havia interrompido sua rotina, mas agora o intervalo tinha acabado.

Ele deveria se sentir grato.

Não, ele *estava* grato.

Talvez tivesse ficado momentaneamente fascinado por alguém tão diferente dele, de fato, mas ter algo assim todo dia? Esse tipo de desordem em outra pessoa o deixaria maluco.

— Não, obrigado — disse a si mesmo enquanto voltava para dentro. — De jeito nenhum.

Capítulo três

Hallie empurrava seu carrinho pelo corredor externo do viveiro, passando as músicas no aplicativo do celular. Próxima. Próxima. Ela passara por tudo, de Glass Animals ao seu mix de hip-hop dos anos 1990, e não conseguia se decidir por nada depois de ver Julian Vos de novo na tarde anterior. Ficou presa entre músicas sobre crushes não correspondidos, se libertar do passado e orgias na jacuzzi. Em resumo: estava um tanto confusa.

Ela se abaixou para pegar um vaso de terra, acrescentando-o ao carrinho com um grunhido antes de seguir em frente. Quinze anos depois, Julian Vos ainda era lindo. *Mais* que lindo, na verdade, com seus braços musculosos e o cabelo preto todo arrumadinho. Aqueles mesmos olhos castanhos cor de uísque de que ela lembrava, com toda a sua intensidade e inteligência. Hallie tinha esquecido como ele era alto, comparado com os 1,60m dela.

E aquela *bunda*.

Aquela bunda tinha envelhecido como um Cabernet. Encorpada e — imaginava ela — deliciosa.

Nem Julian nem seu traseiro se lembraram dela, porém. Hallie ficou surpresa ao constatar como o fato de ele ter esquecido aquela noite lhe deixara arrasada. Ela sempre tivera uma queda por ele, ok. Mas, até o dia anterior, não havia se dado conta de como o tombo tinha sido forte. Ou como seria péssimo ter que se recuperar daquilo, considerando a ausência de qualquer registro dela na memória dele.

Isso além de eles serem completos opostos.

Sim, Julian sempre tinha sido estudioso e certinho. Ela não devia ter ficado surpresa quando ele pediu que reposicionasse as begônias. Mas, pelo visto, a ideia que ela havia criado daquele cara não era real. O homem dos seus sonhos, que se conectava com ela em um nível molecular e sabia ler a sua mente? Ele não existia. Era tudo uma fantasia de Hallie. Tinha mesmo comparado todos os homens a Julian Vos por quinze anos? Quem poderia estar à altura de uma invenção da sua cabeça?

Uma parte teimosa do seu cérebro ainda se recusava a aceitar que ele fosse totalmente enfadonho e levemente arrogante. Havia um motivo para gostar tanto dele no primeiro ano do ensino médio, não? Sim. Em seu último ano da escola, ele tinha sido simplesmente brilhante. Aposta certeira para orador da turma. Estrela do atletismo. E uma celebridade local, por conta do seu sobrenome. Mas aquelas não eram as únicas qualidades que tinham atraído Hallie.

Não. Em mais de uma ocasião, ela o tinha visto sendo uma *boa pessoa.*

Na única competição de atletismo que ela já assistira, ele tinha parado de correr durante os quatrocentos metros para ajudar um oponente que havia caído e torcido o tornozelo, sacrificando sua chance de vencer. Enquanto Hallie segurava o fôlego nas arquibancadas, ele agira do mesmo jeito que ela o observara fazendo qualquer outra coisa: com uma intensidade silenciosa e movimentos práticos.

Era esse o jeito de Julian. Ele interrompia brigas com argumentos lógicos. Enterrava a cabeça num livro enquanto as garotas mais velhas babavam nele.

Hallie já tinha andado por toda a Costa Oeste a essa altura. Na estrada, viajando de um trabalho a outro da mãe. Havia conhecido milhares de estranhos, mas nenhum como Julian Vos, tão à vontade com seu rosto bonito e caráter forte. A não ser que... E se sua mente de catorze anos tivesse realmente embelezado as qualidades mais nobres da personalidade dele? Se ela estava se fazendo essa pergunta, provavelmente era hora de deixar o crush pra lá.

Mais tarde, naquela noite, ela removeria as palestras dele dos seus favoritos do YouTube. Alisaria a pontinha dobrada da página do anuário com a foto dele. Para apagar a memória daquele quase beijo, provavelmente precisaria de hipnose, mas a lembrança da cabeça dele mergulhando em sua direção, com o céu flamejante ardendo ao redor, já tinha começado a perder o brilho. Seu peito doía pela perda de algo que a acompanhava por tanto tempo. A única constante em sua vida além da avó. Mas sentir-se estúpida por nutrir uma paixonite por alguém que nem se lembrava dela?

É, isso doía muito mais.

Ela se ajoelhou e admirou uma muda de zínias verde-clara. Jamais poderia passar reto por elas. Mais tarde naquele dia — não lembrava a que horas —, faria o jardim da frente de uma casa de veraneio, preparando-a para a chegada dos donos, que moravam em Los Angeles. Eles tinham pedido muitas cores diferentes, algo com que ela não se incomodava nem um pouco.

— Ora, se não é a talentosa Hallie Welch.

A voz familiar fez Hallie se erguer e sorrir calorosamente para o jovem ruivo que se aproximava.

— Owen Stark. O que está fazendo no viveiro comprando as minhas flores? É quase como se você fosse meu concorrente ou algo assim.

— Ah, não ficou sabendo? Sinto muito que você tenha que descobrir assim. Eu sou a concorrência. Somos inimigos mortais.

Ela semicerrou os olhos.

— Duelo quando raiar o sol, Stark!

Ele bateu uma das mãos no peito.

— Vou alertar meu padrinho.

Eles gargalharam e trocaram de lugar para ver o que o outro tinha escolhido.

— Ah, vou ter que pegar algumas dessas suculentas. É uma paixão que não passa, né? Gosto de usar nos canteiros de janela.

— Um cliente pediu que eu as pusesse no passadiço do jardim dele. Pedra branca.

— Especial básico da casa, mesa para um.

Owen riu. Hallie deu um sorriso enquanto voltava ao próprio carrinho, tentando não reparar em como ele catalogava suas feições, o azul penetrante dos olhos suavizando-se junto com a expressão. Ela gostava de Owen. Muito.

Com certeza não existia um parceiro melhor para Hallie em nenhum lugar do mundo. Pelo menos em teoria. Ambos eram paisagistas. Podiam falar sobre flora e fauna à exaustão. Ele era gentil, da mesma idade que ela, bonito.

Não havia o que *não* gostar.

Mas Owen Stark tinha sido uma injustiçada vítima da Escala Julian Vos, ela sabia. E, *além disso*... Owen se encaixaria naturalmente na vida de Hallie. Ele faria muito sentido, de um jeito perfeito demais. Esperado. A pessoa que cunhou a expressão "se acomodar" provavelmente tinha exatamente esse tipo de parceria em mente. E se acomodar significava que... era isso.

Ela era uma paisagista de Santa Helena e continuaria sendo pelo resto da vida.

Queria isso? Seu coração dizia que sim. Mas podia confiar nesse sentimento?

Quando Hallie foi morar com Rebecca, conseguiu respirar fundo pela primeira vez na vida, a rotina da avó lhe dando estabilidade, um lugar firme onde se apoiar. Havia parado de girar como um pião. Sem a presença firme da avó, porém, ela estava ganhando velocidade de novo. Rodando. Vinha preocupada de que só se sentisse em casa em Santa Helena por causa de Rebecca, e agora...

Owen pigarreou, alertando Hallie de que tinha se distraído.

— Desculpa — murmurou ela, tentando se concentrar nele, pensar nele de verdade.

Talvez, da próxima vez que Owen a convidasse para sair, ela dissesse sim. Usaria um vestido e perfume, contrataria alguém para ficar com os cachorros e levaria a coisa a sério. E dava para ver que isso ia acontecer. Owen enfiou um chiclete na boca, mascou por um momento e suspirou para o teto. Ah, o negócio era sério. Ele ia chamá-la para uma churrascaria.

Por que ela tinha deixado os cães em casa? Eles sempre eram a desculpa perfeita para fugir.

— Hallie — começou Owen, corando. — Já que é sexta e tal, eu estava pensando se você tinha planos para...

O celular dela tocou.

Ela puxou o ar, grata, e o ergueu depressa, franzindo a testa para o número na tela. Número desconhecido. E daí? Ela atenderia até uma ligação de telemarketing para não ser forçada a aceitar o convite para um encontro numa churrascaria e horas de conversas pessoais com Owen.

— Alô? — gorjeou ela ao telefone.

— Hallie.

O estômago dela afundou como um saco de areia. Julian Vos? Julian estava ligando para ela?

— Sim. Sou eu. — A voz dela soava estranha? Ela não conseguia decifrar seu tom através do zumbido que encheu seus ouvidos de repente. — Como você conseguiu meu número?

— Procurei "Flores da Becca em Napa" no Google.

— Ah, sim. — Ela umedeceu os lábios secos, desesperadamente procurando algo espirituoso para dizer. — É muito importante ter presença na internet.

Não. Isso não era espirituoso.

— Quem é? — perguntou Owen, não muito discretamente.

— Quem é? — perguntou Julian, logo em seguida.

Cliente, ela fez com a boca para Owen, que deu um joinha compreensivo. Para Julian, ela disse:

— Estou no viveiro comprando materiais para um projeto mais tarde. Encontrei meu amigo Owen.

— Entendi.

Segundos se passaram.

Ela checou o celular para ver se a ligação tinha caído.

— Você ainda está aí?

— Sim. Desculpa. — Ele pigarreou, mas o som era abafado, como se tivesse posto a mão sobre o celular. — Estou distraído pelos buracos de toupeira no meu jardim.

A pressão sanguínea dela disparou ao ouvir as palavras mais odiadas por um paisagista. Exceto talvez por "erva daninha" ou "você aceita cheques".

— Buracos de toupeira?

Owen se encolheu em solidariedade, virando-se para examinar uma prateleira com minicactos.

— Sim, pelo menos três. — Ela ouvia passos, como se ele tivesse caminhado até a janela para olhar para o jardim e o vinhedo banhado pelo sol. — Um deles está bem no meio das flores que você plantou ontem, o que me fez pensar que você já deve ter lidado com algo dessa natureza antes. Sabe algum jeito de convencer as toupeiras a seguirem viagem? Ou eu devia chamar o controle de pragas?

— Não precisa, eu tenho uma mistura que posso usar para... — ela não conseguiu segurar a risada — ... hum, convencê-las.

Ele fez um som pensativo.

— Algo contra a minha escolha de palavras?

— De forma alguma. Estou imaginando uma negociação formal. Quando os contratos estiverem assinados, vou apertar a patinha dela. Ela vai arrumar a mala minúscula e prometer mandar notícias...

— Você é muito engraçada, Hallie. — Por um instante, ela ouviu um tique-taque, como se ele tivesse erguido o relógio para perto do rosto. — Sinto muito, só tenho cinco minutos para essa ligação. Você consegue passar aqui ou eu devo apenas tentar fazer a toupeira sair com a mangueira?

— Meu Deus, não. Não faça isso. — Ela fez um gesto de degola, mesmo que ele não pudesse vê-la. — Você só vai amolecer o solo e deixar mais fácil para ela cavar.

Owen lhe lançou um olhar horrorizado por cima do ombro. *Amador,* ele disse silenciosamente.

— Tenho um trabalho esta tarde e posso passar aí depois — assegurou ela a Julian.

— Que horas?

— Quando terminar.

Julian soltou o ar no ouvido dela.

— Isso é extremamente vago.

Como podia ser tão dolorosamente óbvio que ele era todo errado para ela, mesmo que aquela voz grave e o fato de ter ligado estivessem causando um deslizamento de terra no seu estômago? Não fazia quase nenhum sentido. Aquela paixonite duradoura a fazia se sentir uma adolescente boba e ingênua. Ao mesmo tempo, a expectativa de vê-lo de novo deixava Hallie quase atordoada.

Então se permitiria ir à vinícola mais uma vez, mesmo sob o risco de estender aquela paixão por mais tempo ainda. Mas não ia se desdobrar por ele. Ah, não. Aquele idiota desmemoriado já tinha posto seu orgulho à prova.

— Só tenho como ser vaga, infelizmente. — Ela encarou o miolo de uma íris em busca de apoio moral. — É pegar ou largar.

Ele ia mandá-la se ferrar. Ela se convenceu de que essa possibilidade era real quando o silêncio se estendeu. A família Vos tinha dinheiro até dizer chega. Podiam achar outra pessoa para resolver o problema das toupeiras num piscar de olhos. Julian não precisava dela.

— Vejo você mais tarde, Hallie — suspirou ele. — Só Deus sabe quando.

— Por quê? — ela deixou escapar.

— Perdão?

Por que ela não podia só ter dito tchau e desligado como uma pessoa normal? Owen estava olhando para ela de um jeito estranho, como se talvez tivesse percebido que aquele não era um telefonema normal, a curiosidade crescendo a cada segundo.

— Por que você quer que *eu* vá aí, especificamente, para negociar com a toupeira? É óbvio que se incomoda de eu não poder dizer uma hora exata.

— Essa é uma pergunta muito direta para alguém tão comprometida com ser vaga.

— Eu não sou... comprometida com... — Será que ela era comprometida com ser vaga? — Por favor, só mate a minha curiosidade.

— Seu amigo Owen ainda está aí?

Estava? Ela ergueu os olhos e deu um sorrisinho tenso para Owen, que definitivamente tentava ouvir a conversa.

— Está, sim. Por quê?

— Só matando a minha curiosidade. — Ela quase podia ouvi-lo tensionando a mandíbula. Ele estava... irritado porque ela estava em algum lugar com outro homem? Não. Até parece. Isso não fazia o menor sentido. — Ok. Sim, eu quero que você, especificamente, volte e interfira nos planos da toupeira. Quando foi embora ontem, você disse "Foi muito bom ver você de novo", e o fato de eu não conseguir lembrar como ou onde nos conhecemos está destruindo a minha concentração.

— Ah. — Bem. Ela não tinha previsto isso. Na verdade, achava que ele tinha ficado aliviado de vê-la ir embora e não podia se importar menos com cumprimentos e despedidas. — Desculpa. Não achei que seria algo tão importante.

— Tenho certeza de que não seria. Para a maioria das pessoas.

Hallie pensou no jeito meticuloso como ele empilhava suas anotações nos vídeos das aulas. Enrolava as mangas da camisa com precisão. Não conseguia parar de escrever até que o tempo acabasse.

— Mas você precisa das coisas organizadas e arrumadinhas. Não é?

Ele suspirou.

— Sim.

Era só isso. Julian não queria vê-la de novo porque tinha se sentido atraído ou porque gostava de sua companhia. Ele simplesmente precisava que o relacionamento deles fosse amarrado num laço bonitinho, para poder voltar aos seus maníacos sprints de escrita.

Talvez ela também precisasse amarrar as pontas soltas no relacionamento deles, por mais casual que fosse.

A toupeira não era a única que precisava seguir viagem.

— Certo. — Ela engoliu o bolo entalado na garganta. — Talvez mais tarde eu conte pra você como nos conhecemos.

— Vago.

— Tchau, Julian.

Quando ela desligou, Owen lhe lançou um olhar interrogativo.

— Essa foi uma conversa estranha — disse ele, rindo.

— Não é? — Ela empurrou o carrinho devagar. — Toupeiras deixam todo mundo no limite.

Houve um barulho de metal atrás de Hallie, indicando que Owen tinha virado o carrinho para eles poderem andar na mesma direção. Normalmente isso não a incomodaria. Não no viveiro, pelo menos, onde havia flores por todo lado, agindo como pequenos escudos coloridos. Mas, antes do telefonema de Julian, Owen estivera prestes a chamá-la para sair. E ela estava resignada a dizer sim. Mas agora hesitava. Novamente, por causa de Julian Vos.

Cara, ela realmente precisava tirar o Professor Antebraços da cabeça de uma vez por todas. Não estava sendo justa consigo mesma. Ou com Owen, por sinal.

— Owen. — Hallie parou o carrinho abruptamente e se virou, olhando-o direto nos olhos. O que pareceu chocá-lo. — Sei que você quer me chamar para jantar. Para um encontro de verdade. E eu quero dizer sim. Mas preciso de um tempinho. — Os olhos de uísque intensos de Julian piscaram na sua cabeça, mas, em vez de enrolar sua fala, lhe deram o ímpeto para prosseguir. — Sei que é pedir muito, considerando todo o espaço que você já me deu. Se disser não, vou entender.

— Não vou dizer não. — Ele esfregou a nuca. — Lógico que não. Leve o tempo que precisar. — Passou um momento enquanto ele a encarava sem sorrir. — Só estou pedindo que você me leve a sério.

As palavras a atingiram como pedras.

— Vou levar — respondeu Hallie, com sinceridade.

Capítulo quatro

Hallie podia ter sido vaga sobre o horário, mas sua chegada foi como um show de fogos de artifício. O ruído do motor da caminhonete cessou, em seguida veio a batida da porta enferrujada. Um cachorro começou a latir e os colegas se juntaram a ele em solidariedade, anunciando a presença de sua rainha.

Julian estava sentado à escrivaninha do escritório imprimindo um artigo sobre um relógio de sol que tinha sido recentemente escavado no Egito. Planejava lê-lo naquela noite, antes de dormir, para pesquisa. Sua mão parou a caminho da impressora e ele se inclinou lentamente para o lado, olhando em direção ao jardim. E quando os cachos loiros — presos por uma presilha branca, desta vez — entraram no seu campo de visão, sua boca ficou completamente seca. Uma reação muito desconcertante a alguém que tomava grandes liberdades com horários e o deixara estressado a droga do dia todo. Sem falar que ele tinha perdido horas de sono na noite anterior tentando descobrir como eles se conheciam. Sua atração por ela era simplesmente irritante.

E ele esperava esquecer tudo depois daquela noite.

Só precisava amarrar essa ponta solta e voltaria a dormir e trabalhar e se concentrar como sempre.

De acordo com a mãe, ele sofrera de ansiedade quando criança. *Ataques nervosos*, foi como Corinne chamou na única vez que eles discutiram o assunto. Ninguém fazia ideia se sua ansiedade era desencadeada por algum acontecimento ou se era inata, mas aos seis anos ele começou a se consultar com um terapeuta.

O doutor Patel deu a Julian a dádiva dos cronogramas. Assim, uma lista organizada de horários e atividades era sempre a ferramenta que ele usava para controlar sua ansiedade. E funcionava.

Pelo menos até o incêndio na vinícola quatro anos antes. Pela primeira vez desde a infância, ele tinha perdido o controle, porque o tempo não significava nada num incêndio. Desde aquele fim de semana, ele vinha fazendo cronogramas ainda mais rigorosos que antes, recusando-se a ter outro lapso. O colapso mental de Garth fora um alerta, o impulso para dar um raro passo para trás e reavaliar a situação.

Antes do incêndio, Julian voltava a Santa Helena todo mês de agosto, no começo da estação de colheita das uvas. Ficava um mês no vinhedo, certificando-se de que o processo anual corresse suavemente, depois voltava a Stanford em setembro para dar suas aulas. Mesmo com a distância, ele era consultado sobre questões relativas à vinícola. Mas não mais. Talvez, se tivesse tirado uma folga como Garth em algum momento, poderia ter evitado o que aconteceu depois que as chamas devastaram a propriedade. O pai teria continuado a confiar nele para ajudar a gerenciar o vinhedo, em vez de jogar tudo no colo da mãe e fugir para a Itália.

Um osso pareceu crescer atravessado na sua garganta.

Concentre-se no problema iminente.

Aquela mulher que ele pelo visto tinha conhecido em algum momento no passado estava cutucando a rede de proteção que ele cuidadosamente construíra ao seu redor. Provavelmente, ele não devia tê-la chamado de volta. Era um risco. Havia comparado a ameaça à sua sanidade com a recompensa do conhecimento — e, tudo bem, a maldita vontade de vê-la de novo — e, surpreendentemente, os prós haviam ganhado dos contras.

Agora ele estava pagando o preço.

Os latidos dos cachorros já eram distração suficiente, mas não chegavam perto do que Hallie fazia com ele. Mesmo que já fosse o fim da tarde, o sol ainda estava forte no céu de Napa. Ela parecia lindamente iluminada por holofotes alaranjados, dando ao seu rosto um brilho juvenil. Será que ela parava de sorrir em *algum momento*? Seus lábios sempre pareciam curvados para cima, como se estivesse escondendo um segredo — e estava, ele lembrou a si mesmo. Foi por isso, para início de conversa, que a tinha chamado, em vez de só preparar ele mesmo a mistura caseira para repelir toupeiras (sério, a informação estava a uma simples busca na internet), e não para cobiçar as curvas de Hallie.

— Jesus Cristo, se controle — resmungou Julian, passando a mão pelo rosto e se afastando da mesa.

Ele colocou a cadeira de volta no lugar e endireitou o teclado sem fio antes de se virar e seguir para a frente da casa. Sim, tinha perdido o sono na noite anterior por mais de um motivo. Tentar desencavar uma lembrança foi como tudo havia começado, mas pensar incessantemente naquela loira toda alegre e sua camiseta apertada tinha levado a algo muito diferente. Duas vezes.

Quando fora a última vez que ele tinha se masturbado *duas vezes* em uma noite? No ensino médio, tinha quase certeza. E mesmo nessa época ele não conseguia se lembrar de a coisa ter sido tão... vigorosa. Deitado de barriga pra baixo, ainda por cima. Tinha sido obrigado a jogar os lençóis na máquina de lavar no meio da noite e dormir em outro quarto. Uma reviravolta humilhante, sem sombra de dúvida. Na verdade, chamá-la de novo ali era incrivelmente estúpido.

E se a visita não lhe desse o encerramento que ele esperava? Ele tentaria vê-la novamente?

Em Palo Alto, ele propositadamente namorava mulheres que *não* ocupavam muito espaço nos seus pensamentos. Mulheres com rotinas regradas e que não tinham problema de encaixar coisas como jantares ou sexo ou eventos de trabalho em seus cronogramas. Hallie não conseguia nem imaginar a que horas aproximadamente ela talvez chegasse. Se eles passassem um tempo juntos, Julian precisaria de uma camisa de força em uma semana. Então, sim: encerramento e, depois, voltar ao trabalho. Era um plano sólido.

Assim como ele tinha ficado na noite anterior.

Enojado consigo mesmo, Julian abriu a porta da frente, fechou-a e desceu os degraus até a entrada de carros. Então virou à direita no jardim, onde Hallie estava sentada com as pernas cruzadas na frente do buraco de toupeira mais recente, sacudindo algo em uma grande garrafa de plástico.

— Oi, professor — chamou ela, a voz ecoando fracamente através do vinhedo.

Os cachorros correram para cumprimentá-lo, latindo e arfando para o ar. Ele deu tapinhas na cabeça de cada um, assistindo impotente enquanto eles babavam sua calça toda.

— Oi, Hallie. — Um dos cães cutucou a mão de Julian até ele o afagar direito. — Como eles se chamam?

— O labrador amarelo é Petey, igual o cachorro de *Os Batutinhas*; minha avó era uma grande fã do filme original. — Ela apontou para o schnauzer. — Esse é O General. Não apenas General. *O* General, porque ele manda em todo mundo. E o boxer é Todd. Não sei explicar, ele só tem cara de Todd.

Julian inclinou-se para trás e analisou o boxer.

— Isso é estranhamente exato.

Ela soltou o ar numa risada, como que aliviada por eles concordarem em algo. Ele também gostou. Demais.

Concentre-se.

Julian apontou o queixo para a garrafa de plástico.

— O que tem na fórmula? — Como se já não soubesse.

— Hortelã e óleo de castor. Elas odeiam o cheiro.

Hallie se apoiou em um dos joelhos e tirou algumas bolas de algodão do bolso do short jeans. Esses eram mais leves. Mais puídos. O que significava que o material se agarrava ao traseiro dela feito uma calcinha, onde o sol atingia o jeans gasto como ouro polido. A camiseta não era tão apertada (feliz ou infelizmente), mas havia linhas de terra diretamente sobre os peitos, como se ela tivesse limpado os dedos ali, esfregando as palmas bem em cima dos mamilos. Apalpando-se no jardim de alguém em um bairro no subúrbio, os joelhos girando na terra.

Isso está ficando vergonhoso.

Enquanto observava Hallie empapar as bolas de algodão, Julian conteve sua atração o máximo possível, tentando se concentrar em questões mais práticas. Por exemplo, como desvencilhar-se daquela pessoa.

— Conta como a gente se conhece, Hallie.

Ela havia começado a assentir na metade da exigência, obviamente esperando por isso — algo de que Julian não gostou nem um pouco. Ser previsível fazia ele se coçar.

— Eu nunca disse que a gente se conhecia. Só disse que era bom ver você de novo.

Sim. Era verdade. Eles não se conheciam de forma alguma. E não se conheceriam.

Por que isso só aumentava a coceira?

— Onde nos vimos, então?

Um rubor subiu pelo rosto dela. Por um momento, ele achou que era culpa do sol, mas não. A paisagista estava corando. Involuntariamente, Julian segurou o fôlego.

— Então, você se lembra... — começou ela.

Mas o caos se instaurou antes que pudesse terminar.

Assim que Hallie havia jogado aquelas bolas de algodão no buraco de toupeira, uma cabeça surgiu em outra abertura. Simples assim. Um jogo de acerte a toupeira de verdade. E os cachorros abandonaram completamente seu comportamento amigável. Se Julian os achava barulhentos antes, os latidos empolgados não eram nada comparados aos guinchos e uivos de alarme enquanto disparavam na direção da toupeira emergente — que, de uma maneira sábia, saiu correndo para salvar a própria vida.

— Garotos! Não! — Hallie se ergueu num pulo e saiu em disparada atrás dos três cães. — Podem voltar! Agora!

Julian viu tudo acontecer quase em transe, perguntando-se como seu plano de tomar uma tigela de sopa e ler o artigo do Smithsonian que imprimira mais cedo tinha dado tão espetacularmente errado. Ele havia pensado que o resto da sua estadia em Napa seria tranquilo, assim que aquele lapso do passado tivesse sido resolvido. Em vez disso, estava agora correndo atrás daquela explosão barulhenta e caótica, preocupado que Hallie se metesse entre os cães e a toupeira e acidentalmente fosse mordida.

Uau.

Ele realmente não gostava de pensar na possibilidade de ela ser mordida.

Ou escorregar. Na lama. Arriscando uma lesão.

Porque era isso que estava acontecendo. Em câmera lenta, ela girou feito um cata-vento de membros e cachos e então sua bunda aterrissou com um baque na faixa de terra que limitava o jardim.

— Hallie.

Ótimo, agora ele estava latindo também.

Ele a segurou por trás, suspendendo-a pelas axilas.

— Jesus, você não pode simplesmente sair correndo desse jeito. O que ia fazer se alcançasse os cachorros?

Ele levou alguns segundos para perceber que o corpo inteiro dela se sacudia em uma risada.

— Lógico que é bem agora que eu escolho ter a queda mais vergonhosa da minha vida. Lógico que é.

Franzindo a testa com aquela declaração estranha, ele a virou. Grande. Erro.

O sol no rosto daquela mulher fazia tudo ao redor deles — o céu infinito, o vinhedo extenso, as faixas de nuvens, tudo — parecer inadequado. Julian sentiu algo dentro dele, como se tivesse sido fisgado. O formato da boca de Hallie... A diferença entre a altura dos dois... Havia alguma coisa familiar no cheiro de terra dela?

Algo pesado bateu contra a perna de Julian. Todd tinha se enfiado entre eles, latindo sem parar. Um som de alguma coisa parecendo ser triturada veio de trás de Hallie — e lá ia a toupeira de novo, seguida por Petey e O General.

— Garotos! — gritou ela, correndo atrás dos cães.

Eles perseguiram a maldita toupeira até ela voltar para o buraco.

Hallie grunhiu e jogou as mãos para o alto.

— Ela provavelmente vai sair em algum momento durante a noite, quando minhas feras não estiverem mais aqui. Com certeza não vai conseguir suportar o cheiro por muito tempo.

Julian ainda conseguia sentir a pele suave dos braços dela em suas mãos, então levou um momento para se recuperar e responder.

— Tenho certeza de que você tem razão... — começou, fechando as mãos em punhos para capturar a sensação antes que desaparecesse.

Mas Hallie não o ouviu, porque estava ocupada lidando com os três cães frenéticos. Em seu short coberto de lama. Um dos pés estava deslizando perigosamente na direção do buraco de toupeira. Se uma torção de tornozelo não fosse iminente, alguma outra coisa anárquica provavelmente aconteceria. A noite inteira dele estava arruinada. Ela o havia feito se sentir daquele jeito de novo, e Julian precisava ver isso como um sinal para manter distância. Cronogramas rigorosos impediam o chão de engoli-lo por inteiro.

Ele não sobreviveria à vergonha daquela espiral descendente de novo. Na noite do incêndio, conseguira se agarrar à coragem por tempo suficiente para fazer o que era necessário, mas o que se seguiu tinha sido o bastante para dividir sua família por quatro cantos diferentes da Terra, não tinha?

Julian precisava de ordem. Hallie era a *des*ordem em pessoa. Ela parecia rejeitar o método exato que ele usava pra lidar com a ansiedade. Sim, era linda e enérgica. Esperta. Fascinante.

Mas também tão completamente errada para ele que nem um roteirista de comédia romântica poderia inventá-la.

Então por que ele estava tão interessado no que aquela mulher pensava, no que ela fazia?

Ou se aquele tal de Owen era realmente só um amigo ou um namorado.

Não fazia porra de sentido nenhum.

Uma veia pulsou atrás do seu olho. Ele queria muito um lápis e um papel em branco, algo simples em que pudesse se concentrar, porque estar perto de Hallie era como olhar através de um caleidoscópio enquanto alguém o girava a toda.

— Julian, está tudo bem?

Ele abriu os olhos. Quando os tinha fechado?

— Sim. — Ele reparou no jeito desconfortável como a paisagista estava parada, como se a lama no short estivesse começando a endurecer. — Vem. — Julian passou por ela, em direção à casa. — Vamos achar algo limpo pra você usar.

— Ah, não, não precisa — disse ela. — Eu meio que estou acostumada a voltar pra casa neste estado todo dia. Geralmente tiro as roupas no jardim dos fundos e tomo um banho de mangueira. — Aí, para si mesma: — Um pouco de informação demais, hein, Hallie?

Não pense nos filetes de água escorrendo pelas curvas dela.

Não faça isso.

Julian tensionou a mandíbula e abriu a porta para Hallie, que passou desajeitada, tentando manter o jeans afastado das coxas. Quando os cães tentaram segui-la para dentro da casa de hóspedes com as patas tão enlameadas que pareciam ter sido mergulhadas em chocolate, Julian apontou o dedo para O General, sério.

— *Senta.*

A bunda do schnauzer atingiu o chão, o rabo balançando. O boxer e o labrador seguiram o exemplo do amigo, sentando-se na base das escadas, à espera.

— Como você fez isso? — sussurrou Hallie atrás dele.

— Cachorros buscam liderança, assim como os humanos. Está no DNA deles obedecer.

— Não. — Ela torceu o nariz. — Eles querem comer lesmas e uivar para o caminhão dos bombeiros.

— Eles podem ser treinados para *não* fazer essas coisas, Hallie.

— Mas aí você os obriga a negar seus instintos naturais.

— Não, aí eu evito que eles tragam lama pra dentro de casa.

Os dois olharam para baixo simultaneamente, descobrindo que ela já tinha deixado quatro pegadas logo depois da entrada. Com uma mancha rosada nas bochechas, Hallie tirou os sapatos emborrachados e os empurrou para o mais perto possível da porta, ficando descalça no piso de taco limpo. Ela usava um esmalte azul-celeste, com margaridas pintadas nas unhas maiores.

— Se você me mandar sentar, Julian Vos, vou chutar suas canelas.

Uma leveza estranha surgiu no peito dele, parando logo abaixo da garganta. Uma contração em seus lábios o pegou de surpresa. Será que ele... queria rir? Ela parecia achar que sim. O modo como observava a boca dele, uma centelha aparecendo em seus olhos diante daquela rara demonstração de senso de humor. De repente, Julian ficou muito mais ciente da proximidade deles — a centímetros de distância em uma casa brilhando com o sol de fim de tarde — e novamente teve uma forte sensação de familiaridade, mas não conseguiu localizar a fonte.

Ele também estava distraído demais, incapaz de olhar para ela sem que sua atenção vagasse para a sua boca, se perguntando se ela beijava com a mesma intensidade e falta de ritmo como fazia todo o resto.

Provavelmente.

Não. Definitivamente. E ele odiaria a imprevisibilidade disso. Dela.

Certo.

— Vou pegar uma camiseta pra você — disse, virando-se.

Embora não a tivesse visto entrar, sentiu que ela o encontraria na cozinha, o coração e ponto focal de um lar. Não que Julian a usasse para muito mais do que preparar um sanduíche de peru com pão integral, sopa e café. No quarto, ele hesitou por um momento na frente do guarda-roupa, observando-se no espelho. O cabelo despenteado pelos próprios dedos, a tensão nos olhos e na boca. Respirou fundo e olhou para o relógio.

18h18.

Sentiu os músculos de sua nuca se enrijecerem, então inspirou profundamente e estabeleceu para si um novo cronograma. Às seis e meia, comeria e leria seu artigo sobre o relógio de sol. Às sete, *Jeopardy!*. Às sete e meia, banho. Aí faria algumas anotações sobre o plano de escrita do dia seguinte, para ter tudo pronto na escrivaninha de manhã. Se cumprisse esse cronograma, permitir-se-ia tomar um copo de uísque.

Recuperando o controle da situação, Julian pegou uma camiseta cinza na primeira gaveta. Uma com o logo de Stanford no bolso. Como previsto, graças a Deus, ele encontrou Hallie na cozinha. Mas ela não lhe olhou quando ele entrou; estava franzindo a testa para alguma coisa que vira na ilha de granito ali no centro. O que ela achava tão ofensivo na pilha de correspondências dele? Julian havia pedido a mudança temporária de endereço para a vinícola durante o verão, mas os correios tinham demorado a fazer a troca, o que significava que ele estava recebendo um monte de propagandas.

Ela ergueu uma delas entre o dedão e o indicador, virando-a e soltando um ruído de aflição ao ver o que estava no verso.

— Sexta das Safras Selvagens... — murmurou. — "Vamos vender o seu grupo e encher vocês de vinho. Adivinhem a safra corretamente e ganhem uma visita à parede de queijo." Pior que isso parece divertido, que ódio.

— Desculpa?

— A DisTinto. — Ela piscou depressa, como que para evitar qualquer possibilidade de lágrimas, e Julian sentiu um aperto desconfortável no peito. — O mais novo e badalado bar de vinhos na cidade.

Ele pôs a camiseta de Stanford na frente dela, uma oferta que, assim esperava, detivesse o que quer que estivesse acontecendo com ela emocionalmente.

— Você não gosta desse lugar novo — pressupôs.

E então morreu um pouquinho, porque ela usou a camiseta de Stanford para enxugar os olhos.

Quando havia guardanapos cem por cento utilizáveis ao alcance.

— Bom. Eu nunca entrei lá. Não conheço os donos *pessoalmente* nem nada. Eles podem ser pessoas ótimas que não percebem que estão roubando o sustento de uma doce senhorinha.

— Explica melhor.

— Ao lado deles fica a Tinto. Um bar de vinhos pequeno e sossegado cuja dona se chama Lorna. Ela está lá desde os anos 1950. Minha avó e eu costumávamos passar horas sentadas em uma mesa branca de ferro forjado do lado de fora. Era o nosso lugar. Lorna me dava uma taça de suco de uva, e minha avó e eu resolvíamos palavras cruzadas ou planejávamos jardins. — Ela fitou os dedos por alguns segundos. — Enfim, a loja está vazia agora porque a DisTinto abriu bem do lado. Eles têm uma bola de discoteca girando vinte e quatro horas por dia na fachada e inventam infinitos truques publicitários para atrair turistas. A pior parte é que eles colocaram o nome da loja deles fazendo uma brincadeira com a da Lorna, e a transformaram em alvo de deboche. Mas ninguém parece se importar. A Lorna tem degustações tranquilas e íntimas sem fanfarra. Como ela vai competir com um jogo de girar a garrafa para adultos?

Os olhos de Hallie ficaram brilhantes de um jeito que o preocupou; então ele pegou um guardanapo e o estendeu para ela, suspirando quando Hallie usou a camiseta de novo.

— Vejo que essa situação está deixando você bem chateada. É próxima da Lorna ou algo assim?

— Ela era mais íntima da minha avó, mas, sim, somos amigas. E ficamos muito mais próximas desde que eu comecei a fazer degustações diárias para compensar o efeito DisTinto.

Um canto da boca de Julian se ergueu.

— Beber durante o dia é sempre a solução.

— Aham, é o que todo mundo diz... só que não. Nem em Napa. — Por um momento, ela pareceu quase pensativa. — Definitivamente me deixou mais propensa a cometer pequenos crimes.

Ele esperou que Hallie dissesse que estava brincando. Mas o comentário nunca veio.

Com uma inspiração profunda, ela deixou a camiseta se desdobrar no colo.

— Vou só vestir isso lá fora antes de entrar na caminhonete para não espalhar lama por todo lado. — Ela deu uma última olhada para o anúncio do bar de vinhos e foi saindo da cozinha.

— *Mais* lama, na verdade, né.

O plano dele era fazer Hallie ir embora rapidamente, para que pudesse começar a eliminar coisas da sua lista de tarefas da noite, mas, quando ela começou se afastar, ele sentiu uma pontada de ansiedade no estômago.

— Quer beber alguma coisa? — surpreendeu-se dizendo. Era uma oferta totalmente normal. Ele só estava sendo um anfitrião atencioso. — Tenho vinho, óbvio. Ou uísque.

Ele mesmo talvez precisasse de duas doses naquela noite.

Será que conseguiria ignorar os limites rígidos que impusera a si mesmo e permitir aquela indulgência?

A oferta nitidamente a surpreendeu também.

— Ah. Não sei. — Ela considerou o convite por um momento. Um longo momento. Como se estivesse tentando tomar uma decisão importante. Sobre ele? O que seria? — Melhor não — concluiu, suavemente. — Estou dirigindo.

— Certo — retrucou Julian, descobrindo que a garganta estava ficando seca. — Muito responsável da sua parte.

Ela murmurou em concordância, assentindo para a garrafa quase cheia de uísque sobre o fogão.

— Mas você devia tomar uma dose. Uma toupeira no quintal talvez até valha duas. — Ela hesitou no limiar da cozinha, uma paisagista de cabelo selvagem com short enlameado e uma vendeta contra um bar de vinhos. — O que você teria que fazer para merecer duas?

Ele ergueu a cabeça depressa.

Porque estava se perguntando exatamente a mesma coisa.

Como ela...

E então ele lembrou. No dia anterior, Hallie havia entrado no escritório dele, lido por cima do seu ombro e perguntado depois: *É verdade? Você não bebe no fim do dia se não escrever por trinta minutos inteiros?* Ele não tinha respondido à pergunta, mas ela não havia esquecido. Estaria curiosa sobre os hábitos dele?

Julian nunca tinha contado a ninguém sobre seu sistema de metas. Provavelmente soaria completamente idiota em voz alta. Mas ele tinha a sensação... Bem, não podia evitar sentir que ela estava indo embora de vez, para nunca mais voltar, então por que não revelar essa parte de si mesmo? Em um intervalo de vinte minutos, aquela mulher havia escorregado de bunda e chorado na frente dele. Talvez uma parte dele esperasse que admitir seu comportamento peculiar os deixaria quites. Que a faria... se sentir melhor.

O que era importante para ele, de um modo preocupante.

— Eu bebo dois drinques só no fim do semestre. No restante do ano, me permito uma dose de uísque se faço o que me propus para aquele dia. — Ele tinha razão: soava mesmo idiota em voz alta, mas era aquilo que o fazia continuar inteiro. O tempo sempre tinha sido como areia, escorrendo por seus dedos, e ele não sentia nada exceto gratidão pela estabilidade estrutural que aquele esquema proporcionava. — Por exemplo, se eu fui pontual. Nas aulas, nas reuniões. Se completei minha carga de trabalho e me planejei para o dia seguinte, zerei minha caixa de e-mail, tomei banho. Aí eu me permito uma bebida.

Ela o encarou. Sem julgamento. Apenas absorvendo o que ele dissera.

— Ajustei minha rotina para o verão... — acrescentou Julian, desnecessariamente, só para preencher o silêncio. — Acho que podemos dizer que estou em clima de férias.

Hallie deixou escapar uma risadinha abrupta.

E a satisfação mergulhou do pescoço até a barriga dele.

Ele a tinha feito rir. Sim, mas agora ela parecia um pouco... triste?

— Julian, acho que não existem duas pessoas mais diferentes no mundo todo do que a gente. — Outra vez, ela não disse aquilo como um julgamento. Mais como uma reflexão. Ou uma observação. — Você não acha?

— Sim — foi obrigado a admitir. — Acho.

Estranhamente, isso não significava que ele queria que ela fosse embora.

Seu olhar foi de Hallie para o anúncio da DisTinto.

— Eles realmente chamaram a loja de DisTinto e abriram bem ao lado de uma loja chamada Tinto?

Ela jogou as mãos para o alto, como se estivesse aliviada de finalmente ter a atenção de alguém sobre o assunto.

— *Sim*.

— Estou surpreso que a junta comercial local tenha permitido.

— Eu mandei sete e-mails pra eles. O último todo em maiúsculas!

Ele murmurou em concordância, não totalmente surpreso ao ver que seus dedos se contraíam.

— No que você está pensando? — perguntou ela devagar, virando-se de leve para trás, tentando ver o que ele encarava.
— Parece que está tentando visualizar um novo frontão para a pia.

Ele quase não disse nada e apenas a acompanhou até a porta. Mas já tinha revelado os jogos mentais que fazia consigo mesmo. De que adiantava se segurar agora? Afinal, confusa e estranhamente, ele não queria que ela fosse embora ainda.

— Eu não gosto quando as coisas estão erradas. Uma loja nova que apresenta uma ameaça direta ao negócio vizinho é algo que não deveria ter sido permitido.

— Concordo.

Ele não gostava *ainda mais* que a situação toda havia feito Hallie chorar, mas deixaria essa parte de fora.

— Quando as coisas são injustas ou estão desordenadas, eu tendo a...

— O quê?

— Eu sou um pouco competitivo. Um pouquinho. Por exemplo, no ano passado, um competidor do *Jeopardy!* deu sua resposta depois da campainha e ganhou o ponto. Não pareceu tão importante na hora, mas ele avançou no jogo e acabou vencendo a final com uma margem de 100 dólares. Veja só como uma pequena violação nas regras pode virar uma bola de neve. — Ele parou para julgar a reação dela e decidiu que parecia mais curiosa do que crítica — Muita gente contatou o programa e sugeriu... enfaticamente... que o outro competidor tivesse a chance de competir de novo. Eles cederam.

— Ai, meu Deus. Você é *fanboy* de *Jeopardy!*. Eu sempre me perguntei quem seriam essas pessoas. Quem seria tão obcecado em responsabilizar um programa de auditório. E é você.

Ele bufou.

— Existem milhares de pessoas que gostam também — replicou, e alguns segundos se passaram. — Centenas, pelo menos.

Ela mordeu o lábio para não sorrir.

— O que isso tem a ver com a DisTinto?

A oferta de ajuda estava na ponta da língua, mas ele não podia fazer isso. Ajudar significaria passar mais tempo com Hallie, e Julian tinha decidido que isso não era uma boa ideia, embora não conseguisse parar de adiar a sua partida. Ela não estava prestes a sair pela porta alguns minutos antes? Ele que a tinha parado.

— Talvez você não possa impedir a DisTinto de funcionar, mas pode ajudar a loja prejudicada a competir.

— Está dizendo que enfiar um pedaço de casca de árvore na bola de discoteca deles não é a solução?

— Quê?

Ela apertou os lábios, os olhos cintilando.

— Trotes estão fora também?

— Hallie, meu Deus. Você estava passando trotes para essa nova enoteca?

— Sim — sussurrou ela. — Você é do tipo que se senta com Lorna e encontra modos de economizar dinheiro ou então dá uma repaginada na marca dela. A minha abordagem é menos lógica e mais reacionária. Como eu disse, nós somos as pessoas mais diferentes do mundo.

— Você acha que eu não conseguiria passar um trote em alguém?

Em nome de Deus, o que ele havia acabado de dizer? Seu lado competitivo estava vibrando, claro. Mas Hallie obviamente achava que ele era chato e entediante e, por algum motivo, Julian não podia deixá-la com essa impressão. Mesmo se fosse verdade.

Ele jamais tinha passado um trote na vida.

— Não, não acho que conseguiria — respondeu ela, examinando as unhas. — Julian Vos, realeza das vinícolas de Santa Helena, passando um trote num vendedor local? Inconcebível.

Ah, pronto. Agora ele não tinha escolha.

— Muito bem.

Julian pegou o celular do bolso de trás, dando um sorrisinho quando ela deslizou o anúncio na sua direção, apoiando o queixo no pulso e fazendo um muxoxo, visivelmente cética. E, sério. *Por que* ele estava fazendo uma coisa daquelas? Para impressionar uma mulher com quem ele não deveria passar o tempo? Ou era só para fazê-la se sentir melhor depois de ter chorado?

Porque, mesmo minutos depois, aquele nó na garganta dele continuava bem contrário a vê-la chorando. Ela era... exuberante demais. Animada demais para isso.

Aquela mulher deveria ficar feliz o tempo todo. Ele era inteligente, sabia que uma pessoa não podia ser responsável pela felicidade da outra — não completamente. Mas se pegou querendo entender como seria cumprir esse papel para Hallie. Em outra vida, óbvio.

Ser um motivador de sorrisos de Hallie em tempo integral.

De repente, passou a valorizar muito menos um emprego estável.

Deixa de ser ridículo.

— Coloca no viva-voz — disse ela, o ceticismo começando a perder terreno.

Fazendo o que a paisagista havia pedido, ele ergueu uma sobrancelha e digitou o número.

O queixo de Hallie caiu.

Um jovem atendeu no quinto toque.

— Olá, é da DisTinto. — Uma música explodia no fundo. — Vamos embebedar você e te encher de elogios.

Julian e Hallie trocaram um olhar de desdém. Passou pela cabeça dele que aquele pequeno ato de rebelião os transformava em parceiros, de certa forma. Temporariamente, lógico.

— Sim, olá — disse ele com rispidez. — Aqui é da vigilância sanitária. Infelizmente, tenho más notícias.

A pausa se estendeu.

— Da vigilância sanitária? Por que...? — Ele gaguejou. — Más notícias?

— Sim, vamos ter que fechar vocês.

Pareceu que as pernas de Hallie não estavam mais funcionando. Suas mãos bateram na boca e a metade superior do corpo caiu sobre o balcão para se apoiar.

— Ah, meu Deus — arquejou ela.

— Mas por que nos fechar? — queixou-se o cavalheiro no outro lado da linha.

— Por causa da bola de discoteca. — O corpo de Hallie começou a ser sacudido por uma onda de risadas, tornando quase impossível para Julian manter a voz séria. Ou impedir seu coração frio e morto de dançar o cancã. — De acordo com a seção 53-M do código de normas sanitárias, vocês estão em violação direta do direito do público de evitar péssimos dançarinos.

Um xingamento brusco.

— Outro trote? Você está trabalhando com aquela mulher...

— Sim.

Julian encerrou a ligação e abaixou o telefone.

— E é assim que se faz — declarou.

Ainda sem conseguir segurar o riso, Hallie levou uma das mãos ao peito.

— Isso foi... tipo... o Cadillac dos trotes. — Afastando-se da ilha no meio da cozinha, ela olhou para ele como se pela primeira vez, antes de se sacudir levemente. — Obrigada. Tirando os amigos que arrastei pra essa disputa, estava me sentindo muito sozinha na minha revolta.

Ele a fizera se sentir menos solitária — além de provocar um sorriso.

Parece até Natal. As pessoas sempre diziam isso, mas ele jamais tinha reconhecido essa sensação, porque abrir presentes com a família Vos sempre fora um momento silencioso e apressado.

Agora conseguia entender melhor a expressão.

— Não precisa agradecer — disse, sucintamente.

Eles assentiram um para o outro por um momento prolongado.

— Bom, você tem minha palavra de que nunca mais vou tirar sarro dos guerreiros dos fóruns do *Jeopardy!*.

Os lábios dele se contraíram.

— Então acho que meu trabalho aqui está feito.

Assim que falou aquelas palavras, ele meio que quis retirá-las, porque Hallie pareceu interpretá-las de um jeito que ele não tinha pretendido. Como se fosse a *hora de ir*.

Com um aceno, ela disse:

— Tchau, Julian. — E passou por ele para sair da cozinha, deixando terra e luz do sol pairando no ar. — Tome aquelas doses. Você definitivamente fez por merecer.

Ele só conseguiu inclinar a cabeça, rígido, e segui-la até a porta.

Observou pela tela enquanto ela se reunia com os cães aos uivos e latidos, celebrando sua existência até subirem na caminhonete. Trocou um longo olhar com Hallie através do para-brisa quando ela ocupou o lado do motorista, até que percebeu que ela não havia contado como eles se conheceram. Ou onde.

O tique-taque do relógio alcançou seus ouvidos, distraindo-o, e o peito ficou tão apertado que fez sua visão escurecer. Será que tinha se desviado muito do cronograma desde que ela aparecera? Não fazia ideia. Tentando recuperar o foco, apertou a orelha contra o relógio no pulso e se obrigou a se concentrar nos minutos. Nas poucas horas à sua frente. Ele não podia mudar aquelas que haviam ficado para trás.

E nem queria. Não retiraria nem um segundo dos momentos que tinha passado com Hallie. Infelizmente, a partir daquele instante, não sabia se seria muito inteligente ter mais deles.

Mas talvez ele desse mais uma olhada no site da Flores da Becca antes de dormir, só para encerrar aquilo...

Capítulo cinco

Hallie olhou para Lavinia do outro lado da mesa sem realmente prestar atenção na amiga.

Ao redor delas, as conversas cresciam no salão de jantar do Othello, seu bistrô favorito em Santa Helena. As duas já tinham feito um estrago considerável na cesta de pães e estavam aguardando um prato tamanho família de linguine na manteiga com pimenta e camarão. Naturalmente, tinham escolhido um vinho branco para combinar e, Deus, nunca era um bom sinal quando pediam uma segunda garrafa antes de o prato principal chegar. Podiam até ter diminuído o consumo de álcool durante o dia, mas obviamente não tinham qualquer problema quanto a beber de noite.

Só que nada no mundo conseguia impedir Hallie de levar a taça à boca. Ela inventara um novo estado de espírito: embriaguez desvairada. O estado de Lavinia, por sua vez, era mais expectativa irritada marcada por certa languidez, mas ela também havia bebido bem menos que Hallie. O que, evidentemente, significava que havia uma primeira vez para tudo. Como beber mais que uma britânica (que já tinha sido *roadie* do Gorillaz) sem cair dura.

Ou ter um vislumbre da versão real e adulta do seu crush de adolescência... e gostar demais do que viu.

Hallie se obrigou a sair do transe e olhar ao redor. Houve uma época em que ser cliente regular de um restaurante era uma experiência nova. Ela apreciara o processo de se tornar uma. Adorava entrar no bistrô italiano iluminado a velas e ver que todos sabiam o seu nome. Lavinia sempre se sentava de costas para a cozinha; Hallie ficava contra a parede. Mas, antigamente, a avó estava ali para fazer a normalidade parecer... Bem, normal. Agora, ir naquele lugar tantas vezes fazia Hallie se sentir nervosa sem a presença da avó para lhe dar estabilidade.

Respirando fundo, Hallie se recostou na cadeira, a taça em mãos. Bebeu de uma só vez metade do vinho e afastou por hora sua crise. Fazia 24 horas desde que vira Julian, e ainda não tinha contado para a melhor amiga o que fizera no tempo inesperado que os dois passaram juntos, apesar de ser alvo de uma sessão completa de amolação e insistência.

— Desembucha, Hallie Welch, que inferno.

Lavinia se inclinou para a frente, quase em cima das velas, perto o bastante para sentir o calor no queixo, dar um gritinho e se encolher. Talvez as duas tivessem bebido demais. Era a segunda ou a terceira garrafa?

— Eu vou começar a quebrar pratos. Não duvide das minhas ameaças — declarou a amiga.

— Tá, tá, tá. — Hallie pôs a taça na mesa, erguendo um dedo quando o garçom dispôs uma enorme tigela fumegante de massa entre elas. As duas suspiraram quando o aroma apetitoso as atingiu, feito crack culinário. — A apresentação da massa nunca decepciona.

Lavinia lançou um beijo exagerado para a porta de vaivém da cozinha.

— Nossa profunda e eterna admiração ao chef.

— Vou informá-lo — disse o garçom, rindo, e se afastou.

— Ei, não esquece da nossa segunda garrafa. Ou terceira? — pediu Lavinia para ele. Alto.

— Eles adoram a gente aqui.

Hallie usou o pegador de prata para botar uma porção generosa de massa no prato de Lavinia, rindo quando ela girou o dedo pedindo mais.

— Continua. Eu não comi um único donut o dia todo pra ter espaço extra pra isso.

— Pode deixar. — Hallie pegou mais um pouco, suspirando quando uma lufada de vapor cheiroso atingiu seu rosto. — Ok, vou desembuchar antes que o coma de macarrão bata de frente com meu coma alcoólico. — Ela inspirou para se recompor, como se estivesse se preparando para revelar uma informação altamente confidencial. Lavinia obviamente esperava alguma notícia escandalosa. E isso fazia com que a possibilidade de sacanear a amiga estivesse a toda. — Julian e eu fizemos algo bem... íntimo.

— Você deu pra ele. — Ela ergueu os braços, soltando um grito de comemoração para o teto no meio de uma mastigada. — Jerome me deve vinte contos. Eu *sabia* que você ia conseguir, Hallie.

Hallie abriu e fechou a boca. Agora era *ela* quem estava sendo sacaneada?

— Você apostou com o seu marido? Apostou se eu ia ou não... Ou não...

— E ganhei. — Lavinia agitou as sobrancelhas. — Nós duas ganhamos, pelo visto.

— Você não me deixou terminar. — A indignação combateu o divertimento, o que fez Hallie lançar um olhar bem sério a Lavinia, que não surtiu muito efeito. — Nós nos engajamos no ato íntimo de *passar um trote*.

O rosto de Lavinia perdeu todo o traço de humor. Ela fingiu chamar o garçom.

— Por favor, garçom? Gostaria de pedir uma nova amiga. — Ela fechou os olhos com força. — Passar um trote? *Sério?*

— Sim. — Hallie se abanou. — O melhor da minha vida.

— Não teve nem um peitinho roçado? Ou um beijinho rápido?

Hallie atacou sua massa com mais vigor do que necessário, graças a seus hormônios sobrecarregados e insatisfeitos.

— Não.

— Mas você *queria* um pouco de ação com o Julian, afinal?

Não adiantava fingir.

— Desde que tenho catorze anos.

— Então por que não deu em cima dele, amor? Eu criei você pra ser melhor que isso!

Era uma pergunta totalmente válida. As mulheres *têm* que tomar a iniciativa com os homens hoje em dia, senão todo mundo no planeta Terra seria solteiro. Sua atração por Julian Vos sempre tinha sido intensa, e no dia anterior... Bem, Hallie sentira interesse da parte dele. Certo? O jeito como ele meio que regulava a respiração na presença dela não era só imaginação. Mais de uma vez, definitivamente notou a atenção dele baixar dos seus olhos para outras partes do seu corpo. Principalmente para a sua boca. Como se talvez estivesse pensando em beijá-la. Mas não aconteceu nada — e ela suspeitava do motivo.

— Nós somos pessoas extremamente diferentes. Acho que o meu jeito pode até irritá-lo um pouco, sabe?

— Hallie. — Lavinia empurrou o prato para o lado e se inclinou para a frente. — Um professor de história não parece um homem que age sem cuidado ou muita reflexão.

— E isso quer dizer que...?

— Que a atração pode não ser unilateral, ou ele não teria inventado uma desculpa pra você voltar lá.

Hallie gesticulou com o garfo.

— Tinha uma toupeira...

Lavinia a interrompeu com um grunhido.

— Os homens não pedem ajuda em situações em que não estão sob extrema pressão. *A não ser* que estejam botando o orgulho de lado por causa de uma mulher.

Hallie pensou naquilo. Em como Julian a chamara para lidar com a toupeira quando sem dúvida poderia ter preparado a mistura por conta própria. O jeito como a observava com uma fascinação quase relutante. Ele a tinha seguido para fora da casa e escada abaixo, como se mal estivesse ciente de que seus pés se moviam. Tudo isso era um sinal de atração, certo?

Talvez ela *devesse* ter dado em cima dele?

Lavinia a analisou, tamborilando as unhas na mesa.

— Você ainda está caidinha por ele. Levanta logo ou cai de boca.

— Cair de boca? Como assim?

— Cai de boca em você sabe o quê, se estiver se sentindo aventureira.

— Alguém precisa afastar você de mim.

Hallie percebeu que estava apertando os olhos para impedir a imagem da amiga de se duplicar. Provavelmente porque ela vinha pontuando o fim de cada frase com um gole de vinho.

— Imagina *eu*, namorando um professor de história — comentou. — Ridículo.

Lavinia fez biquinho.

— A paixonite ainda está forte, né, gata?

— Sim. — Se lembrar daqueles olhos cor de uísque intensamente curiosos e de como eles cintilaram com um raro senso de humor durante o trote fez o peito de Hallie se apertar. — É um fascínio difícil de explicar, mas... Ai, Lavinia, queria que você o tivesse visto no ensino médio. Julian ajudou um dos nossos colegas de turma, Carter Doherty, quando ele estava reprovando em física. Acho que o garoto tinha dificuldades em casa, mas, qualquer que fosse o motivo, ele tinha decidido sair da escola. Só que o Julian não deixou. Ele deu aulas pro Carter até o garoto pular da quase reprovação para um B. E nunca quis qualquer crédito por isso. Eu só soube porque minha avó trabalhava no jardim da família do Carter e via Julian aparecer na porta deles toda terça. — Ela tinha desfalecido no chão da cozinha quando

Rebecca lhe contara, recusando-se a se mover até a hora do jantar. — Passar um tempo com ele ontem à noite piorou minha paixonite e ao mesmo tempo me obrigou a ver como somos completamente diferentes.

— Agora você está com tesão *e* sendo pragmática.

— Sim. Isso significa que sou oficialmente uma adulta?

— Infelizmente. É pra isso que serve o vinho.

Hallie deixou os ombros caírem. Respirou fundo.

— Tá. Bom, ele só está aqui pra escrever o livro e depois vai embora de novo. Vou simplesmente ser cara de pau se precisar lidar com qualquer encontro futuro. E quando ele for embora, vou parar de ficar comparando todo mundo com ele...

— Você quer dizer comparando o Owen, né? — Lavinia jogou um camarão na boca. — Basta você dar um sinal verde pra ele e vai estar casada em poucos meses, se é isso que você quer. O homem está apaixonado por você.

A culpa deu uma cambalhota no estômago de Hallie.

— É por isso que eu devo a ele não ficar presa nessa paixonite ridícula. Ou devo a qualquer outro cara que eu possa conhecer no futuro, na verdade. Essa situação já foi longe demais.

Lavinia fez de novo um biquinho, enrolando a massa.

— Por outro lado...

— Ah, não. Não me venha com "por outro lado".

— Por outro lado, você deve a si mesma se certificar de que não existe nada aí, entre você o sr. Vos. Você está com fogo no rabo por causa de um trote. Imagina se beijasse o filho da puta.

Hallie suspirou.

— Acredite, já pensei nisso.

Lavinia se recostou na cadeira e repousou a taça na barriga cheia de massa.

— Você devia escrever cartas de uma admiradora secreta pra ele ou algo assim. Tirar toda essa angústia do peito antes que termine numa igreja carregando um buquê de arrependimentos enquanto vai em direção ao Owen no altar.

Hallie riu, tentando não demonstrar como seu coração bateu depressa com essas quatro palavrinhas. *Carta de admiradora secreta*. Seu lado romântico aflorou, os olhos cintilando. Era uma baita chance única de expressar os sentimentos que vinha carregando por metade da vida, e sem o risco de se envergonhar.

— Onde eu deixaria as cartas?

Lavinia pensou.

— Ele corre na cidade toda tarde. Passa pela nossa loja às duas e onze, religiosamente. E pega o atalho na esquina da Grapevine com a Cannon. Ninguém mais usa esse caminho porque leva à propriedade Vos. Você podia encontrar um toco de árvore ou algo para... — A amiga se endireitou na cadeira. — Você não está levando isso a *sério*, está?

— Não. — Hallie balançou a cabeça com tanta força que alguns cachos caíram sobre os olhos, obrigando-a a colocá-los de volta no lugar. — Lógico que não.

— Eu e minha boca enorme. — Lavinia suspirou. — Não complica as coisas. Só conta pro sujeito que gosta dele e vê o que acontece. Ou isso é fácil *demais*?

— Você acha que revelar quinze anos de sentimentos seria mais fácil ao vivo?

— Tudo bem, não, mas... — Lavinia abaixou a taça devagar, visivelmente tirando um momento para refletir. — Escuta, eu sei que te incentivei a vê-lo de novo. Mas quero que pare e pense antes de se envolver muito, Hallie. Você sabe que eu te amo, mas... — Ela fez uma pausa. — Desde que perdemos a Rebecca, você anda um pouco disposta demais a causar estragos quando não é necessário.

Hallie assentiu, e continuou assentindo até que a nuca estivesse rígida demais para continuar.

Durante sua infância na estrada com a mãe, sentia-se um pouco como uma máquina caça-níqueis. Jogue uma moeda, puxe a alavanca e escolha uma nova aventura. Uma nova persona.

Comece do zero. A mãe era tão volúvel quanto o vento, e levava Hallie com ela, inventando novas histórias e novas identidades em nome da diversão.

Hallie recordou aquela coceira que sentia logo antes de a mãe puxar a alavanca metafórica. Estranhamente, lembrava-a do seu estado atual. O estado em que ela se encontrava desde janeiro. E um movimento constante, sem restrições, era o único jeito de abafá-lo. Ou, melhor dizendo, ignorá-lo.

— Obrigada pela honestidade — disse finalmente à amiga.

Lavinia pôs a mão na de Hallie por cima da mesa.

— Vamos esquecer essa bobagem de escrever cartas, que tal?

— Já li uma história pra ela e a coloquei na cama — garantiu Hallie, ignorando firmemente a estática que parecia percorrer suas terminações nervosas. — Boa noite, má ideia.

— Graças a Deus — soltou Lavinia, erguendo a taça de vinho.

Hallie foi pegar a sua e descobriu que estava vazia. Ela piscou para dissipar o borrão crescente na visão e se serviu de outra taça. Jurou que seria a última.

Distraída, perguntou-se até que horas a papelaria ficava aberta. Não faria mal conferir no caminho de casa, faria?

Com certeza o motorista do Uber não se importaria em fazer um desvio.

A cabeça de Hallie parecia estar enrolada em arame farpado, que alguém retorcia com força total a cada cinco segundos. A Tinto ainda não havia aberto, mas ela entrou na loja e se jogou no balcão empoeirado e desgastado, enterrando a cabeça nos braços.

Uma risada conhecida se aproximou, e então Lorna deu tapinhas no seu antebraço com dedos que tinham envelhecido bem, seu aroma de canela e detergente flutuando até Hallie e lhe concedendo uma pequena sensação de conforto. Um feito e tanto, considerando as circunstâncias.

— Uma cura para a névoa mental saindo agora — cantarolou a idosa, indo para trás do balcão. — Passou do limite ontem à noite no jantar com a Lavinia?

— Era uma ocasião especial.

— O que vocês estavam comemorando?

— O sábado à noite. — Hallie tentou sorrir para a mulher mais velha, mas a ação espremeu seu cérebro como uma laranja. — Por favor, Lorna. Meu analgésico se perdeu em alguma parte da selva da minha casa. Ou então os cachorros enterraram no jardim. Eu imploro por misericórdia.

Lorna estalou a língua, murmurando consigo mesma.

— Você não tem que implorar. — Ela remexeu no armário debaixo da caixa registradora por um momento, antes de pôr dois comprimidos diante de Hallie. — Em quarenta e cinco minutos você estará novinha em folha.

— Otimista, mas vou tentar manifestar esse resultado.

Hallie engoliu os comprimidos a seco, endireitou-se um pouco e se concentrou na mulher que sorria gentilmente ao lado da caixa registradora de bronze antiga. Uma das melhores amigas da avó. Se fechasse os olhos, podia imaginá-las juntas, curvadas sobre as palavras cruzadas, rindo como adolescentes depois de uma piada contada aos sussurros.

— Como... — Ela pigarreou para afastar a emoção, olhando ao redor da loja silenciosa e empoeirada. — Os negócios melhoraram?

O sorriso de Lorna continuou no lugar, sua cabeça inclinando-se de leve para a direita.

Ela não disse nada.

Hallie engoliu, se remexendo no assento.

— Bem, não tema. Tenho certeza de que a ressaca vai passar antes da degustação das duas e meia. E está mais do que na hora de eu repor meu estoque de vinhos brancos...

— A última coisa de que você precisa é mais vinho, meu bem. Eu sou crescidinha. Consigo lidar com o fato de ninguém aparecer para uma degustação. — Lorna estendeu a mão, rindo, e apertou a de Hallie. — Eu gostaria de ver este lugar lotado como nos velhos tempos? Lógico. Mas não vou encher o caixa com o dinheiro que você se esforçou tanto pra ganhar, Hallie. Simplesmente não vou fazer isso. — Então deu uma última batidinha na mão da jovem. — Rebecca ficaria orgulhosa de você por tentar ajudar.

Hallie sentiu as pálpebras pinicando com as lágrimas. Lorna não percebia que ela estava sendo parcialmente egoísta? Aquele lugar não só abrigava um milhão de lembranças especiais para ela... Hallie *precisava* que aquele pedaço da avó sobrevivesse. Quanto mais Rebecca se desbotava no passado, mais ansiosa e sem rumo Hallie começava a se sentir. Aquele lugar, a sua rotina, *tudo* parecia estranho sem a presença firme da avó. Como se sua vida pertencesse a outra pessoa.

— Pode pelo menos me embalar um Pinot...? — O sininho em cima da porta tocou, e o coração de Hallie deu um pulo de esperança. — Ah! Um cliente...

Sua empolgação se esvaiu quando viu o homem que tinha entrado: o gerente da DisTinto, de tweed, óculos redondos e um sorriso tenso no rosto. Ela o reconheceu da tarde em que tinha saído pela cidade tirando os flyers da grande inauguração da loja e ele a havia perseguido por meio quarteirão.

— Olá. — Logo que entrou, o homem uniu as mãos na cintura e lançou um olhar compassivo para as estantes parcamente estocadas. — Trabalho na DisTinto, aqui ao lado. Odeio fazer isso, mas temos duas despedidas de solteira chegando para a degustação da tarde e o caminhão de entregas do nosso fornecedor está atrasado. Estamos com falta de taças, acredite se quiser. O grupo de ontem saiu um pouco do controle, e tivemos algumas quebras, infelizmente. Por acaso você teria uma dúzia para nos emprestar até amanhã?

Lorna já estava se levantando, ávida para ajudar.

— Lógico. Tenho certeza de que posso emprestar algumas.

— Ela se agachou para examinar os conteúdos atrás do balcão. Hallie desceu com um pulo para dar apoio antes que Lorna pudesse erguer algo pesado demais, ajudando-a a levantar uma caixa de vidro tilintante para o balcão. — Tenho duas dúzias aqui. Pode levar metade.

O jovem de tweed se aproximou, confiante, afastou as abas de papelão, extraiu uma das taças e a ergueu contra a luz.

— Isso deve ser o estoque de emergência. Não são exatamente de alta qualidade, não?

Lorna retorceu as mãos.

— Ah, desculpe por isso.

— Não, não, não se desculpe — riu o Otário do Tweed, o som falso fazendo bile subir pela garganta de Hallie. — Bom, acho que não tenho escolha. Aceito o que puder me dar. — O sujeito nem estava olhando para elas. Inclinava o pescoço para observar a fila se formando na frente da DisTinto. — Poderia nos emprestar as duas dúzias? Parece que precisamos um pouco mais de taças do que a Tinto.

— Ah. É cla-claro.

Lorna rapidamente deslizou a caixa sobre o balcão. Hallie estava chocada demais com a audácia do Otário do Tweed para oferecer ajuda. E continuou boquiaberta de choque enquanto o gerente erguia as taças com um "obrigado" às pressas e saía correndo porta afora.

O corpo inteiro dela foi sacudido por um formigamento quente e por constrangimento. Seu rosto queimava mais do que a superfície do sol, e sua garganta? Jesus amado. Será que ela estava se transformando num lobisomem ou algo assim?

— Isso... — Ela mal conseguia falar, com a garganta fechada de indignação. — Ele não pode se safar.

— Hallie...

— Eu vou até lá.

— Ah, senhor.

Aquilo era ruim. Ela soube no momento em que pisou na calçada e o ar fresco praticamente chiou contra a sua pele. Esse não era o nível de indignação justa que a levara a sabotar uma bola de discoteca. Era muito pior. Era irritação nível Hulk, e precisava de uma válvula de escape. Uma senhora doce e amável, um pilar da comunidade, tinha sido descaradamente menosprezada pelo Otário do Tweed, e a raiva de Hallie exigia satisfação. Que forma ela assumiria? Ela não fazia ideia. Devia ter sido um sinal para voltar à segurança da loja de Lorna e pensar melhor, mas, em vez disso, ela se viu ignorando os protestos das pessoas na fila e puxando a porta da frente da DisTinto, o aroma de queijo gorgonzola e chocolate atingindo-a.

— Por que não tomamos um vinho? — cantarolou o cumprimento robótico automático da porta.

— Cala a boca — disse ela, de dentes cerrados, vendo o interior da DisTinto de perto pela primeira vez.

Em contraste com a sensação suave e aconchegante da Tinto, o lugar era a essência da iluminação ruim. Placas de neon que diziam OI, LINDA e SÓ VIBE BOA lançavam um brilho cafona sobre infinitas fileiras de garrafas de vinho que pareciam ter sido compradas com base na estética dos rótulos em vez da qualidade do conteúdo. Infelizmente, havia otomanas macias implorando às pessoas para se sentarem e relaxarem a tarde toda, devorando bandejas de queijo de quarenta dólares. Era tudo limpo e novo, e ela odiou o lugar.

O que exatamente você está fazendo aqui?

Naquele momento, estava meio que pairando entre a porta e o balcão. Os clientes que tinham conseguido entrar a fitavam curiosamente, assim como a pessoa atrás do caixa. Uma gota de suor escorreu pela sua coluna. Ela deveria ir embora...

A voz do Otário do Tweed a alcançou nesse momento. Ele passou por trás do balcão com a caixa de Lorna, dando um sorriso exasperado à pessoa na registradora.

— Arranjei umas taças no lar dos velhinhos aí do lado. Acho que devia levar lá pra trás e lavar primeiro. Tem provavelmente uma década de poeira grudada nas bordas.

A adrenalina de Hallie disparou de novo e ela olhou ao redor através daquela onda de raiva, a atenção pousando na parede de queijos. Cada bloco tinha a própria prateleira, iluminada por trás por uma luz rosa. Havia pratinhos prateados compridos com amostras arrumadinhas em fileiras, meio como cochos para humanos. E ela já estava se movendo naquela direção, transformando sua camiseta num avental improvisado e empilhando as amostras ali aos punhados.

Era isso.

O Grande Roubo do Gouda seria o crime que finalmente a levaria à cadeia.

— Ei! — Era o Otário do Tweed. — O que você está fazendo?

Hallie não respondeu, concentrada na missão (qualquer que fosse ela). Só precisava de algum tipo de compensação pelo bocado de orgulho que o gerente tinha tirado de Lorna. Era insensato? Provavelmente. Hallie ia se arrepender disso? Era quase certo, mas só porque aquilo também não ajudaria Lorna. Não de verdade.

O espaço no avental da camiseta acabou e ela começou a enfiar amostras de queijo nos bolsos.

— *Ei!* — O gerente parou ao seu lado e começou a bater nas suas mãos, mas ela virou de costas. — Chamem a polícia! — gritou ele por cima do ombro. — Essa... Ah, meu Deus, é a mesma garota que roubou os flyers umas semanas atrás!

Ô-ôu.

Jerome tinha razão. Isso era um clássico agravamento de periculosidade.

Hallie tentou fugir.

O Otário do Tweed foi mais rápido e bloqueou a saída. Ela virou, procurando uma porta dos fundos. Todos esses estabelecimentos tinham uma. Daria para o beco, como a da Fudge Judy.

E aí ela iria... o quê? Se esconder atrás da batedeira industrial de novo? Hallie conseguiria evitar as consequências desta vez? Suas têmporas começaram a martelar, os sons da enoteca ficando abafados. Seu rosto ardia. Alguns dos queijos caíam no chão.

E aí a coisa mais louca aconteceu.

Seus olhos encontraram os de Julian Vos pela vitrine da DisTinto.

Segurava um saco de papel marrom em um dos braços esculpidos, e ela reconheceu o logo da loja de conveniência. Ele tinha saído para fazer compras. Julian Vos: *ele é gente como a gente!* A atenção do professor recaiu na montanha de blocos de queijo diversos na camiseta dela, e ele tirou um dos AirPods do ouvido, erguendo a sobrancelha.

Lentamente, o olhar de Julian passou de Hallie para o gerente — que estava ao mesmo tempo gritando com ela e berrando ordens à pessoa atrás do balcão —, e sua expressão ficou sombria. Com um grande passo, ele entrou na DisTinto. Deixando atrás de si um coro de reclamações das pessoas na fila, tomou controle do estabelecimento todo sem o menor esforço e sem dizer uma única palavra. Todo mundo parou e olhou para ele, de alguma forma sabendo que sua chegada era importante. Aquele homem não era apenas um simples espectador.

A única pessoa que não reparou na entrada de Julian foi o Otário do Tweed, que continuou exigindo que ela pagasse pelos queijos estragados, listando os crimes que Hallie havia cometido contra a enoteca como se fossem mandamentos que tinham sido violados.

Mas a boca dele se fechou subitamente quando Julian se enfiou na frente de Hallie.

— Você vai parar de gritar com ela agora. — A paisagista não conseguia ver o rosto dele, mas, com base no jeito duro como disse as palavras, imaginou que suas feições estavam tensas.

— Nunca mais faça isso. — Ele virou e olhou para ela meio de lado. De fato, com suas sobrancelhas e maxilar muito sérios, ele parecia um duque galante que vinha resgatar uma donzela em perigo. Bem, seus serviços eram muito bem-vindos. — Hallie, por favor, vá lá pra fora, onde este homem não possa mais gritar com você.

— Estou bem aqui — sussurrou ela, sua crença no cavalheirismo voltando à vida, feito os mortos em um filme antigo de zumbis.

Nem a ameaça de ser mordida por um cadáver ambulante poderia tê-la convencido a perder o que estava acontecendo ali. Julian a estava defendendo. Ficando do lado dela sem nem ouvir os dois lados da história primeiro. Simplesmente sendo maravilhoso de forma geral. *Deus*, ele era maravilhoso.

O Otário do Tweed ficou indignado.

— Ela roubou nossos queijos!

— Estou vendo — replicou Julian com uma calma forçada, virando-se de novo para o homem de rosto vermelho. Ele abaixou tanto a voz que Hallie quase não ouviu suas palavras seguintes, tensas. — Mesmo assim, você não vai mais gritar com ela. Se ela está chateada, eu fico chateado. Acho que você não quer isso.

Hallie... havia encontrado Deus. Era isso que estava acontecendo?

Estou ascendendo a um plano superior?

O que quer que estivesse acontecendo no rosto dele deve ter persuadido o gerente a tirar "irritar Julian" da sua lista de tarefas.

— Tudo bem, parei de gritar, mas vamos chamar a polícia — declarou o gerente, estalando os dedos para a pessoa da registradora.

— Você vai chamar a polícia por causa de amostras de queijo? — perguntou Julian devagar. Hallie abaixou os olhos para a bunda dele (não conseguiu evitar, quando ele estava usando esse tom esnobe de professor) e, caramba, o jeito como esticava a costura do jeans quase a fez derrubar o bloco de parmesão com que ela vinha secretamente planejando ficar. — Não acho que isso seria inteligente. Primeiro, a deixaria chateada, e acredito que já estabelecemos que eu não gosto disso. Segundo, você teria que dar queixa. Por causa de queijos. Contra uma moradora. E não acho que os outros moradores, seus clientes, gostariam muito dessa situação, né? Ambos sabemos que não.

O paraíso parecia estranhamente com uma loja de queijos, mas com certeza sua nuvem pessoal estava em algum lugar por ali. Quem sabe ela poderia reservar um tour guiado por anjos?

— Ela roubou nossos flyers de vitrines e... e acho que pode ter quebrado nossa bola de discoteca. — Ô-ôu. O estupor de Hallie estourou feito uma bolha, e ela espiou pelo lado de Julian a tempo de ver o gerente jogar as mãos para o alto. — Ela é um perigo!

Hallie arquejou.

— Você deve estar certo — disse Julian devagar.

Ela arquejou pela segunda vez.

— Mas se disser mais uma palavra sobre ela, vou quebrar bem mais que a sua bola de discoteca.

O Otário do Tweed quase cuspiu um pulmão de tanta revolta.

— Não acredito nisso... — Ele parou e semicerrou os olhos para Julian. — Espera aí. Você parece familiar.

Julian suspirou, transferindo o saco de papel para o outro braço.

— Sim. — Ele manteve a voz baixa. — Você deve estar familiarizado com a Vinícola Vos.

— Vinícola Vos? Não muito. Não estocamos nada daquela relíquia ultrapassada.

Hallie quase lançou o bloco de parmesão no gerente — e era um pedaço grande o bastante para causar uma concussão. Ele realmente tinha dito isso em voz alta para Julian? O constrangimento que ela havia experimentado por Lorna retornou com força total, fazendo-a corar e desejar ter ficado na cama aquela manhã, como uma boa soldada abatida pela ressaca.

Da parte de Julian, a reação dele não era o que ela teria esperado. Em vez de enfurecer-se com o insulto ao negócio da família, ele só pareceu... perplexo. Curioso.

— Relíquia ultrapassada? — repetiu, franzindo a testa. — Por que você chamaria...?

O gerente o interrompeu com um estalar de dedos.

— Não, espera. Eu sei por que você é familiar. Estava naquele documentário sobre aliens! Como se chamava mesmo...

Julian já estava dando meia-volta e empurrando Hallie para fora da loja.

— E essa é a nossa deixa.

— Espera! — chamou o engomadinho de vinte e poucos anos. — Tira uma selfie comigo?

— Não — disse Julian, seco.

— Que documentário sobre aliens é esse? — sussurrou Hallie para o queixo tenso de Julian.

— Quieta, ladra de queijos.

— Justo — murmurou ela, pegando o parmesão e dando uma mordida.

Eles percorreram a calçada a um ritmo veloz, e Julian fez uma pergunta que Hallie realmente não queria responder.

— Por que ele falou daquele jeito do vinhedo? Foi uma opinião polêmica ou é o consenso?

Hallie engoliu em seco.

— Se eu responder, você me conta sobre o documentário?

O suspiro dele poderia ter feito um carvalho murchar.

— Combinado.

Capítulo seis

Eles eram a versão adulta de João e Maria. Exceto que, em vez de migalhas de pão, estavam deixando pedaços de queijo de cabra pelo caminho. Por algum motivo, Julian não estava surpreso com essa reviravolta. Lógico que ele tinha topado com aquela doida fascinante que o inspirava a passar trotes enquanto ela roubava queijo de uma loja local. *O que mais* ela estaria fazendo?

Porém, ele não conseguiu se sentir exasperado com ela. Quem poderia ficar chateado com qualquer coisa quando Hallie estava sorrindo? Não ele. Especialmente quando duas emoções muito mais fortes expulsavam todas as outras.

A primeira? Ele estava irritado pra caralho. Queria voltar para a DisTinto e socar o gerente até alguns dentes saírem voando, o que não era nem um pouco típico dele. Julian não era um homem violento. Tinha entrado em algumas brigas quando era adolescente, mas nunca experimentara a onda de calor que subira até garganta ao ver aquele sujeito berrando com Hallie. Quem poderia gritar com aquele... girassol humano? *Não é da sua conta*, sua consciência tentava dizer. Mas seus instintos o compeliram a marchar para dentro da loja e se colocar entre ela e qualquer tipo de negatividade. *Só por cima do meu cadáver.*

A segunda? Uma sensação sufocante de terror fez seu braço apertar a sacola de compras. *Relíquia ultrapassada.* Aquelas palavras percorriam cada canto do seu cérebro, tão diferentes dos termos que ele estava acostumado a ouvir quando o assunto era a Vinícola Vos.

Instituição. Lendária. Um pilar da indústria.

Eles pararam em uma lixeira, onde Hallie se livrou de incontáveis amostras de queijo, embora se agarrasse ao parmesão.

— Antes de eu te contar qualquer coisa — começou ela, aprumando os ombros e respirando fundo de um jeito que não ajudou em nada a acalmá-lo —, quero que você saiba que eu, pessoalmente, não partilho de qualquer opinião negativa sobre a vinícola da sua família. Tanto que acabei de roubar aquela boate de vinho ridícula por estar invadindo o meu amado terreno familiar. Eu valorizo tradição e história. São duas palavras que usaria para descrever a Vos. É parte de Santa Helena. Mas, hã... bem, nos últimos anos, alguns diriam que...

O terror se aprofundou.

— Não precisa pisar em ovos, Hallie. Pode falar.

Ela assentiu.

— O incêndio foi um contratempo para várias vinícolas estabelecidas. Elas tentaram se reerguer, mas aí veio a pandemia. Agora há uma enxurrada de competidores, gente que comprou essas vinícolas. Eles chegaram e modernizaram as operações, encontraram novos jeitos de atrair um grande público. E a Vos... — Ela umedeceu os lábios. — De acordo com o que ouvi, ainda está em modo de recuperação, enquanto os novatos estão expandindo, trazendo celebridades para ser porta-vozes e conquistando as redes sociais.

Parecia que estavam apertando dois parafusos na jugular dele. Julian tinha achado o pedido da mãe de que ele comparecesse ao festival Filosuvinhas dos Sabores de Napa um pouco estranho, mas não esperava aquilo. As coisas estavam tão ruins assim? Além disso... Ele ainda seria tão indesejado nos negócios da família a ponto de ela sequer pedir ajuda numa situação de desespero? Sim, o pai tinha deixado evidente que não queria a influência de Julian no vinhedo. Mas a mãe? Talvez ela tivesse ainda menos fé nele do que Julian tinha percebido. Depois do comportamento humilhante do filho após o incêndio, quem poderia culpá-la?

— Minha mãe não me falou nada — admitiu ele com dificuldade.

— Desculpa. — Hallie lhe ofereceu o parmesão, abaixando o braço de novo quando ele recusou brevemente.

— Prefiro queijo de cabra.

Hallie pareceu chocada.

— Ok, Satanás. — Ela o cutucou nas costelas para deixá-lo saber que estava brincando, e ele mal resistiu à vontade de pegar seu pulso e manter a mão dela ali. *Perto dele.* — Se te faz se sentir melhor, eu fiquei extremamente bêbada ontem à noite bebendo vinho da Vos, um Sauvignon Bl...

Suas palavras foram morrendo, seu rosto perdendo um pouco da tonalidade rosada.

— O que foi? — perguntou Julian, preocupado. Será que aquele gerente magrelo a tinha chateado muito? — Vou voltar lá — rosnou ele, girando na direção da loja.

— Não! — Ela pegou o cotovelo dele, impedindo-o. — Eu... Está tudo bem.

Aquilo nitidamente não era verdade.

— Comeu parmesão demais?

— Não, eu só... — De repente, ela pareceu não conseguir olhá-lo nos olhos. — Só lembrei que esqueci de dar uma gorjeta para o motorista do Uber ontem à noite. E ele foi muito bom. Até me esperou enquanto eu fazia uma parada.

Por que ela soava quase sem fôlego ao pensar nesse lapso?

— Você pode dar a gorjeta depois.

— Sim. — Ela o encarou, mas sem vê-lo de fato, os olhos vidrados. — É. Posso. Vou fazer isso.

— Essa ressaca tem algo a ver com a decisão de roubar queijos?

— Não. — Ela estremeceu, mas seu rosto demorou a voltar à cor de sempre, a voz levemente artificial. — Talvez um pouco. Mas não ajudou quando o Otário do Tweed entrou na Tinto que nem um troll presunçoso e saiu com duas dúzias de taças, alegando que a DisTinto precisava mais delas.

— Ah. — A irritação o percorreu de novo. — Estou ainda mais feliz por não ter tirado uma selfie com ele, então.

— Falando nisso... — Eles caminhavam pela calçada enquanto Hallie tentava, sem sucesso, enfiar o bloco de queijo no bolso da frente do jeans. Sinceramente, ela era uma bagunça ambulante. Apesar disso, Julian não conseguia tirar os olhos dela. — Que história de documentário é essa?

— Não é nada — respondeu ele depressa.

— Até parece. — Ela riu, e Julian ficou aliviado ao ver que estava menos pálida. — Você prometeu uma explicação, Vos. Exijo uma resposta.

Um canto dos lábios dele se ergueu.

— Sim, estou ciente. Só não quero falar sobre isso.

— Você acabou de me pegar cometendo um roubo. Me dê alguma coisa.

Por um momento, ele ficou fascinado pelo sorriso persuasivo daquela mulher. De ressaca ou não, ela ainda tinha aquele brilho, não tinha? A marca registrada de beleza desconcertante. E, como nas duas primeiras vezes que ele estivera na presença de Hallie, a pressão do cronograma parecia ter se evanescido, mas agora rugia dentro dele, exigindo que Julian se recompusesse. Seu relógio ficou mais pesado no pulso, os minutos voando sem uma prestação de contas.

— Tudo bem, eu explico. Mas preciso escrever...

Ela o fitou por um momento, e ele quase se inclinou para observar mais de perto os círculos pretos ao redor de sua íris. Era por isso que a cor... o distraía tanto? Ele podia gastar meia hora ali, não podia?

Era melhor encarar os fatos. Hallie era uma dinamite para sua paz de espírito, e ele não conseguia seguir seus planos quando ela estava por perto. Especialmente quando entortava a cabeça e sorria para ele com os olhos apertados, o sol brilhando naquela dobra no meio do seu lábio inferior. E o fato de ele notar esses detalhes em vez do tique-taque do relógio significava que algo estava seriamente errado.

— Por que você está me olhando assim? — perguntou Julian.

— Só estava pensando que a manhã de hoje podia ter terminado de um jeito muito diferente — disse ela. — Se você não tivesse interferido, quer dizer. Obrigada. Foi muito heroico.

O que era aquele sentimento estranho no estômago de Julian? Ele não era heroico. Porém, não conseguia evitar o desejo de que Hallie pensasse nele dessa forma. Ter aquela mulher sorrindo para ele era algum tipo de recompensa celestial que Julian não sabia que faltava em sua vida. Quando ia se cansar daquilo? Com sorte, em breve. Essa história não se sustentaria.

— Ninguém deveria gritar com você.

Ela piscou, surpresa. Estava respirando mais rápido? Ele queria saber. Queria se aproximar, estudá-la e arquivar mentalmente seus padrões de comportamento. Os caminhos que levavam aos sorrisos de Hallie.

— O-obrigada — respondeu a paisagista, por fim.

Em voz baixa. Como se não conseguisse reunir fôlego para muito mais. E não era à toa, depois da discussão com o gerente.

Ele realmente devia voltar naquela loja.

E teria feito isso, se ela não tivesse aberto um sorriso largo e virado em direção ao caminho que levava à Vinícola Vos. O caminho por onde ele *já teria* seguido, se aquela mulher desregrada não o tivesse arrastado da sua rotina de um jeito tão adorável... Não, criminoso.

— Ainda quero saber sobre o documentário dos aliens.

— Suspeitei — murmurou ele, ignorando o relógio. — Alguns anos atrás, me pediram para participar de um documentário sem título. Um filme de *estudantes*. Presumi que era um projeto para o semestre, algo que acabaria valendo nota, então não li as letras miúdas no formulário de autorização. — Ele balançou a cabeça ao se lembrar da negligência tão atípica da sua parte.

— Eles pediram que eu falasse para a câmera sobre os métodos de medir o tempo dos antigos egípcios. Eu não estava ciente de que as minhas teorias iriam, por caminhos tortuosos, apoiar a crença de que aliens são responsáveis por influenciar certos dispositivos de medida de tempo. Eles receberam um B- pelo trabalho, mas, de alguma forma, ele foi comprado pela Netflix, e agora eu sou um participante involuntário em um documentário sobre aliens. Meus alunos acham tudo muito divertido.

— E você obviamente não.

— Correto. — Relutante, ele acrescentou: — Se chama *A Hora dos Marcianos*.

Ela botou a mão na boca, então a deixou cair, lhe lançando um olhar solidário.

— Desculpa, mas é uma sacada muito boa.

— Acho que sim — admitiu ele. — Infelizmente, eu não fui tão esperto. Lá estou eu falando sobre um assunto muito importante, e eles editaram de forma que fiquei parecendo... *muito* fervoroso sobre a existência de aliens.

Ela disse algo baixinho. Pareceu *Como eu não sabia disso?*, mas ele devia ter ouvido errado. E então se distraiu com a covinha que apareceu na bochecha de Hallie quando ela tentou esconder um sorriso. Era fofo, na verdade, e ele teve o impulso insano de encaixar o dedão ali.

— Sua sorte é que eu não tenho Netflix, senão estaria assistindo essa belezura hoje à noite com uma tigela de pipoca.

— Você não tem Netflix? — Ele não conseguiu esconder o choque. — Só a seção de documentários já vale a assinatura, mesmo com *A Hora dos Marcianos*.

— Ah, não — disse ela, inexpressiva. — Não creio que estou perdendo toda essa emoção. — Qualquer que tenha sido a expressão dele (Julian imaginou que ofendida), isso a fez dar uma risadinha, e o som o deixou nervoso. — Ah, vai. Existem coisas piores sobre as quais ser fervoroso. Pelo menos não era uma biografia do Pé-Grande.

As risadinhas tinham acabado, então?

— Esse é o único lado positivo — comentou ele.

— Não sei, não. — O ar de quem estava achando graça se espalhou pelo rosto de Hallie, e uma onda correspondente atravessou o corpo dele. — Foi até legal ver o Otário do Tweed chocado no meio do discurso contra mim.

Eles tinham chegado ao começo do caminho que levava ao vinhedo. Julian precisava desejar um bom resto de fim de semana para ela e seguir seu rumo. Mas hesitou. A meia hora ainda não tinha terminado. Mudar seu plano de ação duas vezes em uma manhã o afastaria ainda mais do cronograma, não? Sim. Portanto, ele poderia muito bem continuar falando com ela. E ignorar o alívio que sentiu.

— Em que escola você estudou? — perguntou ele sem pensar.

Porque estava genuinamente curioso, não só jogando conversa fora quando necessário, como era sua tendência com as mulheres. Ele precisava saber de onde vinha alguém como Hallie.

Alguns instantes de silêncio se prolongaram. Por um segundo, o sorriso dela sumiu, e o estômago dele se revirou.

— Napa High — disse ela, seguindo em frente sem lhe dar a chance de processar a revelação bombástica. — Você estava três anos na minha frente, acho. Um aluno popular do último ano. — Ela deu de ombros num movimento tenso. — Tenho certeza de que nossos caminhos não se cruzaram muito.

Mas obviamente tinham se cruzado.

E ele tinha se esquecido? *Como?*

Quem não se lembraria de Hallie em detalhes?

Era por *isso* que ela havia ficado tão decepcionada com ele da primeira vez que se viram. Ele tinha dado a mesma mancada, duas vezes. Seria péssimo na função em tempo integral de motivador de sorrisos de Hallie.

— Desculpa, eu não me dei conta de que...

— Esquece isso. — Ela abanou a mão, o rosto corado. — Não tem problema!

Ô-ôu. Com certeza tinha problema. Definitivamente. Julian precisava pôr aquele sorriso de volta no rosto de Hallie antes de cada um seguir seu caminho, ou não ia dormir à noite.

— Me deixa adivinhar — retrucou ele, determinado a descobrir mais sobre ela... por motivos que não eram de forma alguma sábios. — Você estava na turma de teatro.

— Sim, mas só por uma semana. Depois tentei tocar o trombone na banda marcial. Por um mês. Então comecei a usar óculos de aro de tartaruga sem grau e entrei para o jornal da escola. E isso foi só no meu primeiro ano no colégio. — Ela olhou para longe, para as fileiras de uvas na propriedade da família dele, o sol banhando a terra de dourado. Banhando Hallie de dourado. Suas bochechas, seu nariz, os cachos menores de seu cabelo enterrados entre os maiores. — No segundo ano, minha avó começou a cuidar de mim. Isso me ajudou a sossegar.

— Não consigo te imaginar sossegando, Hallie.

Os olhos dela voaram para os dele. Provavelmente pelo jeito como ele disse o nome dela — como se os dois estivessem na cama, emaranhados em lençóis úmidos. Ele podia visualizá-los assim tão facilmente... Podia se sentir gostando do que eles faziam lá. Amando. A ponto de depois ficar difícil voltar à normalidade. A *reação* dele a ela já era difícil. Era demais.

— Hã... — Ela umedeceu os lábios. — Bom, ela tinha um jeito de me manter sob controle. Ou talvez eu só me sentisse confortável com ela e conseguisse relaxar, me concentrar. Estou um pouco à deriva desde a sua partida. Se minha avó estivesse aqui hoje de manhã para o espetáculo do queijo, teria dito algo como "Hallie, nem tudo que reluz é ouro" ou "Cabeça vazia, oficina do diabo", e eu teria suspirado ou talvez até discutido com ela, porque nem toda situação pode ser resumida com um provérbio. Mas provavelmente não teria sentido a necessidade de roubar queijo em nome da justiça. Talvez eu estivesse errada esse tempo todo e esses provérbios sejam muitíssimo úteis. Ou pelo menos um jeito de economizar dinheiro de fiança. — Ela respirou fundo, algo que parecia bem necessário depois do que tinha dito. Por mais interessado que estivesse no que Hallie dizia, Julian havia começado a ficar preocupado. — É horrível que a gente só percebe essas coisas quando é tarde demais.

— É mesmo. Meu pai... ele não morreu nem nada, e Deus sabe que nosso relacionamento nunca foi perfeito, mas muitas vezes alguma coisa que ele me disse de repente começa a fazer sentido. Do nada fica relevante, simples assim. — Julian continuou a falar sem pensar direito. Um comportamento estranho para ele. Normalmente, tudo que dizia em voz alta era pesado e medido com cuidado antes. — Sua avó parece alguém de quem vale a pena sentir saudades.

Ele não percebeu que tinha parado de respirar até que um sorriso se formou novamente na boca de Hallie. Outra vez, teve a vontade súbita de tocá-la, acariciar a bochecha dela, então enfiou a mão no bolso do short.

— Obrigada. Eu gosto disso. E ela é.

Os dois meio que só se olharam, o rosto de Hallie erguido para o sol devido à altura dele. Talvez ele devesse se curvar um pouco para ela não ficar com torcicolo.

— Ela nunca me impulsionou tão longe quanto esperava. Ou partiu antes que pudesse fazer isso. A biblioteca... Sabe a biblioteca municipal? Eles vinham pedindo a ela que fizesse o jardim do pátio há anos. Minha avó sempre respondia "não". Dizia para *eu* fazer no lugar dela. Seria o meu maior projeto. O que exigiria maior comprometimento. Acho que... Não sei, ela queria que eu percebesse meu potencial de pôr as mãos à obra e criar alguma coisa. A cereja no bolo do seu grande plano. — Hallie se sacudiu como se estivesse envergonhada de ter falado tanto. Como se ele não estivesse rezando para ela continuar. — Uau, definitivamente tomei muito do seu tempo. Você foi para a cidade fazer compras rapidinho e acabou se tornando cúmplice de uma assaltante. — Ela estendeu a mão para ele, do nada. — Amigos, Julian? — Quando ele não pegou sua mão de imediato, ela trocou a direita pela esquerda. — Agradeço o que você fez por mim agora pouco, mas, uau... Realmente ficou óbvio que deveríamos provavelmente ser o tipo de conhecidos que acenam um para o outro no mercado, certo?

Sim. Isso era verdade. A mais completa verdade. Não significava que ele estava feliz em se despedir dela. Da última vez também não havia ficado. Mas já que aquilo precisava mesmo acontecer, ele definitivamente preferia que saíssem daquele encontro como amigos. Infelizmente, ela era uma amiga em quem ele suspeitava que ficaria pensando a ponto de se distrair por um longo tempo.

— Certo... — Julian finalmente pegou a mão dela. — Você ficaria feliz se eu te desse minha senha da Netflix? — Ele estava realmente falando isso em voz alta. — Pra poder assistir a *A Hora dos Marcianos* comendo pipoca?

O sorriso lento que se abriu no rosto da paisagista fez o mundo inteiro parecer mais iluminado.

— Acho que isso elevaria você de amigo a herói. Duas vezes no mesmo dia.

Como, *em nome de Deus*, ele tinha se esquecido que já havia estado no mesmo lugar ao mesmo tempo em que ela?

Hallie devia estar com uma fantasia de Halloween no dia... Ou então usando um saco de batata que a cobrisse da cabeça aos pés. Essas eram as únicas explicações que ele conseguia arranjar.

— Então vou te mandar por mensagem — disse ele, apertando a mão dela. — Aproveite.

Os dois soltaram as mãos e hesitaram um momento, daí se viraram e foram embora. E Julian continuou pelo caminho, sem olhar para o relógio nem uma vez. Estava ocupado demais a) enviando seu login e senha para Hallie, checando dupla e triplamente sua pontuação e brevemente considerando um emoji de flor, porque o fazia lembrar dela, e b) repassando a última meia hora da sua vida, tentando entender como toda aquela história com Hallie tinha sido tão peculiar e excêntrica e ao mesmo tempo tão... perigosamente emocionante.

Entretanto, quando viu o envelope branco enfiado num toco de árvore adiante — um envelope com o *nome dele* escrito na frente —, teve a sensação de que o dia estava prestes a ficar mais peculiar.

E tinha razão.

— Jesus! — gritou Hallie no telefone. — Jesus *Cristo*. Você não vai acreditar no que aconteceu!

— Fala baixo. Alguém pisou no meu olho de salto alto — chiou Lavinia, obviamente mergulhada na própria ressaca. — Tá gritando assim por quê?

— Lavinia, eu quero morrer.

— Eu também, no momento. — A voz da amiga estava agora abafada pelo travesseiro. — Suspeito que por um motivo diferente. Diga o que tem pra dizer, senão eu vou desligar.

— Eu escrevi a carta — sussurrou Hallie no telefone, assim que chegou à caminhonete. Ela se jogou lá dentro e bateu a porta, sua pulsação frenética, o estômago embrulhado. — Escrevi uma carta de admiradora secreta para o Julian ontem à noite, depois do jantar, e deixei para ele encontrar. Escrevi no banco de trás do Uber. Tenho quase certeza de que até pedi um conselho para o motorista e ele disse pra eu não fazer isso. Não faça isso, passageira maluca. Mas eu fiz. E deixei o envelope na rota da corrida e, a não ser que tenha sido levada pelo vento, ele deve estar encontrando a carta *agorinha*.

— Não acredito. Você jurou que não ia fazer isso!

— Você não pode esperar que eu faça promessas sob a influência de macarrão e vinho!

— Tem razão. Eu não devia ter confiado na sua palavra. — Um sofá rangeu ao fundo. A voz de Lavinia estava mais nítida quando ela falou de novo. — Não tem um jeito de amenizar a situação?

— Não. Quer dizer, eu não assinei meu nome, lógico. Pelo menos acho que não.

— Isso também acabaria totalmente com o propósito de uma carta de admiradora secreta.

O telefone dela vibrou para sinalizar uma mensagem de texto. O login da Netflix de Julian.

Ele a havia salvado de um troll de tweed, reacendido sua crença em boas ações e homens nobres, feito seu coração bater como se tivesse finalmente se lembrado de como fazer isso, *e* dado a sua senha da Netflix para ela — que era "calendário", aliás. Em troca, Hallie tinha vomitado sua admiração por ele em uma torrente compulsiva de palavras.

— Eu nem lembro o que escrevi! — Ela descansou a testa no volante. — Por favor, me fala que o orvalho de hoje de manhã borrou a tinta, ou que o papel foi levado pelo vento. Por favor, me fala que isso é possível e que Julian Vos não está lendo minhas digressões bêbadas neste instante.

A pausa de Lavinia durou um pouco demais.

— Tenho certeza de que o vento levou, gata.

— De jeito nenhum eu vou ter essa sorte, né?

— Duvido. — Uma voz abafada disse algo no fundo. — Tenho que ir. Jerome precisa de ajuda com os clientes. E me mantenha informada, Shakespeare!

Hallie respirou fundo e deixou o celular cair no colo, enquanto encarava o horizonte. O que ia fazer?

Nada. Simples assim. Ela esperaria e torceria. Se a carta não tivesse sido levada pelo vento, nada do que ela havia falado naqueles parágrafos poderia ajudar a identificá-la. Ainda que, considerando que sua memória era um grande borrão, pudesse ter escrito até seu endereço no envelope. *Deus.*

Tudo bem. No dia seguinte, ela tinha marcado de passar na casa de hóspedes dos Vos para plantar algumas flores. Ela só teria que manter a discrição até lá — e então, ou ficaria aliviada, ou seus sentimentos por Julian não seriam mais seu segredinho inocente.

Capítulo sete

Julian olhou para a carta, as sobrancelhas correndo o risco de serem engolidas pelo cabelo.

Querido Julian Vos,

Ai, meu Deus. Não acredito que estou mesmo fazendo isso. Mas só se vive uma vez, certo? Então vamos apertar o gatilho!

Ok. Agora sério. Acho você maravilhoso. De verdade. Maravilhoso mesmo. Faz muito tempo que estou morrendo de vontade de tirar isso do peito, mas não tinha coragem. Você sempre foi tão gentil e discreto, nunca usando seu nome pra dar carteirada, nem agindo como se fosse superior, sabe? Era um cara pé no chão, só isso, com uma inteligência daquelas e um coração enorme que mantinha em segredo.

Queria ter te contado tudo isso há um milhão de anos, porque quando a gente sente alguma coisa deve só falar. Entende? Não quero que você fique assustado (lógico que vai ficar, quer dizer, olha o que eu estou fazendo), mas, muito tempo atrás, nos dias de outrora, eu fui testemunha do seu caráter quando você achava que ninguém estava olhando, e isso realmente inspirou o modo como eu passei a tratar as pessoas ao longo da vida. De forma geral! Não sou uma pessoa perfeita. Às vezes desligo na

cara do pessoal de telemarketing. Mas espero que você esteja feliz e saudável e destinado ao futuro feliz que merece. Usei a palavra feliz duas vezes aqui, desculpa, mas você captou a mensagem.
   Certo! Isso foi ótimo. Vamos fazer de novo uma hora dessas. Quem sabe você não escreve de volta? Nunca ficamos velhos demais pra trocar cartinhas. Tenho certeza de que a maioria das pessoas concordaria comigo.

Sua admiradora secreta

Julian ergueu a cabeça.

— Que porra é essa?

Uma carta de alguém que o admirava anonimamente?

Ele revirou o envelope nas mãos, procurando no verso algum sinal da identidade da autora da pegadinha — porque definitivamente era isso. Uma pegadinha. Mas não havia pistas que apontassem quem aparentemente estava tentando zoar com ele.

Quem teria escrito aquilo?

Quem conhecia seu hábito de pegar aquele atalho entre sua casa e a cidade?

Muitas pessoas, provavelmente. Qualquer um que o visse correndo pela Grapevine Way de tarde. Donos de lojas. Ou moradores das casas mais perto do topo do caminho. Podia ser uma série de pessoas.

Ele balançou a cabeça, relendo as frases mais uma vez. Ninguém mais escrevia cartas de admirador secreto. O contato era feito quase exclusivamente através das redes sociais, certo? Isso tinha que ser alguma piada, mas por quê? Quem se daria a todo esse trabalho?

Assim que Julian chegou na casa de hóspedes e encontrou a irmã esperando na porta, o mistério se resolveu.

— Uau. Há quanto tempo você está na cidade? Uma hora? — Ele abanou a carta. — Mal desceu do avião e já começou a guerra psicológica?

Ele não acreditou na expressão confusa dela. Nem por um segundo.

— Hã, obrigada pela recepção calorosa — disse Natalie, contornando o para-choque do carro. Alugado, considerando o adesivo na janela. — Modera na emoção antes que a reunião de família fique constrangedora. — Ela foi casualmente na direção de Julian e espiou a carta como se nunca a tivesse visto antes. — Sim. Sou eu, a filha pródiga. Eu te daria um abraço, mas a gente não faz esse tipo de coisa... — Ela sorriu sem mostrar os dentes. — Oi, Julian. Você parece ótimo.

O jeito como ela disse isso, com uma pontada de preocupação interrogativa nos olhos, fez a nuca dele se tensionar. A lembrança da última vez que estiveram juntos em Santa Helena, no terreno da Vinícola Vos, era uma presença quase constante na sua mente. A fumaça e as cinzas e os gritos e as chamas. O receio de que ele não faria o que precisava ser feito a tempo. Ele conseguia sentir aquela queimação amarga na garganta, a sujeira ardendo em seus olhos. O peso de cem toneladas pressionando seu peito, impedindo-o de respirar o ar enfumaçado.

Natalie examinou o rosto do irmão e desviou o olhar depressa, obviamente lembrando também. De como Julian tinha perdido a compostura de um jeito tão físico que ele só conseguia se lembrar do ocorrido em lampejos de som e movimento. Num momento, era capaz de pensar criticamente, ajudando a família; no seguinte, quando soube que Natalie estava a salvo, simplesmente se desligou. Foi para a casa coberta de fuligem, se fechou em um dos quartos dos fundos e voltou para sua zona de conforto. Trabalho. Aulas. Anotações de palestra. Quando surgiu para respirar, dias tinham se passado, enquanto ele se encontrava naquele estado de entorpecimento — deixando que os pais e Natalie lidassem com as consequências do incêndio.

Algo inaceitável. Ele nunca mais faria aquilo.

— O que você está fazendo aqui? — perguntou ele, um pouco ríspido demais.

Ela ergueu o queixo, na defensiva. Julian catalogou as diferenças desde a última vez que se viram. Natalie era três anos e meio mais nova que ele, o que significava que estava com trinta. Assim como a mãe, ela parecia não envelhecer, e seu cabelo preto descia pelos ombros, constantemente emaranhado pelo vento, embora sempre tentasse alisá-lo de forma impaciente com as mãos. Tinha chegado vestida para Nova York, para onde se mudara depois de estudar na Cornell. Calça social preta, salto alto e um blazer com babados: podia ter saído diretamente da Madison Avenue.

Quanto ao *motivo* de Natalie ter voltado a Santa Helena, Julian esperava uma explicação prática: ela estava na cidade a negócios ou por conta do casamento de um colega. Definitivamente não esperava o que ela lhe apresentou.

— Estou tirando um tempo de folga do trabalho. Uma folga *voluntária* — ela se apressou a acrescentar, espanando uma sujeirinha da manga do paletó. — E se eu tiver que ficar na casa principal com nossa mãe, tenho quase certeza de que vamos brigar o suficiente pra invocar o apocalipse, então vou ficar aqui com você.

O músculo atrás do olho direito dele começou a sofrer espasmos.

— Natalie, eu estou escrevendo um livro. Vim aqui atrás de paz e sossego.

— Sério? — Um prazer genuíno e surpreso cruzou seu rosto antes de ela escondê-lo atrás de uma expressão de quem estava achando graça. — Meu irmão, um romancista? Muito impressionante. — Ela o estudou por um momento, processando a informação. — Quem disse que vou atrapalhar o seu processo? — Natalie apertou os lábios, parecendo suprimir uma risada. — Você chama de "seu processo", né?

— É o nome que se dá pra isso. — Ele dobrou a carta da pegadinha, já planejando jogá-la no lixo assim que entrasse na casa. — E são os seus antecedentes que indicam que você vai atrapalhar.

Natalie revirou os olhos.

— Eu sou adulta agora, Julian. Não vou dar uma festa no seu jardim. Pelo menos não até te dar uma falsa sensação de segurança. — Quando um rosnado começou a sair da garganta dele, Natalie pegou a mala de rodinhas atrás dela na entrada de carros. — Ah, qual é. Foi brincadeira.

Ele observou, descrente, enquanto ela arrastava a mala escada acima, deixando-a bater alto contra cada degrau de madeira.

— Natalie, deve existir outro lugar onde você possa passar suas férias.

— Não.

A porta de tela se fechou atrás da irmã, seus saltos fazendo barulho em direção à cozinha.

Julian a seguiu, quase arrancando a porta das dobradiças. Aquilo não podia estar acontecendo. O destino parecia determinado a foder a vida dele. A casa de hóspedes havia ficado vazia por quatro anos, e agora, de repente, os *dois* estavam de volta? E, ao mesmo tempo, também era muitíssimo necessário plantar begônias? As mulheres na vida dele pareciam determinadas a descarrilar seu trem de metas. Naquele exato momento, ele devia estar no banho, se preparando para a segunda metade do seu dia de escrita.

Ao chegar à cozinha, viu a irmã tirar a jaqueta e pendurá-la com cuidado no encosto de uma cadeira. Graças a Deus, pelo menos ambos prezavam pela organização. O pai jamais tolerou nada menos quando Natalie e Julian eram novos. Durante a infância dos dois, a mola propulsora da vida de Dalton Vos tinha sido produzir vinho melhor do que o pai dele. Tornar a vinícola duas vezes mais bem-sucedida e esfregar isso na cara do velho, afastado da família. E quando Dalton teve sucesso, quando o encheram de elogios e o tornaram herói de Napa, ser melhor do que o pai não foi tão satisfatório quanto ele esperava. Nem ter um filho que ele achava digno de herdar o seu legado. O incêndio foi o derradeiro golpe à invencibilidade de Dalton, que então tinha cedido a Vinícola Vos para a ex-esposa como presente de despedida no divórcio e seguido em frente para seu próximo projeto, deixando a responsabilidade nas mãos de Corinne.

Por mais que Julian quisesse acreditar que não se parecia em nada com Dalton, havia semelhanças, e ele tinha parado de tentar lutar contra elas. Ressentia-se de qualquer um que interferisse em seus planos? Sim. Era competitivo? Talvez não tanto quanto o pai, mas ambos ansiavam pela perfeição em todas as suas empreitadas. De certa forma, ele até mesmo seguira o exemplo de Dalton e abandonara a vinícola nos últimos quatro anos.

Só que por um motivo muito diferente.

Pigarreando e tentando afastar o desconforto da garganta, Julian foi até a cafeteira e apertou o botão, os sons da máquina enchendo a cozinha.

— Dose de cafeína da tarde?

— Conte comigo.

Enquanto pegava as xícaras do armário, ele observou a irmã, notando o dedo anelar nu na mão direita dela e erguendo uma sobrancelha. No Natal, ela tinha mandado um e-mail para ele e Corinne informando-os do seu noivado com "o Tom Brady dos investimentos".

Será que os dois tinham rompido?

Natalie o pegou reparando a falta da aliança e lhe lançou um olhar duro.

— Nem pergunta.

— Eu vou perguntar.

— Tudo bem. — Ela sentou numa banqueta e cruzou os braços, imitando a postura anterior dele. — Não existe uma lei que me obrigue a responder.

— Não, não existe — concordou ele, pegando o leite na geladeira e tentando desesperadamente não entrar em pânico por causa dos minutos que escorriam por seus dedos, um a um. Assim que bebesse aquela xícara de café e entendesse qual era a situação de Natalie, ele se lançaria no seu cronograma da tarde. Na verdade, acrescentaria um tempo de escrita extra pra ficar adiantado. Essa solução fez seus ombros relaxarem. — Não entendo muito do mercado financeiro, mas sei que as coisas são competitivas demais em Nova York pra você simplesmente tirar uma folga.

— Sim, é parte da doutrina. Você não abandona o mundo financeiro de Nova York a não ser que morra ou seja demitido, certo? — Ela gesticulou para si mesma. — A não ser que seja um unicórnio como eu, valiosa o suficiente pra ganhar um pouco de flexibilidade. Eu sou sócia da minha firma, Julian. Pare de caçar problemas. Só queria férias.

— E veio pra *cá*. — Ele parou para dar ênfase. — Para relaxar.

— Não é o que as pessoas fazem aqui? Na terra dos vinhos infinitos?

— Outras pessoas, talvez.

Os braços dela caíram pesadamente.

— Só faz o café e cala a boca.

Julian lhe deu um olhar incerto antes de se virar e servir um pouco de leite nas xícaras, mais um cubo de açúcar para Natalie. A não ser que ela tivesse mudado sua preferência nos últimos quatro anos, era assim que gostava do seu café. Ele o pôs diante da irmã e ela bebeu em silêncio, olhando-o com uma gratidão relutante. Aparentemente ela continuava com os mesmos gostos.

Saber o modo como a irmã tomava o café lhe deu uma sensação de conforto, o que foi uma surpresa para Julian. Eles não eram próximos. Duas vezes por ano, trocavam votos de feliz aniversário e um bom Natal por e-mail. A não ser que a mãe precisasse informá-los da morte de um parente, a comunicação era praticamente inexistente. Ela não devia ter contado sobre o rompimento do noivado? Com quase cinco mil quilômetros entre eles, Julian nunca parava para se perguntar sobre os relacionamentos pessoais da irmã. Mas agora que Natalie estava sentada à sua frente e obviamente tentava fugir de alguma coisa, a falta de informações abria um buraco no seu estômago.

— Quanto tempo você vai ficar?

A xícara parou a caminho da boca de Natalie.

— Ainda não sei. Desculpa. Sei como planos indefinidos te dão azia.

— Não tem problema — replicou ele, rígido.

— Não? — Ela encarou o café. — Da última vez que estivemos aqui...

— Eu disse que não tem problema, Natalie.

A boca da irmã se fechou de repente, mas ela se recuperou depressa. Até mais depressa do que ele, que ensaiava começar a se sentir culpado por ser tão brusco.

— Então... — Ela respirou fundo e expirou, um pouco trêmula. — Você já teve um reencontro comovente com a nossa mãe?

— Talvez não comovente — disse Corinne da porta da cozinha, chegando do nada. — Mas positivo e produtivo. É isso que visamos aqui, não?

Julian notou uma levíssima centelha de mágoa nos olhos de Corinne. Seria porque Natalie tinha chegado sem avisar? Ou pelo seu sarcasmo casual sobre o relacionamento deles? Não era típico da mãe ficar — ou parecer se sentir — magoada por qualquer coisa. A imperturbabilidade de Natalie e Julian era genética, afinal. Mas, depois da conversa com Hallie de manhã, ficou mais fácil notar uma rachadura na armadura de Corinne. Não só naquele momento, mas também da última vez que ela passara na casa para vê-lo.

Será que a vinícola estava com dificuldades? Corinne seria capaz de deixar o negócio da família se desintegrar em vez de pedir ajuda? Julian quase tinha medo de perguntar e acabar descobrindo que ele tinha tanta utilidade para ela quanto para Dalton: nenhuma. Lógico, ela pedira a ele que comparecesse ao festival, mas isso estava longe de ser um pedido de ajuda para valer. Era só para as câmeras.

— Já que está aqui, Natalie, vou estender a você o mesmo convite que fiz a Julian. O Filosuvinhas dos Sabores de Napa é daqui a uma semana. Um pouco de representação Vos não faria mal. Você vai ficar em Santa Helena até lá?

Natalie não fez qualquer movimento exceto engolir em seco.

— Provavelmente.

Corinne absorveu essa informação com um aceno curto.

— Ótimo. Vou pedir um crachá para você. — Ela uniu as mãos à altura da cintura. — E, por favor, Natalie, tente lembrar que o vinho nesses eventos é principalmente para os convidados que estão pagando.

— Ah, pronto. — Natalie riu, deslizando da banqueta e alisando os vincos na calça. — Você só levou quarenta e cinco segundos pra me pôr no me lugar. — A irmã dividiu um olhar venenoso entre Julian e a mãe. — Eu tenho trinta anos. Será que podemos superar o fato de que fui um pouco rebelde na adolescência?

— Um pouco? — Com uma expressão perplexa, Corinne encaixou uma mecha de cabelo no coque em sua nuca. — Um pouco de rebeldia não te faz parar na reabilitação aos dezessete anos.

Natalie corou com vontade.

— Bem, sim, mas no fim eu me recuperei e fui pra Cornell, não?

— Não sem algumas manobras estratégicas.

— Eu... — A confiança de Natalie estava diminuindo rapidamente. — Eu virei sócia no outono passado.

Corinne lançou um olhar para a mala dela.

— E como isso está indo?

— Chega — disse Julian com firmeza, batendo com força sua xícara de café no balcão. — Natalie não deveria ter que explicar a presença dela na própria casa. Eu... sinto muito por ter pedido a ela que fizesse isso. Mas agora acabou.

Natalie virou para ele, mas Julian não encontrou seus olhos. Por algum motivo, não queria ver a surpresa por ele tê-la defendido. Antes, isso teria sido esperado. Eles podiam não ser confidentes ou os irmãos mais próximos do mundo, mas ele costumava dar um apoio implícito à irmã. Na escola. Em casa. Não? Quando ele havia abandonado essa parte do relacionamento dos dois?

Natalie obviamente estava passando por algo sério, e ele achou impossível fingir não ver isso naquele momento — manobra que adotara frequentemente desde que deixaram Santa Helena. Ele não estava tão envolvido no próprio mundo que deixara de ver os alertas que vinham de Garth? Um dia eles estavam discutindo teoria quântica no corredor, e no dia seguinte o colega estava trancado em seu escritório se recusando a falar com qualquer pessoa do lado de fora. Natalie não parecia estar à beira de um colapso nervoso, mas ele devia prestar atenção.

Seja mais presente. Mais empático.

Eu fui testemunha do seu caráter quando você achava que ninguém estava olhando, e isso realmente inspirou o modo como eu passei a tratar as pessoas ao longo da vida.

A frase da carta anônima cruzou de forma inesperada a mente de Julian, que mentalmente zombou dela e a afastou. Não passava de uma pegadinha, e ele não pensaria naquilo nem por mais um segundo sequer. Não havia sido a carta que o tinha inspirado a ficar do lado de Natalie.

Teria sido Hallie e o jeito como ela defendia fielmente a dona da Tinto, por quaisquer meios necessários?

Com aquele pensamento, Julian imediatamente sentiu o cheiro de terra e sol tão característico da paisagista. Estaria pairando na cozinha desde sexta à noite ou era sua imaginação? O que aquele pacotinho impulsivo de energia com cabelo cacheado tinha feito com ele?

Por que não conseguia parar de pensar nela?

Julian se obrigou a voltar ao presente, onde a mãe e a irmã se encaravam em lados opostos da cozinha. Sim, a família Vos tinha sua cota de problemas — e ele estava longe de ser a exceção.

— Vocês precisam de mais alguma coisa? — perguntou Julian, apertando os lábios. — Vou tomar banho e trabalhar. — Ele olhou para o relógio e sentiu sua pulsação acelerar. — Já estou quarenta minutos atrasado.

Natalie cambaleou dramaticamente, apertando a alça da mala.

— O guardião do tempo se pronunciou! O ócio é um desrespeito ao seu nome sagrado!

Julian a fitou, sério. A irmã respondeu com um sorriso, o que foi estranho e inesperado. Só porque ele tinha intercedido a seu favor com a mãe?

Corinne pigarreou.

— Só vim avisar ao Julian que a paisagista vai voltar amanhã.

As pontadas conflitantes de alívio e alarme no peito dele foram perturbadoras, para dizer o mínimo.

— Ela vai voltar?

— Sim, falei com ela quando estava vindo pra cá. — Alheia ao iminente ataque cardíaco do filho, Corinne gesticulou para o lado da casa que dava para o vinhedo. — Gostei do que ela fez com as begônias. A casa de hóspedes fica visível no tour da vinícola. Eu devia ter me esforçado mais para dar um charme externo a ela antes.

— Não existe mais ninguém que você possa contratar pra plantar flores?

Mesmo enquanto fazia a pergunta, ele quis retirá-la. Eles não tinham concordado em ser amigos, apesar do gosto amargo que a palavra deixava na sua boca? Outra pessoa cuidando do jardim seria... errado. Muito errado. Mas imaginar Hallie voltando ali e passando um cortador de grama sobre a programação dele o inquietava bastante. Inquietava *e* empolgava. Fazia o dia seguinte parecer muito longe.

Em outras palavras, nada mais fazia sentido.

— Tem outro paisagista em Santa Helena. Owen alguma coisa, acho? — Corinne checou a tela do celular. — Mas já contratei a moça.

Então Owen *também* era paisagista?

Alguém que tinha os mesmos interesses dela. Eles eram mesmo amigos? Ou seria uma amizade colorida? Ou Hallie só tinha se referido a Owen como seu amigo para ser profissional, mas o homem na verdade era seu namorado?

Jesus Cristo.

Alguns encontros breves e aquela mulher já tinha bagunçado completamente a cabeça dele.

— Tudo bem, eu lido com ela — grunhiu Julian, uma onda surpreendente de ciúme azedando o café em seu estômago. — Mais alguma coisa? Quer enviar a banda marcial da escola pra praticar embaixo da minha janela, talvez?

— É só isso — respondeu Corinne. Depois, para Natalie: — Bem-vinda de volta.

Natalie inspecionou as unhas.

— Obrigada. — Ela puxou a mala de rodinhas em direção ao outro quarto de hóspedes. — Vejo vocês dois por aí.

— Até — disse Corinne tranquilamente, saindo da casa.

O que deixou Julian parado no balcão com um cronograma arruinado e outra visita marcada de sua maior distração. Por que ele não via a hora de ela chegar?

— Merda.

Capítulo oito

Hallie estacionou a caminhonete na entrada de carros de Julian, o coração batendo loucamente. Lá estava ele, alongando-se no jardim com movimentos amplos que a fizeram inclinar a cabeça para a direita inconscientemente antes que se desse conta. Uau. Ela nunca tinha visto aquele tipo de short antes. Era cinza. Do mesmo material de calça de moletom e parando logo acima do joelho, com um cordão caindo sobre a virilha. O que tinha que ser o motivo para o seu olhar ser continuamente atraído para lá. Entre outros lugares. Ele podia quebrar nozes com os músculos das coxas. Apertar uvas entre as nádegas. Eles estavam num vinhedo, afinal.

— Você devia ser presa — murmurou Hallie para si mesma, obrigando-se a fechar os olhos.

Um dia inteiro tinha se passado desde que o vira pela última vez, e — boa notícia — ainda não tinha sido notificada sobre nenhuma medida de restrição contra ela. O que era generoso da parte de Julian, supondo que ele tivesse encontrado a carta, para começo de conversa. Mas a questão era: *ela não fazia ideia*. E, como a rainha da negação que era, preferiria não saber. Despistá-lo pelo resto da vida parecia muito mais fácil.

Por que ele tinha que estar lá fora? Hallie havia programado sua chegada para depois que ele voltasse da corrida, com a expectativa de plantar tudo enquanto Julian estivesse no banho e vazar antes que ele soubesse que ela estava lá. Agora ele a observava através do para-brisa com aquela sobrancelha impecavelmente erguida. Porque sabia que a carta era dela e a achava patética de um jeito fofo, como um filhotinho? Porque não conseguia acreditar na audácia dela de aparecer ali depois de uma demonstração humilhante de afeto e dos efeitos nocivos do álcool? Ou será que os misericordiosos ventos de Napa haviam soprado na manhã anterior e a carta estava a meio caminho do México àquela altura?

Aja naturalmente.

Pare de sorrir como se tivesse recebido a restituição do imposto de renda.

Você está acenando há, tipo, uns quinze segundos.

Em sua defesa, Julian estava todo suado — e isso seria suficiente pra fazer uma freira perder a cabeça. A camiseta branca estava encharcada até a metade, grudando o tecido ao corpo. Com o sol brilhando em cima dele, o algodão branco translúcido revelava os pelos pretos no seu peito e as colinas e vales de músculos que eles decoravam. Deus do céu, o celibato não estava mais funcionando pra ela. Nem um pouco. Hallie havia se tornado uma virgem no cio.

Não podia mais evitar; era preciso sair da caminhonete e enfrentar seu destino. Os cachorros estavam na creche, então ela nem podia usá-los como distração. Algumas palavras dele e Hallie saberia se Julian tinha ou não encontrado e lido a carta. Talvez ele estivesse até acostumado a mulheres declarando sua admiração, e não seria grande coisa. Os dois poderiam até rir disso! E aí ela voltaria pra casa, deitaria num canto em posição fetal e morreria.

Hallie desceu da caminhonete com as pernas trêmulas e abaixou a porta traseira.

— Precisa de ajuda? — perguntou ele.

Será que estava oferecendo ajuda do tipo psicológica? Se sim, isso indicaria que tinha lido a confissão dela.

Hallie espiou por cima do ombro e o viu caminhando até ela com sua elegância autoritária, a expressão inescrutável. Mesmo no seu estado de nervosismo, cada passo que aquele homem dava em sua direção a fazia sentir coisas em um lugar diferente. Bem, bem fundo na sua barriga. Entre suas pernas. Logo acima do declive no centro da sua clavícula. Será que seu sofrimento estava óbvio? Não parecia, dado que ele continuou se aproximando em vez de chamar uma ambulância.

Assim que estivesse sozinha com o celular, ela procuraria "quanto tesão é tesão demais?" no Google. Os resultados deviam ser interessantes.

— Oi, Julian — disse ela, muito alto.

— Oi, Hallie — cumprimentou Julian, sério, examinando-a atentamente. Perguntando-se se ela era a admiradora secreta? Ou talvez já perfeitamente ciente disso? Pelo que se lembrava, ela podia até ter assinado seu nome verdadeiro no final. — O que vai plantar hoje?

Ah! Ah, doce alívio. O vento tinha levado a carta.

Ou isso, ou ele estava sendo extremamente gentil.

Essas eram as duas únicas opções. Obviamente ele não estava *interessado* nela agora, depois daquela confissão atrapalhada. Aquele homem só responderia a uma abordagem sofisticada ao romance. Um colega que o apresentasse a uma jovem em um baile, algo assim. Não uma explosão de paixão obsessiva, rabiscada no verso de um caderno de espiral. E tudo bem, porque eles tinham concordado em ser amigos, certo? Sim. Amigos. Então, graças a Deus pelos ventos de Napa.

— Sua mãe pediu cor, então vamos com arbustos de hibisco — respondeu Hallie. — São as plantas com flores amarelas que você pode ver na traseira da caminhonete. Vou voltar amanhã com azaleia roxa também.

— Isso vai ser um projeto contínuo, de longo prazo. — Ele assentiu uma vez. — Entendo.

— Sim. — A tensão nos cantos da boca de Julian fez o coração dela despencar. — Sei que você está trabalhando. Não vou fazer muito barulho.

Ele assentiu de novo. O vento rodopiou ao redor dos dois, soprando uma mecha de cabelo na frente dos lábios dela, e ele surpreendeu Hallie ao estender a mão para afastá-la. Ela prendeu o fôlego, os pulmões se apertando quase dolorosamente, mas ele parou, puxou a mão no último segundo e a enfiou no bolso com um xingamento baixinho.

— E o que vamos fazer com você?

Respire antes que você desmaie.

— Eu?

— Sim. — A palavra pairou por tanto tempo no ar que ela jurou que podia ver o contorno das três letras. S-I-M. — Você... me distrai mais do que os cachorros — disse ele, tão baixo que ela quase não ouviu. — Hallie.

O jeito duro e brusco como Julian disse o seu nome era o equivalente a dedos deslizando pelos seus peitos. Aquilo era uma confissão de que se sentia atraído por ela? Tipo, em voz alta? Entre isso e ele quase tocando seu cabelo, ela estava em perigo iminente de desfalecer de puro choque e felicidade.

— Não posso fazer nada sobre isso, desculpa — sussurrou ela. — Por outro lado, já não posso pedir desculpa por ter passado a noite ontem assistindo a *A Hora dos Marcianos*. Então, você realmente acredita que o governo está escondendo toda uma colônia extraterreste no Novo México?

— Não acredito em nada do gênero — murmurou ele, inclinando-se para perto. Tão perto que Hallie começou a se sentir atordoada. — Como eu disse, eles tomaram muitas liberdades no processo de edição.

— Mesmo assim, você definitivamente está em alguma lista de vigilância — comentou ela, sem fôlego.

Ele soltou um murmúrio.

— E aí... te fez sorrir? Assistir ao documentário?

Como um homem podia ser tão magnético?

— Tanto que meu rosto ficou até doendo depois.

Um músculo se contraiu na bochecha do professor de história. Ele flexionava os dedos da mão direita. E então, relutante, recuou da força da intimidade da conversa, tão abruptamente que Hallie quase cambaleou com a ausência súbita.

— Bom — disse ele depois de alguns segundos de silêncio, olhando de volta para a casa. — Desculpa pelo meu mau humor. Agora estou tendo que dividir a casa com a minha irmã, Natalie. Nesse ritmo, seria melhor se eu alugasse um escritório na cidade.

Ela engoliu a decepção.

— Talvez fosse.

O olhar dele passou pelos lábios dela e se afastou, a pulsação de Hallie tamborilando nas têmporas. Bêbada ou não, cada palavra da sua carta era sincera. Sua atração por Julian Vos estava duas vezes mais potente do que antes, quando ele era só uma lembrança. Uma pessoa bidimensional na internet. E aí ele ainda teve que passar um trote de alto nível e salvá-la do Otário do Tweed. Agora ela não conseguia parar de se perguntar o que mais ele estava escondendo ali dentro.

Ela *queria* saber.

Infelizmente, ele achava que a presença dela o distraía.

E por acaso era mentira? Mas será que ela o distraía de um jeito sexy? Se sim, ele nitidamente não *queria* a distração. Ou talvez... a tentação.

Senhor, ser uma tentação para Julian Vos... Ela jogaria fora todo o resto da sua lista de desejos.

Assim que tirasse um tempo para escrever uma.

Seria possível que ela *fosse* uma tentação? O jeito como ele catalogava sem parar diferentes regiões do seu corpo, parecendo se prender na área logo acima das suas coxas, a fez se questionar se a resposta era sim. A não ser que o seu tesão incômodo estivesse pregando peças nela. E isso seria completamente possível. Nos últimos tempos, ela vinha achando os ângulos da sua enxada de jardinagem cada vez mais charmosos.

Até meio provocativos.

Mas uma ferramenta de jardinagem nunca poderia fazer o coração dela acelerar daquele jeito. Como tinha acontecido quando ele a defendeu na cena de seu (totalmente justificado) crime na DisTinto.

Se ela está chateada, eu fico chateado.

Hallie se pegava olhando para o nada nas horas mais estranhas, repetindo essas palavras. Pensando se ele tinha falado aquilo a sério ou só estava tentando resolver a situação o mais rápido possível. Ela ficava assustada com o quanto queria que fosse a primeira opção. Como queria que um homem tão bom, honesto e valente se importasse com os sentimentos dela, o suficiente para não querer que ela se magoasse.

Hallie ficou esperando Julian voltar para a casa — e ele parecia estar prestes a ir a qualquer segundo, porém não se moveu. Simplesmente continuou estudando-a como se ela fosse um enigma.

— Então... — Hallie limpou a ferrugem da garganta. — A visita da Natalie não foi planejada?

Ele soltou uma risadinha de desdém, cruzando as mãos atrás das costas.

— Não. Parece que as pessoas são alérgicas a fazer planejamentos.

Ai. Ela definitivamente não era uma distração sexy para ele.

— Ei, olha só pra mim — disse Hallie, com uma alegria focada. — Estou aqui antes do começo dos seus sprints intensos de escrita.

Os olhos de Julian se estreitaram de leve.

— Você planejou isso?

— Hã... não. — Isso significaria que ela vinha prestando atenção demais nele. — Meu dia só meio que começou... mais cedo do que de costume. Um esquilo no jardim dos fundos inspirou um coro de uivos antes de amanhecer e pensei que, já que estava acordada, podia adiantar o meu trabalho.

— Então — disse ele em um tom muito professoral —, sem a intervenção do esquilo...

— Eu teria chegado aqui na hora do jantar. — Ela ergueu um dos arbustos maiores, parando um momento para cheirar uma flor amarela. — Entre o meio-dia e as sete, pelo menos.

— Você é uma ameaça. — Ele tirou o arbusto das mãos dela e apontou o queixo para o resto deles, como que para dizer *Eu posso levar mais um*. — Enfim, a Natalie chegou sem falar nada. Não sabíamos que ela vinha de Nova York. — Sulcos se formaram de cada lado da sua boca quando ele olhou para a casa. — *Ela* não parecia saber que estava vindo.

— Ela não disse por quê?

— Está tirando um tempo do trabalho. Não deu mais detalhes.

Hallie escondeu um sorriso, mas ele viu e ergueu uma sobrancelha em sinal de questionamento.

— Bem vago isso... Você deve estar se remoendo, né? — perguntou ela.

— Esse sorriso sugere que você respondeu à sua própria pergunta. — De novo, o olhar de Julian foi parar nos lábios dela, mas dessa vez se demorou o dobro do tempo. — Mas, isso não conta muito, você geralmente está sorrindo.

Ele tinha reparado no sorriso dela?

— A não ser quando estou tramando roubar queijos — retrucou Hallie, sem fôlego.

— Sim, a não ser nesse caso — disse ele baixinho, as sobrancelhas unidas. — Aquele homem não abordou você de novo, né?

O tom de voz perigoso — quase protetor? — a fez cravar os dedos nas palmas. De certa forma, ele a tinha reivindicado como uma responsabilidade. Alguém de quem cuidar. Porque isso era totalmente a cara de Julian Vos, não era? O herói de todo mundo. O defensor dos fracos e oprimidos.

— Não. Eu não o vi mais.

— Que bom.

Tentando não corar (e falhando miseravelmente), Hallie pegou outro arbusto e eles seguiram lado a lado para o jardim da frente, suas sombras esticando-se na grama e destacando a diferença de altura entre os dois. A parceria de carregar plantas com Julian deixou Hallie efervescente. Ah, cara, ela estava ferrada. Por um segundo, sentiu até uma pontada de arrependimento por ele não ter visto a carta. Deus sabia que ela nunca teria coragem de dizer aquelas palavras pessoalmente.

— Hã... — Ela engoliu. — Mas sua mãe deve estar feliz de ter os dois filhos em casa.

Ele deu uma risada sarcástica.

— Acho que podemos dizer que é complicado.

— Eu sei um pouco sobre relacionamentos complicados com mães.

Ela cambaleou de leve. Tinha mesmo falado da mãe? Em voz alta? Talvez, por ter mantido conversas digitais e unilaterais com o rosto de Julian no YouTube por tanto tempo, tinha esquecido que aquele ali na sua frente era o de verdade. Ou talvez falar com ele ao vivo fosse surpreendentemente mais fácil do que era quando ela fantasiava sobre os dois cavalgando por um vinhedo enevoado. Qualquer que fosse a causa, ela já tinha desabafado. Não havia jeito. E com certeza não esperava que ele se virasse com tanto interesse. Como se ela o tivesse chocado com algo além de provocações ou conversa fiada sobre flores.

— Como você sabe? — perguntou ele, deixando os arbustos no chão. Ele pegou o que estava na mão dela e o botou na grama também. — Sua mãe mora em Santa Helena?

— Ela cresceu aqui. Depois do ensino médio, fugiu para Los Angeles. Foi lá que eu... — Hallie sentiu o rosto ficar quente, com certeza vermelho, e Julian viu tudo acontecer com um pequeno sorriso fascinado — ...fui concebida. Aparentemente. Não tenho mais detalhes.

— Bem vago isso... — disse ele, ecoando o comentário anterior dela.

— Sim — disse, tomando um grande fôlego. — Ela tentou me criar sozinha. A gente vinha pra cá, de tempos em tempos, quando ela precisava recarregar as energias. Ou por tempo suficiente para amolecer minha vó e convencê-la a emprestar dinheiro. Aí a gente ia embora de novo. Mas quando comecei o ensino médio, ela finalmente admitiu que eu ficaria melhor aqui. Ainda nos encontramos uma vez por ano, ou de dois em dois anos. E amo minha mãe. — Hallie queria poder esfregar o pescoço para desfazer o desconforto ali, mas não queria que ele interpretasse isso como uma dor que tinha crescido dentro dela durante toda a vida. — Mas é complicado.

Julian solta um grunhido baixo.

— Por que tenho a sensação de que você me deu a versão resumida?

— Talvez sim. Talvez não. — Hallie tentou sorrir, mas seus lábios tremeram. — Bem vago isso — acrescentou quase num sussurro.

Julian a encarou por tanto tempo que ela começou a ficar desconfortável.

— O que foi? — perguntou Hallie finalmente.

Ele se remexeu, passando os longos dedos pelo cabelo, ainda suado e corado após a corrida.

— Eu estava pensando que, para que essa troca seja justa, talvez eu devesse contar a versão resumida de por que a família Vos, ou o que restou dela em Napa, é complicada.

— O que te impede?

Olhos perplexos percorreram o rosto e o cabelo dela.

— O fato de que eu perdi completamente a noção do tempo. E eu não faço isso. Pelo menos não perto de ninguém, exceto você, aparentemente.

Hallie não fazia ideia de como responder. Só conseguiu ficar lá, saboreando a informação de que ela fazia aquele homem esquecer o componente mais importante do mundo dele. E como... isso podia ser uma coisa ótima ou literalmente a pior possível.

— Me faz questionar quanto tempo você poderia me fazer... — ele mordeu o lábio inferior, parecendo hipnotizado pela pulsação no pescoço dela — ... perder a noção do tempo.

A tal pulsação acelerou como um carro esportivo numa estrada vazia.

— Não faço ideia — murmurou ela.

Julian deu um passo para perto, e mais um, um músculo se contraindo na mandíbula.

— Horas, Hallie? Dias? — Sua voz estava rouca, e ele levantou a mão, correndo um dos dedos pela lateral do pescoço dela.

— Semanas.

Eu só pulo nele agora? Qual era a outra opção? Porque suas coxas estavam *tremendo* sob o ataque da total intensidade dele. Aquele olhar explorador. Seu tom grave e frustrado. Antes que ela pudesse se convencer inteiramente de que eles estavam falando da mesma coisa — sexo, certo? —, ouviu-se um grito no vinhedo e ambos se viraram, vendo várias cabeças se moverem pelas fileiras e se reunirem todas em um mesmo lugar.

Ela voltou a encarar Julian e o viu franzindo a testa, seu peito subindo e descendo muito mais rápido que o normal.

— Parece que eles estão com algum problema — disse ele, rouco. Pigarreou e pareceu hesitar, flexionando os longos dedos.

— Eu deveria ver se precisam de ajuda.

Nada aconteceu. Ele não se moveu. Os gritos continuaram.

Hallie se sacudiu para se livrar do que restava da necessidade de se familiarizar intimamente com a invenção divisora de águas que eram os shorts de moletom. Ele parecia inseguro quanto a ir ao vinhedo da própria família? Por quê?

— Eu posso ir com você — ofereceu ela, sem saber por quê. Só parecia a coisa certa a fazer.

Aqueles olhos a encararam novamente e sustentaram seu olhar enquanto ele curvava a cabeça.

— Obrigado.

Quando Hallie e Julian se aproximaram do grupo formado por alguns homens e por uma mulher, todas as cabeças se voltaram para eles. A conversa cessou por vários segundos.

— Sr. Vos — balbuciou um dos homens, as faces bronzeadas ficando mais coradas. — Perdão. Estamos falando alto demais?

— De forma alguma, Manuel — disse Julian depressa, dando um sorriso tranquilizante para ele.

Fez-se silêncio de novo. Tanto que Hallie olhou para Julian e viu a mandíbula dele se tensionar, os olhos vagando pelas fileiras de uvas.

— Só pareceu que tinha algo errado. Posso ajudar com alguma coisa?

Manuel pareceu horrorizado com a oferta de Julian.

— Ah, não. Não, está tudo sob controle.

— A desengaçadeira quebrou de novo — disse a mulher, lançando um olhar exasperado para Manuel. — O maldito negócio quebra uma vez por semana. — Manuel enterrou a cabeça nas mãos. — Que foi? Quebra mesmo!

— Corinne sabe disso? — perguntou Julian, franzindo a testa.

— Sim — respondeu Manuel, hesitante. — Eu posso consertar a desengaçadeira, mas estamos com poucos funcionários. Não podemos perder mais uma pessoa aqui. Essas uvas precisam sair das vinhas hoje, senão vamos ficar atrasados.

— Corinne já está estressada o suficiente — comentou a mulher, tirando um lenço do bolso e enxugando o suor da testa. — Não precisamos de mais um atraso.

— Minha mãe estressada — soltou Julian rigidamente. — Isso é novidade pra mim.

Como no dia anterior, quando ela havia informado Julian do lento declínio da Vinícola Vos, Hallie pôde ver que ele realmente não fazia ideia. Tinha sido mantido completamente no escuro. Por quê?

— Eu posso pedir pro meu filho vir da escola... — começou Manuel.

— Não, nada disso — interrompeu Julian. — Eu colho as uvas. Só me mostrem por onde começar. — Ninguém se moveu por um tempo. Até que Julian insistiu com o homem que parecia ser o gerente da vinícola. — Manuel?

— Hã... ok. Obrigado, senhor. — Ele tropeçou num círculo, fazendo um gesto apressado para um dos outros funcionários. — O que vocês estão esperando? Peguem um balde para o sr. Vos.

— Vou querer um também — disse Hallie automaticamente, dando de ombros quando Julian lhe lançou um olhar interrogativo. — Eu já ia passar o dia todo na terra, não ia?

A atenção dele recaiu nos joelhos dela.

— Todo dia, você quer dizer, né?

— Cuidado — retrucou ela. — Senão vou espremer suas uvas.

Manuel tossiu. A mulher riu.

Era tentador ficar com os olhos cravados nos de Julian o dia todo, especialmente agora, quando os dele estavam cintilando com aquele senso de humor elusivo, mas Manuel gesticulou para que eles o seguissem, e foi o que fizeram, adentrando vários metros de vinhas.

— Foi aqui que paramos — informou Manuel, apontando para uma seção colhida pela metade. — Obrigado. Vamos consertar a desengaçadeira a tempo de inserir as uvas.

— Não precisa agradecer — disse Julian, agachando-se na frente das vinhas. Ele as encarou pensativo por um momento, depois olhou de volta para Manuel. — Talvez possamos nos sentar mais tarde para você me contar o que mais no vinhedo precisa de atenção.

Manuel assentiu, os ombros caindo de leve com alívio.

— Isso seria ótimo, sr. Vos.

O gerente se afastou e eles se lançaram ao trabalho, que ela teria feito muito mais rapidamente se Julian Vos não estivesse ajoelhado ao seu lado em roupas suadas, com a barba por fazer, seus dedos longos e incríveis envolvendo cada cacho de uva e puxando-o com cuidado. Deus, ela sentia aquela puxada em todo lugar.

Esconda suas ferramentas de jardinagem.

— A qualidade dessas uvas não está como deveria ser. Esse solo rendeu safras demais — disse Julian, removendo um cacho da vinha e mostrando-o para Hallie. — Está vendo a falta de maturação no ramo? Elas não tiveram espaço para respirar.

A voz de professor dele soava muito diferente ao ar livre, comparado a como estourava dos alto-falantes do laptop dela.

— Ei, eu só bebo o vinho — murmurou ela, umedecendo os lábios. — Não conheço os detalhes íntimos. — Julian teve a audácia de dar um sorrisinho enquanto colocava o cacho no seu balde. — Você é um daqueles professores que dá uma revisão pra prova que não aborda nada do que cai na prova de fato, né?

O olhar dele voou para ela, brilhando com uma mistura de divertimento e surpresa.

— As pessoas precisam estudar o conteúdo inteiro.

— Eu sabia! — disse Hallie, tentando não revelar como a atenção dele deixava sua pele quente e sensível. — Clássica jogada de entusiasta de *Jeopardy!*.

Ele riu, e ela não conseguiu deixar de admirar como Julian parecia diferente naquele cenário. No começo estava tenso, mas relaxou conforme se moviam juntos pela coluna, colhendo as frutas.

— O que você fez depois do ensino médio? — perguntou ele.

— Fiquei aqui mesmo. Estudei na Napa Valley College. A essa altura, minha avó já tinha me feito sócia da Flores da Becca, então eu precisava estar por perto.

Ele soltou um murmúrio.

— E você teve professores que nem eu na faculdade?

— Duvido que exista qualquer professor *exatamente* como você. Mas eu geralmente conseguia saber no primeiro dia do semestre quais matérias ia largar.

— Sério? Como?

Hallie parou, agachada.

— Comentários enigmáticos sobre *estar preparados*. Ou entender *o escopo total* do programa do curso. Era assim que eu sabia que as provas deles iam tentar enganar a gente. E também que eles provavelmente eram sádicos no tempo livre.

A risada de Julian foi tão inesperada que o queixo de Hallie caiu. Ela nunca o ouvira rir antes — não assim, uma risada tão leve, retumbante e profunda. Pareceu chocá-lo também, porque ele pigarreou e rapidamente voltou sua atenção para a vinha.

— Tenho quase certeza de que você teria largado a minha matéria.

Ela se ajeitou nos joelhos ao lado dele, ainda banhada pelo som da sua risada.

— Provavelmente.

Até parece. Ela teria sentado no meio da primeira fileira.

— É mais provável que eu reprovasse você na décima vez que chegasse atrasada.

Agora foi a vez dela de dar um sorrisinho.

— Na verdade, eu conseguia chegar na maioria das minhas aulas na hora, obviamente com algumas exceções. Era... mais fácil na época. Minha avó não era uma pessoa rigorosa, mas cruzava os braços e ficava com uma cara séria enquanto eu arrumava meu despertador. Eu fazia um esforço, porque não suportava decepcioná-la.

O resto da explicação pairou implicitamente no ar entre eles.

Aparecer na hora não importava mais porque ela não tinha ninguém para decepcionar.

Ninguém exceto a si mesma.

Aquele pensamento a fez franzir a testa.

— Montar meu cronograma também me ajuda — disse ele.

— Eu teria gostado dela.

— O que acontece se você não escreve seus planos? — perguntou a paisagista, surpresa ao ver os dedos dele pararem no ar, o maxilar ficar rígido. — Você ainda... faz tudo, como sempre? Ou não os ver no papel te tira dos eixos completamente?

— Bom, eu definitivamente não coloquei "colher uvas" no cronograma de hoje e pareço estar indo bem. — Em um movimento fluido, eles se moveram como caranguejos para a direita e continuaram a colheita. A ação foi tão sincronizada, que até trocaram um olhar fugaz de surpresa, mas nenhum dos dois mencionou aquela aparente química. — Cronogramas são vitais para mim — continuou ele um instante depois. — Mas não fico completamente perdido por conta de um desvio. É mais quando as coisas meio que... vão além dos limites do meu controle que eu não... me mantenho no curso.

— Espero que você não esteja confessando ter um problema de controle de raiva enquanto estamos sozinhos no meio desse vinhedo.

— Controle de raiva — zombou ele. — Não é isso. É mais como um ataque de nervos. Seguido por algo que é meio que o oposto. Eu só... desligo. E eu fiz isso quando minha família mais precisava de mim.

Ataques de pânico. Era isso que Julian queria dizer. E era revelador que ele não conseguisse chamá-los pelo nome. Será que se sentia irritado por algo que via como uma fraqueza ou estava em negação?

— Deve ter sido por isso que o colapso do seu colega te afetou tanto — opinou ela, temendo que estivesse sendo intrometida demais, mas sem conseguir evitar.

Não quando estavam lado a lado daquele jeito, escondidos do resto do mundo por vinhas de quase dois metros, e ela queria tanto conhecer como funcionava a mente dele, daquele homem por quem passara tanto tempo fascinada. Julian não era nada como ela esperava, mas seus defeitos não a decepcionavam de forma alguma. Na verdade, a deixavam menos encabulada. Menos... sozinha com suas próprias falhas.

— É, imagino que sim — disse ele, por fim. E quando Hallie pensou que o assunto estava encerrado, ele continuou, embora as palavras não parecessem vir naturalmente. — A cabeça do meu pai explodiria se ele soubesse que eu estou com as mãos nessas uvas — murmurou. — Ele não me quer nem perto das operações da vinícola. Por causa do que eu acabei de contar pra você.

Ela levou dez segundos para captar o significado daquilo.

— Por causa da sua... ansiedade?

Ele pigarreou alto como resposta.

— Julian... — Ela apoiou as mãos nas coxas. — Essa é a coisa mais ridícula que eu já ouvi na vida.

— Você não me viu naquela noite. No incêndio. Não viu o que aconteceu depois. — Ele usou o ombro para enxugar uma gota de suor, ficando em silêncio por um instante. — Ele tem todo o direito de pedir que eu mantenha distância. Hoje a desengaçadeira quebra, amanhã vamos ter um carregamento perdido e um fornecedor furioso nos abandonando. Não é trabalho para alguém com o meu temperamento, e foi difícil, mas ele fez questão de deixar isso claro.

— O que aconteceu na noite do incêndio?

— Prefiro não falar disso, Hallie.

Ela conteve a decepção.

— Tudo bem. Você não precisa me contar. Mas, olha, você lidou muito bem com a desengaçadeira quebrada. Supriu a necessidade com a mesma eficiência com que faz todas as outras coisas. — Certo, parecia que ela vinha prestando atenção demais. Meio como uma admiradora secreta? — Pelo menos, é essa imagem que você me passa. Eficiente. Atento. — Hallie engoliu a afobação que sentia na garganta. — Heroico, até.

Por sorte, ele não pareceu captar o tom de admiração emocionada na voz dela. Em vez disso, uma trincheira se formou entre suas sobrancelhas.

— Eu acho que minha mãe precisa de ajuda. Mas, se for mesmo o caso, ela não vai pedir. — Julian puxou um cacho de uvas, estudando-o com o que a paisagista só podia presumir que fosse um olho experiente. — Mas meu pai...

— Não está aqui. — Ela aproximou o balde dele. — Você está.

Ele examinou Hallie, e a continuou fitando até ela sentir o rosto corar. Parecia quase surpreso ao constatar que tirar aquele peso do peito não tinha sido uma perda de tempo.

Quando o silêncio tinha se estendido demais, Hallie procurou um jeito de preenchê-lo.

— É engraçado, sabe? Nós dois estamos acorrentados a essas expectativas familiares, mas lidando com elas de jeitos totalmente opostos. Você planeja tudo, minuto a minuto. O *ápice* da responsabilidade adulta. Já eu...

— Você o quê? — provocou ele, observando-a com atenção.

Hallie abriu a boca, mas era como se as palavras estivessem presas. Feito uma daquelas balas de chiclete enormes, entalada atrás da jugular.

— Eu, hã... — Ela tossiu nas costas da mão. — Bem, acho que, ao contrário de você, eu sou meio autodestrutiva, né? Eu me acalmei muito pela Rebecca. *Por causa* dela. Não me entenda errado, nunca fui organizada. Nunca tive um planner na vida. Mas ultimamente eu sinto que talvez esteja *intencionalmente* me metendo em confusões...

Segundos se passaram.

— Por quê?

— Pra não ter que reduzir o ritmo e pensar sobre... — *Quem eu sou agora. Sem a Rebecca. Que versão de mim é a verdadeira.* — ... qual colar usar! — concluiu ela, rindo e gesticulando para a coleção eclética ao redor do pescoço.

De jeito nenhum ele tinha acreditado naquela amenizada do assunto, mas, por sorte, Julian só a examinou com aquele jeito silencioso e perspicaz em vez de insistir para que ela elaborasse o que dissera. E ela também não saberia fazer isso, mesmo se quisesse. Não com todas as revelações preocupantes ainda tão frescas na cabeça.

— Acho melhor a gente parar por aqui — murmurou Hallie. — Tenho outros compromissos hoje que estou considerando comparecer.

— Lá vai você, já passando pra próxima — disse ele em voz baixa, os olhos de quem estava se divertindo. E algo mais.

Algo que fez as pálpebras de Julian ficarem pesadas, seu foco baixando para os lábios dela. A base do pescoço. Seus peitos. Hallie normalmente se ofenderia, mas quando aquele homem disciplinadíssimo a comia com os olhos de forma tão inapropriada, como se não conseguisse parar nem para salvar a própria vida, sua vagina se sentia o oposto de ofendida.

Se ela se inclinasse alguns centímetros para a esquerda, eles... Poderiam? Se beijar?

Não estavam prestes a fazer isso quando foram interrompidos? Ou tinha sido só sua imaginação?

Apesar da falta de ação no campo sexual ao longo da vida, ela percebia que Julian estava considerando. Muito. Fortemente. Eles não estavam nem fingindo mais estar colhendo uvas, e ele tinha umedecido os lábios. Deus do céu. Isso tinha que ser um sonho ou algo assim, certo?

Hallie já tivera muitos deles encarando aquele homem.

— Se eu me arrependo de alguma coisa por não ter uma participação direta na fabricação do vinho nesta vinícola... — ele se inclinou, soltando uma expiração longa e pesada no cabelo dela — ... é não poder te ver beber uma taça de vinho Vos e saber que meus esforços estão tomando a sua língua.

Ai, meu Deus. Ai, meu Deus. Arrepios brotaram em cada centímetro da pele dela, seu corpo ficando quente e lânguido. Definitivamente não era um sonho. Hallie não teria sido capaz de inventar essa frase nem em um milhão de anos.

— Quer dizer... — A voz dela oscilou. — Nós podíamos fingir.

— Como amigos, não é mesmo, Hallie? — Os lábios dele roçaram a orelha dela. — Não foi isso que você sugeriu?

— Sim. Tecnicamente.

— Minha amiga sobre quem eu penso de noite, com seu sutiã de bolinhas. Essa amiga?

Uau. Novo sutiã favorito.

Foco. Não se deixe levar. Havia um motivo para ela ter sugerido amizade, certo? Certo.

— Você precisa de controle e pontualidade. — Os dentes de Julian se fecharam na orelha dela. Ele mordeu de leve e então lambeu o lugar, o que a deixou gemendo, os dedos se coçando para não esfregar os mamilos sensíveis por cima da camiseta.

— Eu sou como um soprador de folhas para essas coisas.

— Ah, eu estou bem ciente. Só queria conseguir me lembrar disso quando vejo você.

Hallie sentia em seus ouvidos as batidas do coração descompassado. Como ela poderia fazer qualquer coisa que não beijar aquele homem que era igualmente incrível no passado e no presente? Como?

Ela virou a cabeça de leve para a esquerda, e a boca dele deslizou sobre a sua bochecha, se aproximando. Pronto. Finalmente. Hallie ia beijar Julian Vos, e ele era ainda melhor do que ela se lembrava. Mas havia algo na cena que cutucava com força a sua memória. A última vez que eles quase se beijaram tinha sido bem ali naquele vinhedo; um momento que a tinha arruinado para sempre. E ele não se lembrava. *Ainda.*

Ela não tinha orgulho? Ia só fazer um biquinho, mesmo depois que ele sugeriu implicitamente que ela era tão fácil de esquecer? Sim. Ia. Sem falar que... Ela estava um pouco atordoada depois de sua viagem de autoconhecimento. Sua mente estava dispersa. O suficiente para agir de um modo bem típico e fazer algo de que poderia se arrepender... Como ceder à atração por Julian enquanto sua decepção pela falta de recordação dele ainda doía. Depois de reconhecer a raiz de seu comportamento recente, ela estava ciente demais dos próprios defeitos para entregar-se a eles. Se Julian simplesmente *se lembrasse* dela, talvez Hallie pudesse justificar virar a cabeça aquele centímetro final.

Fazer os lábios entreabertos dele encontrarem os seus.

Mas, embora ele a encarasse com desejo suficiente para abastecer o Canadá, não havia nada do reconhecimento que ela precisava para que aquilo fosse aceitável. Além disso... Hallie não sabia se queria ser o soprador de folhas daquele homem. Qualquer tipo de relacionamento com ela seria ruim para ele, não seria? Mesmo se fosse estritamente físico. Ela queria fazer mal para Julian?

— É melhor eu ir — soltou ela, questionando mais sua decisão a cada segundo, especialmente quando os dedos da mão esquerda dele se curvaram na terra. Como se estivesse se segurando para não tocá-la. — Te vejo em breve, Julian.

— Sim — disse ele, rouco, se sacudindo. — Obrigado pela ajuda.

— Sem problema.

Hallie começou a seguir pela fileira de vinhas, mas hesitou, olhando de novo para trás, onde o professor a observava com as sobrancelhas franzidas. A última coisa que queria era se afastar e deixar as coisas constrangedoras ou pesadas, quando falar com ele a havia feito perceber algo grande. E quando ele também tinha compartilhado tanta coisa.

— Ei, Julian?

— Sim?

Ela pensou por um momento, antes de deixar escapar:

— Abraham Lincoln tinha ansiedade. A família toda tinha ataques de pânico.

A expressão dele não se alterou, mas a dela mudou ligeiramente.

— Onde você aprendeu isso?

— *Jeopardy!* — respondeu Hallie, sorrindo.

Ele explodiu numa risada. Eram duas no espaço de uma tarde. Ela a segurou contra o peito como um suéter aconchegante, meio desejando ter largado mão do orgulho e o beijado, no fim das contas. O que ia fazer com seus sentimentos em relação àquele homem?

— Você assiste? — perguntou ele.

Hallie virou e se afastou, dizendo por cima do ombro:

— De vez em quando.

A risada dele foi mais baixa dessa vez, mas a paisagista conseguia sentir o seu olhar nas costas dela, seguindo-a até sair do parreiral.

Julian se sentia diferente quando entrou no banheiro do quarto de hóspedes no fim daquela tarde. Sem se dar ao trabalho de acender a luz, ele parou na frente do espelho e se observou, sujo de terra e suor depois de horas colhendo uvas. O brilho turvo do sol entrando pela janela de vidro fosco iluminava seu corpo por trás, então ele mal conseguia ver sua própria expressão nas sombras. Enxergava apenas o suficiente para saber que não era familiar. Um misto de satisfação por ter enfiado os dedos na terra da propriedade da sua família pela primeira vez em anos e... cheio de fome.

— Hallie — disse ele, ouvindo o nome flutuar no banheiro silencioso.

Julian ficou duro tão rápido na cueca que suas mãos sujas de terra se fecharam em punhos apertados na pia. Com movimentos rápidos, ele abriu a torneira e, depois de bombear várias vezes a embalagem de sabonete líquido, limpou a terra da palma das mãos, dos nós dos dedos, dos antebraços. Mas até ver a água turva circular o ralo o lembrou da paisagista, com seus joelhos sujos. Mãos que pareciam sempre ter acabado de plantar alguma coisa. O sutiã de bolinhas que continuava imaculado e protegido dentro da camiseta dela... e como ela ficaria no final de um longo dia, depois de tirá-lo.

— Caralho. De novo, não.

Mesmo enquanto negava em voz alta, seus dentes estavam cerrados, sua respiração vindo mais rápido e embaçando o espelho. Seu cérebro não emitiu uma ordem para empurrar para baixo o cós da cueca e do short imundo de moletom, só sabia que se masturbar era inevitável quando o sutiã de bolinhas entrava em jogo. Deus, a ironia que algo tão frívolo pudesse literalmente fazê-lo arquejar era irritante, mas seu pau não se importava. Liberou-o da cueca e o segurou com força, engolindo um gemido.

Aparentemente, Julian não era tão desconstruído quanto acreditava ser, porque suas fantasias sobre Hallie eram cada vez mais machistas. De um jeito imperdoável. Dessa vez, ela estava parada no acostamento de uma estrada com um pneu furado sem fazer ideia de como trocá-lo. Ela muito provavelmente tinha esse conhecimento na vida real. O pau dele queria saber disso? De forma alguma.

Só queria a recompensa de ouvir Hallie suspirando de alívio enquanto ele tirava o pneu sobressalente da caçamba da caminhonete e consertava seu carro, com os cachorros e tudo.

Não, espera, os cachorros estão em casa. Está tudo quieto, exceto pelo som dele apertando as porcas da roda. Ela se inclina contra a caminhonete usando só o sutiã de bolinhas e o short jeans, vendo-o trabalhar e sorrindo.

Jesus, isso. Ela está sorrindo.

Julian grunhiu enquanto imaginava aqueles lábios inacreditáveis se abrindo no sorriso alegre dela. Apoiou um antebraço contra o espelho e enterrou o rosto na dobra do cotovelo, a mão oposta se movendo com força, a base da coluna já começando a se contrair e estremecer. Ele ia gozar, e com vontade. Não era nem engraçado. E ele gozava com vontade *toda* vez que cedia à sua obsessão por Hallie.

Obsessão.

Era isso que era.

A obsessão era o motivo de, em sua fantasia, *ele imaginá-la correndo até ele, jogando os braços ao redor do seu pescoço e agradecendo-o, sem fôlego, os peitos mal contidos dentro do sutiã. Balançando contra o peito de Julian, a mão dela explorando a frente da calça dele, seus olhos se arregalando com gosto ao sentir o tamanho dele, seu sutiã de bolinhas meio que só se desintegrando no éter no sonho acordado. Junto com o short jeans. E ainda sorrindo.*

Ela ainda estava sorrindo quando Julian pegou aqueles peitos fartos e os guiou à boca, um por vez, chupando seus mamilos duros e ouvindo-a gemer o seu nome, os dedos desajeitados abaixando o zíper dele.

— Por favor, Julian — sussurrou ela, masturbando-o, imitando seus movimentos cada vez mais frenéticos sobre a pia do banheiro. — Não me faz esperar.

— Contanto que não seja só gratidão por trocar o seu pneu — respondeu ele, rouco, em uma tentativa ridícula de impedir seu eu da fantasia de jogar a ética fora de vez. — Só se for porque você está com tesão. Só porque você quer.

— Eu quero — gemeu Hallie, arqueando as costas contra a caminhonete. — Não, preciso de você.

— Eu te dou o que você precisa, é?

— Dá — sussurrou ela, girando um cacho loiro no dedo. — Você me deixa feliz.

Fim de cena. Não importava onde as fantasias começassem, ele sabia que só restavam segundos preciosos quando ela dizia essas palavras. *Você me deixa feliz.* Com respirações pesadas enchendo o banheiro, ele mentalmente *se abaixou, ergueu o corpo nu dela contra a lateral da caminhonete e a penetrou com um grunhido, vendo o rosto dela se transformar com total euforia* — o sonho era dele, afinal —, *a boceta pulsando, agarrando-o gostoso e apertado. Deixando-o deslizar ali. O paraíso.*

— Boa garota, tão molhada — elogiou ele no ouvido de Hallie, porque mesmo a versão imaginária daquela mulher merecia ser adorada, especialmente quando ele estava metendo nela com tanta força, o orgasmo iminente deixando-o desesperado, no limite. — Se isso fosse a vida real, linda, eu cuidaria melhor de você.

— Eu sei — ofegou ela, os cachos, os peitos e os colares balançando. — Mas é um sonho, então pode ser tão bruto quanto quiser.

— Como se eu conseguisse evitar quando você me faz sentir que vou morrer a qualquer segundo. A não ser que esteja dentro de você. A não ser que esteja o mais perto possível desse sorriso, dessa voz, da sua... luz.

Julian engasgou naquela verdade, movendo a mão com força suficiente para quebrar a barreira do som, imaginando as pernas de Hallie ao redor dos seus quadris, a cabeça dela jogada para trás em um chamado rouco do seu nome, a boceta dela se contraindo no orgasmo, as bocas unidas enquanto ele se juntava a ela com uma investida final dos quadris, prensando seu corpo enlouquecedor contra a caminhonete.

— Eu te faria gozar assim. Forte e loucamente. Não é a porra de um sonho, entendeu?

— Sim — disse ela sem fôlego, frágil, ainda tremendo contra ele, enquanto erguia os olhos e piscava, os cílios se movendo devagar. — Assim como eu estou te fazendo gozar agora.

O calor na virilha foi seguido pela abertura de um alçapão, toda a pressão e a frustração sexual se esvaindo. Ele enterrou os dentes no músculo do antebraço, a tensão que vinha se concentrando deixando-o em ondas intensas enquanto ainda pensava nela. Naqueles olhos e peitos e nos joelhos sujos.

Julian não conseguiu parar de pensar em Hallie nem quando acabou, e começava a se perguntar se estava sendo otimista demais de crer que era possível parar de pensar mesmo que só por alguns minutos naquela mulher tão fascinante.

❀

Naquela noite, assim que cruzou a porta de casa, Hallie parou. Analisou a bagunça com novos olhos. Nem sempre tinha sido assim. Não quando Rebecca estava viva. Nem logo após a morte dela. Lógico, o coração de Hallie naturalmente batia ao ritmo da palavra "confusão" em código Morse, mas a desorganização naquele momento era quase perigosa. Havia pilhas precárias de papéis. Roupas sujas que nunca veriam o interior do guarda-roupa. Parafernália dos cachorros por tudo quanto era canto.

Sua mente ainda estava presa no vinhedo com Julian, repassando a conversa deles sem parar.

Eu sou meio autodestrutiva, né?

Sinto que talvez esteja intencionalmente *me metendo em confusões...*

Pra não ter que reduzir o ritmo e pensar sobre...

Qualquer coisa, na verdade. Não era assim? Contanto que o turbilhão de encrencas continuasse, ela não teria que descobrir como seguir em frente. E como quem? Como Hallie, a neta responsável? Como uma das muitas personalidades criadas pela mãe dela? Ou como uma versão de si mesma que ainda não tinha realmente conhecido?

Só tinha uma certeza: quando estava falando com Julian no vinhedo, não se sentiu tão sozinha. Na verdade, tudo dentro dela tinha se aquietado e ela havia entendido a fonte dos seus problemas, mesmo que não tivesse a menor ideia de como resolvê-los. O jeito certinho e organizado de Julian tinha feito com que, naqueles momentos roubados, ela também focasse... E ela queria mais deles.

Hallie levou uns bons quinze minutos para encontrar o caderno que tinha comprado na papelaria — graças a O General, que o enterrara pela metade no jardim dos fundos — e outros dez minutos para encontrar uma caneta com tinta. Ela começou escrevendo uma lista de coisas para fazer, mas ficou sem ideias logo depois de *Limpar a geladeira* e *Cancelar a assinatura de apps que você não está mais usando*. O que ela realmente queria era estar no vinhedo de novo, conversando com Julian. Havia algo no jeito direto dele, no modo atento como a ouvia, em sua própria disposição de admitir seus defeitos, que tornava muito fácil enfrentar os dela. Compreendê-los melhor.

Depois daquela tarde, tinha certeza de que Julian sentia atração por ela. Os dois conversavam sobre coisas pessoais como se houvessem tido papos assim a vida toda. Mas ela vivera com seus sentimentos por Julian por tanto tempo que era quase difícil estar perto dele e saber que ele poderia não corresponder ao que ela sentia. Era tão impossível, que Hallie chegara a sugerir que fossem só amigos, apenas para evitar a possibilidade de acabar sendo magoada por aquele homem depois.

Mas ali, em suas cartas, ela podia deixar sua admiração correr solta, quase como uma terapia.

Então, em vez de ser responsável e planejar um jeito de sair daquela #bagunça, ela se pegou virando para uma página em branco.

Querido Julian...

Capítulo nove

Na tarde seguinte, a corrida de Julian foi ainda mais intensa.

Ele tinha acordado focado. Conseguira concluir quatro sprints de escrita, fazer um shake proteico, e agora se concentrava em superar o tempo de corrida do dia anterior.

Sim, esse era o plano — e ele o seguiria.

Infelizmente, seus pés tinham outras ideias. Quando Julian viu a fila para a DisTinto, a multidão à espera bloqueando a porta da Tinto, ele parou e franziu a testa. Para aquelas pessoas. E para si mesmo, por mais uma vez não conseguir seguir seu cronograma.

No começo, a injustiça do sucesso da DisTinto o tinha irritado. Eles estavam debochando de uma loja tradicional e, francamente, insultando todo o processo de degustação de vinhos, com aquelas mil peripécias. Uma esnobada na indústria do vinho normalmente não incomodaria Julian, exceto que *tudo* que esses babacas faziam o incomodava agora.

Porque deixava Hallie chateada.

Ele odiava vê-la chateada. Sua versão real *e* a imaginária.

Ela deveria estar sorrindo o tempo todo. Simples assim.

Haveria algo que ele pudesse fazer quanto a isso?

No ensino médio e um pouco depois, ele era mais inclinado a estender a mão a quem precisava. Tinha se envolvido. Tentado ser útil. Em algum ponto ao longo do caminho, porém, começara a se concentrar apenas nos próprios objetivos, sem nunca olhar para o lado.

A defesa apaixonada que Hallie tinha feito da Tinto realmente pusera isso em foco, e ele não conseguiria simplesmente seguir seu caminho naquela tarde. Se Hallie podia roubar centenas de dólares em queijo, ele também podia fazer acontecer, do jeito dele.

No processo, talvez conseguisse ajudar Corinne. E Lorna.

Depois de terminar de colher as uvas no dia anterior, convidou Manuel para tomar um café na casa de hóspedes e... é. Bastava dizer que o gerente havia arrancado a venda dos olhos de Julian. Corinne estava fazendo um grande trabalho administrando a vinícola, mas a qualidade tinha começado a sofrer em nome da produtividade. A Vinícola Vos precisava de dinheiro, então produzia vinho sem parar, mas a superioridade que costumava ser sua marca registrada estava aos poucos declinando.

A mãe não tinha pedido a ajuda de Julian, talvez em deferência aos desejos do pai dele, ou talvez porque também não botasse nenhuma fé no filho. No entanto, qualquer que fosse o motivo, ele não podia ficar à margem e assistir o legado da família cair na obscuridade. Também não queria que a mãe carregasse aquele fardo sozinha se ele estava disposto e era capaz de ajudar. Será que seu ímpeto atual tinha alguma coisa a ver com a recusa de Hallie de deixar a DisTinto intimidar a loja da amiga?

Sim. De certa forma, talvez aquilo o tivesse lembrado de que legados eram importantes.

Quem sabe houvesse um jeito de ao mesmo tempo dar um impulso à vinícola *e* deixar Hallie feliz? A possibilidade de ver um Sorriso de Hallie graças a uma ação sua fez o coração dele acelerar.

Julian precisava agir. Ele passou pela fila de turistas bêbados, os que provavelmente não deviam nem fazer a próxima degustação, e entrou na Tinto. Foi recebido por música e iluminação suaves e um rosto enrugado e sorridente atrás da caixa registradora. A mulher não conseguia esconder o fato de que ele a surpreendera só de entrar.

— Olá — disse ela, que só podia ser Lorna. — Você... está aqui para a degustação?

— Sim — mentiu Julian depressa, examinando as estantes, aliviado e talvez até um pouco orgulhoso de ver uma ampla seleção de vinhos Vos à venda. — O que temos pra hoje, hã...?

— Lorna. Sou a dona da loja. — Ela emergiu de trás do balcão, arrumando o cabelo apressada. — Para ser bem sincera, não achei que ia aparecer alguém, então não preparei as taças. — Ela dirigiu-se para os fundos da loja, nitidamente animada por ter algum movimento. — Escolha qualquer garrafa que quiser e a gente abre. Que tal?

Julian assentiu, continuando a percorrer os corredores entre as estantes e voltando para a frente da loja. Atrás da registradora havia uma foto em preto e branco de Lorna ainda jovem, de mãos dadas com um homem na calçada na frente da Tinto. O homem provavelmente era seu marido, e ambos pareciam muito otimistas. Orgulhosos. Prontos para enfrentar o futuro. Sem fazer a menor ideia de que um dia uma bola de discoteca estaria roubando sua clientela. Não era à toa que Hallie estava lutando contra o declínio da Tinto com tanto afinco.

Estava decidido. Ele seria o melhor cliente que aquela mulher já tivera na vida.

Enquanto esperava a senhora preparar duas taças e pegar um saca-rolhas do avental, Julian selecionou um Cabernet de 2019 da Vinícola Vos. Ideias para ajudar Lorna surgem sem parar, algumas maiores que outras. Mas ele achava que era melhor não sobrecarregar a mulher.

Ela serviu meia taça de vinho para ele, e Julian lamentou brevemente por sua produtividade pelo resto do dia.

— Obrigado. Bebe comigo?

— Com certeza — disse ela, os olhos brilhando.

É, estava ficando bem óbvio por que Hallie sentia a necessidade de roubar e vandalizar em defesa daquela mulher. Ela era a definição de gentileza.

— Ótimo. — Ele provou o vinho, mantendo-o na boca por vários segundos antes de engolir. — Maravilhoso. Vou levar três caixas.

Ela quase cuspiu o vinho.

— *Três caixas?*

— Sim, por favor. — Ele sorriu. — Vou pagar agora e pegar depois, se não tiver problema. — Ela aceitou o American Express dele parecendo atordoada, mas, como qualquer vendedora astuta, seguiu direto para o caixa antes que ele pudesse mudar de ideia. — Com uma loja tradicional como esta, você deve ter clientes cativos na cidade.

— Nos últimos tempos, todo mundo parece estar tão ocupado... E está cada vez mais fácil comprar vinho on-line. — O tom dela continuou alegre, mas ele conseguia sentir a pontinha de desânimo por baixo. — Mas eu tenho alguns clientes leais, que se recusam a me decepcionar.

— Ah, e quem seriam? — Jogando verde, pelo amor de Deus. — Talvez eu conheça.

— Bem, tem Boris e Suki. Um casal muito gentil que vem dia sim, dia não, para pegar uma garrafa do xerez preferido. Tem a Lavinia e o Jerome... Eles são os donos da Fudge Judy e fazem os donuts de creme mais *deliciosos* de todos. Mas eu teria que dizer que minha cliente mais leal é a neta de uma grande amiga, que Deus a tenha. Uma paisagista aqui da cidade chamada Hallie. — Lorna se animou. — Na verdade, ela tem mais ou menos a sua idade. Um pouco mais nova, talvez.

É. Não havia como ignorar que o coração dele bateu mais forte.

— Hallie Welch?

Lorna puxou o recibo do cartão de crédito com um floreio.
— Ela mesma! Você estudou com a Hallie?
Ele escondeu uma careta. Por que não conseguia *se lembrar*?
— Sim. No ensino médio. — Ele tomou um gole casual do vinho, abaixou-o e girou o pé da taça. — Ela está fazendo o jardim da minha família, na verdade. Que mundo pequeno.
— Ah, que coincidência! — Lorna riu atrás da registradora, os lábios se curvando para baixo após um momento. — A coitadinha sofreu muito quando a Rebecca faleceu. Acho que estava totalmente desnorteada. Foi ao funeral com sapatos diferentes e tudo.

A sensação de ter seu peito pisoteado foi tão visceral que ele chegou a olhar para o torso para verificar se não havia nada ali. Pensar em Hallie usando sapatos trocados num funeral, totalmente desnorteada, o fazia se sentir impotente. Será que ela estava melhor? Ou só havia melhorado a habilidade de esconder o luto?

— Lógico, ela tem bons amigos que sempre podem ajudar. É grudada em Lavinia. E também tem aquele Owen, um rapaz adorável... Mas duvido que você o conheça, ele se mudou pra cá só...

— Owen. E Hallie. Eles... — Ele relaxou a mão antes que quebrasse a base da taça. — ... namoram?

A mulher mais velha continuou sorrindo, nitidamente alheia ao fato de que aquela resposta era capaz de dilacerá-lo.

— Acho que eles já saíram, sim. Só casualmente. — Ela falou em um sussurro exagerado pelo canto da boca. — Mas eu acho que é Hallie que puxa o freio das coisas.

— Ah. — A tensão se esvaiu do corpo dele feito ar saindo de uma bexiga. — Interessante.

Julian mal conseguiu se segurar para não perguntar a Lorna *por que* Hallie puxava o freio das coisas. Será que Owen tinha hábitos irritantes? Mergulhava a tortilha duas vezes no molho, talvez? Qualquer motivo para validar a antipatia irracional que ele sentia pelo homem seria bem-vindo. Mas já tinha ido longe demais com aqueles questionamentos. Ir além seria considerado assédio em pelo menos vinte estados norte-americanos.

Chega de perguntas sobre Hallie. Mas... A ideia de fazê-la sorrir ainda estava no jogo, não?

— Lorna, você tem cartões de visita?

— Infelizmente, não. Sempre dependi do movimento que entrava da rua. Costumava ser suficiente pôr uma placa lá fora anunciando "degustação gratuita".

— E é o certo mesmo. — Ele girou a taça de um lado a outro. — Eu ficaria feliz em fazer alguns para você. Talvez... — Era raro ele mencionar o nome Vos, mas não havia como evitar, naquele caso. — Minha família tem uma vinícola aqui em Santa Helena. Talvez a gente possa distribuir cartões da Tinto para os nossos visitantes. Se eles trouxerem o cartão, ganham 10% de desconto na primeira garrafa, que tal? Algo assim parece razoável para você?

— Sua família tem uma vinícola? — Lorna devolveu o cartão de crédito para ele, junto com o recibo para assinar e uma caneta azul. — Que interessante. Qual?

Ele deu uma tossidinha em um dos punhos.

— Vinícola Vos.

A mulher deu um pulinho contra a mesa de degustação, quase derrubando a garrafa aberta.

— Vos... Você é o filho? Julian? — A boca dela abriu e se fechou. — Eu não te vejo há anos. Perdoe esses olhos velhos, não te reconheci. — Ela o examinou por um momento. — E você realmente aceitaria entregar uns cartões para mim?

Julian assentiu, grato por ela não parecer inclinada a fazer um drama por causa do sobrenome dele.

— Lógico — respondeu.

Ela mordiscou o lábio, como se hesitasse. Talvez com medo de ter esperanças?

— A sua loja é um ponto turístico — acrescentou ele. — Se a pessoa não passou por aqui, não esteve em Santa Helena.

Os olhos da senhora cintilaram.

— Pode apostar.

O lado competitivo dele estava vibrando.

— Na verdade, vou levar algumas garrafas agora. — Ele piscou para ela. — Caso fique com sede no caminho para casa.

E foi assim que Julian se viu no estúdio de yoga vizinho, oito minutos depois, entregando garrafas a quem ia saindo da aula.

— Cortesia da Lorna — explicou ele às pessoas suadas e confusas.

Elas trocaram olhares perplexos.

— Quem?

— Lorna — disse ele, como se devessem saber. — Da Tinto. Ali do lado. A enoteca mais antiga de Santa Helena. Nenhuma viagem a Napa está completa sem uma visita a ela. — Ele sorriu para a garota atrás do balcão. — Vamos deixar alguns cartões de visita para você distribuir.

Quando Julian deixou o estúdio de yoga e ligou de novo o cronômetro, seus ombros estavam mais leves. Ele continuou pela Grapevine Way por um tempo, passando por um spa e vários cafés. À medida que se afastava do centro da cidade, as lojas eram mais destinadas aos moradores locais. Pizzarias e uma escola de dança para crianças. Um lava-rápido e uma confeitaria chamada Fudge Judy. E então ele virou à direita e pegou o atalho arborizado que levava à Vinícola Vos. Pouco mais de um quilômetro e ele estaria na casa de hóspedes. Estava sentindo um pouco o efeito do vinho, ok, mas não deixaria isso atrasar seu banho, e aí era voltar direto para o trabalho...

À sua frente, um objeto quadrado e branco, totalmente deslocado entre as plantas, chamou sua atenção. Julian parou de forma tão abrupta que seus tênis ergueram uma nuvem de terra.

Não. De novo não.

Outro envelope. Com o seu nome. Enfiado em um toco de árvore.

Parado no centro da trilha, olhou ao redor, certo de que encontraria Natalie se escondendo e rindo atrás de um arbusto. Aparentemente, ela ainda não havia se cansado da pegadinha. Mas ela deveria ter passado por ali fazia um tempo, porque ele estava obviamente sozinho na estrada. O único som à sua volta era o da brisa da tarde descendo a montanha. Que baboseira a irmã teria escrito dessa vez?

Balançando a cabeça, Julian pegou a carta do toco — e imediatamente notou que a letra era idêntica à da anterior, só que mais controlada. E quanto mais lia, mais ficava evidente que Natalie *não* tinha escrito aquilo.

Querido Julian,

Há algo tão fácil em uma carta anônima. Coloca menos pressão em nós dois. Há menos medo de rejeição. Posso apostar na honestidade total, e se você nunca escrever de volta, pelo menos solto as palavras que estavam presas na minha cabeça.

Elas são problema seu agora. Desculpa.

(Pode esquecer o que eu disse sobre menos pressão.)

Quando você corre pela Grapevine Way à tarde, uma figura solitária em sua jornada, eu me pergunto como se sente sobre a solidão. Se do mesmo jeito como eu me sinto sobre ficar sozinha. Há tanto espaço para pensar. Para refletir sobre o que já passou e o que está por vir. Eu me questiono se sou quem deveria ser ou se não evoluo porque acabo me distraindo demais. Às vezes é muita coisa. Você já se sentiu sobrecarregado pelo silêncio ou lida tão bem com a solidão quanto parece?

Como seria conhecer você por completo?

<u>Alguém</u> te conhece tão profundamente?

Já me amaram, apesar de todos os meus defeitos. É um sentimento maravilhoso. Talvez você queira isso para si. Talvez não. Mas você merece esse amor, caso tenha alguma dúvida.

Isso está ficando pessoal demais, vindo de alguém que você nem conhece. É lógico que não conheço você de verdade. Então só posso falar do coração e torcer para que algo dentro de você... me escute.

Desculpa se você achou esta carta estranha ou até assustadora. Se sim, por favor, saiba que minha intenção era que fosse o contrário. E se nada sair disso, sua conclusão principal deve ser que alguém no mundo pensa em você, do melhor jeito possível, mesmo no seu pior dia.

Sua admiradora secreta

Julian terminou a carta e imediatamente a leu de novo, sua pulsação acelerando cada vez mais. Esta carta não era nada como a última. Era mais séria. Sincera. E apesar da estranheza de encontrar uma carta na sua rota de corrida, ele não podia deixar de reagir ao tom melancólico das palavras. Natalie jamais teria escrito isso, certo? Ele não conseguia imaginar a irmã falando com tanta emoção, nem de brincadeira.

O envelope estava totalmente seco, o que significava que não estava ali desde a noite anterior. O orvalho o teria umedecido de manhã, no mínimo. Embora já tivesse passado do meio-dia, Natalie estava dormindo quando ele saiu para correr, sem contar que havia duas garrafas de vinho vazias no balcão da cozinha e ele não tinha tomado uma única taça delas. Claro, a irmã poderia ter enfrentado uma ressaca pra pregar uma peça nele — nunca lhe faltou dedicação. E teria tido oportunidade de fazer isso, já que ele correra por quase meia hora, sem contar sua parada na Tinto.

Talvez ele só *esperasse* que Natalie não tivesse escrito a carta, porque o maldito negócio inesperadamente tinha tocado o seu coração. A mesma pessoa escrevera as duas cartas, o que significava que existia um interesse romântico ali, de fato.

Como seria conhecer você por completo?

Quanto mais se aproximava de casa, mais a pergunta girava em sua cabeça.

Eu me questiono se sou quem deveria ser ou se não evoluo porque acabo me distraindo demais.

Quatro anos haviam se passado desde a última vez que ele estivera em casa, e ele mal tinha reparado na passagem do tempo. Não até chegar em Santa Helena e descobrir que a mãe estava escondendo as dificuldades com as quais vinha lidando, e a irmã, passando por uma crise sobre a qual ele não sabia absolutamente nada. E se seus mecanismos de enfrentamento não o estivessem mais ajudando?

E se, em vez disso, todos aqueles cronogramas o estivessem prejudicando... e prejudicando os seus relacionamentos?

Assim que entrou em casa, Julian foi direto para o quarto da irmã.

Ela estava dormindo. Esparramada na cama, com uma taça de vinho vazia no chão, perto da mão que pendia da beirada.

Quando o aroma de álcool o atingiu, ele fechou a porta de novo, estremecendo.

Se ela tivesse saído de casa de tarde com todo aquele álcool no corpo, teria começado a pegar fogo ou desmaiado em algum ponto do caminho.

O que significava que realmente tinha alguém na cidade que o admirava secretamente. A primeira carta tinha sido real. Será que ele deveria escrever de volta?

Jesus.

Precisava esquecer aquelas cartas. Deixá-las de lado, considerá-las uma distração. Mas continuava pensando sobre as perguntas da segunda. Mal tinha lido e já sabia recitá-la mentalmente, palavra por palavra.

Que estranho.

E se a Hallie fosse sua admiradora secreta?

Não. Impossível. Ela não era um interesse romântico sério, apesar do tempo que ele passava fantasiando sobre isso, levando a uma quantidade vergonhosa de pausas no trabalho para aliviar sua frustração sexual.

Julian, acho que não existem duas pessoas mais diferentes no mundo todo.

Ela não tinha dito essas exatas palavras? Sem contar que havia sido ela a sugerir um relacionamento baseado puramente na amizade. Ele jamais conhecera uma pessoa mais direta e sincera. Se fosse a admiradora, simplesmente contaria para ele, não? Ela não mentia sobre seus defeitos — praticamente se gabava por aparecer atrasada nos compromissos e se jogar de cabeça nas coisas.

E que cabecinha linda era...

Fosse lá quem estivesse do outro lado daquelas cartas, ele não ia escrever de volta, apesar de estar intrigado (contra a sua vontade). Algo na ideia de estabelecer uma comunicação com essa pessoa não parecia certo; explorar isso a fundo seria perigoso, então Julian rapidamente enfiou a carta de volta no bolso, determinado a esquecê-la.

De novo.

Capítulo dez

Se Hallie se inclinasse um pouquinho para a direita e se alongasse, conseguiria ver Julian pela janela do escritório dele. Trabalhando diligentemente, com seu temporizador ligado e os ombros tensos. O céu estava nublado, então as luzes da casa caíam sobre a grama, destacando a névoa no ar. Definitivamente estava prestes a chover. Ela deveria ir embora, sem dúvida. Mas na sua casa não teria aquela vista de Julian Vos e sua covinha no queixo, então arriscou, plantando especialmente devagar, mexendo na terra em câmera lenta.

Os olhos deles se encontraram através do vidro e Hallie desviou depressa o olhar, fingindo estar fascinada com o caule de uma boca-de-leão que desabrochava, enquanto as borboletas em seu estômago continuavam agitadas. Será que ele tinha encontrado a segunda carta, consideravelmente mais coerente? Ela estava trabalhando no jardim da casa de hóspedes fazia dois dias e eles não haviam conversado ainda, então ela não sabia dizer. Mas Julian com certeza não tinha escrito de volta. Ela tinha conferido. E isso não podia ser um bom sinal, podia?

Talvez ele tivesse levado a carta diretamente à polícia e pedido a eles que lidassem com isso. Talvez eles estivessem formando uma força-tarefa naquele exato instante. *Encontrem e eliminem a admiradora secreta à solta antes que mais homens sejam obrigados a ler sobre sentimentos.*

Um trovão ressoou acima dela.

Novamente, olhares dançaram na direção um do outro através da janela enevoada, e ele ergueu uma sobrancelha enfática. Como que para dizer: *Você não tem um aplicativo de previsão do tempo no celular?*

Ou olhos?

Finalmente, Julian colocou o celular no ouvido. Ela se perguntou para quem ele estava ligando, até que seu próprio celular começou a vibrar no bolso de trás.

— Você está me ligando de dentro de casa?

Ele soltou um murmúrio, o som baixo descendo pela coluna dela como um choque suave.

— Você não devia estar usando um casaco? Ou indo pra casa, considerando que vai cair um temporal?

— Estou quase acabando. Esses lilases só não conseguem decidir onde querem ficar. — Julian jogou a cabeça para trás, seus olhos implorando ao teto por sanidade. — Você sabe que eu consigo te ver, né?

Apesar da frustração, os lábios de Julian se repuxaram.

— Talvez você pudesse tentar algo novo e distribuir as flores em intervalos iguais...

— Acabou de chegar a notícia: eles querem ficar atrás das margaridas.

A risada dele era como o chiado de água derramada em um fogão quente. Havia algo íntimo na situação. Com a tempestade e a janela iluminada dele.

— Você está se divertindo?

— Talvez um pouco. — Ela ficou de quatro, colocando os lilases no lugar e dando tapinhas na terra ao redor. — Não me importo em trabalhar na chuva, na verdade. A única coisa responsável que fiz recentemente foi comprar uma capinha de celular à prova d'água. Você sabia que eles não cobrem danos de baba de cachorro no contrato da Apple? — As gotas de chuva na janela não ocultaram completamente o espasmo dos lábios dele. — Se precisa voltar a escrever, podemos desligar.

— Não — respondeu ele, quase involuntariamente. — Como anda a Tinto?

Hallie hesitou e estudou Julian. Ele não ia mesmo aceitar o crédito por comprar três caixas do vinho da própria família? Pelo visto, não. Estava franzindo a testa para a tela do computador, sem qualquer sinal da boa ação no rosto.

Ela estivera na loja para a degustação da tarde e descobriu que Julian não só havia passado lá e tomado uma taça de vinho com Lorna (que tinha ficado completamente encantada com ele), como também havia deixado dinheiro suficiente para pagar o aluguel do mês. Como se ela precisasse de outro motivo para mandar cartas de amor para ele — das quais só haveria duas. No máximo.

A não ser que ele respondesse.

O que ele definitivamente não parecia inclinado a fazer.

Talvez uma terceira seria o cutucão necessário?

— A Tinto está melhor do que de costume, na verdade. Lorna anda mais animada nos últimos dias, o que é bom de ver — comentou ela, ofegante, as mãos na terra. — Mas não sei bem por quê. Ela tem mantido segredo. Talvez tenha encontrado um investidor. Ou então arranjou um namorado.

Ele a analisou através da janela, tentando determinar se ela estava brincando ou se sabia o que ele tinha feito. Vendo as feições impassíveis de Hallie, Julian pigarreou.

— E isso te deixa... feliz? Lorna estar mais animada?

Ele parecia esperançoso ou era imaginação?

— Sim. Deixa.

— Hum. — Aparentemente o assunto tinha sido encerrado, porque ele se inclinou para a frente para olhar o céu e se remexeu na cadeira. — Vai cair um dilúvio a qualquer segundo, Hallie. Entra na casa — disse ele, sem pensar. — Não quero que você pegue um resfriado.

O tom grave da voz dele a fez parar.

Os dois se encararam, e o oxigênio pareceu rarear. Ele fazia ideia de como aquela demonstração de cuidado a afetava? Era um vislumbre do homem que havia ali dentro. O homem que ela sempre soube que existia, mas que tinha sido enterrado na idade adulta. Não a ponto de ela não conseguir mais ver. De não desejar cavar e cavar e mergulhar em sua gentileza tão única e refinada.

— Eu preciso ir aí te pegar? — insistiu ele.

A Mãe Natureza mandou mais nuvens escuras pelo céu. Ou talvez a turbulência estivesse passando por dentro dela, reverberando em suas coxas e tensionando os músculos da barriga. Ela era a versão humana de um diapasão. O problema era: se ela se levantasse agora, sua excitação poderia não ser visível... mas ela não tinha como garantir. Quem poderia esconder um sentimento *tão* potente? Melhor ficar agachada ali e talvez se afogar em uma enchente repentina.

— Muito bem — disse ele, brusco, desligando antes que ela pudesse...

O quê? Falar para ele não se dar ao trabalho de ir buscá-la? Ela ia mesmo fingir que não queria entrar na casa dele para esperar aquela tempestade romântica passar?

Uma porta de tela se abriu ao longe, e o coração de Hallie acelerou, batendo ainda mais rápido quando Julian surgiu em seu campo de visão. Bem a tempo de o céu fazer um som de rasgo ameaçador e um dilúvio daqueles começar a cair.

— Vamos — disse ele, abaixando-se para pegar a mão dela, sua palma quente deslizando na da paisagista, os dedos apertando os seus e transmitindo o que pareceu ser uma descarga elétrica diretamente aos seus hormônios. Deixando as ferramentas caírem, Hallie se permitiu ser puxada até o interior reconfortante e seco da casa.

Julian a guiou até a cozinha e então parou, olhando para as mãos unidas deles, o dedão suavemente roçando seu pulso. Será que ele conseguia sentir sua pulsação martelando como se alguém estivesse tocando um par de bongôs? Ela queria que sentisse?

Finalmente, um músculo se contraiu no maxilar dele e Julian a soltou, recuando para o lado oposto da ilha, como da vez anterior, com as mãos apoiadas longe uma da outra e as mangas da camisa enroladas até os cotovelos. Ah, Deus, aqueles antebraços... Lá estavam eles. Nos seus quinze anos de fantasias sobre aquele homem, ela definitivamente tinha negligenciado uma de suas melhores características. No futuro, precisaria se esforçar mais.

Hallie abriu a boca para fazer uma piada sobre californianos nunca estarem preparados para a chuva, mas parou de súbito, um arrepio descendo pelos braços. Lá no balcão de mármore estava o envelope contendo a carta da admiradora secreta.

Não.

As duas cartas.

Elas estavam uma em cima da outra, bem alinhadas, lógico, embaixo de um peso de papel de bronze em forma de pato.

Ah, Deus. Ele tinha recebido as cartas. As duas. Ele as havia lido com os próprios olhos e cérebro e antebraços. Elas estavam entre os dois, feito uma acusação. Será que Hallie estava arrebatada demais por seu crush pra perceber que tinha caído numa emboscada? Seu coração acelerou. Precisava descobrir o que estava acontecendo. Depressa.

— Natalie está por aqui? — perguntou ela, espiando os fundos da casa.

— Não. Saiu num encontro, acho.

— Sério? Legal pra ela. Na chuva e tudo.

— Sim. — Ele piscou, parecendo sair de um transe. — De todos os lugares possíveis, ela conheceu alguém no posto de gasolina. Não entendo como isso pode acontecer. Nunca tive uma conversa com ninguém enquanto enchia o tanque, mas ela parece ter embutido um... Como meus alunos dizem? Tinder?

— O sexto sentido dela é localizar pessoas solteiras. Uma habilidade invejável.

O olho esquerdo dele se contraiu.

— Você queria ser melhor em chamar homens pra sair?

— Claro. — Eles estavam tendo a conversa mais irônica possível, considerando aquelas cartas debaixo do pato, né? Ou ele tinha intencionalmente os conduzido até ali, criando as condições perfeitas para sua intervenção com a admiradora secreta? — Você não? — Hallie conseguiu dizer, com a garganta seca. — Não queria ser melhor em simplesmente conseguir dizer a alguém que está interessado?

Julian a analisou do outro lado da cozinha.

Um trovão retumbou do lado de fora.

Embora não pudesse ver o raio que chegou alguns momentos depois, ela o imaginou ziguezagueando através do céu. Bem parecido com as veias no antebraço dele.

Jesus, controle-se.

— Geralmente, não tenho um problema com isso — replicou ele, semicerrando os olhos.

Resolvido então, pessoal. Julian Vos não tinha qualquer problema em dizer ao sexo oposto que estava interessado. Será que aquilo era um jeito gentil de dar um fora nela? *Belas cartas, mas eu gosto de acadêmicas que preferem assistir a palestras de astronomia a se embebedar comendo linguine.*

— Meu problema, em geral, vem mais tarde — continuou ele. — Quando é hora de declarar minhas intenções. Fico preocupado que elas se apeguem, quando eu não tenho intenção de fazer o mesmo. Não quero prometer uma coisa e não cumprir. É pior do que...

— Do que o quê?

— Não sei. Não me conectar. — Ele estava começando a parecer perturbado. — Eu tendo a não me conectar com as pessoas, porque é mais fácil de me concentrar. No trabalho. Nos cronogramas. Nunca me incomodou até agora. Eu nunca pretendi ser tão pouco apegado em todas as minhas relações, só as românticas. Mas minha irmã, eu não sei o que está acontecendo com ela e... — Ele se calou, balançando a cabeça com força. — Desculpa, eu não deveria estar te incomodando com isso.

— Não tem problema. — Na verdade, com a revelação hesitante ainda pairando no ar, ela mal conseguia aguentar a pressão no peito. — Você está preocupado com a Natalie?

— Estou — respondeu ele, secamente. — Ela sempre foi tão boa em cuidar de si mesma. Voltar pra casa seria seu último recurso.

— Você tentou conversar com ela sobre isso?

Depois de um instante, ele balançou a cabeça, aqueles olhos de uísque encontrando-a do outro lado da cozinha.

— O que *você* diria? Pra deixá-la confortável o bastante para se abrir?

O fato de Julian estar lhe perguntando isso era importante. E a hesitação na sua voz lhe disse exatamente a frequência com que ele pedia conselhos: quase nunca.

— Se eu fosse você, diria que estou feliz por ela estar aqui comigo.

A coluna de Julian ficou ainda mais reta do que já estava.

— Só isso?

— Sim. — Hallie assentiu, unindo as mãos. — Mas, antes de dizer isso, se certifique de que está sendo sincero. Ela vai saber se for da boca pra fora.

Os lábios dele se moveram de leve, como se repetisse o conselho para si mesmo.

Esse homem. Ela estava certa sobre Julian. O tempo todo.

Ele era heroico.

Será que em algum momento Julian tinha se convencido do contrário?

Hallie precisou de todo o autocontrole possível para não cruzar a cozinha, ficar na ponta dos pés e pressionar a boca na dele. Mas... talvez isso fosse antiético. Ele estava se abrindo com ela sem saber que ela tinha escrito aquelas cartas. Cartas que ele obviamente tinha lido e guardado.

O olhar de Julian caiu nas cartas, em seguida se desviou depressa.

— Alguém recentemente perguntou como eu me sinto sobre a minha solidão. Disse: "Há tanto espaço para pensar. Para refletir sobre o que já passou e o que está por vir. Eu me questiono se sou quem deveria ser ou se não evoluo porque acabo me distraindo demais." — Uma revoada selvagem de borboletas atravessou Hallie. Ele tinha citado a carta dela *de cor*? — Isso fez sentido pra mim.

Ah, céus. Não era uma intervenção.

Ele tinha lido as cartas... e gostado. Elas o tinham tocado.

A primeira reação de Hallie foi uma explosão de alegria — e alívio. Aquela conexão distante que ela sempre tinha sentido com Julian... talvez não fosse apenas fruto da sua imaginação.

— Faz sentido pra mim também — respondeu, rouca, o som da chuva quase abafando as palavras.

Espera. Ela estava tendo uma conversa com ele sobre o conteúdo das cartas. Isso não era bom. Ela nunca pretendeu que isso acontecesse e precisava confessar agora...

— Ultimamente venho me perguntando se estou tão preso à necessidade de uma estrutura que isso deixou de ter qualquer significado — confessou Julian, olhando para um ponto acima do ombro dela. — Eu não uso minutos ou horas em nada além do meu trabalho, então será que isso significa que essencialmente... desperdicei alguns deles, se não todos? — Seu olhar recaiu na carta. — Talvez eu não tenha evoluído, como diz essa pessoa. Talvez eu tenha estado distraído demais para crescer, enquanto pensava ser tão produtivo.

Ela se identificava tanto com isso que quase estendeu a mão por cima da ilha da cozinha para encostar em Julian.

— Parece que, quando você vai ficando mais velho, começa a assumir as muitas responsabilidades que te tornam adulto. Mas, na verdade, elas só te distraem das coisas que importam. E aí você desperdiçou seu tempo, mas não tem como recuperar.

— Exatamente.

— Quando seu colega teve aquela crise, você começou a questionar isso?

— Quase que na mesma hora. Ele deveria estar em outro lugar. Um lugar mais saudável pra ele. Com a família. E aí eu pensei:

é aqui que eu deveria estar? — Ele apertou a língua contra o interior da bochecha e examinou Hallie. — Você já ficou acordada pensando se está no lugar ou na linha temporal errada?

Você não faz ideia.

— Sim — sussurrou ela, enquanto se perguntava se ele podia ler seus pensamentos.

Talvez pudesse. Afinal, o ar estava carregado com algo mágico naquele momento, na cozinha quase escura com uma tempestade feroz do lado de fora. Com aquele homem sério e reservado enquanto ele falava sobre seus dilemas internos. Nada poderia impedi-la de se entregar àquela intimidade. De tentar agarrá-la com as duas mãos.

Nem sua consciência, pelo visto.

— Eu passei os primeiros catorze anos da minha vida na estrada com a minha mãe. A gente nunca ficava no mesmo lugar por mais de uma semana. E minha mãe... ela é meio que uma camaleoa. Gosta de dizer que a meia-noite a transforma de volta numa tela em branco, como a Cinderela e a abóbora. Ela se tornava o que quer que seu interesse romântico do momento quisesse. Se trocava de banda, ia do soul ao country, passava de cantora de bar a *cowgirl*. Evoluía constantemente e... me levava com ela. Na estrada *e* nessas transformações. Ela me recriava sem parar. Eu fui punk, menininha, artista. Ela meio que forçava essas identidades diferentes em mim e, agora... Às vezes eu não sei se essa é a Hallie certa, se sou *eu* de verdade. Parecia certo quando minha avó estava aqui.

O olhar de Julian pousou na abundância de colares dela. Nenhum deles fazia sentido com os outros, mas ela nunca conseguia decidir quais usar. Colocar todos a fazia sair de casa e da frente do espelho mais rápido. Escolher um colar ou restringir as flores a certos canteiros pareciam decisões enormes.

Então ela ostentava colares, comprometendo-se com tudo e, portanto, com nada.

— Enfim — concluiu, depressa. — Se vale alguma coisa, acho que você está na linha temporal certa. Você estava lá para ajudar seu colega na hora que ele precisou, e isso te trouxe até aqui, na mesma época em que sua irmã, que também precisa de ajuda. Sem falar na vinícola. Isso não pode ser um acaso. — Hallie abriu um sorriso. — Se não estivesse nessa linha temporal, quem a paisagista sempre atrasada e sem método estaria enlouquecendo esses dias?

Por algum motivo, isso o fez franzir as sobrancelhas.

E ele começou a contornar a ilha. Em direção a Hallie.

Ela soltou uma lufada breve de ar e não conseguiu recuperar o oxigênio. Não com Julian olhando para ela daquele jeito, a mandíbula trincada, os passos decididos, suas lindas feições quase em uma careta. Ele continuou avançando. E então, ah, Senhor, se aproximou tanto de Hallie que a cabeça dela se inclinou automaticamente para trás para manter aquele contato visual ardente.

— Eu não gosto que me enlouqueçam, Hallie.

— Eu percebi.

Ele apoiou uma das mãos de cada lado dela na ilha e se aproximou ainda mais. O suficiente para o calor do seu corpo aquecer os peitos dela, sua expiração trêmula agitando o cabelo de Hallie.

— Eu também passo muito tempo me perguntando quem mais você anda enlouquecendo.

Hallie derreteu contra o balcão. Em teoria, ela não era uma mulher que achava ciúme atraente. Bom, até aquele momento, não achava que fosse. Ninguém jamais tinha expressado ciúme em relação a ela. Que ela *soubesse*, pelo menos. Ainda assim, ela não deveria gostar disso. Também não deveria gostar do cheiro de gasolina. Ou de borda de pizza fria mergulhada em molho barbecue, mas explique as palavras "não deveria" às suas papilas gustativas. Explique "não deveria" aos seus hormônios, que ficaram completamente malucos ao saber que Julian Vos passava seus preciosos minutos e horas pensando em onde ela estava.

E com quem.

Você pode gostar. Só não o recompense por isso.

— Continue se perguntando.

A sobrancelha direita dele se ergueu tão rápido que quase se ouviu um silvo.

— Continue se perguntando? — O clarão de um raio brevemente deixou a cozinha branca. — É isso que você... vai me falar...

Quando ele não continuou, ela deu uma encorajada.

— O que foi?

Vários segundos se passaram. O peito dele começou a se mover mais rápido, a cabeça inclinando-se de leve para a direita. Pelos olhos dele, ela percebeu que uma chave pareceu se virar lentamente, e Julian xingou baixo, com ferocidade.

— Seu cabelo não era cacheado naquela época.

Do que ele estava falando? Ela não fazia ideia, embora seu pulso estivesse começando a pular, como se soubesse que algo se aproximava.

— Naquela época?

— É assim que a gente se conhece. — Ele traçou com avidez as feições dela com o olhar. — Saímos para dar uma volta no vinhedo. Na noite em que minha irmã deu aquela festa.

Ela piscou depressa, as batidas de seu coração se tornando um galope ainda mais rápido.

— Espera, você... se lembra?

Julian assentiu devagar, examinando Hallie como se a visse pela primeira vez.

A primeira vez nessa década, pelo menos.

— Minha amiga alisou meu cabelo naquele dia. Achou que me faria parecer mais velha. — Um dos cantos dos lábios dela se ergueu. — Enganou você. Até eu confessar que estava na turma da sua irmã.

— Certo. — Ele abriu e fechou a boca. — Eu achei que você era de uma escola diferente. Nunca te vi nos corredores depois disso. Nem em lugar nenhum.

— Minha mãe me levou de volta pra estrada. — Deus, sua voz fazia parecer como se ela estivesse correndo numa rodinha

de hamster. — Eu só fiquei em Santa Helena de vez com a minha avó quando você foi pra faculdade.
— Entendi. — Ele ficou sério. — Desculpa por não ter lembrado. Minha irmã deu aquela festa sem permissão. Sem planejar ou me contar. Eu tendo a...
— O quê?
Parecia difícil para ele falar aquilo em voz alta.
— Já aconteceu de eu me desligar depois que perco o controle de uma situação. Isso deixa uns buracos na minha memória. Sem falar que eu estava bebendo...
Pelo que Hallie sabia sobre ele agora, fazia sentido, embora suspeitasse que houvesse uma explicação muito mais elaborada por trás daquele *apagão*.
— Está perdoado.
Alguns segundos se passaram.
— Estou? — Ele a pressionou contra o balcão, lentamente. Os peitos dos dois se encontraram, a cabeça dela caindo para trás. A chuva batendo nas janelas. — Eu gostaria de ter cem por cento de certeza de que você não vai guardar rancor da minha memória falha. — A respiração dele balançou o cabelo dela. — Quero sentir que você me perdoa. Quero sentir o gosto na sua boca.
Jesus amado, ele tinha um jeito com as palavras.
— Talvez seja uma boa ideia — ela conseguiu dizer, as pernas quase perdendo toda a força. — Para a gente ter um encerramento e tal.
— Certo — concordou ele, rouco. — Encerramento.
E então seus dedos estavam deslizando pelo cabelo dela. Ele esfregou os cachos entre o dedão e o indicador, como se estivesse fascinado. Seu hálito quente saía muito próximo da boca de Hallie, e a sensação era atordoante, a respiração dos dois adotando o mesmo ritmo, acelerando, os olhares se conectando. E ficando ali. O dele, vidrado. Pesado. Ele olhava para os lábios dela como se pudessem salvá-los, e se jogou naquilo desesperadamente.

Hallie sentiu sua lombar encostando completamente no balcão, e ele se moveu depressa junto com ela, passando o dedão por sua bochecha, como se pedisse desculpa por ser tão brusco. Mas também não parecia capaz de reduzir o ritmo. Ele a beijou com força, virando sua cabeça para o lado e provando mais e mais. Devagar, saboreando. *Meu Deus.*

As línguas se encontraram, fazendo Hallie gemer e Julian grunhir, e o som disparou pelo sangue dela feito um explosivo. Em segundos, a situação tinha saído completamente do controle, e Hallie estava amando aquela fuga total da realidade. Desejava as ações imprevisíveis da boca dele, os rumos inesperados de suas mãos. A mão direita deixou os cachos dela e foi para sua coluna, assim como ele tinha feito no vinhedo quinze anos antes, mas no presente ele apertou o tecido e puxou o corpo dela para mais perto. Seus corpos meio que só derreteram, como metal liquefeito sendo derramado num molde. Curvas se encaixaram em formas definidas, músculos flexionaram contra a pele suave.

— Eu gosto quando você fica num só lugar — rosnou Julian, interrompendo o beijo para que ambos pudessem respirar. — Quando você fica parada.

— Não se acostume — sussurrou ela, sem fôlego.

— Não? — A boca dele se alargou junto à testa dela. — Gostaria que eu abrisse esse short para você se mover melhor, Hallie?

Ela se viu assentindo antes de ele sequer terminar a pergunta. À mera sugestão que se livrassem da barreira do jeans entre os dois, o short pareceu insuportável. Ofensivo. Com os olhos cravados nos dela, ele abaixou o zíper e o empurrou pelo quadril de Hallie, um silvo seguido pelo material atingindo o chão, os botões fazendo um clique metálico. Após perder o fôlego várias vezes em meio aos trovões, a mão dele se fechou ao redor do pulso de Hallie, guiando a mão para o topo da coxa dela. Até que a ponta dos dedos quase tocou a calcinha.

Ela foi bombardeada por sensações. O cheiro de chuva e especiarias de Julian. Sua respiração acelerada perto do ouvido dela.

O arranhar da camisa social dele contra a camiseta de algodão dela. Quando ele moveu o peito dele para um lado, depois o outro, esfregando seus mamilos, eles pareceram ganhar vida, e uma onda de eletricidade disparou pelo seu corpo.

— Se você não consegue ficar parada... — Julian ergueu a ponta dos dedos dela mais um centímetro, encontrando o tecido evidentemente molhado da calcinha. — Então faça valer a pena.

O chão ondulou sob os pés dela.

— Você quer que eu...

— Se toque. Sim. — A boca aberta dele roçou na orelha dela. — Parece bem justo, já que eu estive fodendo minha mão o tempo todo desde que você começou a trabalhar por aqui.

Isso era a *vida real*?

Quantas vezes ela tinha gozado pensando naquele homem? Tê-lo ali, não só observando, mas *ordenando* que fizesse aquilo, fez os joelhos dela tremerem. Uma sobrecarga sensorial. Ela meio que desejou ter imaginado aquela cena antes. Queria ter sabido muito antes como seria ter Julian deslizando um dedo para dentro do elástico da sua calcinha e a puxando para baixo, devagar, até o topo das suas coxas, expondo suas partes íntimas à cozinha iluminada pela tempestade, depois apoiando as mãos na ilha onde ele pressionava o corpo dela. Aguardando.

Hallie mordeu o lábio, os dedos se contorcendo — e só isso já o fez grunhir. Sim, aquele professor todo certinho grunhiu mesmo antes de ela começar a traçar a pele úmida com o dedo do meio, subindo e descendo até que seu corpo se abriu de forma orgânica. Precisando de mais. Ela praticamente desabrochou para ele em uma torrente úmida, os dedos reunindo os fluidos e espalhando-os sobre o clitóris, seu arquejo se misturando aos sons dos trovões.

— Porra — murmurou ele no ouvido dela. — Você faz isso na sua cama em casa.

Não era uma pergunta. Era uma afirmação. Então ela não respondeu. Não conseguia.

A cabeça de Hallie caiu para trás, o pescoço já sem forças, os dedos em uma fricção ávida.

— Você já subiu na cama com esses joelhos sujos, Hallie? Deita no colchão de cara para baixo e abre esses joelhos imundos nos lençóis, como faz no meu jardim? Meu Deus, eu pagaria pra ver isso.

Nossa Senho...

As palavras que aquele homem rosnava no ouvido dela, como um bárbaro moderno, não eram o que ela esperava. Não era o que ela tinha esperado que ele dissesse por anos e anos enquanto febrilmente se contorcia na cama. Em suas fantasias, Julian costumava dizer que ela era linda — e isso tinha sido suficiente pra fazê-la atingir o clímax? Deus, que coisa mais chata. Ele estava falando sacanagem sobre os *joelhos* sujos dela. Tinha abaixado sua calcinha e pedido que ela se masturbasse na cozinha dele.

No futuro, seu combustível para masturbação ia ser incrível.

Mas Hallie não queria pensar no futuro naquele momento. Queria apenas focar nos arquejos fortes daquele homem no seu ouvido, naqueles olhos intensos concentrados nos movimentos dos dedos dela. Dois deles tinham se enfiado na pele molhada para estimular seu clitóris e, sério, ele estava *mais* do que estimulado. Se ela lhe desse três segundos de concentração, podia gozar, sem a menor dúvida.

Mas outra coisa continuava rodando na sua mente, impedindo-a de dar sua total concentração ao prazer. O que ele tinha dito. *Parece bem justo, já que eu estive fodendo minha mão o tempo todo desde que você começou a trabalhar por aqui.*

Tudo bem, ela já tinha fantasiado sobre Julian se masturbando sozinho.

Sua vida sexual imaginária não era *tão* entediante.

Mas será que teria outra chance de ver isso ao vivo? Aquela tempestade, o acaso de estar no jardim dele quando começou a chover e aquela intimidade forçada... Havia altas chances de que algo assim nunca ocorresse de novo. Seu desejo de observar Julian se tocar era mais do que uma vontade desesperada de satisfazer sua curiosidade ou coletar material para fantasias do futuro. Hallie sentiu surgir dentro de si um senso profundo de responsabilidade, uma necessidade de que ele também ficasse satisfeito. Se ele não a acompanhasse, a experiência toda não seria tão gratificante.

— Você também — conseguiu dizer, gemendo quando a boca dele encostou na dela. Não num beijo. Só como um ímã. Atraída imediatamente pelo fato de que ela tinha falado. — Por favor.

Passou-se um segundo. Então, com os lábios ainda apertados nos dela, Julian abriu o cinto e abaixou o zíper. Ela não viu nada, mas o som metálico foi suficiente para fazer os músculos de sua barriga se contraírem, os dedos dos pés se retorcerem.

— Eu tive que pôr no meu cronograma. Bem ali no meu bloco. *Bater uma pensando na Hallie.* — A língua dele traçou o lábio inferior dela. — Já foi uma vez hoje.

— Você escreveu essas palavras? — perguntou ela, arquejando quando ele deu uma mordidinha na sua mandíbula.

— Não, só seu nome. Meu pau sabia o que queria dizer.

Recuando um pouco, Julian olhou nos olhos dela e enfiou a mão na abertura da calça, grunhindo com os dentes cerrados, as pálpebras caindo na primeira esfregada...

E o orgasmo de Hallie explodiu sem aviso, como uma porta escancarada num furacão. Ela soltou um gemido, as pernas virando geleia, e quase caiu. Mas Julian se moveu depressa, apoiando-a com a parte superior do corpo, a boca aquecendo o pescoço dela enquanto a mão não parava de se mover. Hallie nunca quis tanto ter ângulos de câmera melhores em sua vida, porque não conseguiu ver como Julian guiou sua ereção até o meio das suas coxas. Não encostando nela, só se masturbando rápido, cada vez mais, na abertura entre suas pernas, logo acima da calcinha abaixada, as partes excitadas de ambos nunca se encontrando. Mas mesmo assim ela o sentia *no corpo todo*.

— Jesus Cristo, isso saiu do controle — disse ele, rouco, no cabelo dela. — Eu não estou conseguindo controlar nada.

— Não tem problema.

— Não?

Ela assentiu, mas ele não conseguia ver sua cabeça se mexendo, o rosto enterrado no pescoço dele. E então a mão livre dele colou na sua bunda, apertando-a com força — e os dedos dela ficaram escorregadios de novo. Ela começou a esfregar a pele sensível, porque não tinha como evitar. Não tinha como parar. Não tinha como afrouxar aqueles nós tão fundos, que ficavam cada vez mais complicados abaixo do seu umbigo, impelindo os dedos dela a aumentar o ritmo. A pressão. *Ai, Deus. Ai, Deus.*

— Isso aí, Hallie — murmurou ele, a voz embargada. — Essa boceta vai gozar duas vezes?

— Vai — ofegou.

Ele apertou a boca contra o ouvido dela.

— Meu Deus. O jeito como você ficou com tesão quando peguei no meu pau, eu vou pensar nisso por anos. Décadas. Quantas vezes você precisa estar no cronograma por dia? Três? Quatro?

A cabeça inchada da ereção dele pressionou-se contra a virilha dela e ambos gemeram, corpo estremecendo contra corpo. Tremendo. E então ele se apertou ali, contra os dedos dela e, em consequência, o clitóris dela, e um segundo clímax repuxou todos os seus músculos com força e os soltou rapidamente, deixando uma sequência de pulsações. Um doce latejar.

— Jesus. Você tinha que ser gostosa pra caralho mesmo — grunhiu ele.

Julian a apertou contra a ilha, os músculos se tensionando, o ombro largo na boca aberta dela. Ele se contorceu, grunhindo enquanto deixava o interior da coxa dela úmido e morno. Duas, três, quatro faixas de calor líquido, e em seguida desabou contra Hallie, os sons da tempestade voltando com tudo, junto com o martelar do coração de ambos.

Por um bom tempo, ela só conseguiu olhar para o ar. Completamente arrebatada.

Era sua primeira experiência sexual com um homem que tinha ido além de beijos — e tinha acabado com todas as suas preconcepções de como seria. Tivera razão em ser exigente. Mesmo sem muita experiência, Hallie de alguma forma sabia que nem todos os homens seriam capazes de excitá-la como Julian havia feito. Nem o prazer deles teria feito o dela aumentar daquela forma.

No entanto, por mais arquejante e extasiada que se sentisse, havia algo no ar.

Algo se agitando.

O corpo duro de Julian se tensionava um pouco mais a cada momento, mas ele ainda não tinha recuperado o fôlego. Não como ela. E quando finalmente se afastou, foi mais como algo se rasgando. Como um Band-Aid sendo arrancado da pele, que levou um pedaço dela consigo. Hallie captou um vislumbre de pele com veias grossas enquanto ele colocava a calça de volta, depois ia até a outra ponta da cozinha, passando uma das mãos pelo cabelo.

Vários segundos se passaram e ele não disse nada.

Ela não precisava ser um gênio para saber que ele tinha se arrependido imediatamente.

Daquele comportamento precipitado. Por deixar seu corpo tomar decisões.

Por se envolver em algo não planejado e espontâneo... quando nunca fazia coisas assim.

Os dois concordaram desde o começo que ele era controle e ela era o caos; e ele obviamente estava sentindo o impacto disso, sem conseguir olhar para ela enquanto ajeitava as roupas, aquele sulco entre as sobrancelhas mais profundo do que nunca.

Hallie não só o havia feito perder o controle de que ele tanto precisava... ela também tinha discutido as cartas com ele. Abertamente. Como se não as tivesse escrito. O fato de que ele estava citando uma carta *real* nunca fora dito, ok, mas ela sabia. Tinha mentido por omissão, não tinha? Além disso, tivera muitas oportunidades de parar e não parou. Mesmo ali, com a chance de confessar, não conseguia, porque ele estava nitidamente abalado pelo que eles haviam feito. De que ajudaria dizer a Julian que ela era sua admiradora secreta?

— Eu tenho que levar os cachorros para passear — disse, virando-se para puxar o short e abotoá-lo com os dedos trêmulos. — A nova fase da plantação deve levar uns dias pra começar. Semana que vem, provavelmen...

— Hallie.

O tom duro dele a fez saltar rumo à porta da frente.

— Preciso mesmo ir.

Julian a alcançou na porta, pegando um dos cotovelos dela e fazendo-a parar. Os dois se encararam na escuridão da entrada.

— Escuta um segundo. — Os olhos dele foram de um lado para outro, como se procurassem uma explicação. — Eu vou de zero a cem em três segundos com você. Não estou acostumado a isso. De alguma forma, eu vou de ter limites para tudo a botar fogo neles. Alguma coisa em você me tira da minha zona de conforto. No passado... Olha, minha experiência ultrapassando esse limite não foi positiva.

— Eu estou bagunçando seu compasso interno e você quer que ele fique apontado para o norte. Tudo bem. Eu entendo. — *Não* estava tudo bem. Julian estava arrancando o coração dela. Por que ela disse isso? — Eu tenho mesmo que ir.

Enquanto ela falava, ele tinha começado a apertar a ponte do nariz com o dedão e o indicador.

— Caralho. Talvez isso tenha sido sincero demais. Mas esse é meu segundo problema perto de você, não é? Eu falo com você de um jeito que não falo com mais ninguém.

— Eu gosto que você seja sincero comigo — retrucou ela, a voz falhando. Como é que ele dizia exatamente a coisa certa e ao mesmo tempo acabava com ela? — Mas às vezes a verdade é a verdade e nós temos que aceitar. Somos diferentes demais.

Julian apoiou a mão no batente. Ele balançou a cabeça como se fosse negar, mas não negou. Como poderia? Fatos eram fatos.

— Ainda está chovendo forte. Você não deveria dirigir. — Ele começou a apalpar os bolsos, obviamente não encontrando as chaves. — Por favor, deixa eu te levar pra casa em segurança.

Ela quase riu. Como se aquilo já não fosse constrangedor o suficiente.

— Olha, eu posso falar com meu amigo Owen e ver se ele pode fazer o seu jardim e...

— Eu não quero ninguém além de você.

Hallie esperou um momento para que ele explicasse tal declaração confusa, que parecia indicar o oposto do que estava acontecendo ali — uma espécie de despedida? —, mas ele não acrescentou nada àquela recusa. Que homem confuso e complicado.

Sem querer dar a Julian a oportunidade de achar as chaves do carro, ela se virou e saiu correndo na chuva.

— Tchau, Julian. Eu vou ficar bem.

Por mais que quisesse partir sem olhar para trás, seu olhar foi atraído para ele enquanto avançava pela entrada de carros. *Desculpa,* ele sussurrou para ela. E ela ficou repassando aquele pedido silencioso sem parar a caminho de casa, decidindo aceitá-lo e seguir em frente. O que seria muito mais difícil agora que ele tinha ultrapassado suas fantasias, tanto física como emocionalmente, por várias centenas de quilômetros.

Infelizmente, as diferenças entre eles nunca tinham ficado mais óbvias. *Eu vou de zero a cem em três segundos com você. Não estou acostumado a isso. De alguma forma, eu vou de ter limites para tudo a botar fogo neles.*

Alguma coisa em você.

Julian precisava de planejamento e previsibilidade, e ela chutava essas possibilidades para longe, feito um touro num rodeio. E não podia, em sã consciência, continuar a brincar de namorada imaginária de Julian agora que tinha perdido a oportunidade de se revelar como a admiradora secreta dele. Não seria certo. Nem *ela* era tão intrinsecamente anárquica assim.

Era hora de deixar a paixonite para trás de uma vez por todas. Antes que ela causasse mais problemas.

Capítulo onze

Julian estava parado na cozinha escura, tamborilando os dedos no balcão da ilha, o som criando uma espécie de ritmo com o tique-taque do relógio. Tinha se vestido cedo demais para o Filosuvinhas dos Sabores de Napa naquela noite, mesmo para os seus padrões de pontualidade. Qualquer coisa para evitar o cursor piscando na tela do computador, e as lembranças de certa paisagista enérgica ofegando contra a boca dele. *Jesus*. Ele não conseguia parar de pensar no gosto dela. Tinha grudado nele cada dia, noite e segundo desde então.

No fim, ele descobriu que quase a tinha beijado uma vez antes. Fazia quinze anos. Naquela noite, ele tinha bebido demais, por pura irritação com a irmã. Vodca e ansiedade tinham enevoado suas lembranças dos acontecimentos. Mas, desde que a memória voltara, os detalhes vinham à tona aos poucos — tão vívidos que o faziam questionar como podia ter esquecido daquilo, para começo de conversa, mesmo levando em conta o apagão que sofrera depois. Agora? Julian se lembrava do luar no cabelo dela. Da vontade arrebatadora de beijá-la. De suas costas macias.

E também da percepção de que ela estava no primeiro ano, após o que Julian tinha quase certeza de a ter levado de volta para a festa, com o rosto em chamas.

Como ele apagara uma lembrança com tamanho poder de balançá-lo mesmo tantos anos depois?

Julian não entendia aquilo direito, mas parecia que Hallie estava determinada a aparecer uma vez por década e criar rachaduras na sua concentração. Ele não conseguia encaixar seus pensamentos de sempre entre as lembranças dela gemendo, as coxas estremecendo com o orgasmo. E o que aconteceu depois.

O que *tinha* acontecido depois?

Ainda não compreendia. Ele se perdera completamente, sabia disso. Normalmente, com uma mulher, havia uma progressão física lógica, de beijos para algo a mais. Com Hallie, ele tinha agido por puro instinto, seu corpo (e não sua mente) totalmente no controle. Sim, ficou desnorteado assim que aquela onda baixou, tentando botar a cabeça de volta no lugar. Quando conseguiu, ela já estava a meio caminho da porta.

E era melhor assim, não era? Julian vinha tentando se convencer disso fazia dois dias.

Obviamente, ela apresentava um risco ao seu controle. Controle esse em que confiava para não ser tomado pela ansiedade. Com Hallie, ele tinha perdido qualquer senso de autopreservação e tinha... se jogado. Cedido. E se perdido. O hálito dela na boca dele e seu cheiro de terra infiltrando-se no cérebro, e Julian havia se movido inconscientemente. Se quisesse continuar tocando-a, se quisesse alívio, não tinha escolha. Mas a queda de adrenalina tinha sido como bater o carro num muro. Sua cabeça não deveria ficar off-line daquele jeito. Seus impulsos deveriam ser...

Dominados.

Engraçado, jamais pensara neles assim.

Julian virou o queixo com força para o lado, estalando o pescoço e liberando a tensão que continuava a crescer desde a partida apressada de Hallie. Era sábado à noite, e ele não estava com um humor do tipo que deveria ser compartilhado com a humanidade em geral, especialmente quando estava representando a

Vinícola Vos, mas que escolha ele tinha? Pelo menos podia se afastar por algumas horas da página em branco que o provocava no escritório.

Natalie entrou na cozinha em um silêncio estoico, vestida toda de preto, com óculos de sol enormes e espelhados escondendo os olhos. Parecia que eles estavam a caminho de um velório, em vez de um festival ao ar livre em uma bela noite de verão em Napa. E Natalie facilmente poderia ser a viúva enlutada, considerando que só tinha saído da cama uma hora antes.

O que estava acontecendo com sua irmã? Apesar de uma fase rebelde na juventude, ela havia se tornado o tipo de pessoa que coleciona conquistas depois que deixou o inconformismo para trás. Uma vez, após ficar sem notícias dela por um tempo, ele tinha conferido sua página no Facebook e descoberto que ela havia postado um artigo da revista Forbes no qual era apontada como uma estrela em ascensão no mercado financeiro. Mas as coisas obviamente tinham sofrido uma reviravolta, e a aliança de noivado desaparecida era uma evidência disso. Porém a família Vos funcionava em modo econômico quando o assunto era comunicação. Eles não jogavam conversa fora; diziam apenas o essencial, e informações que não se enquadravam nessa categoria eram guardadas para si.

Mas por quê?

Na infância e na adolescência, Julian meio que tinha pensado que, para não decepcionar ou incomodar ninguém, aguentar calado as crises e lidar com elas sozinho era o normal. Na faculdade, descobrira, chocado, que seu colega de quarto ligava para os pais mais de uma vez por semana, contando tudo o que acontecia com ele, do que era servido no refeitório às garotas com quem saía. Depois, como professor de história, vira em primeira mão o relacionamento íntimo que os alunos que moravam no campus tinham com os pais. No fim de semana em que as famílias podiam visitar Stanford, eles apareciam em massa usando moletons vermelhos da universidade e carregando caixas com suprimentos contendo de sabão em pó a bolos e jogos de tabuleiro. Eles... se importavam.

Talvez nem toda família fosse próxima, compartilhando provações e triunfos no dia a dia. Mas, com base nos dados do mundo real que havia testemunhado, famílias cujos membros se importavam uns com os outros eram mais comuns — e saudáveis — do que a deles.

Se eu fosse você, diria que estou feliz por ela estar aqui comigo. Mas, antes de dizer isso, se certifique de que está sendo sincero. Ela vai saber se for da boca pra fora.

Ele olhou de soslaio para Natalie, ouvindo as palavras de Hallie na cabeça (e estava longe de ser a primeira vez no dia). Desde que a paisagista havia ido embora na quinta à noite, enfrentando uma tempestade para fugir dele, Julian ouvia sua voz até dormindo.

Natalie tirou um cantil da bolsa, desenroscou a tampa preguiçosamente e o levou aos lábios. Depois de um segundo gole, ofereceu o recipiente de metal a ele.

— Não, obrigado — respondeu Julian automaticamente. Mas por quê? Ele não *queria* um gole? Sim. Óbvio. Não dormia desde quinta à noite porque seu cérebro insistia em repassar cada segundo do que fizera com Hallie, num loop infernal. — Na verdade... Sim, eu aceito um pouco.

As sobrancelhas de Natalie se ergueram atrás dos óculos, mas ela passou o cantil.

— O livro tá difícil, maninho?

Ele estudou a abertura do recipiente por um momento, tentando não fazer uma lista mental de todos os motivos pelos quais não deveria beber às cinco da tarde. Para começar, teria que interagir com o público em nome da empresa da família — que podia estar enfrentando mais dificuldades do que qualquer um sabia. Segundo, precisava desesperadamente voltar ao livro em algum momento, mas, se tomasse algo tão cedo, quase certamente não pararia no primeiro gole nem na primeira bebida, o que resultaria em pensamentos letárgicos no dia seguinte.

Hallie fugindo dele na chuva, magoada.

— Foda-se — murmurou ele, erguendo o cantil num ângulo de quase noventa graus e deixando o rio de uísque abrir um caminho quente pela sua garganta e cair no estômago vazio feito uma pedra. — Já posso dizer que isso foi uma decisão horrível — disse ele, devolvendo o uísque para Natalie.

Ela tomou outro gole e enfiou a bebida de volta na bolsa.

— Pelo visto, estou influenciando você.

Normalmente, Julian deixaria essa declaração enigmática passar sem comentários. Não investigar o mau humor dos outros era o normal para ele. Não era da sua conta. Só que naquele caso era, não era?

— Por que você diz isso? Você... tomou alguma decisão ruim ultimamente?

— Quê? — Natalie se assustou. — Por que está me perguntando isso?

Aparentemente, conversar com a família era mais difícil do que imaginava.

— Pra começar, você dormiu até as quatro da tarde. Agora está vestida como se fosse fazer um discurso fúnebre, em vez de estar a caminho de um evento chamado Filosuvinhas dos Sabores de Napa.

— Talvez eu esteja sendo respeitosa com a morte das uvas. Sabe quantas delas tiveram que morrer para as pessoas de Oklahoma fingirem que estão sentindo um retrogosto de carvalho?

Ela se daria muito bem com a Hallie.

O pensamento veio do nada e o atingiu como uma flecha na jugular.

Bem, ele podia praticamente dar adeus a essa possibilidade. Elas provavelmente nunca passariam um tempo juntas, a não ser que em algum futuro próximo Natalie finalmente saísse de casa e se apresentasse para a paisagista no jardim. Afinal, Hallie provavelmente nunca mais iria querer vê-lo de novo, e com razão. Como ele podia se sentir tão atraído por uma mulher que o tirava completamente da sua zona de conforto?

Ele esfregou o meio da testa, que latejava.

— Só queria que você me contasse o que te fez voltar a Santa Helena, Natalie.

— Você primeiro.

Julian franziu a testa.

— Estou escrevendo um livro.

— *Estou escrevendo um livro* — ela o imitou. — Se você só queria escrever seu livro, podia ter feito isso em Stanford. — Ela agitou os dedos no ar. — Menos duas horas de academia na semana e cinco minutos de cada refeição e pronto, aí está seu tempo para escrever as aventuras de Wexler. Você não precisaria voltar a Napa pra isso.

Ele a encarou enquanto se remexia contra o balcão no meio da cozinha.

— Como você sabe que o nome do meu protagonista é Wexler? Andou lendo meu manuscrito?

Natalie estava corada?

— Talvez eu tenha dado uma lida numa página ou duas. — Ela pareceu estar considerando pegar o cantil de novo. Em vez disso, jogou a mão para o alto, frustrada. — Quanto tempo você vai deixar o sujeito pendurado naquele penhasco idiota?

— Você parece estranhamente envolvida — ele balbuciou, meio... comovido por a irmã parecer preocupada com o velho Wexler?

— Não estou — replicou ela. — É só que, tipo, ele tem um gancho de escalada preso no cinto. Caso você tenha esquecido.

Ele tinha apagado esse detalhe completamente da memória.

— Eu não esqueci.

— Não, claro que não. — Ela suspirou. E então: — Por que fez ele loiro? — A expressão dele devia ter traído sua total perplexidade, porque ela explicou: — Homens loiros não inspiram empatia.

Ele chegou muito perto de soltar uma risada. Isso estava acontecendo cada vez mais, não? Julian não conseguia se lembrar de o peito já ter parecido tão leve. Mas então por que, perto de Hallie, ficava tão apertado?

— Isso parece uma teoria, não um fato.

— Não. É um fato. Você já parou pra falar com um homem com cabelo loiro platinado sem especular sobre o estilo de vida dele? Não dá pra *evitar*. É impossível. Não tem como prestar atenção em uma palavra que saia da boca dele.

— Então você está dizendo que eu deveria fazer o Wexler ser moreno.

— Obviamente, sim. Escuta. Homens loiros dizem coisas como "hora de pular na jacuzzi" e vão fazer trilha em Yosemite com as garotas descoladas do momento. Eu quero torcer por um cara que dificilmente sairia numa aventura. — Ela lhe lançou um olhar irônico. — Tipo você.

Julian murmurou.

— Vou pensar na mudança de cor de cabelo.

— Ótimo. — Natalie parou por um instante. — Então você simplesmente vai aceitar que não é aventureiro?

— Não posso discutir — disse ele apenas, empurrando o pato de bronze sobre a ilha da cozinha. — A não ser que você considere ter uma admiradora secreta uma aventura.

— *Quê?* — Natalie bateu uma das mãos no mármore. — Nem vem. Como assim? Você está mentindo.

— Não. As cartas estão bem ali. Se eu tivesse guardado na adega, talvez você tivesse encontrado. — Ele sorriu quando ela lhe deu o dedo do meio. — Primeiro achei que você que tinha escrito como uma piada, mas elas são muito...

— Tem coisa de sexo nelas?

— Não. Nada assim. — Frases da segunda carta flutuaram pela cabeça dele. — Elas são... mais pessoais do que seriam se fosse alguém me sacaneando, acho.

Ela passou as duas mãos pelo rosto, puxando a pele mais do que parecia saudável.

— Ai, meu Deus. Eu preciso saber tudo.

— Não tem nada importante para contar.

As palavras embrulharam o estômago dele. Por que sentia tamanha lealdade por aquela pessoa desconhecida? Talvez porque, embora soubesse que Hallie não tinha escrito as cartas, parte dele secretamente desejava que tivesse sido ela. Por puro masoquismo, Julian a imaginara compondo as frases e tinha meio que ficado preso pensando nela como a admiradora. O que era completamente ridículo, mas só outra forma pela qual a paisagista ocupava seu cérebro dia e noite.

— Eu não vou escrever de volta.

— Não fode. Lógico que vai, Julian. — Ela juntou as mãos embaixo do queixo. — Por favor, me deixa ajudar? Ando tão *entediada*.

— Não. — Ele balançou a cabeça, o embrulho no estômago ficando ainda pior. — Estou aqui pra trabalhar. Não tenho tempo para ficar trocando cartinhas com ninguém.

Os ombros de Natalie caíram.

— Eu oficialmente te odeio.

Ele sentiu a culpa crescer dentro de si. Por que estava negando à irmã algo que podia distraí-la do que quer que a estivesse fazendo beber tanto e hibernar no quarto? De toda forma, talvez ele *devesse* responder à tal admiradora. Mesmo que só para satisfazer sua curiosidade. Obviamente, em algum ponto ele teria que tirar a paisagista da cabeça. Poderia ser naquele momento ou quando inevitavelmente voltasse a Stanford. Mas se conseguisse parar de imaginar Hallie quando lesse aquelas palavras, seguir em frente seria muito mais fácil.

Ainda não parecia certo, não importava como ele pensasse na situação. Caralho, ela realmente o tinha afetado.

E escrever uma resposta não significava necessariamente que ele precisaria *enviá-la*. Mas ter um projeto mútuo poderia criar uma oportunidade para Natalie se abrir com ele. Julian queria isso, não queria?

— Tudo bem, já que temos um tempo pra matar antes de sair, você pode me ajudar a escrever uma resposta — disse ele, relutante e já se arrependendo da decisão.

Pelo menos até a irmã começar a dar soquinhos no ar pela cozinha, mais animada do que ele a via desde que tinha voltado para casa.

Quarenta e cinco minutos depois, Julian e Natalie subiram vagarosamente o caminho até a casa principal. A irmã caminhava à sua direita, a carta recém-escrita na mão, fileiras de uvas ao fundo. A luz das janelas da casa da mãe os chamava, os grilos cantavam e o aroma do vinhedo pairava no ar. Meio que como um arranjo floral de três dias. Ele tinha se esquecido de como tudo aquilo podia ser familiar.

— Onde a gente deve deixar a carta mesmo?

Julian conteve um suspiro e apontou para o toco de árvore a cerca de vinte metros dali, balançando a cabeça. Ele observou Natalie saltitar alegremente até lá e não teve coragem de dizer que voltaria mais tarde para pegar a carta de volta. Mas Julian não se arrependia do tempo que eles tinham passado juntos escrevendo a resposta. Uma atividade tão simples tinha aproximado os irmãos e diminuído a tensão entre os dois. Seria o suficiente para ele bisbilhotar a vida dela?

— Você comentou que está entediada em Santa Helena — disse ele devagar. — Então por que não volta para Nova York, Natalie?

Ela terminou de encaixar a carta no toco, voltou-se para ele e revirou os olhos.

— Eu sei. Estou atrapalhando sua solidão.

— Não, eu... eu estou feliz que você esteja aqui comigo.

Ela tropeçou um pouco enquanto eles seguiam o caminho, lado a lado. E Julian deve ter soado sincero sobre estar feliz, porque ela não o chamou de mentiroso. De repente, ele sentiu uma vontade urgente de contar a Hallie o que estava acontecendo. De ligar para ela ali mesmo, embora ela provavelmente não fosse atender.

— Acho que dá pra dizer que eu estou... preocupado — continuou ele, o nó na garganta se negando a ser ignorado. — Com você. Só isso.

Vários segundos se passaram antes de ela rir, virar e seguir em frente.

— Você está preocupado comigo? Não me liga há um ano.

O estômago dele se revirou.

— Faz tanto tempo assim?

— Mais ou menos.

— Bom. — Julian seguiu a irmã e uniu as mãos atrás das costas, depois as soltou de novo. — Desculpa. Eu não deveria ter deixado tanto tempo passar.

Ele a sentiu espiá-lo pelo canto do olho.

— Acho que não é tão difícil entender o motivo. Depois de tudo que aconteceu...

— Eu preferiria... — Ele evitou olhar para o vinhedo. — Precisamos falar sobre o incêndio?

— Precisamos falar sobre o fato de você ter sido um verdadeiro herói e salvado a minha vida? — Ela soltou uma risada exasperada. — Não, acho que não. Acho que podemos ignorar o fato de você ter sido incrível naquela noite, mas o nosso pai só ter visto o que aconteceu depois. Ele não tinha o direito de julgar você daquele jeito, Julian. De dizer que você não estava apto a se envolver com a vinícola da nossa família. Ele estava *errado*.

Julian não conseguia relaxar a mandíbula para responder. Só conseguia rever as cenas daquela noite. O céu noturno iluminado, como num cenário do apocalipse, colocando pessoas que ele amava em perigo. Gente que ele deveria proteger. Agulhas se cravando no peito dele. Seus dedos fincando na palma das mãos e congelando ali. Todo mundo o vendo desmoronar.

O lento mergulho na inconsciência que se seguiu e do qual ele não conseguiu se libertar, por mais que tentasse se concentrar, organizar as ideias. Em vez disso, tinha se desligado de tudo e de si mesmo, deixando aos outros a tarefa de resolver a bagunça enquanto ele superava seu colapso mental.

— É minha culpa — disse Natalie, baixinho.

Isso arrancou Julian da sua névoa de desconforto, e ele se virou para ela.

— Do que você está falando?

Mesmo sob a luz fraca, deu para ver que ela estava corando bastante.

— Se você não tivesse ido me salvar, se eu não tivesse te obrigado a passar por aquilo, você não teria desabado na frente dele. Eu não devia nem ter entrado no galpão. O fogo estava se alastrando tão rápido...

— Natalie, para de ser ridícula. — Percebendo como tinha soado ríspido, ele suavizou o tom. — Você não fez nada errado. *Nada* disso é sua culpa.

Ela fez um ruído, ainda sem encará-lo.

— Bom, não foi muito o que ficou parecendo, né? Quer dizer, nós não éramos exatamente uma família da Disney, pra começo de conversa, mas mal nos *falamos* desde então.

— Eu assumo a responsabilidade por isso. Deveria ter me esforçado mais para... estar presente na sua vida. Obviamente você precisava de um pouco de...

Natalie parou abruptamente, com um brilho no olhar que ele só podia interpretar como perigoso.

— Um pouco de quê? Orientação? Conselho?

— Eu ia dizer apoio.

A resposta desarmou a irmã, mas sua expressão continuou desconfiada. Ela abriu a boca e a fechou de novo. Virou-se e olhou para o vinhedo.

— Certo, já que você está *tão* preocupado, Julian, eu... — Os cantos da boca dela se curvaram para baixo. — Eu fiz uma aposta num investimento e deu errado. Muito. Tipo... — A voz dela falhou. — Tipo, questão de um bilhão de dólares. Eu fui convidada... forçada, na verdade... a sair da firma. E meu noivo... ex-noivo... rompeu comigo pra salvar a própria pele. — Ela parecia ter um nó na garganta. — Morrison Talbot III sentiu-se humilhado demais para ter a sua imagem associada a mim. E, claro, já que não estou mais sendo paga, fui eu que saí do apartamento. — Ela abriu as mãos. — Então aqui estou. Meio bêbada, falando merda sobre homens loiros e escrevendo cartas de amor com meu irmão. Uau, isso realmente não é bom quando a gente diz assim em voz alta.

Julian não conseguiu esconder o choque. Natalie estava passando por tudo aquilo em silêncio desde que tinha chegado a Santa Helena? Ele não fazia ideia de por onde começar a... O quê? Reconfortá-la? Ele devia ter determinado a meta a ser alcançada antes de começar a questioná-la.

— O nome do seu ex-noivo é Morrison Talbot III e você diz que homens loiros não inspiram empatia?

Natalie o encarou, impassível por longos instantes, mas Julian só precisou de metade do tempo para saber que ele não era bom naquilo. Pelo menos, até a irmã irromper numa gargalhada. Tão alta que ecoou pelo vinhedo e aliviou a pressão daquilo que ele não conseguia nomear dentro dele. Ele começou a pensar em talvez, quem sabe, rir também, mas uma voz cortou abruptamente a noite e as gargalhadas.

— Minha intuição dizia que você não tinha voltado pra casa só para uma visita — disse a mãe deles, descendo os degraus da varanda da casa principal. Suas feições estavam mal iluminadas por luzes tremeluzentes que pendiam de cada lado da porta, quase nas sombras, mas Julian jurou ter visto um lampejo de mágoa cruzar o rosto da mãe antes de ele ser coberto por uma máscara de indiferença. — Bem. — Ela passou a mão no lenço de seda enrolado no pescoço. — Quanto tempo você estava planejando esperar antes de pedir dinheiro?

Natalie endireitou o corpo bruscamente. Julian esperou que ela respondesse que jamais pediria dinheiro, mesmo que só por orgulho, mas ela não fez isso. Apenas encarou a mãe e então tomou um grande gole de seu cantil.

— Ótimo — murmurou Corinne.

Julian não deixou de perceber o déjà vu, a sensação de que tinham voltado no tempo, ao momento em que a família Vos tinha sido informada de que o incêndio estava se alastrando com mais velocidade do que o previsto. Lógico, faltava um membro da família ali no presente. O pai estava na Europa, disputando corridas em carros de Fórmula 1. Mas *eles* estavam ali. Tinham problemas para resolver. Ele ia deixar alguém que estava ausente ditar como e quando isso seria feito?

Não. O que tinha resultado de quatro anos de silêncio, exceto os três sofrendo sozinhos, se recusando a procurar uns aos outros em busca de apoio ou ajuda para resolver os problemas?

— Corinne. — Ele deu um tossidinha. — Mãe. Natalie não é a única que está escondendo coisas.

— Do que você está falando? — perguntou Corinne, depressa. Depressa demais.

Quando notou o pânico nos olhos da mãe, ele suavizou o tom.

— A vinícola. Nós não nos recuperamos inteiramente depois do incêndio. As vendas caíram. A competição está acirrada. E não podemos pagar para implantar as mudanças que deixariam tudo viável de novo.

Natalie abaixou o cantil.

— A vinícola... não está indo bem?

— Estamos indo bem, *sim* — respondeu Corinne, enfática, rindo de um jeito forçado. — Seu irmão provavelmente estava falando com o Manuel. Nosso gerente se preocupa demais, sempre foi assim.

— Nosso equipamento é antiquado e está com defeito. Eu vi com meus próprios olhos. A equipe de relações públicas está de licença permanente. A produção está atrasada...

— Estou fazendo o melhor que posso — sibilou Corinne. — Você acha que foi fácil receber um vinhedo calcinado junto com a papelada do divórcio? Não foi. Sinto muito não ser boa o bastante para você, Julian. — Ele estava prestes a dizer que não estava culpando ninguém, muito menos ela, mas a mãe não tinha terminado. — Você sabia que tenho que comparecer a um almoço na semana que vem em honra dele? É o vigésimo aniversário da formação da Associação de Vinicultores de Napa Valley, que, admito, fez muito pela região. Ele pode ter sido o fundador, mas não está nem aqui! O lugar está praticamente *caindo aos pedaços*, e ainda assim eles querem celebrar os dias de glória. Seu pai desbravou um caminho para eles encherem os bolsos, por isso ninguém se importa se ele abandonou este lugar e a família. Ainda é o herói deles. E eu sou...

— A pessoa que fez a coisa continuar funcionando, apesar de tudo. Não estou culpando você. Por favor, eu nunca faria isso. Estou pedindo...

Em sua mente, ele conseguia ouvir a voz do pai ecoando pelas vinhas. *Você sempre foi fodido da cabeça, não foi? Jesus Cristo. Olha só pra você. Se controle. Continue dando suas aulas e só... Fique longe de tudo que eu construí, entendeu?*

Fique longe da vinícola.

A avaliação do pai fazendo sentido ou não, Julian não ia permitir que a família carregasse sozinha seus fardos por mais tempo. O pai tinha ido embora. Julian estava ali. Ele podia *fazer* alguma coisa.

— Estou pedindo que você me deixe ajudar, mãe. Sei que não sou necessariamente bem-vindo...

— Bem-vindo? — Corinne balançou a cabeça. — Você é meu filho.

Os músculos da garganta dele pareciam rígidos.

— Estou falando por conta do que aconteceu. E entendo se minha opinião deixa você desconfortável, mas, francamente, não importa. Porque você vai ouvir mesmo assim.

Corinne soltou um murmúrio baixo, enterrando o rosto nas mãos por um momento. Bem quando Julian presumiu que ela estivesse reunindo coragem para pedir a ele que ficasse longe dos negócios, ela se aproximou, com os braços abertos, e o apertou. Por vários segundos, ele só conseguiu encarar a irmã, pasmo, antes que ela também chegasse mais perto e abraçasse ele e Corinne.

— Por essa eu não esperava — soltou Natalie, fungando.

— Desculpa... aos dois. — Aparentemente tendo esgotado sua cota de demonstrações emocionais, Corinne se desvencilhou do abraço em grupo. — Foram quatro longos anos. Eu só... Eu nunca quis que nenhum de vocês sentisse que não era bem-vindo na própria casa. Admito que tenho dificuldade em confessar que preciso de ajuda. Ou mesmo... companhia.

— Bom, agora você tem — exclamou Natalie, erguendo seu cantil. — Eu nunca mais vou embora!

— Não vamos exagerar — disse Corinne, alisando a saia do vestido.

Julian precisava de mais tempo para processar as revelações dos cinco minutos anteriores e de uma distração para o buraco crescente no seu peito. Dando-se conta do que levava no bolso do paletó, ele tirou a caixinha de lá e a estendeu para Corinne.

— É só um pequeno começo, mas pensei que poderíamos entregar isso na nossa mesa.

Corinne recuou, como se houvesse uma cobra naquela caixa branca.

— O que é?

— Cartões de visita. Da Tinto, na Grapevine Way. — As duas mulheres o encararam em um silêncio carregado de expectativa. — Abriram uma enoteca ao lado que está concorrendo com a da Lorna, a dona da Tinto. Pensei que podíamos encaminhar alguns clientes para lá. No processo, damos um incentivo para as pessoas comprarem o nosso vinho. Aqui, deem uma olhada. — Ele abriu a tampa. — É um descontinho para os vinhos Vos. Nada de mais. Mas é um primeiro passo para vender o estoque encalhado nas estantes e abrir caminho para a nova safra. Pedidos de atacado vão permanecer baixos até liberarmos o que já está lá... E tem muita coisa. Vamos tentar conseguir o dinheiro necessário para deixar este lugar como antes. As coisas não vão voltar ao que eram da noite para o dia, mas temos a estrutura, e isso é meio caminho andado.

A mãe e a irmã se entreolharam com as sobrancelhas erguidas.

— O que inspirou isso? — perguntou Corinne, examinando um cartão de visitas. — Você secretamente vem querendo ajudar esse tempo todo?

Hallie. Deixá-la mais feliz.

— Obviamente, a situação dela não tem nada a ver comigo. Eu só... — *Respiro mais leve quando há menos chances de a nossa paisagista chorar.* — Pensei que poderia ser bom para a vinícola. Sabe, um negócio local ajudando outro.

Embora nitidamente cética, Corinne finalmente pegou a caixa e abriu, suspirando ao ver o que continha.

— Bem, pelo menos não são cafonas.

— Obrigado — disse Julian.

— Espera. *Você* fez esses cartões? — Ele assentiu, o que levou a irmã a continuar. — *E* está recebendo cartas de uma admiradora secreta. — Natalie abaixou os olhos para a caixa de cartões em suas mãos. — Preciso sair mais de casa.

— Você está mesmo um pouco pálida — comentou a mãe.

Natalie se virou e soltou um grito abafado para as fileiras de uvas.

Sim. As coisas certamente não iam mudar da noite para o dia — nem para eles, nem para o vinhedo. Mas pelo menos eles pareciam estar na direção certa.

— É melhor a gente ir — disse Julian, indo para a entrada de carros da casa. — Não queremos nos atrasar para o Filosuvinhas dos Sabores de Napa.

— Você não tem que falar assim — reclamou a mãe em um tom seco. — Com sarcasmo.

— Ele não está — interveio Natalie. — O próprio nome é um convite ao sarcasmo. Dá tempo de eu entrar rapidinho e fazer xixi?

Julian e Corinne resmungaram.

— Calem a boca! — disse Natalie por cima do ombro, subindo para a casa.

Apesar da exasperação dele, a noite não parecia mais uma tarefa chata. Se Julian tivesse passado aquele tempo trabalhando, teria perdido a revelação da irmã. Ou aqueles momentos constrangedores com Corinne, que eram meio dolorosos, mas também... a cara deles. Por muito tempo, ele só se importava em tornar cada minuto produtivo. Mas talvez sua definição de produtividade estivesse começando a mudar.

Capítulo doze

Hallie amava multidões.

Ouvir todo mundo falando ao mesmo tempo, mas não conseguir distinguir uma única palavra. O fato de todas aquelas pessoas terem se vestido para a ocasião e ido ao mesmo lugar, ao mesmo tempo, para um propósito especial. Multidões eram uma celebração de movimento e cor e experiências novas.

Pelo segundo ano consecutivo, ela havia concordado em ajudar Lavinia e Jerome atrás do balcão no Filosuvinhas dos Sabores de Napa. Convencer o comitê do festival a permitir o estande de uma confeitaria no evento tinha exigido um pouco de jogo de cintura, mas os doces tinham sido um enorme sucesso no ano anterior, levando uma série de *connoisseurs* a andar pela enorme tenda com bigodinhos de chocolate. Hallie olhou para os corredores repletos de vendedores e se sentiu satisfeita ao ver uma mistura ainda mais eclética.

A maioria dos estandes era de vinícolas locais. Com um visual elaborado, de bom gosto. O Filosuvinhas dos Sabores de Napa não passava a sensação de ser um típico mercado coberto. No clássico estilo de Napa, os estandes eram de madeira polida, e atrás de cada um havia um banner estampado com o logo de cada vinícola. Uma iluminação romântica por toda a estrutura criava uma atmosfera onírica, com pisca-piscas no teto, transformando taças em cálices encantados. Além da Fudge Judy quebrando as barreiras do mundo do vinho, havia um estande de petiscos gourmet para cachorros e outro vendendo jujubas de canabidiol. Eles tinham conseguido uma ampla variedade de expositores.

A feira começou a encher; fotógrafos com crachás da imprensa tiravam fotos das pessoas desfrutando suas primeiras taças de vinho, enquadrando-as de modo a capturar o pátio extenso do Hotel Meadowood ao fundo. O ar estava abafado; a música de orquestra flutuava montanha abaixo e através da tenda, junto a uma leve brisa de junho. E ela não conseguia evitar se lembrar da avó andando lentamente pelos corredores no ano anterior, cumprimentando velhos e novos amigos e aceitando educadamente panfletos para passeios em vinícolas.

Lavinia chegou por trás de Hallie e bateu o quadril no dela de leve.

— Depois de semanas projetando a nova rosquinha de Merlot ultrachique, os donuts de marshmallow provavelmente vão vender mais que tudo. Nem esnobes de vinho vão conseguir resistir a eles.

Hallie deixou a cabeça cair no ombro da amiga.

— Especialmente quando o canabidiol fizer efeito e eles relaxarem. Com sorte, não tanto a ponto de confundir os biscoitos de cachorro com os nossos doces.

— Ah, não sei. Pode ser divertido.

Elas riram, vendo cada vez mais gente entrar na tenda com vários tipos de crachás de acesso VIP ao redor do pescoço.

— Então — começou Lavinia. — Estávamos com tanta pressa de montar as coisas que eu nem consegui perguntar. Quais são as últimas notícias sobre nosso ilustre professor?

Hallie soltou o ar, voltando-se para o estande da Vinícola Vos. Ninguém tinha chegado ainda, embora eles provavelmente tivessem contratado o sommelier da casa para representá-los aquela noite. E, mesmo se Corinne Vos marcasse presença, Julian definitivamente não estaria lá. Ela havia se convencido disso nos últimos dois dias e ainda não conseguia impedir a leve pontada de decepção na barriga.

— Ah, hã... — Ela ajeitou o avental da Fudge Judy, o calor subindo pela lateral do rosto. — As últimas notícias não são apropriadas para discussão. Não na frente de pessoas decentes, pelo menos.

Lavinia recuou, com as sobrancelhas erguidas.

— Que bom que eu não sou decente.

Hallie deu um olhadão para Jerome.

— Mais tarde.

— Ah, qual é, nós duas sabemos que eu vou acabar contando pra ele depois.

— Bom saber. — Elas pararam para sorrir para dois convidados que passaram ali torcendo o nariz para os doces e que definitivamente voltariam rastejando depois de algumas taças de vinho. — Pode ter acontecido um pouco mais de... intimidade. Não a *enchilada* toda. Mais, tipo, uma pimenta jalapeño.

— Você está falando com uma britânica usando termos de comida mexicana. Não consigo traduzir direito.

— Desculpa. É só que... sinceramente, eu não sei *o que* aconteceu na cozinha do Julian. — Ela sabia apenas que seu corpo todo começava a formigar só de lembrar. A respiração dele no seu pescoço, suas bocas apertadas e arquejantes. — Ou se foi u-uma... coisa normal de se fazer?

Lavinia ficou boquiaberta.

— Nem fodendo. Ele tentou anal?

— Não! — As bochechas dela estavam tão quentes que pareciam ter saído do forno. — Não foi isso.

— Ah, graças a Deus! — Lavinia dobrou o corpo por um momento. — Eu ia precisar de um cigarro pra isso.

— Foi mais tipo... — Hallie olhou ao redor para se certificar de que ninguém conseguia escutá-la, aí abaixou a voz para um sussurro. — A internet chama de masturbação mútua.

— Puta merda, eu preciso mesmo daquele cigarro. — Lavinia a encarou por um momento. — *Como assim?*

— Eu sei.

Jerome aproximou-se da esposa por trás, com sua expressão desconfiada de sempre.

— O que está acontecendo aqui?

— Eu conto depois — disse Lavinia, depressa. — Mas, em resumo, envolve bater punheta. — Sem um segundo de hesitação, Jerome deu meia-volta e foi até o outro lado do estande. Lavinia deu de ombros, defensiva, diante do choque indignado de Hallie. — Eu tinha que me livrar dele pra ouvir o resto, não tinha?

Os ombros de Hallie cederam.

— Não tem resto. Dessa vez eu estou muito, *muito* confiante de que foi a última vez que a gente... fez alguma coisa ao mesmo tempo confusa e... — Ela tentou engolir, mas a boca estava seca graças às memórias sensuais que a bombardeavam. O jeito como ele tinha pressionado sua ereção ali, movido sua mão ainda mais rápido, gemendo o nome dela. — ... excitante. Juntos.

— Sim, sim — disse Lavinia, examinando-a com atenção. — Dá para ver que você com toda certeza é capaz de dizer não. Seus mamilos não estão duros nem nada.

— Quê?!

Hallie abaixou os olhos e notou que o avental estava definitivamente baixo o bastante para deixar evidente o contorno dos bicos dos seios, que estavam de fato duros. E não tinham passado os últimos dois dias assim? Com uma puxada rápida, ela ergueu o avental para cima a fim de cobrir as evidências.

— Não, sério — retomou ela, e hesitou um momento, aí deixou escapar: — Eu escrevi uma segunda carta anônima pra ele. Sóbria, dessa vez.

Lavinia balançou para trás.

— Não! Mentira!

— Lavinia, favor notar meu histórico de complicar as coisas. Você sabe que eu fiz isso, sim. — Ela mordeu o lábio. — E elas estavam bem ali, em plena vista naquela cozinha digna de programas de culinária de Julian. Ele *citou* as cartas pra mim, e eu não consegui contar que fui eu quem escrevi.

A melhor amiga fez o sinal da cruz.

— Só Deus pode salvar você agora, Hallie Welch.

— Isso é um pouco dramático. — Uma energia nervosa percorreu as veias dela. — Não é?

— O que é um pouco dramático?

As duas viram Owen parado na frente do estande. A princípio, Hallie se perguntou se o homem era um gêmeo do mal. Ou um sósia. Ela só tinha visto Owen usando jeans e camiseta, ou short e sapatos de jardinagem. Mas naquela noite ele estava de calça social e uma camisa polo, com o cabelo todo certinho. E de perfume?

— Owen, querido. — Lavinia foi a primeira a se recuperar da interrupção, inclinando-se sobre a mesa para dar dois beijinhos nele. — Você está fabuloso.

— Obrigado. — Ele esfregou a nuca, de um jeito meio fofo. — Você também. — O olhar dele focou em Hallie e parou ali. — E você também está linda hoje, Hallie. Muito linda.

Ela olhou a roupa que tinha escolhido, a maior parte da qual estava coberta pelo avental. Provavelmente isso era bom, considerando que ela havia achado impossível decidir o que usar, então tinha acabado com uma blusa floral decotada e uma saia xadrez de cintura alta. Pelo menos o cabelo estava em ordem, os cachos controlados e soltos ao redor dos ombros.

— Obrigada, Owe...

As palavras morreram. Porque, quando ela ergueu os olhos do seu traje esquizofrênico, lá estava ele, logo acima do ombro de Owen.

Julian Vos tinha entrado no recinto.

Foi chocante descobrir que ela havia *quase* se acostumado à presença dele — mas só quando estavam sozinhos. Em público, daquele jeito? Ele era um Van Gogh em uma exposição de pinturas de dedo de crianças. Simplesmente incomparável. Alto e intenso e bonito e chamando toda a atenção. E parecia meio impaciente, acima de tudo. Todas as cabeças se viraram à sua chegada, como se tivessem sentido uma brusca mudança na atmosfera.

Ele estava usando uma camisa branca engomada sem um vinco sequer e uma calça social azul-escura. Uma gravata carmesim. Abotoaduras. Parecia o tipo de homem que usava aquelas jarreteiras antiquadas abaixo do joelho. E ela tinha se masturbado na frente dele. E ele havia feito o mesmo. Eles tinham se entregado um ao outro enquanto a tempestade rugia do lado de fora, e vê-lo naquele instante, tão calmo e no controle, fazia a coisa toda parecer um sonho.

— Aposto que você teria feito o anal — disse Lavinia pelo canto da boca.

Por sorte, Jerome e Owen estavam envolvidos numa conversa sobre golfe e não ouviram aquele comentário.

— Você poderia, por favor, jamais levantar esse assunto de novo? — implorou Hallie.

— Vai ser ele que vai *levantar*, se você me entende.

— Ah, não se preocupe. Eu entendo. Você é tão sutil quanto uma motosserra.

Hallie se obrigou a parar de encarar Julian, que cruzava a tenda com a mãe e a irmã. E fracassou. Todos na tenda fracassaram. A Vinícola Vos podia precisar de uma recauchutada, mas a primeira família de Santa Helena movia-se feito a realeza e parecia estar à altura do papel. Enquanto isso, lá estava ela, usando uma mistura de estampas e falando sobre sexo anal.

Ela não mudaria nada na situação. Mas o contraste só enfatizava como eles eram completamente diferentes.

Nada disso pareceu importar quando Julian olhou de repente em sua direção, parando quando a viu atrás do balcão da Fudge Judy. *Ai, meu Deus*. O coração dela ia pular para fora do corpo. Era mágico ver aquele galã todo atencioso notá-la em um salão lotado e parar de repente no meio de tudo. Hallie havia se sentido tão segura compartilhando as coisas com ele, falando sobre seu luto e a crise dos trinta anos... Será que imaginara aquela conexão?

Não. Não era possível.

Além da magia de ser imobilizada por aqueles olhos de uísque do outro lado do ambiente... agora havia também tesão. Urgente e frustrante, de um tipo que ela nunca experimentara com mais ninguém. Do tipo que só tinha entendido parcialmente enquanto babava nos vídeos dele no YouTube, antes que ele voltasse a Santa Helena. Por baixo daquelas camadas de tesão, porém, havia a melancolia do arrependimento.

Toda vez que eles se conectavam, a *des*conexão entre suas personalidades se tornava um pouco mais óbvia, mas o que fazer sobre isso?

— Hallie?

Owen pôs uma das mãos no braço dela, e ela captou uma mudança sutilíssima na expressão de Julian. Uma sombra cruzou seu rosto, suas sobrancelhas se franzindo. Um músculo tinha começado a latejar na mandíbula, e foi aí que ela finalmente conseguiu desviar sua atenção de Julian e se concentrar em Owen. Que, pelo visto, estava lhe chamando inutilmente fazia um tempo.

— Desculpa. Toda essa empolgação... — A risada dela soou tensa. — Acho que estou com inveja de quem está bebendo.

Owen rapidamente abaixou o donut que tinha erguido com o par de pinças de prata fornecido no estande.

— Eu pego uma taça pra você. Está a fim do quê?

Ela não podia deixar o homem sair por aí pegando bebidas para ela quando estava se lembrando do abdome flexionado de Julian contra o seu.

— Não, não tem problema, Owen...

Ele já tinha partido como uma flecha.

Hallie trocou um olhar culpado com Lavinia, mas elas não tinham tempo de conversar. A tenda estava enchendo depressa e as pessoas queriam os doces. Principalmente porque, ao contrário do ano anterior, muitos convidados pareciam ter trazido os filhos. Antes, ninguém com menos de vinte e um anos podia entrar em eventos de degustação em Napa, mas desde o incêndio (que prejudicara muito a região), seguido pelo baque econômico provocado pela pandemia, Santa Helena tinha lentamente adotado a ideia de eventos familiares, na esperança de conquistar novos visitantes.

Aparentemente, crianças eram a nova faixa etária de risco.

E, no caso do Filosuvinhas dos Sabores, os inconvenientes dessa decisão logo se tornaram óbvios.

Os pequenos corriam ao redor da clientela mais velha, suas mães recebendo mais do que a cota merecida de julgamento. Os anfitriões podiam ter permitido crianças, mas dado que o álcool era a bebida primordial, não havia nada para a criançada beber ou comer.

Exceto os donuts.

E foi assim que Hallie se tornou a babá oficial do evento.

Tudo começou com uma única oferta para olhar um pequeno cuja mãe estressada queria tomar uma taça de vinho com calma. Aí uma segunda família se aproximou, perguntando sobre área de recreação para as crianças, ao que Hallie ergueu sua taça de vinho em saudação — e mesmo assim eles deixaram o filho deles com ela. Embora Lavinia precisasse da ajuda da amiga, os pais estavam comprando na Fudge Judy como forma de agradecimento pelos serviços prestados, então ela aceitou a troca e dispensou Hallie a fim de vender mais. Meia hora depois, a paisagista reunira um grupo considerável de crianças com menos de oito anos, brincando de pega-pega no campo do lado de fora da tenda e devorando rosquinhas de chocolate.

Hallie não conseguia mais lembrar quem tinha comido o quê. Ou quantos.

E isso, de todas as coisas, acabou se provando o seu maior erro.

Elétricas depois de comerem uma quantidade obscena de açúcar, as crianças decidiram que estavam com sede.

— Eu quero água! — anunciou um dos gêmeos obcecados por dinossauros, enquanto ajeitava a roupa de baixo.

Qual era o nome dele? Shiloh?

— Hã, tá bem — disse Hallie, olhando para a tenda. Tinha que ter água lá em algum lugar, certo? — Hã, todo mundo de mãos dadas, vamos entrar em silêncio e ver se...

— MÃE! — berrou Shiloh, disparando até a tenda e atravessando a entrada correndo, seguido pelo resto das crianças, todas gritando pelas mães.

— Esperem! Pessoal, esperem!

Hallie correu atrás delas com duas caixas de doces vazias debaixo dos braços — espera, vazias? —, mas era tarde demais para evitar o que aconteceu em seguida. Ela entrou na tenda bem a tempo de ver as crianças empanturradas de açúcar se dispersarem como bolas de pinball. Taças de vinho balançaram na mão de convidados VIP, e encontrões das crianças em duas mesas fizeram taças se estilhaçarem no chão. Na mesma hora, o murmúrio de conversas parou. Hallie congelou na entrada do evento, em uma espécie de transe, seu olhar instintivamente indo para Julian, que estava parado no outro lado da multidão perplexa, com uma taça de vinho a meio caminho da boca.

Ela praticamente conseguia ouvir os pensamentos dele, de tão evidentes em seu rosto.

Lá estava Hallie, novamente se provando uma agente do caos.

Quase inapta a estar entre adultos. E evidentemente incapaz de cuidar de crianças.

A destruição em pessoa, agora também disponível para festas.

Julian pousou sua taça no balcão a tempo de segurar uma fileira delas antes que também fossem ao chão no estande da Vinícola Vos.

Hallie se encolheu e começou a correr atrás das crianças rebeldes. Owen rapidamente se juntou a ela com um sorriso compreensivo no rosto, bem mais reconfortante do que o julgamento expresso no olhar severo de Julian.

Mas ela não ficou pensando naquilo, como na maioria das vezes em que era confrontada com uma verdade desagradável sobre si mesma. E o que mais a expressão de Julian podia significar, exceto exasperação?

Esqueça ele e arrume a sua bagunça.

Capítulo treze

Owen tem que desaparecer.

Já havia uma multidão reunida naquela noite em busca de entretenimento. Por que não criar uma trama de crime e mistério? Todo mundo podia se revezar palpitando sobre quem tinha matado o ruivo por continuamente colocar a mão no braço de Hallie. Uma hora descobririam que tinha sido Julian — ou talvez só bastasse olhar para o rosto dele e saberiam de cara.

Deus, ele não gostava nada do jeito como aqueles dois estavam rindo juntos. A maneira como combinavam perfeitamente, duas pessoas muito parecidas na mesma missão: acalmar os minimaníacos criadores de miniciclones que haviam deixado um rastro de destruição pelo evento, todos com a cara grudenta de chocolate e granulados. As pessoas bebericando vinho na frente da mesa dos Vos reclamavam sobre aquele descuido com as crianças, e ele odiou essa crítica a Hallie ainda mais do que a visão de Owen encarando os cachos dela como se fossem fonte de eterno fascínio.

Ele não estava gostando nada daquilo. Nem um pouco.

Hallie estava tão perto, linda pra caralho, e ele sentia que não tinha permissão de falar com ela... Será que o último encontro dos dois havia sido tão ruim que não podiam nem conversar?

A risada entrecortada dela alcançou Julian e ele sentiu um puxão atrás do colarinho. Estava com saudade daquela risada. Só tinham se passado dois dias mesmo? E agora estava fadado a nunca mais ouvi-la, só porque qualquer tipo de relacionamento terminaria em desastre?

Não. Isso não funcionaria para ele.

Julian não percebeu que estava seguindo rumo ao estande do mestre de cerimônias no canto da tenda até chegar lá e estender a mão.

— Posso pegar isto emprestado um instante?

O microfone quase foi ao chão, tamanha a surpresa do homem com a abordagem abrupta de Julian. Ele mesmo estava desconcertado. Que diabos estava fazendo?

Estou entrando na bagunça. Só porque ela está lá.

Recusando-se a questionar essa certeza desconcertante, Julian ergueu o microfone.

— Posso ter a atenção de todos, por favor? — Ele não viu nada, exceto a cabeça loira de Hallie erguendo-se do chão, onde estava tentando convencer uma criança chorosa a sair de baixo de uma mesa... com *mais açúcar*, pelo amor de Deus. — Vou começar uma roda de contação de histórias para as crianças no gramado. — Ele checou o relógio automaticamente para registrar a hora. — Por favor, mandem todas para lá agora e venham pegá-las às 20h05. Obrigado.

— Temos certeza de que canabidiol não deixa as pessoas meio altinhas? — perguntou Natalie quando ele passou. — Eu podia jurar que você disse que ia conduzir uma roda de contação de histórias para crianças.

Uma gota de suor escorreu pela coluna dele.

— Eu disse isso mesmo.

— Por quê? — perguntou ela, nitidamente atônita.

Julian estava prestes a ignorar a pergunta ou dar alguma resposta fajuta como "Eu não sei", mas não queria dar um passo para trás com Natalie. Eles haviam estabelecido uma conexão tênue mais cedo. Se ele aprendera alguma coisa naquela breve janela de tempo era que ter um relacionamento com a irmã significava compartilhar coisas potencialmente constrangedoras com ela.

— Por causa de uma mulher.

O queixo de Natalie caiu.

— *Outra* mulher?

Jesus, quando ela falava assim parecia horrível.

— Bem, sim. Mas...

Simplesmente não havia como explicar que o interesse que ele sentia por Hallie era tão intenso que tinha engolido sua admiradora secreta. Ele queria que elas fossem uma só; na cabeça dele, eram entidades inseparáveis.

— Não entendo. — A irmã parecia quase atordoada. — Você mal sai de casa e tem duas mulheres atrás de você.

— Está longe de ser o caso — retrucou Julian, fazendo pouco caso.

Ela esperou sem dizer nada. Mais suor escorreu pelas costas dele.

— É complicado com a Hallie. Não estamos saindo. Não vai dar em nada e a gente concordou sobre isso. — Droga. Falar essas palavras em voz alta era muito pior do que a acusação da irmã de que estava saindo com duas mulheres. — É só que, quando ela está passando por algum tipo de problema, eu me sinto um pouco... chateado com isso.

Natalie o encarou.

— Quer dizer, sinto que vou explodir se a situação não se resolver para ela. Quando Hallie não está sorrindo, o mundo vira um lugar terrível.

Segundos se passaram.

— Você acha que o que você está falando é normal?

— Esquece — rosnou Julian. — Por favor, continue distribuindo a droga dos cartões de visita para a Tinto. Eu volto daqui a pouco.

Ele saiu enquanto soltava as abotoaduras e as enfiava no bolso da calça para enrolar as mangas. Parecia a melhor coisa a fazer para lidar com crianças. Ele não queria parecer intimidador.

O ar fresco secou o suor da sua testa ao deixar a tenda. Mas ele parou quando encontrou Hallie tentando segurar uma dúzia de crianças num semicírculo no jardim, enquanto Owen observava, sua devoção a ela mais nítida do que uma vidraça recém-lavada. Assim que Julian se aproximou, o outro homem se virou para ele, examinando-o cautelosamente.

Julian enrolou as mangas com movimentos cada vez mais apressados.

— Olá.

— Oi — devolveu Owen, dando um gole rápido na taça. — Owen Stark.

Julian estendeu o braço. Os dois apertaram as mãos. Bem firme. Ele nunca tinha considerado a altura uma vantagem, até que o outro teve que esticar ligeiramente o pescoço.

— Julian Vos.

— É, eu sei. — O sorriso do ruivo não chegava aos olhos. — Prazer em conhecer.

— Idem. — *Declare suas intenções com ela, filho da puta.* — Como você conhece Hallie?

Era imaginação dele ou o desgraçado parecia meio convencido? Sim, ele definitivamente era o tipo de homem que seria o convidado de honra perfeito em um livro de mistério.

— Somos paisagistas concorrentes em Santa Helena. — Julian já sabia aquilo, óbvio. Aparentemente, só queria se torturar ouvindo aquele homem falar com familiaridade sobre a mulher que ocupava todos os seus pensamentos nos últimos tempos. — Um dia, espero convencê-la a juntarmos forças.

Aquilo era novidade. Ou não?

A ênfase de Owen em *juntarmos forças* fazia parecer que ele queria dizer outra coisa, nada a ver com negócios. Do tipo, um relacionamento pessoal com Hallie. Até casamento. Quão próximos eles eram, exatamente? Mas como isso seria da sua conta, na verdade, se ela parecia não querer ter mais nada a ver com ele? Julian não sabia. Mas o aperto que triturava o seu peito era tão desagradável que ele levou um momento para falar.

— Talvez ela não queira, ou isso já teria acontecido.

— Talvez ela precise saber que um homem está disposto a entrar no jogo pra valer.

Não tem jeito, vou ter que matar esse cara. Julian deu um passo para perto.

— Ah, é um jogo pra você?

Hallie se enfiou entre eles, lançando um olhar espantado a ambos que rapidamente se tornou tímido.

— Meu Deus. — O quadril dela roçou a virilha de Julian e ele sentiu uma vontade intensa de puxá-la para si como a porra de um homem das cavernas. — T-talvez a gente possa continuar isso depois? Quando não estivermos sob ameaça de um motim?

— Pra mim está ótimo — disse Owen com um sorrisão idiota, erguendo seu vinho num cumprimento.

— Com certeza — concordou Julian, mantendo os olhos no outro homem enquanto ia para a frente do semicírculo.

E aí tudo que pôde fazer foi ficar lá e absorver a completa desordem a seus pés. As crianças estavam jogadas na grama, todas agitadas e com os olhos vidrados, sentindo a queda dos níveis de glicemia. Havia granulado debaixo das unhas e no canto da boca. Uma criança lambia a grama, outra tentava equilibrar um pequeno tênis Nike na cabeça. Duas meninas brigavam por um iPad com expressões idênticas de violência.

— Bom, vocês estão todos imundos — declarou Julian. — Seus pais vão ter que dar um banho de mangueira antes de enfiarem vocês no carro.

Uma dúzia de pares de olhos se virou para ele, alguns surpresos.

Incluindo os de Hallie.

Talvez o cumprimento tivesse sido meio duro...

Até que uma das crianças — uma menina — riu. E aí *todas* elas começaram a rir.

— A mamãe não vai lavar a gente com mangueira — gritou ela, desnecessariamente.

— Por que não? Vocês estão todos nojentos.

Mais risos. Um deles até caiu de lado na grama. Julian estava indo bem? Tinha passado um total de zero horas perto de crianças daquela idade, mas os alunos da faculdade definitivamente nunca riam dele. Mal se davam ao trabalho de abrir um sorriso. Não que ele ficasse fazendo brincadeiras durante as aulas. O tempo era coisa séria. Mas ele não achava que aquelas crianças prestariam muita atenção numa palestra sobre o impacto do capitalismo na precificação do tempo.

— Por que a gente não fala sobre viagens no tempo?

— Achei que você ia ler uma história.

Julian apontou para o garoto que o interrompeu.

— Nojento *e* impaciente. Vou chegar nela. Mas primeiro eu quero ouvir aonde vocês iriam numa missão de viagem no tempo.

— Japão!

Ele assentiu.

— O Japão agora? Ou de cem anos atrás? Se pulassem na sua máquina do tempo e chegassem ao Japão no ano de 1923, poderiam aterrissar no meio de um grande terremoto. — Eles o encaravam. — Vejam só, todos os acontecimentos do passado ainda estão... ativos. Eles permanecem em ordem de ocorrência, existindo em um caminho linear, começando em um ponto e chegando até esse momento. Tudo que vocês estão fazendo neste momento está sendo gravado pelo tempo, quer vocês percebam isso ou não.

— Até isso? — Um menino usando uma camiseta do zoológico de San Diego tentou ficar de ponta-cabeça e caiu todo torto na grama.

— Sim, até isso. Mais alguém gostaria de nos contar aonde iria se pudesse viajar no tempo?

Várias mãos se ergueram. Quando Julian se preparou para chamar alguém, por acaso notou uma expressão fugaz no rosto de Hallie. Uma expressão que ele não sabia se já tinha visto e não conseguia descrever de fato.

O que era? Com certeza não... admiração. Ele não estava indo *tão* bem.

Ainda assim, era difícil dar outro nome àquela expressão suave e sonhadora. O jeito como ela parecia estar sendo sustentada por apenas um fio.

Ele tinha que estar interpretando errado a coisa toda.

Ou pior, e se aquela expressão fosse para Owen? Não para ele?

Quando Julian pigarreou, parecia que tinha engolido um punhado de cascas de nozes.

— Certo, continuando no tema de viagem no tempo, vamos para a história. — Ele uniu as mãos atrás das costas. — Era uma vez um homem chamado Doc Brown, que construiu uma máquina do tempo em um DeLorean. Alguém sabe o que é um DeLorean?

Silêncio.

Por sorte, a quietude continuou durante toda a história, e a crianças permaneceram sentadas na grama, ouvindo e interrompendo de vez em quando com risadas ou uma pergunta, até Julian terminar. Quando ele finalmente ergueu os olhos da plateia extasiada, os pais estavam de pé, atrás das crianças, segurando seus casaquinhos. E ele ficou feliz de ver que muitos tinham em mãos os cartões de desconto da Tinto. Natalie devia ter feito hora extra para entregá-los a tanta gente.

Julian viu Hallie notar a mesma coisa, o olhar dela flanando por todos os cartões com o símbolo da enoteca de Lorna. E aí parando nele. *É isso mesmo, linda. Por você, eu faço tudo.*

Não consigo evitar.

— Fim. Acabou a hora da história. — Ele fez um gesto para afastar as crianças. — Vão tomar banho de mangueira.

Elas se levantaram de um jeito que o lembrou de girafas recém-nascidas. A maioria seguiu direto para os pais, mas Julian ficou chocado quando um par de gêmeos correu em sua direção e abraçou as coxas dele com os bracinhos magrelos.

— Vocês estão me sujando — reclamou ele, surpreso ao sentir um nó se formando na garganta. — Tudo bem. — Ele deu tapinhas nas costas. — Muito bem, obrigado.

— Não é aquele cara do documentário dos aliens? — perguntou um dos pais.

Julian suspirou.

Finalmente, tinha acabado. Graças a Deus.

Ele não sentiu falta das crianças depois que elas foram embora. Certo.

Hallie se aproximou dele devagar, o entardecer criando um halo sobre sua cabeça loira. Ao longo da história, ela havia tirado os sapatos; seus dedos afundavam na grama, as unhas pintadas de cores diferentes. Vermelho, verde, rosa. Ele podia imaginá-la sentada no chão de uma sala de estar, tentando escolher uma cor, desistindo e decidindo que um arco-íris lhe daria o melhor de todos os mundos. Quando esse tipo de indecisão tinha começado a parecer incrivelmente charmoso para ele?

Aquele olhar misterioso de antes não estava mais no rosto dela, e ele o queria de volta, queria que Hallie o admirasse de novo. Como podia ansiar por algo que obviamente tinha imaginado?

— Obrigada por fazer isso — disse ela, a voz suave mesclando-se com o barulho dos grilos, a música ainda saindo da tenda do evento. — Você foi ótimo. Acho que não deveria ficar surpresa. Dizem que as crianças gostam de autenticidade. E você acertou quando chamou todas de nojentas e tal.

— Sim. — Ao longe, ele ouviu o menino lambedor de grama recontando *De Volta para o Futuro* aos pais e sentiu uma pontada estranha no peito. — As pessoas sempre dizem isso e eu nunca acredito nelas. Mas você também reparou que as crianças eram meio... fofas?

Ela comprimiu os lábios, nitidamente suprimindo uma risada.

— Sim, eu reparei. Por que você acha que eu fiquei tentada a enchê-las de chocolate? Precisava que elas gostassem de mim.

— Agora eu entendo — admitiu ele.

Hallie passou os instantes seguintes encarando o chão. Mas por quê? Ele teve que enfiar as duas mãos no bolso para impedir-se de erguer o queixo dela. Além disso, Owen os observava da sombra da tenda também e, Jesus, será que Julian era tão egoísta a ponto de sabotar o potencial relacionamento dela com o jardineiro quando ele mesmo não estava em posição de oferecer um a ela? Não.

— Sim — ele contrariou a si mesmo. Em voz alta.

Hallie ergueu a cabeça. Pronto. Lá estavam os olhos lindos dela.

— Sim o quê?

Ele balançou a cabeça, o pulso acelerado.

— Nada.

Ela soltou um murmúrio, semicerrando os olhos.

— Por acaso você sabe algo sobre esses cartões promocionais para a Tinto que todo mundo estava segurando?

Ele manteve a expressão neutra. Se a informasse da origem dos cartões, provavelmente teria que contar sobre o novo toldo que tinha encomendado para a Tinto, e não precisava ouvir que aquilo era um exagero. Estava bem ciente disso. E por mais que um relacionamento com Lorna pudesse ajudar a vinícola, o verdadeiro motivo para ele ter interferido estava parado bem na sua frente, com aquele vinco perfeito que descia pelo centro do seu lábio inferior. E aquela covinha na bochecha.

— Cartões promocionais da Tinto? Não reparei.

— É mesmo?

Ela cruzou os braços, atraindo a atenção dele para os seus peitos, e, Deus do céu, o jeito como o tecido da camiseta se esticava sobre aqueles montes generosos o deixaria acordado naquela noite. Ele já estava mentalmente abrindo seu lubrificante e pressionando a boca aberta no centro do travesseiro, imaginando-a embaixo dele, nua, as pernas jogadas nos seus ombros.

— Que estranho — continuou ela. — Queria muito saber de onde vieram.

Se Julian lhe contasse, talvez ela acabasse o beijando. Ou voltasse para casa com ele. E, caralho, era tentador. Mas não estaria iludindo Hallie? Sim, ele queria fazê-la feliz. Sim, queria eliminar tudo que a preocupava e colocar um Sorriso de Hallie eterno no rosto dela. Toda vez que se entregava às suas vontades com aquela mulher, porém, a sensação de perda de controle ameaçava derrubá-lo. Ele não sabia como se permitir... se soltar. Isso o deixava ansioso. E, no fim, Julian a tinha magoado — o que era o exato oposto do que queria.

Eles eram farinha de sacos diferentes. Ele prezava pela ordem e ela era um pandemônio humano. Sendo assim, por que ele achava tão difícil se lembrar disso naquele momento? Talvez porque aqueles olhos cinzentos estavam colados nos seus, seu rosto macio e redondo pintado pelo pôr do sol, a boca tão próxima que ele quase sentia o seu gosto.

— Hoje mais cedo pensei em você — disse ele, sem nem refletir, distraído pela covinha dela. — Você tinha razão sobre o que falar para a Natalie.

— Tinha? — Hallie perscrutou os olhos de Julian. — Vocês abriram o coração?

— Algo assim. A versão Vos disso. — Não havia como negar como era bom falar com Hallie daquele jeito. Apenas os dois. Ao longo da vida, ele havia conhecido mulheres lógicas, concisas e disciplinadas. Como ele. Não deveria ter sido mais fácil se abrir com alguém semelhante? — Nós... Acho que você pode dizer que nós nos conectamos.

— Que incrível, Julian — sussurrou ela. — Como foi isso?

Hallie queria um beijo. Ela estava perto demais para que ele tirasse qualquer outra conclusão. E quando prendeu aquele lábio inferior cheio entre os dentes e abaixou os olhos para a boca dele, Julian teve que conter um grunhido. Foda-se. Não dava para se segurar. Dois dias sem sentir o gosto dela e era como se estivesse morrendo de fome.

— Ela me ajudou a criar uma carta que eu vinha querendo escrever — murmurou ele, inclinando a cabeça...

Hallie se endireitou.

— Ah. — Ela fitou as próprias mãos. — Natalie ajudou você a escrever uma carta?

Julian repassou o que havia acabado de dizer. No que ele estava pensando, para falar daquela carta da admiradora secreta? Ele *não estava* pensando, óbvio. Não conseguia raciocinar direito perto de Hallie. Era esse o problema. Por que de repente ele ficou mais desesperado ainda para recuperar a carta do toco antes que alguém pudesse acidentalmente encontrá-la? Especialmente a admiradora.

Jesus. Enquanto estava ali encarando Hallie, até o fato de ele ter deixado uma carta temporariamente para outra pessoa fez seu estômago embrulhar. Mas a paisagista esperava uma explicação, e ele não conseguia mentir. Não para ela.

— É — continuou, rezando para que o assunto morresse logo. — Uma admiradora secreta, acredite se quiser. Responder à carta pareceu o mais educado a se fazer, embora fosse mais um jeito para eu e Natalie...

— Isso é ótimo, Julian — comentou ela, depressa. — Uau. Uma admiradora secreta. Isso é bem das antigas. Hã...

Espera. Ela não o estava deixando terminar. Ele não ia deixar a carta ser encontrada. Era importante que ela entendesse que...

— Fico feliz que as coisas tenham dado certo com a sua irmã. Tenho certeza de que o mais importante é você estar se esforçando. Não o que eu sugeri que fizesse. — Ela deu um passo para trás, afastando-se dele. — É melhor eu entrar e ver se a Lavinia precisa de mim.

— Sim — concordou ele brevemente, já com saudades dela. De novo. — Mas, Hallie...

— Boa noite.

Por que Julian tinha uma sensação crescente de culpa por ter escrito aquela carta? Ele e Hallie não estavam namorando. Na verdade, tinham especificamente concordado em *não* ter qualquer tipo de relacionamento. Então por que ele sentia como se a tivesse traído? Não importava que ele tivesse imaginado o rosto de Hallie enquanto respondia à admiradora secreta, a culpa persistia.

— Hallie... — chamou de novo, sem imaginar o que ia dizer em seguida.

Jesus Cristo, ele estava enjoado.

— Eu vou passar na casa de hóspedes em algum momento amanhã pra plantar umas cinerárias, realmente destacam a lavanda — engatou ela a caminho da tenda, agradecendo Owen por segurar a entrada aberta para ela. — Obrigada de novo pela história.

Depois de dar um sorrisinho para Julian, Owen seguiu atrás dela.

Julian encarou sem fôlego a lona ainda balançando. Que porra tinha acontecido ali?

E alguém *realmente* sentiria a falta de Owen se ele desaparecesse?

Quando entrou na tenda novamente, precisou de todo o seu autocontrole para não puxar Hallie para fora do estande da confeitaria e terminar a discussão deles de uma forma que a fizesse sorrir. Por quê? Isso só deixaria aquela *coisa* entre os dois ainda mais complicada. Mas era melhor do que deixar a... *coisa* mal resolvida. Aquele tumulto mental era uma consequência de Hallie, mas ele não conseguia se controlar e sempre queria mais dela.

Julian estava prestes a se aproximar do estande da confeitaria quando avistou Natalie do outro lado da tenda. Ela aproveitara a hora que ele havia passado distraindo as crianças para provar todos os tipos de vinhos oferecidos no evento, e agora estava flertando com um dos expositores, um homem gigante com cara de jogador de rúgbi usando um avental que dizia BEIJE O VINICULTOR. Enquanto Julian assistia, ela tentou sentar na mesa do homem no que, sem dúvida, acreditava ser o máximo da sedução. Só que acabou escorregando — e teria caído de bunda no chão, se o braço do jogador de rúgbi não tivesse voado de trás da mesa para sustentá-la.

Pela sua visão periférica, Julian viu uma fotógrafa com uma expressão determinada abrir caminho entre o público já reduzido. A última coisa de que a vinícola precisava era uma foto de Natalie bêbada na seção de fofocas de algum blog de vinho. Com um último olhar frustrado para Hallie, ele correu até o outro lado da tenda, esperando interceptar a irmã antes de ela ficar famosa na internet. Mas aparentemente ele se preocupara à toa. O vinicultor também reparou na fotógrafa e, no último segundo, girou Natalie de modo que seu corpo gigante impedisse a fotógrafa de ter um ângulo decente.

— Eu juro, August, é impossível cantarolar enquanto você aperta o nariz — Natalie estava dizendo quando Julian os alcançou. — Tente.

Julian presumiu que o homem diria algo engraçadinho para distraí-la, então foi uma surpresa quando ele realmente apertou o nariz e tentou cantarolar, deixando à mostra uma tatuagem da Marinha.

— Filho da puta — disse ele numa voz ressonante. — Não sai nem uma nota.

Natalie deu uma risada longa e alta.

— Você vai se lembrar desse momento pelo resto da vida, August Cates.

— É. — O homem da Marinha deu um sorriso torto. — Com certeza vou.

A irmã fitou o sujeito por um tempo constrangedoramente longo.

— A gente vai se dar uns pegas?

Houve um clarão de dentes brancos.

— Cancele todos os meus compromissos — gritou ele por cima do ombro para uma secretária imaginária.

Quando Natalie deu um passo na direção do vinicultor e a fotógrafa finalmente achou uma posição para tirar a foto, Julian viu que aquela era a sua deixa.

— Hora de ir, Natalie.

— É — concordou ela, sem hesitar, permitindo-se ser levada pelo irmão, embora Julian perdesse a conta do número de vezes que ela olhou para trás, para seu parceiro de amassos em potencial. — Esquece o cara do posto de gasolina. *Esse* homem é o tapa-buraco perfeito.

— Você pode decidir isso quando estiver sóbria.

— Eu não tomo boas decisões quando estou sóbria. É por isso que estou em Napa, lembra? — Ela o fez parar enquanto ainda estavam longe de Corinne. — Como foram as coisas com a Hallie, aquela por quem você daria sua vida, mas se recusa a namorar?

— Não muito bem, se quer saber.

Ela o imitou, dessa vez falando com um sotaque britânico. Depois deu uma murchada.

— Nós somos mesmo disfuncionais, né? Quem nos soltou no mundo?

Em um *timing* perfeito, eles ouviram a risada mais diplomática da mãe, enquanto ela erguia uma taça para o casal parado no estande Vos. Assim que eles se afastaram, o sorriso dela desapareceu como um passe de mágica. Natalie bufou.

— Acho que temos nossa resposta.

Julian viu a irmã se juntar a Corinne atrás da mesa, seu olhar vagando para o outro lado da tenda antes que conseguisse evitar.

Somos mesmo disfuncionais, né?

Talvez Hallie fosse um empecilho ao seu bem-estar mental, mas Julian não era o mesmo pra ela? Ou pior? Ele pensou na tarde em que se conheceram, quando ele criticou o jeito como a paisagista arrumava as flores, e ela perdeu aquele brilho tão seu. Minutos antes, Hallie tinha estado toda atenciosa e flertando, mas ele havia arruinado tudo, de alguma forma. De novo. Talvez devesse ficar longe dela simplesmente pelo mal que *ele* podia lhe causar. Porque, por mais que ela o deixasse louco com sua falta de planos e organização, Julian gostava dela. Muito. E com certeza demais a ponto de não justificar deixar cartas para outra pessoa.

Sentindo um nó na garganta, Julian se reuniu com a família atrás da mesa, onde sua mãe já arrumava tudo para irem embora. Sendo lógico ou não, precisava pegar e destruir aquela carta. Naquela noite.

Capítulo catorze

Já passava muito da meia-noite quando Hallie, Lavinia e Jerome desceram a Grapevine Way de carro, depois de empacotarem tudo do estande da feira e voltarem juntos para a cidade. As lojas já estavam todas às escuras, embora alguns bares continuassem abertos, provavelmente prestes a fechar. Ao longo da rua, a silhueta dos beirais dos telhados ornamentais destacava-se contra o céu iluminado pelo luar. Através da janela traseira aberta da van de bufê de Jerome e Lavinia, ela podia ouvir o canto dos grilos vindo de além da montanha, dos vales e das vinícolas próximas.

Jerome e Lavinia deixaram Hallie perto de sua caminhonete e, depois de se despedirem, exaustos, continuaram até a Fudge Judy, onde descarregariam tudo antes de voltar para casa.

Hallie entrou na caminhonete e recostou a cabeça no encosto. Ela devia voltar para casa e se deitar, embalada pelo ronco dos cachorros, mas não fez qualquer menção de ligar o motor. Julian tinha respondido à sua admiradora, e, por mais que ela tentasse, não conseguia simplesmente deixar isso de lado. Não tinha como evitar — ela precisava pegar aquela carta. Naquela noite. Naquele instante. Sob o manto da escuridão, como uma verdadeira esquisitona.

Com o maxilar tenso, ela abriu a porta e pulou do carro, puxando a jaqueta mais para perto do corpo para se proteger do ar fresco e enevoado. Esgueirou-se pela rua silenciosa; cortaria caminho passando por dentro da Fudge Judy, saindo no beco atrás da loja, e depois seguiria a rua até a rota de corrida de Julian. Como já tinha ajudado Lavinia e Jerome com eventos antes, sabia que eles estariam ocupados guardando as coisas na gigantesca despensa da loja; não perceberiam que ela havia passado por ali. Além disso, quaisquer testemunhas que a vissem entrando na loja presumiriam que ela havia ficado lá o tempo todo.

— Quaisquer testemunhas? — murmurou para si mesma.
— Escuta o que você está pensando.

Todo aquele esforço era inútil...

Hallie empacou na frente da Tinto.

Aquilo era... um toldo novo?

O antigo — desbotado e com listras vermelhas e brancas — tinha sumido, e fora substituído por um ousado toldo verde com letras estilizadas: *Enoteca Tinto. Uma instituição de Santa Helena desde 1957.*

De onde tinha vindo aquilo? Entre a tempestade do dia anterior e os preparos para o Filosuvinhas dos Sabores mais cedo, duas tardes tinham se passado desde a última vez que ela visitara Lorna na Tinto. Aparentemente, sua amiga se esquecera de contar que a loja tinha passado por uma repaginada. Quem seria responsável por aquilo?

A intuição soprava a resposta nos ouvidos de Hallie, mas ela não queria ouvi-la. Mais cedo, enquanto a... agitação do Filosuvinhas dos Sabores decaía, ela saíra numa missão: a de descobrir a origem dos cartões de visita. E eis que todo mundo com quem conversara disse que eles estavam sendo distribuídos na tenda da Vinícola Vos. Ela já tinha pegado Julian no pulo comprando caixas de vinho da Lorna por pena. Aí vieram os cartões. E agora isso. Um toldo verde lindo e novinho em folha que fazia a loja parecer décadas mais nova.

Tinha sido ele, não tinha? Ele havia comprado um toldo para Lorna. Arranjado clientes para ela. Gerado fluxo de caixa. O que tudo isso significava e por que — ah, por que — tinha que fazer o coração de Hallie martelar daquele jeito?

Aquilo tudo não era por ela.

Havia um *motivo* para Julian não ter assumido o crédito por nada daquilo: ele não queria que ela tirasse conclusões erradas. Só estava ajudando a dona de um negócio local, não fazendo um gesto romântico dramático, então ela não precisava ficar abalada, e sim se envergonhar do fato de seus joelhos estarem que nem pudim. Se Julian a quisesse como algo além de um casinho de um dia, já teria dito isso. Afinal, ele era mais direto sobre as coisas que um tiro.

E ele tinha respondido à admiradora secreta.

Alô. Essas não eram as ações de um homem interessado.

Eram as ações de um homem que tinha examinado a bancada de hortifrúti do mercado e dito: *Acho que vou levar essa couve-flor confiável em vez do saco de raízes misturadas que não sei quais são.* Ela precisava deixar de ser cabeça-dura e engolir que ele não estava a fim dela, pegar a carta para satisfazer sua curiosidade sobre o que aquele homem havia escrito e, então, pôr fim a toda aquela confusão com o professor.

Com um último olhar apaixonado para o toldo, Hallie disparou pela Grapevine Way na direção da Fudge Judy. Espiou pela janela para garantir que os amigos não estavam à vista, e então se esgueirou pela porta da frente e entrou na cozinha. Lavinia apareceu de trás da mesa de trabalho de aço inoxidável e ergueu as mãos assim que ela surgiu, depois as deixou caírem sobre o tampo, apertando o peito por cima do avental rosa.

— Puta merda, achei que a gente estava sendo roubado. Que porra você está fazendo aqui?

Pega no ato e se xingando por não ter tomado o caminho mais longo, Hallie trocou o peso de um pé para o outro.

— Só pensei em fazer um passeio à luz do luar.

— Quê? *Onde?*

Por que as ideias dela sempre soavam idiotas em voz alta? Tipo, todas elas.

— Na rota de corrida do Julian — murmurou ela.

Depois de um instante, Lavinia bateu um dos punhos na mesa.

— Ele respondeu a carta, não foi?

— Tudo certo aí? — chamou Jerome de trás da porta da despensa.

Hallie levou um dedo aos lábios.

— Tudo bem, amor. Só bati o cotovelo! — Lavinia levou as mãos às costas para abrir o avental, com uma expressão decidida e um brilho meio maníaco no olhar. — Eu vou com você.

Não dava para impedi-la.

— Eu não vou ler a carta pra você. É particular.

Lavinia pensou no assunto.

— Você não tem que ler palavra por palavra, mas eu quero saber a temperatura geral.

— Tá bom.

— Vou sair pra fumar, amor — gritou Lavinia. A porta bateu atrás das duas quando saíram no beco. — Como você sabe que ele respondeu?

— Ele me disse.

— Ele te disse... — repetiu Lavinia, devagar.

— Sim. — Ela cruzou os braços, aí percebeu que parecia na defensiva e os deixou caírem. — E, sim, sei que isso significa que ele não está interessado na Hallie da vida real. Apenas na Hallie da carta. Vou ler a resposta pra satisfazer a minha curiosidade. Só isso.

Lavinia correu para alcançá-la

— Eu até acreditaria nisso se você não tivesse jurado pra mim que não ia escrever essas cartas, pra começo de conversa.

— Você viu o toldo novo da Tinto?

— Sua habilidade de nos distrair de um problema real é incomparável, mas tudo bem. — Lavinia inclinou a cabeça. — Um toldo novo? O que aconteceu com o vermelho coberto de merda de pombo?

— Sumiu. E acho que foi o Julian que arranjou o novo. — Hallie agarrou o pulso de Lavinia e a guiou pela rota particular que levava à Vinícola Vos. — Eu rastreei aqueles cartões de visita promocionais da Tinto até a tenda deles no Filosuvinhas dos Sabores. Tem que ter sido ele aqui também, certo? Tenho consciência de que tudo isso está começando a parecer muito Scooby-Doo.

— Ahh. Eu sou a Daphne. Ela pode transar com o Fred.

— Pode ficar com ele. Eu tenho uma desconfiança saudável de homens loiros.

— Não quero confiar nele, quero transar com ele. Que parte você não entendeu?

Hallie cobriu a boca para abafar uma risada.

— Nenhuma. O fato de a gente estar se esgueirando no escuro discutindo relações sexuais com um personagem de desenho... Um personagem que usa uma roupa de marinheiro, ainda por cima... Por isso nós somos amigas.

Elas trocaram um sorriso irônico sob o luar.

— De volta ao caso do toldo misterioso, então. Achamos que Julian é o responsável.

— Sim. — Hallie suspirou, desesperando-se com a sensação de gravidade zero no peito. — Eu podia ter escapado quase ilesa se ele não fosse o campeão de trotes do Universo. Se não continuasse fazendo esses... gestos para me lembrar por que sou apaixonada por ele desde sempre. Por que eu passei tanto tempo vidrada nele.

Lavinia concordou.

— Você caiu na rede dele. Está com a boca aberta, se contorcendo e tudo.

— Obrigada por essa comparação lisonjeira. — Hallie riu, parando na frente do toco de árvore e franzindo a testa. — É aqui que a carta deveria estar. Enfiada no buraco.

— Que coincidência. Exatamente onde você gostaria que Julian estivesse.

Hallie enfrentou o rubor no rosto.

— Ok, não é cem por cento mentira.

As duas acenderam a lanterna do celular, vasculhando o chão ao redor do toco.

— Ele pode ter levado de volta?

Por que ela estava atordoada de esperança com essa possibilidade?

— Não. Por que ele faria isso?

— Talvez tenha percebido que você é a garota dos sonhos dele... — A lanterna de Lavinia pousou em algo branco atrás de um arbusto de amoras silvestres. — Ah, não. Desculpa. Encontrei. O vento deve ter derrubado do tronco.

— Ah — disse Hallie, um pouco alegre demais. — Ok.

Ela se aproximou para pegar o envelope como se ele estivesse em chamas, tentando fazer com que o estômago parasse de se revirar.

— Tá, então vou levar isso pra casa e ler.

Segundos se passaram na imobilidade enevoada.

Hallie rasgou o envelope.

— Exatamente — disse Lavinia, sentando-se no toco. — Vou estar bem aqui, esperando qualquer migalha que você decidir jogar pra mim.

Mas ela mal ouviu o comentário da amiga por causa do martelar da pulsação nos ouvidos. Afastando-se alguns passos, apontou a lanterna do celular para a carta e começou a ler.

Olá.

Não sei por onde começar. Obviamente isso é tudo muito estranho. Afinal, estamos nos comunicando como duas pessoas que se conhecem, mas nunca nos encontramos. Mas parece que já nos conhecemos pessoalmente, não é? Peço desculpas por todos esses rodeios. Não é fácil se expor num papel e deixá-lo num campo onde poderia cair nas mãos erradas. Você teve coragem de fazer isso primeiro.

Na sua carta, você comentou que tem espaço demais para pensar. Sempre achei que eu queria isso. Muito espaço. Silêncio. Mas ultimamente isso tem se tornado mais um campo de força para manter ~~você~~ as pessoas afastadas. Ele ficou ativado por tanto tempo que qualquer pessoa corajosa o suficiente para rompê-lo parecia uma intrusa, em vez do que ~~você~~ elas realmente são. Uma anomalia. Uma bifurcação na estrada do tempo. Aquilo que me puxa da distração e me força a me tornar a próxima versão de mim mesmo. E não é irônico o fato de que meu trabalho é ensinar o significado do tempo mas também estou ferozmente lutando contra a passagem dele? Tempo é mudança. Mas deixá-lo levar você para a frente é difícil.

Chega de falar de mim. Não sou nem de longe tão interessante quanto você. Vou dizer isto: acredito que, se tem coragem suficiente para escrever a alguém como sua admiradora secreta, você tem coragem para evoluir, se é isso que quer. Talvez escrever de volta vá me inspirar a fazer o mesmo.

Atenciosamente,
Julian

— E aí? — chamou Lavinia do toco. — Qual é a temperatura?

Hallie não fazia a menor ideia. Ele havia se aprofundado muito mais nas questões do que ela havia esperado. Isso a lembrou da conversa que tiveram na cozinha. Sentimental. Sincera. Só que, dessa vez, ele a teve com outra pessoa. Por um lado, as palavras dele tinham sido como um bálsamo sobre uma ferida dentro dela. *Você tem coragem para evoluir.* Por outro, parecia pior do que se ele tivesse pedido para se encontrar com a pessoa misteriosa. Ou expressado um interesse romântico sério.

Lágrimas fizeram seus olhos arderem.

— Hã. — Ela rapidamente dobrou a carta e a guardou no bolso do moletom. — Eu diria que ele está cautelosamente interessado.

Fala coisas boas, mas não está flertando. Deixou em aberto a possibilidade de novas cartas.

Quando Lavinia não respondeu de imediato, Hallie soube que a amiga tinha captado a mágoa no seu tom.

— Você vai escrever para ele de novo? — perguntou ela finalmente, em voz baixa.

— Não sei. — Hallie tentou rir, mas soou forçado. — Nenhuma das minhas decisões impulsivas resultou numa dor real antes. Talvez seja um bom sinal para parar.

— Eu tenho um isqueiro no bolso. Vamos queimar o Julian na fogueira?

— Nah. — Hallie se virou, dando um olhar grato à amiga.

— Ouvi dizer que não fazem linguine com alho e camarão na cadeia.

— Acho que vamos deixar esse cretino sortudo viver, então — murmurou Lavinia, levantando-se. Ela parou ao lado de Hallie, pôs um dos braços ao redor dos ombros da amiga e as duas olharam para as vinhas. — Você fez algo meio atrevido, gata, mas tenho que dizer que te admiro pra caralho por arriscar e fazer uma coisa um pouco doida. De vez em quando, algo bom vem de um momento de coragem repentina.

— Não dessa vez.

Lavinia não respondeu, só apertou os ombros de Hallie.

— Isso é uma boa coisa — disse Hallie devagar, vendo seu hálito se transformar em névoa. — Eu precisava de algo que me acordasse. Desde que a Rebecca faleceu, eu caí num padrão de agitação desordenada. Não quero reconhecer como dói estar sozinha. E não sei o que vai acontecer na minha vida daqui pra frente. Então eu só... busco jeitos de não tomar decisões. Evito ser a Hallie que eu era quando minha avó estava por perto, porque é difícil demais fazer isso sozinha. — Ela fechou os olhos e aprumou os ombros. — Mas eu consigo. Estou pronta. Preciso crescer e parar de fazer essas... — ela apontou o tronco — ... escolhas ridículas. A partir de amanhã, vou virar uma nova página.

— Por que não começar hoje?

— Preciso de um encerramento. — De novo, o olhar dela pousou no toco. — Primeiro, tenho que me despedir dele.

A carta já tinha sumido.

Julian encarou o toco com um buraco no estômago.

Era quase uma da manhã. Eles haviam chegado em casa uma hora antes, mas ele ainda teve que convencer Natalie a ir dormir, em vez de abrir uma garrafa de champanhe e jogar gamão, cujo tabuleiro ela encontrara no armário do corredor. Assim que ouviu a irmã roncando através da porta do quarto, correu até a árvore para resgatar a carta, mas obviamente havia chegado tarde demais. Sua admiradora secreta tinha pegado o envelope enquanto ele ainda estava na festa. E ele supôs que isso eliminava todo mundo que comparecera ao evento naquela noite. Mas por que isso o surpreendia? Ele estava mesmo nutrindo qualquer esperança de que sua admiradora fosse Hallie?

Idiota.

Por que ela admiraria uma tempestade em forma de pessoa, quando ela mesma era um sol?

A paisagista havia falado que eles eram diferentes demais e que só deviam ser amigos.

Ele tinha concordado, lógico. Obviamente tinha concordado

Mas, ainda assim. Deus, por que ele se sentia tão nojento? Apesar da temperatura mais baixa, sua nuca estava coberta de suor. Julian não tinha escolha exceto voltar para casa, arrastando atrás de si o peso crescente do terror e da vergonha por ter escrito para uma desconhecida enquanto estava — era melhor aceitar logo — gostando de outra pessoa.

O que ele ia fazer agora, droga?

Capítulo quinze

Correndo pela Grapevine Way naquela tarde de domingo, Julian reduziu o ritmo quando espiou uma preguiçosa fila pela calçada. Mas, dessa vez, as pessoas não estavam esperando do lado de fora da DisTinto — aguardavam pacientemente para entrar na Tinto. Clientes saíam da loja com garrafas de vinho Vos nas mãos, amarradas com fitas.

Ele meio que pigarreou, assentiu uma vez e começou a apertar o passo para compensar o tempo perdido. Depois de correr mais um quarteirão, finalmente se permitiu um sorriso, ao reconhecer o que era aquela cambalhota um tanto inquietante no peito. Agora que a loja de Lorna estava se recuperando, Hallie não se preocuparia mais, não é? Ela ficaria feliz.

Talvez não fizesse mal atualizar alguns dos mostruários dentro da loja. Lustrar o piso. Aquelas pessoas na fila poderiam estar lá por causa do desconto nos cartões de visita que ele tinha entregado, mas e quanto a um plano de longo prazo? Para a Tinto e a Vos? Em vez de trabalhar nas peripécias de Wexler de manhã, ele tinha se reunido com o contador e, com a aprovação de Corinne, havia alterado algumas das prioridades financeiras da empresa. Aquele seria um ano no qual a vinícola concentraria esforços para vender seu estoque, não em uma nova safra. Uma vez que o faturamento voltasse ao que era, eles poderiam fazer as melhorias necessárias para voltar a produzir vinhos de excelência e serem melhores do que nunca.

Julian estava ocupado fazendo cálculos mentais quando passou pelo toco.

Ele empacou de forma tão abrupta que chutou terra para o ar.

Uma nova carta?

Seu instinto imediato foi continuar correndo. *Não pegue. Não abra.* Hallie não estava dentro daqueles envelopes. Depois da noite anterior, eles pareciam ainda mais distantes. Eram apenas duas pessoas que tinham compartilhado segredos intensos em um vinhedo. E perdido a cabeça uma noite e se masturbado juntos na cozinha dele. E que não conseguiam parar de se esbarrar. Era quase certo que ele voltaria para Stanford com a sensação de que tinha deixado para trás negócios inacabados, mas não dava para evitar isso, né?

Ele teria só que... viver com aquilo.

Mas como?

Nunca mais eles teriam uma conversa como a da noite da tempestade. Ou enquanto colhiam uvas na vinícola. Conversas que Julian continuava a repassar incessantemente na cabeça, tentando assimilar como os dois podiam ser tão diferentes e ao mesmo tempo parecer que se entendiam tão fácil. Tanto que, quando ele respondera à admiradora secreta, suas palavras foram quase uma continuação das conversas com Hallie. Era difícil não desejar uma resposta depois disso, mesmo que não viesse dela.

A carta estava na sua mão antes que percebesse que a tinha pegado.

— Caralho.

Julian voltou a correr, através da névoa fria que rolava montanha abaixo. O sol irrompia por ela, um holofote iluminando diferentes partes das vinhas. Sob seus pés, a terra era sólida, e Julian ficava grato por isso, porque segurar a carta fez a expectativa e o terror brigarem dentro dele até que chegasse em casa. No caso improvável de Natalie estar acordada antes das duas da tarde em um fim de semana, ele enfiou o envelope no bolso a caminho do quarto, chegando no cômodo sem incidentes.

Julian fechou a porta, tirou a camisa suada e a colocou no cesto. Depois, descalço, foi até a cama king. Por fim, tirou a carta do bolso e a abriu.

Querido Julian,

Uma parte da sua resposta chamou minha atenção. Você disse que existem acontecimentos ou pessoas na nossa vida que nos obrigam a nos tornar a próxima versão de nós mesmos. Será que estamos todos constantemente lutando contra essa mudança para algo novo e desconhecido? Por isso, não importa o que façamos na nossa vida pessoal ou profissional, de alguma forma nunca agimos com total confiança? Sempre existe o medo de estar errado. Ou talvez o medo seja de estarmos <u>certos</u> e progredirmos, porque isso significa mudança. E seguir em frente é difícil, como você disse. Assustador. Recentemente, passei a achar que seguir em frente como um adulto significa aceitar que coisas ruins acontecem e que nem sempre há algo que se possa fazer para evitar ou consertar isso. Será que alcançar essa percepção é nossa mudança final? Se sim, o que vem depois dessa difícil constatação? Não é à toa que estamos relutantes.

Enquanto escrevo isso, me pergunto se, quanto mais resistimos a mudanças internas, menos tempo temos para viver como pessoas melhores. Ou pelo menos mais autoconscientes.

Proponho que, esta semana, nós dois façamos algo que nos assusta.

Sua admiradora secreta

— Caralho — disse Julian de novo, dando-se conta de estar sentado na beirada da cama sem se lembrar exatamente como tinha chegado ali.

De novo, ele estava completamente intrigado pela carta daquela pessoa, ao mesmo tempo em que desejava rasgá-la e jogá-la na lareira acesa. Não só porque ele ia de ouvir as palavras na voz de Hallie a sentir uma culpa imensa por estar lendo uma carta de outra mulher. A questão maior era que a carta o desafiava. Ele ainda não tinha aceitado ou negado o desafio, mas suas veias pareciam estar cheias de estática.

Algo que nos assusta.

Julian deixou o papel em cima da cama, mas mentalmente levou a carta para o banho com ele. E então para o escritório, onde novamente se sentou diante da tela, o cursor piscando, por horas. Em algum momento, ouviu Natalie sair aos tropeços do quarto em busca de comida, antes de voltar para a cama. E, por fim, desistiu de tentar se concentrar em qualquer outra coisa e voltou para o quarto, pegando a carta e tentando descobrir pistas na caligrafia, no papel comum, na cor da caneta — qualquer coisa que o ajudasse a identificar quem era sua admiradora secreta. Talvez ele pudesse encontrar essa pessoa cara a cara, só para confirmar se a atração era mútua ou não. Por algum motivo, ele esperava que não fosse. Mas, de toda forma, eles poderiam ser amigos, não?

Mesmo que só tivessem trocado cartas, ele não conseguia evitar sentir-se em sintonia com aquela pessoa, que fora capaz de identificar preocupações que ele nunca tinha dito em voz alta.

Exceto para Hallie.

Talvez, em vez de escrever de volta, ele devesse ir falar com *ela*.

A onda de antecipação ao pensar em vê-la e ouvir sua voz o atingiu com tal rapidez e violência que Julian deixou cair a carta — aquela de um remetente com quem agora se correspondia por pura e espontânea vontade. Uma pessoa que *não era* Hallie. Puta merda. Como ele tinha se enfiado naquela situação?

— Sinto muito por afastar você do seu fã-clube — Hallie provocou Lorna, sorrindo para a melhor amiga da avó, sentada no banco do carona da caminhonete. Elas percorriam a cidade na tarde de domingo, esperando pedestres de pileque atravessarem a rua a cada cinquenta metros, enquanto um blues tocava suavemente no rádio. — Tem certeza de que pode fazer uma pausa de almoço?

— Lógico, querida. Esses velhos pés precisam de um descanso. — Lorna alisou o lenço de seda estampado em seu pescoço. — Além disso, Nina tem tudo sob controle. — Antes de sequer terminar a frase, ela começou a rir. — Acredita que eu tenho uma funcionária? Algumas semanas atrás, eu nem tinha clientes. Agora contratei alguém em meio período só pra conseguir dar conta da demanda!

O alívio explodiu no peito de Hallie, que se expandiu em gratidão. Quando tinha parado na frente da Tinto, os clientes estavam reunidos ao redor da mesa branca de ferro forjado preferida de sua avó, com taças de vinho nas mãos, trazendo vida a ela. Dando a ela um novo propósito, mantendo a memória de Rebecca viva, pelo menos para Hallie. E ela devia grande parte disso a Julian.

Na sua cabeça, o nome dele equivalia ao mesmo tempo a uma torrente de adrenalina e um soco no estômago.

Será que ele estava escrevendo de volta para a admiradora naquele exato momento?

Proponho que, esta semana, nós dois façamos algo que nos assusta.

Será que ele estava descobrindo o que o assustava? Porque era o que Hallie estava fazendo naquele dia. Vivenciando algo desconfortável. Cumprindo o desafio que propusera a si mesma e a Julian ao seguir em frente. Ela havia ligado para Lorna naquela manhã para falar sobre sua visita à biblioteca, e a dona da enoteca insistira em ir junto para dar apoio moral, apesar das multidões que agora enchiam a Tinto com cartões de desconto da Vinícola Vos e uma sede insaciável.

— Lorna, eu não poderia estar mais feliz por você. — Hallie tirou uma das mãos do volante para esfregar o peito e aliviar a pressão da euforia que sentia. — Sinto que vou explodir.

— Eu não esperava isso — sussurrou a mulher mais velha, olhando pelo para-brisa da caminhonete, fitando o nada. — Mas, com certeza, algumas das melhores coisas na vida acontecem quando você menos espera.

Meio como Julian de repente aparecendo de novo em Santa Helena para escrever um livro? Ou o professor, o eterno herói cavalheiresco das suas memórias, se revelando completamente diferente do que ela havia imaginado nos últimos quinze anos? Ele era o homem quieto e estudioso da sua imaginação, mas também intenso. Guardava segredos dolorosos. Era engraçado e rápido para encontrar soluções. Protetor. Um milhão de vezes mais cativante do que a imagem que ela havia idealizado, e Hallie não tinha escolha, exceto deixá-lo com algo mais para refletir e então seguir em frente. Que era o que ela deveria ter feito desde o começo, antes de se envolver demais.

— E se você passasse a vida toda esperando uma coisa... e encontrasse outra completamente diferente?

— Eu diria que a única coisa que você pode esperar com certeza na vida são planos frustrados — disse Lorna. — O destino tem um cronograma próprio. Mas às vezes ele deixa um presente no nosso colo e percebemos que, se tudo que tínhamos planejado tivesse acontecido, o presente do destino nunca teria chegado. Como você vir morar com a Rebecca em Santa Helena. Todas aquelas tentativas de pôr sua mãe no caminho certo não funcionaram, mas, no fim, foram aquelas batalhas que trouxeram você até aqui. Rebecca estava sempre falando isso. "Lorna, o que tiver que ser, será."

— Ela amava um bom provérbio.

— Amava mesmo.

Hallie se remexeu no assento do motorista, mas não conseguiu ficar confortável.

— E se eu só me encaixasse em Santa Helena enquanto a Rebecca estava viva? É o que parece. Como se eu não... soubesse como existir mais neste lugar. Como se não pudesse ser eu mesma.

Lorna ficou em silêncio por um momento. Hallie sentiu que a dona da loja estava organizando os pensamentos, até por fim apoiar a mão no ombro de Hallie.

— Quando você veio pra cá, este lugar mudou, assim como a Rebecca. Ele se rearranjou para combinar com você, e agora... Hallie, você é um pedaço da paisagem. Uma bela parte dela. Santa Helena sempre será melhor por ter você aqui.

Quando Hallie balançou a cabeça, uma lágrima escorreu, e ela a enxugou.

— Eu sou um desastre. Sou distraída e desorganizada e não sei controlar meus impulsos. Ela estava sempre por perto para me ajudar a fazer isso. Saber quem eu era. Eu era a neta da Rebecca.

— E ainda é. Sempre será. Mas também é a Hallie, e a Hallie é linda, com todos os seus defeitos. Porque as coisas boas em você compensam, e muito, as ruins.

Até Lorna falar aquelas palavras, Hallie não sabia o quanto precisava ouvi-las. A pressão em seu peito diminuiu, e seus dedos relaxaram no volante.

— Obrigada, Lorna.

— Fico feliz em contar a verdade sempre que você quiser ouvir. — Lorna deu mais um tapinha no ombro dela antes de pousar a mão no colo outra vez. — O que fez você decidir falar hoje com os responsáveis pela biblioteca sobre o trabalho de jardinagem?

Hallie murmurou e respirou fundo.

— Eu quero fazer algo de que ela se orgulhasse. Mas... acho que, mais importante que isso, tenho que fazer algo de que eu me orgulhe. Preciso começar a... sentir orgulho, ponto. De mim mesma e do meu trabalho. Tenho que fazer as coisas por mim agora.

Hallie estacionou a caminhonete junto ao meio-fio do outro lado da rua do prédio branco em formato de U, também conhecido como a Biblioteca de Santa Helena. A construção ficava isolada no fim de uma rua sem saída, com vinhedos banhados pelo sol tomando a parte de trás da estrutura, em fileiras infinitas.

Naquela manhã, enquanto cogitava a visita, Hallie tinha roído as unhas até o sabugo. Levara muito tempo para chegar ali. Parte dela pensou que jamais conseguiria.

O pátio da biblioteca definitivamente precisava de um verde, de cor e calor. No momento, não tinha nada disso. Apenas espécies nativas crescendo descontroladas, mas que ficariam lindas com um pouco de cuidado e a adição de algumas plantas perenes. E havia um jardim grande na frente do prédio, sombreado por um carvalho. Duas crianças estavam sentadas embaixo dele, tentando fazer bolhas de sabão sem muito sucesso, a água escorrendo pelos pulsos até a grama. Uma criança mais nova cochilava no colo da mãe, os livros ao seu redor.

Hallie não conseguia deixar de pensar que a biblioteca poderia prosperar com um pouco de cuidado. Se as pessoas passassem ali de carro, as flores as convidariam a entrar. Calêndulas e girassóis e chafarizes. Mas para dar conta daquele serviço específico, teria que pensar num projeto, fazê-lo ser aprovado pela gerente da biblioteca, a sra. Hume, e depois *ater-se* a ele.

Com Rebecca lá para guiá-la, Hallie não teria problema em seguir um plano. Mas nos últimos tempos ela era como um vestido esquecido num varal, sacudido furiosamente por uma tempestade. Será que os anos passados sob a proteção da avó teriam sido em vão?

Não.

Assim que Rebecca se fora, Hallie voltara a ser indecisa e desorganizada. Mas não tinha que continuar assim. Podia fazer algo espetacular, sozinha. Ter orgulho de si mesma, com seu caos desnorteante e tudo. Era a neta de uma figura fundamental da comunidade, — uma mulher gloriosamente gentil que amava rotina e prazeres simples, como sinos de vento na varanda atrás da casa e cursos de caligrafia. Hallie tinha se acalmado o máximo possível, porque era importante para a avó. Ela gostava quando Hallie tentava, quando controlava suas distrações e se dedicava aos deveres da escola ou executava uma estratégia específica no trabalho. Agora, não havia mais ninguém por perto para valorizar seus esforços.

Ninguém, exceto ela mesma. Teria que ser suficiente.

Proponho que, esta semana, nós dois façamos algo que nos assusta.

Aceitar um projeto enorme como aquele definitivamente podia ser considerado assustador. Ele demandaria estrutura e diligência, com o bônus de uma bibliotecária muito exigente vigiando o progresso do trabalho o tempo todo.

Ela era capaz disso?

Sim.

Não podia continuar daquele jeito para sempre. Colocar suas ansiedades no papel, escrevendo cartas para Julian, tinha sido terapêutico. Hallie podia ser totalmente honesta sobre seus medos e sentimentos. Era bom ser sincera. Autêntica. Mas agora precisava ser sincera consigo mesma. Admitir que tinha evitado o trabalho da biblioteca porque não se sentia capaz de se concentrar o suficiente para completar uma tarefa tão grande. Mas Rebecca acreditava nela. Lorna também. Era hora de pegar toda essa fé e aplicar em si mesma.

Lorna cutucou-a do banco do passageiro.

— Vai lá, meu bem. Você consegue. Vou estar bem aqui esperando.

Hallie se virou para ela.

— Tem certeza de que não quer um brunch com champanhe à vontade em vez disso?

— Talvez semana que vem — replicou Lorna, rindo e fazendo um gesto para que ela abrisse a porta do motorista. — Por enquanto, quero ver a neta aventureira da minha melhor amiga aprender uma lição: que ela não tem que mudar pra se adaptar a ninguém. A não ser que esse alguém seja ela mesma.

As duas apertaram as mãos por um momento, depois Hallie soltou um suspiro devagar, saiu da caminhonete e atravessou a rua.

A maçaneta fria deslizou contra a palma da sua mão quando abriu a pesada porta da biblioteca. O interior era iluminado e convidativo, bem como se lembrava. Janelas de vitral pintavam as estantes de vermelho e azul, conversas eram sussurradas por cima dos laptops nas mesas, e os aromas distintos de couro antigo e de lustrador de piso flutuaram para cumprimentá-la.

A cabeça da sra. Hume apareceu atrás da recepção, seus dedos negros finos parando nas teclas. Tirou os óculos, deixando-os pender de um colar longo de contas, e se levantou.

— Hallie Welch. Rebecca me disse que uma hora ou outra você apareceria — disse ela, sorrindo. — Está aqui pra pedir um cartão da biblioteca ou finalmente arrumar nosso jardim?

Hallie levou um momento para se reconectar com a avó, como se recebesse um oi sussurrado de algum lugar do além. Então se aprumou e aproximou-se da mesa.

— Talvez as duas coisas. Você não teria nenhum livro de autoajuda sobre como ser organizada, teria?

— Tenho certeza de que consigo encontrar alguns.

— São para uma amiga, obviamente — brincou Hallie, retribuindo o sorriso cúmplice da bibliotecária. — Quanto ao jardim... Sim, estou pronta. Pensei em discutirmos o projeto hoje e que eu poderia começar a colocar em prática em breve.

A sra. Hume ergueu uma sobrancelha.

— *Quando* exatamente?

— Logo — respondeu Hallie com firmeza, aceitando nesse momento que havia algumas partes dela que jamais conseguiria mudar.

E que... talvez não precisasse.

Capítulo dezesseis

O ruído familiar da caminhonete de Hallie foi aumentando conforme ela se aproximava pela entrada de carros, e Julian se levantou, cruzando o quarto até a janela. O sol se punha no horizonte, e o céu do fim da tarde, alaranjado, começava a escurecer.

Por quanto tempo ele tinha ficado sentado ali, contemplando a carta no chão?

E pensando em Hallie.

Não o suficiente para atingir o seu limite, pelo visto, porque ficou lá, observando o jardim através do vidro, faminto por um vislumbre dela. Os cachorros saltaram primeiro da caminhonete, um borrão de pelos movendo-se em direção às árvores no fundo da casa. A paisagista não os seguiu imediatamente. Ela permaneceu no assento do motorista mordiscando o lábio, sem saber que ele a estava olhando. Que conseguia testemunhar sua indecisão ou seu nervosismo. Por... vê-lo, talvez? Ele odiava essa possibilidade, mas também se identificava com ela. Estar perto de Hallie sempre o deixava num estado de desejo e confusão. E arrependimento, porque não conseguia parar de magoá-la, iludi-la ou afastá-la.

Por fim, Hallie pulou da caminhonete, contornou o veículo e abaixou a porta traseira. A luz do entardecer derramava-se em seus ombros. Ela ergueu o rosto para o céu e fechou os olhos para deixar a luz do fim do dia beijar suas feições, dourando as bochechas, e um desejo intenso esmurrou o estômago de Julian.

Algo que nos assusta.

Hallie definitivamente estaria no topo dessa lista, mas um homem não subia o Everest na sua primeira escalada. E será que ele estaria traindo a autora das cartas se usasse o desafio como uma desculpa para ir atrás — era melhor admitir logo — daquilo que ele queria tanto a ponto de se torturar pensando nisso dia e noite? Ela? Também conhecida como a linda paisagista que seguia devagar até o jardim dele em botas de borracha, short rasgado e um moletom azul-escuro que escorregava de um dos ombros.

Hallie carregava um vaso do que Julian presumiu serem as cinerárias que ela tinha mencionado no Filosuvinhas dos Sabores. Os cachorros trotaram ao lado dela, farejando seus cotovelos e joelhos, e ela cumprimentou cada um pelo nome, sua voz dissipando-se juntamente com a luz do crepúsculo enquanto desaparecia na lateral da casa. Julian se moveu como um fantasma até o escritório, seguindo o som para ouvi-la melhor. A voz fininha que Hallie usava com os cachorros estava começando a parecer totalmente normal para ele, assim como as bufadas suaves de ar quando ela se esforçava demais ou caía de joelhos no solo. Sua voz parecia encher a casa toda, quente, sensual e totalmente dela.

Jesus, ele estava começando a suar?

Julian estava prestes a voltar ao quarto, tomado pela necessidade urgente de cuidar da situação que surgia em suas calças, quando a voz da irmã se juntou à de Hallie embaixo da janela do escritório.

Ele sentiu como se uma água gelada estivesse escorrendo do topo da cabeça até os dedos dos pés.

Isso não era bom.

Julian não sabia *por que* exatamente não era bom, mas definitivamente não era.

Na noite anterior, no evento, ele se deixara distrair com e por Hallie. O bastante para se descuidar com o que falava. Depois de contar todas aquelas coisas reveladoras a Natalie sobre seu desejo incessante de deixar Hallie feliz, ele quis voltar no tempo e enfiar uma rolha na boca. Havia mais que o suficiente delas por lá, afinal.

Podia ter feito progresso com Natalie na noite anterior — os dois estavam se esforçando para ter um relacionamento melhor, devagar e sempre —, mas, infelizmente, a irmã não conseguiria ser discreta nem se sua vida dependesse disso.

Julian correu até a frente da casa, galopando pelos degraus e só reduzindo o passo quando as duas mulheres entraram em seu campo de visão. Estavam sorrindo, Hallie apresentando Petey, Todd e O General para Natalie, que ainda usava o short de dormir e uma camiseta da Universidade de Cornell.

— Vocês não são uns fofões? São, sim! São. Sim.

Por que os cachorros faziam as pessoas falarem daquele jeito?

Os cães estavam adorando, o rabo de cada um agitado, como se fossem hélices de helicóptero.

E então deixaram Julian completamente pasmo ao dispararem na direção dele, reagindo com — ele ousaria dizer? — o *triplo* de entusiasmo que demonstraram por Natalie. Ele se sentiu estranhamente satisfeito: será que tinha um inexplorado jeito com animais? Sempre achou que bichos de estimação fossem para *outras* pessoas. Gente que escolhia dedicar horas de sua vida para cuidar de um animal em vez de fazer algo mais útil. Agora, olhando para os olhos inocentes de Todd, ele se perguntou se, afinal, ser amado incondicionalmente não seria algo útil por si só.

— Oi — cumprimentou os três usando sua voz normal e distribuindo tapinhas na cabeça de cada integrante do trio.

Não foi o suficiente. Insatisfeitos, enfiaram-se no meio das pernas de Julian até ele coçar atrás de suas orelhas.

— Tá bom, ok, vocês são bons garotos.

— Eles estão babando nas suas meias, Julian — disse Natalie, olhando para ele com curiosidade. — Ei, você... esqueceu de pôr os sapatos? Você?

— Esqueci? — murmurou ele, olhando para baixo com uma pontada de choque.

Julian nunca tinha saído de casa sem sapatos. Havia todo um processo que ele havia ignorado completamente. Os cachorros estavam, de fato, cobrindo as meias brancas de algodão com saliva, e ele precisaria trocá-las, mas esse atraso não o abalou tanto quanto teria sido o caso antes.

Que estranho.

Notou Hallie o observando com uma expressão curiosa.

— Boa tarde — cumprimentou ela, puxando os cães de volta para perto de si.

— Boa tarde, Hallie — disse ele, num tom grave e formal.

Não fazia ideia de por que tinha falado daquele jeito. Sabia apenas que queria restabelecer a relação deles, de alguma forma. Tudo entre os dois parecia errado, e ele estava se cansando de analisar por que estar em equilíbrio com a paisagista lhe parecia tão importante.

Natalie, entretanto, estava só começando.

Seu olhar ia de Julian para Hallie e vice-versa, e ela se balançava nos calcanhares como se esperasse o tiro de largada de uma corrida.

— Então, Hallie. Eu nem lembrei ontem à noite, mas estudamos juntas, né? — Ela semicerrou os olhos. — Você foi a novata *cool* por um tempo. Pelo menos até os pais de outra pessoa se mudarem pra cá e abrirem um vinhedo.

Hallie desviou os olhos de Julian e abriu um sorriso enorme para Natalie. Ele sentiu o peito se contrair, o ciúme se consumindo seu interior.

Droga, queria que ela tivesse sorrido para *ele*.

— Era eu mesma. Mas preciso rebater essa sua avaliação de que eu era *cool*. — Distraída, Hallie esfregou o queixo d'O General, ainda com aquele sorriso gostoso. Se pudesse só olhar para ele uma vez sorrindo daquele jeito... — Era você que sempre dava festas. Eu tive o prazer de vir em uma ou duas.

— Então já me viu fazendo topless — disse Natalie casualmente, arrancando um suspiro sofrido do irmão. — Bom saber.

— Eles ainda estão ótimos — comentou Hallie, gesticulando com um ar impressionado para os peitos dela.

— Obrigada — respondeu Natalie, levando uma das mãos ao pescoço.

Julian estava pasmo.

— Vocês basicamente acabaram de se conhecer e já estão discutindo seus...

— Ih, rapaz, acha que ele vai falar em voz alta? — murmurou Hallie de canto de boca. — Dez contos que ele não consegue.

— Não posso apostar contra você. Eu perderia e estou quebrada demais pra pagar. — Ela encarou Hallie. — Você por acaso não está precisando de uma assistente com peitos firmes, né?

Julian fez um corte brusco no ar com uma das mãos.

— Vocês não vão trabalhar juntas.

Imediatamente, ambas viraram a cabeça na direção dele. Uma delas surpresa, a outra parecendo um gato prestes a abocanhar o canário da família.

— Por que não? — perguntou Natalie devagar. — Está preocupado que a gente fale sobre você? — Ela apoiou o queixo no pulso. — O que se teria para discutir?

O silêncio parecia marcado pela pulsação nas têmporas de Julian.

Hallie olhou para ele.

Só se passaram de fato três segundos enquanto o professor tentava achar as palavras certas para sua fixação inconveniente por Hallie, mas foram suficientes.

— Não existe nada para discutir — Hallie respondeu por ele. Por eles. Com as bochechas coradas, ela se virou para Natalie. — E, sinto muito, mas você é qualificada demais, Cornell.

A irmã balançou um punho no ar.

— Droga. Derrotada novamente pelo meu intelecto afiado.

Elas deram uma risada amistosa, nitidamente se avaliando.

— Escuta, existe um tapa-buraco solto por aí que requer minha atenção. Quer ir comigo numa degustação na terça à noite? Vinho feito por um ex-oficial da Marinha — acrescentou, persuasiva, erguendo as sobrancelhas. — Tenho certeza de que ele tem um amigo. Ou dois, se você gostar desse tipo de coisa. Ou talvez você já tenha um namorado que queira levar? Não me importo em ficar de vela...

— Natalie — disse Julian, os dentes tão cerrados que não conseguiria relaxar nem para salvar o mundo. — Chega.

— Quem disse? — perguntou Hallie, virando-se para encará-lo.

— Eu. — *Idiota*.

Pela primeira vez, os cachorros ficaram em silêncio.

A irmã tinha a expressão vitoriosa de uma atleta olímpica erguendo um buquê de flores.

— Não sabia que você falava por mim. — Hallie riu, os olhos brilhando.

— Minha irmã está fazendo graça por puro tédio, Hallie. Só estou tentando evitar que você se enfie no meio da confusão.

Natalie recuou um pouco, parecendo genuinamente chateada.

— É isso o que estou fazendo?

Hallie apoiou a mão no braço de Natalie e o apertou. O olhar de censura que lançou a Julian atingiu-o direto no estômago.

— Amigas não deixam amigas ir a degustações sozinhas. Alguém tem que impedir você de comprar vinho em atacado com desconto. Pode contar comigo. Mas... — Ela evitou o olhar dele. — Sem acompanhante. Só eu.

Ele lutou contra o impulso de cair de joelhos e venerá-la.

— Tem certeza? — Natalie deu um olhar de soslaio para ela. — Não está só dizendo sim porque meu irmão está sendo um idiota?

Dessa vez ela o olhou diretamente.

— Eu estaria mentindo se dissesse que isso não é metade do motivo.

Natalie assentiu, impressionada.

— Respeito sua honestidade.

Que porra estava acontecendo? Ele tinha perdido completamente o controle da situação. Em um piscar de olhos, a irmã tinha se tornado amiga de Hallie. Amigas que iam beber juntas na companhia de marinheiros. De alguma forma, Julian era o vilão ali. Mas o problema verdadeiro, a realidade que não queria admitir a si mesmo, era que ele gostava que Natalie e Hallie tivessem uma conexão. Essa conexão o lembrava do momento em que a paisagista levantara o rosto para o céu laranja e ele conseguira ouvir os cachorros latindo no jardim, e o atingiu como uma onda de melancolia. Ele pensaria nisso algum dia. Pensaria em tudo isso. Muito.

Pigarreando com força, Julian voltou para casa com as meias sujas, o que realmente destruía a dignidade da sua saída, e tirou as peças encharcadas antes de pisar no chão de taco. Jogou-as no cesto, em cima das roupas de corrida, e voltou para a cozinha para encher um terço de um copo de uísque, mas então xingou e acrescentou mais um dedo. Virou a bebida e ficou ali, encarando seu copo vazio até que o ronco do motor da caminhonete de Hallie o fez erguer a cabeça, bem a tempo de ver a irmã irrompendo na cozinha.

— Você é um imbecil completo, Julian?

Ninguém jamais havia perguntado isso a ele. Talvez o pai tivesse deixado implícito, mas de uma forma muito mais agressiva.

— Oi?

Natalie jogou as mãos para o alto.

— Por que me deixou te deixar responder para aquela admiradora secreta?

Ele sentia algo martelando sua têmpora.

— Hallie falou com você sobre isso?

— De passagem. Sim.

Ele chegou o mais perto que já havia chegado na vida de lançar um copo na parede.

— Como algo assim é mencionado de passagem? Vocês não podiam falar sobre o tempo em vez de trocar histórias de vida depois de se conhecer por cinco minutos? *Jesus*! — berrou ele.

— Eu disse pra você que não queria escrever.

— Mas não me disse por quê! — Ela passou os dedos pelo cabelo escuro. — Ai, meu Deus, o jeito como você falou sobre ela ontem à noite, e agora a química e todo o desejo reprimido. — Ela se jogou contra a porta da despensa, fazendo-a chacoalhar alto. — *Eu vou morrer.*

Não era bom para a paz de espírito que ainda lhe restava ter alguém reconhecendo a conexão entre ele e Hallie e dizendo isso em voz alta. Por que de repente ele estava sem fôlego?

— Você acha que eu deveria tentar conquistar a Hallie. É isso que estou entendendo do seu drama?

Seu olhar parecia acusador.

— Eu não sei se você tem uma chance com ela, agora que respondeu à admiradora secreta.

Não era impressão a dor lancinante no peito, era?

— Você me *implorou* pra escrever aquela carta!

Ela fez uma cara de nojo, mostrando o dedo do meio para ele.

— Se quer discutir detalhes, beleza, mas a questão é que você estragou tudo. Ela é um raio de sol raro e você está decidido a ficar encolhido nas sombras. — Natalie fez uma pausa. — Talvez *eu* devesse escrever um livro, e não você. Essa metáfora foi incrível.

Julian fez menção de sair da cozinha.

— Falando nisso, vou trabalhar.

— Você não escreve há uma semana. É por causa dela, não é? Você está todo... angustiado e sofrido feito alguém apaixonado por uma mulher de uma família rival — Ela estava falando mais alto. — Qual é o problema de tentar conquistar a Hallie?

Ele girou na porta do corredor.

— Ela me faz sentir fora de controle — disparou ele. — Você foi assim a vida toda, então talvez não entenda por que alguém não iria querer isso. Ela deixa as coisas correrem soltas, é distraída, não planeja nada, e o resultado é o caos. A vida dela é feita de pegadas de lama e cachorros descontrolados e crianças pegajosas

e atrasos constantes. Eu sou certinho demais para isso. Para ela.
— Um zumbido baixo e distante crescia nos ouvidos dele. — Eu apagaria o brilho dela. Eu a mudaria e me odiaria por isso.

Natalie engoliu em seco. A sala clareou e escureceu com a passagem de uma nuvem.

— Aprende a se soltar, Julian. *Aprende.*

Ele bufou, fazendo a garganta arder ainda mais.

— Você diz isso como se fosse fácil.

— Não é. E eu sei disso porque fiz o contrário.

Julian hesitou, distraindo-se da sua própria infelicidade. O contrário? Natalie tinha deixado de ser um espírito livre para... se apagar? Tudo bem, as palhaçadas tinham ficado para trás, ela havia se esforçado para se formar em uma universidade de prestígio, trabalhando duro até virar sócia de uma grande firma de investimentos. Mas não era nada como ele. Era? Ela era toda bem-humorada, espontânea e cheia de vida.

A não ser que houvesse muito mais acontecendo ali dentro. Coisas que Julian não conseguia ver.

Ela desviou o olhar antes que ele pudesse perscrutá-lo.

— Vem com a gente na terça, Julian. Não se obriga a viver arrependido.

Julian ficou encarando a porta vazia mesmo muito tempo depois de Natalie ir embora, tentando lembrar como tinha chegado àquele ponto: a beirada de um penhasco de onde precisava pular. Ele não tinha pedido nem nunca quis nada daquilo. Mas agora?

Eu sou certinho demais para isso. Para ela.

Aprende a se soltar.

A princípio, o conselho pareceu superficial, mas fazia sentido. Ele era bom em aprender. Expandir seu modo de pensar. Só nunca tinha feito isso em nome de um romance. Com a intenção de... o quê? Ele iria atrás de Hallie? Tentaria conquistá-la?

A ideia era absurda. Não?

Eles moravam a uma hora e meia um do outro e levavam vidas extremamente diferentes. O fato de serem opostos não tinha mudado absolutamente nada. Hallie ainda levava a desordem para onde quer que fosse. E ele... iria tornar tudo maçante. Esmagaria o jeito agitado dela. Quando se conheceram, Julian pensou que ela precisava mudar. Aprender a ser pontual. Mais organizada. Tinha sido arrogante a ponto de criticá-la como paisagista, e teve a pretensão de ensinar a ela um pouco de simetria. Agora, a ideia de que ela pudesse mudar por conta dele, ainda que minimamente, fazia-o se sentir enjoado.

Então aprende.

Ele é que tinha que mudar.

Estar com Hallie significaria deixar um pouco de lado sua obsessão com o tempo. Aprender a existir sem as restrições de minutos e horas. Viver com marcas de patas na calça e entender que ela faria coisas inconcebíveis, como se voluntariar para cuidar de trinta crianças e enchê-las de donuts. Ou roubar queijo em plena luz do dia.

Caralho, por que ele estava sorrindo?

Mas estava. Podia ver seu reflexo na porta do micro-ondas.

Proponho que, esta semana, nós dois façamos algo que nos assusta.

Era de mau gosto aceitar o conselho de sua admiradora secreta e usá-lo para perseguir seus objetivos com Hallie? Provavelmente. Mas, Jesus, agora que ele havia se permitido ir atrás dela, a expectativa desceu que nem eletricidade do topo da sua cabeça até os pés, tão rápido que ele teve que se apoiar na parede.

Ok, então.

Minha meta é sair com ela. Minha meta é ser o namorado dela.

Julian mal conseguia ouvir seus pensamentos, de tão alto que seu coração batia.

E, sim, ele tentaria ao máximo parar de enfiar tudo que acontecia em sua vida num cronograma. Mas não quando se tratava disso. Dela. Precisava de um plano para conquistá-la, porque algo no fundo do peito dizia que aquilo era importante demais para ser deixado ao acaso.

Capítulo dezessete

Na terça à noite, Hallie parou na frente do espelho de corpo inteiro usando dois sapatos diferentes e tentando decidir qual era melhor. Mandou uma selfie para Lavinia, que imediatamente respondeu: Usa os saltos. Mas se me substituir como melhor amiga hoje, fica aqui o aviso de que vou apunhalar você com eles.

Nunca, respondeu Hallie, rindo.

Ela chutou as pilhas de roupas e de maquiagem espalhadas pelo chão até encontrar o rolinho tira-fiapos, com o qual retirou os três tipos de pelos de cachorro grudados no vestido preto justo. Outro chute na pilha de sapatos rejeitados, e entrou no banheiro da suíte, deixando o rolinho onde provavelmente não o encontraria da próxima vez e...

Ela se endireitou, os dedos parando de remexer os batons em busca do tom certo de pêssego. Observando suas ações como se fossem realizadas por outra pessoa, tirou a faixa grudenta cheia de pelos de cachorro do rolinho, jogou-a no lixo e recolocou aquela ferramenta essencial na gaveta, onde costumava mantê-la.

Recuou do espelho e olhou ao redor, encolhendo-se diante da bagunça.

Agora que tinha dado um enorme passo na sua vida profissional, no dia seguinte precisaria fazer o mesmo com sua vida pessoal e dar um jeito naquela selva doméstica. Ou, pelo menos, começar.

Mas primeiro era preciso sobreviver àquela noite.

Ir a uma degustação com a irmã de Julian era uma ideia terrível, considerando que Hallie tinha decidido superá-lo. De verdade, dessa vez. Especialmente depois da cena constrangedora no jardim dele. Julian havia deixado claro que os dois eram incompatíveis e, ainda por cima, tinha escrito uma carta para outra pessoa; por que então se achava no direito de decidir o que ela fazia com o seu tempo? Ou com quem o passava?

O jardim da casa de hóspedes estava quase completo. Ela não tinha decidido ainda o que usar para preencher os últimos espaços, mas, com sorte, a ideia do que fazer viria na sua próxima ida ao viveiro. E então poderia encerrar suas responsabilidades com a família Vos, mandar a conta à matriarca e seguir em frente. E também nada mais de cartas de admiradora secreta, porque elas faziam parte do lado sem juízo da vida de Hallie. Ela havia agido por impulso, e o que tinha conseguido com isso?

Fazê-lo validar todos os sentimentos dela, na verdade. Aqueles aos quais havia se agarrado por tanto tempo. E isso não era bom, porque Julian continuava indisponível. Nada tinha mudado. Se Hallie se revelasse como a autora das cartas, Julian provavelmente ficaria decepcionado por ela não ser, como ele, uma acadêmica com um arquivo pessoal todo organizado.

Talvez devesse escrever cartas para si mesma, em vez de para o professor. Elas a tinham levado a um lugar útil, não tinham? Finalmente admitira que usar o caos para evitar as coisas estava prejudicando a sua carreira. Até mesmo sua amizade com Lavinia, que tinha começado a olhar para ela daquele jeito preocupado e analítico. Hallie precisava trilhar um caminho novo. Um caminho saudável.

Voltou a remexer os batons no estojo de maquiagem, depois fechou-o, de repente ansiosa para fazer uma faxina na manhã seguinte. Um novo começo. Talvez até escolhesse uma nova cor para a sala de estar. Rosa-peônia, ou azul-pavão. Alguma cor viva, para lembrá-la de que ela não só era capaz de admitir seus hábitos autodestrutivos, como de achar um jeito de abandoná-los e se corrigir, enquanto permanecia fiel a si mesma.

Com um aceno para seu reflexo, Hallie pediu um Uber e passou a espera de dez minutos se despedindo dos cachorros, o que levou a outra corrida até o rolinho tira-fiapos, mas os afagos e fungadas valeram a pena. Ela os levaria ao parcão depois do jantar, para que gastassem qualquer energia acumulada que pudesse fazê-la voltar para casa e encontrar o estofamento do sofá por todo o chão. Deixou um pouco de ração extra para eles antes de sair e se afundar no banco de trás do carro que a esperava.

Julian devia ter dado o número de Hallie à irmã, porque Natalie tinha enviado uma mensagem à tarde com o endereço da enoteca que aparentemente pertencia ao ex-oficial da Marinha Zelnick Cellar. O lugar tinha um site sob construção que não trazia informação alguma, e ela jamais tinha ouvido alguém na cidade falar dele. Estava curiosa, mesmo sabendo que passar a noite com um Vos não era o mais sábio a se fazer, se pretendia se distanciar de tudo relacionado a Julian.

Dez minutos depois, o Uber parou na frente de um celeiro médio atrás de uma cerca de madeira. Luzes tremeluzentes brilhavam no interior, e ela conseguia ver um grupo de pessoas ao redor. Imaginava que fossem moradores, já que não tinha conseguido encontrar o anúncio da degustação na internet. A divulgação seria só pelo boca a boca?

Hallie agradeceu ao motorista e saiu do banco de trás, puxando a bainha justa do vestido. Usando a lanterna no celular — o que vinha fazendo muito nos últimos tempos —, esforçou-se ao máximo para percorrer o caminho de terra até o celeiro com aqueles saltos agulha de sete centímetros e meio. Quanto mais se aproximava da música e das pessoas, mais bem iluminado ficava o caminho, e ela então guardou o celular de volta na bolsa.

Lâmpadas brancas brilhantes oscilavam na brisa, penduradas em pontos altos do celeiro. E... era Beach Boys que estava tocando? Tinha que ser uma das degustações mais casuais que ela já vira. Sem dúvida estava elegante demais...

Julian apareceu na porta do celeiro.

Em um terno cinza-carvão elegante.

Segurando um buquê de flores silvestres.

O tempo começou a andar devagar, permitindo que ela sentisse a resposta exagerada dos seus hormônios. Eles cantavam como pré-adolescentes no chuveiro, berrando as notas altas com uma confiança questionável. Uau. U-au. Ele parecia ter saído de um anúncio daqueles relógios caros com botões demais. Ou de um perfume da Gucci.

Deus. Do. Céu.

Espera. Flores silvestres eram as suas favoritas. Como ele sabia?

Tudo bem, fazia sentido que fossem. Mas mesmo assim.

Ela reconheceu o papel celofane rosa. Ele tinha tido até o viveiro comprá-las. Para quem seriam?

Por que ele estava ali, para começo de conversa?

Feche a boca antes que você comece a babar.

Salivar se tornou uma possibilidade ainda mais real quando Julian foi na sua direção, avançando daquele jeito determinado de sempre. E quando sua cabeça bloqueou a luz que vinha do celeiro, ela viu determinação e foco na rigidez da sua mandíbula, na intensidade dos seus olhos, na linha funda de concentração entre as sobrancelhas.

— Oi, Hallie.

O mero tom grave da voz dele, parecendo metal raspando em pedra, quase a fez recuar. Largar a bolsa e sair correndo.

O que estava acontecendo ali?

Sem quebrar o contato visual, Julian tomou a mão livre dela e pôs ali o buquê de flores silvestres.

— Pra você.

Ela balançou a cabeça.

— Não estou entendendo.

Ele parecia esperar aquilo, porque sua expressão não mudou nada. Só pareceu indeciso sobre qual parte do rosto dela estudar. Nariz, boca, bochechas.

— Vou explicar. Mas, primeiro, quero me desculpar pelo meu comportamento no domingo. Eu fui um babaca.

Hallie assentiu, atordoada. Estava aceitando as desculpas? Difícil dizer quando ela estava observando Julian lentamente passar a língua sobre o lábio inferior. Uma contração entre as coxas respondeu ao gesto. Algo havia mudado. Ele era sempre naturalmente magnético, mas agora parecia que essa sedução era quase *intencional*. Como se ele tivesse esquecido o filtro em casa.

— Eu gostaria da oportunidade de passar um tempo com você, Hallie. — O olhar dele parou na bainha do vestido dela, o pomo de adão subindo alto, depois descendo juntamente com o registro da voz. Quando Julian estendeu um dedo e percorreu a linha onde a pele dela encontrava o vestido, o ar sumiu dos pulmões dela. — Eu quero... sair com você.

Ele colocou tanto significado naquelas palavras que não havia como fingir não ter entendido os múltiplos sentidos do termo. Especialmente quando seu dedo se dobrou sob a bainha, andando de um lado a outro, fazendo as pernas de Hallie tremerem.

— Você quer sair comigo?

— Sim.

— Ainda não estou entendendo. O que mudou?

Julian usou o dedo enganchado na bainha do vestido para puxá-la para perto. Sem fôlego, ela inclinou a cabeça para trás para não ter que romper o contato visual. Caramba, ele era alto. Tinha crescido ali à luz da lua ou só parecia maior, agora que tinha aparentemente parado de se segurar?

— De verdade? — perguntou ele.

— Sim, de verdade — sussurrou ela.

Uma angústia intensa cruzou brevemente os olhos dele.

— Eu senti que você estava se afastando de mim. Domingo, no jardim. — Julian hesitou, nitidamente procurando uma explicação. — Tínhamos deixado as coisas no ar antes, mas aquilo foi diferente, Hallie. E eu não gostei. — Ele a estudou com atenção. — Eu estava certo? Você estava se afastando?

Sob um escrutínio tão intenso, não havia por que mentir.

— Sim. Estava.

Julian respirou fundo, o peito estremecendo quando ele soltou o ar.

— Então me deixa tentar reverter essa decisão.

— Não.

Ela ignorou como ele estava sexy com aquela sobrancelha de professor erguida e deixou a palavra pairar entre os dois. Talvez, quanto mais ela ficasse ali, flutuando, mais chances teria de *manter* sua escolha. Em pânico com a baixa probabilidade de sucesso daquela atitude, Hallie lembrou que ele tinha respondido à carta de outra mulher. Ou de alguém que ele *imaginava* que fosse outra mulher. Julian havia contado a uma estranha coisas importantes sobre si, revelado sentimentos profundos, e isso a magoara, porque ele tinha feito Hallie se sentir como sua confidente e, depois, havia confiado em outra pessoa.

Mas ela também tinha sua parcela de culpa. Escrever cartas anônimas era o suprassumo da dissimulação, e ela não havia pensado nas consequências. Parte do seu motivo para se distanciar naquele instante era deixar sua atitude imatura para trás, fingir que não tinha agido de forma tão impulsiva, e desfrutar do recomeço que planejava para o dia seguinte. Ela podia admitir isso. Porém, a irritação por ele ter deixado uma carta naquele toco continuava ali.

Por fim, mas não menos importante, Hallie não tinha proposto na última carta que ambos fizessem algo que os assustasse?

Para ela, era entrar na biblioteca e aceitar o trabalho de paisagismo. Para Julian, obviamente era ela. Ela — aquilo — o assustava.

Hallie conteve a vontade súbita de dar uma joelhada no saco dele.

— Não? — repetiu Julian, o dedo parando em seu progresso sensual sob a bainha dela, a infelicidade tomando suas feições. — Eu agi mal mesmo, né?

A verdade era que ambos tinham agido mal.

Então Hallie não podia responder que sim. Não sem ser hipócrita.

— O que aconteceu com aquilo sobre a gente ser errado um para o outro? — perguntou ela em vez disso. — Definimos isso logo no início, não?

— Sim — admitiu ele, afastando o dedo com um esforço visível e enfiando a mão no bolso da calça. — Mas me lembraram de que eu sou muito mais errado para você do que o contrário, Hallie. Você é simplesmente de tirar o fôlego. Única, linda, ousada. E eu sou um idiota do caralho se já fiz você sentir que não era. — Ela conseguia sentir nos ossos como ele queria tocá-la naquele momento. — Desculpa. Em cada segundo que passamos juntos, eu fiquei me segurando. Tentando me manter... Tentando controlar tudo.

— E isso não é mais importante pra você?

— Não tanto quanto você.

— Uau — sussurrou ela, sem fôlego. — É difícil criticar qualquer uma dessas respostas.

Julian tirou a mão do bolso, a sacudiu, flexionou os dedos e deu um passo à frente para segurar o rosto dela, o dedão traçando o arco do seu lábio inferior.

— Eu quero aprender você, Hallie. — A voz dele era baixa e suplicante. — Então me deixa aprender.

Minha nossa.

Um tremor disparou da barriga aos joelhos dela, quase a fazendo perder o equilíbrio. Talvez tivesse perdido, se o magnetismo do olhar de Julian não a estivesse mantendo de pé. Lógico que quando aquele homem decidisse ser romântico e tentasse cortejar uma mulher, os resultados seriam fatais. Ela só tinha subestimado *a potência* do esforço e da atenção dele.

Além disso, se era um momento inapropriado para ficar excitada, alguém precisava avisar a sua vagina — porque enquanto estava parada ali com Julian na névoa da noite enluarada, o hálito dele banhando a boca dela, a fivela do cinto roçando em sua barriga, ela precisou se esforçar muito para simplesmente não lamber o que conseguisse alcançar do corpo dele. Talvez aqueles tendões no seu pescoço ou no antebraço que ele estava escondendo sob as mangas do paletó...

— Tudo que você está pensando está na sua cara — disse ele, abrindo um sorriso.

Hallie deu um passo para trás, perdendo o calor da mão dele, sua respiração.

— Estou pensando no vinho que vou beber.

— Mentirosa. — Ele lançou um olhar para o celeiro. — E não crie expectativas. É horrível. Se minha irmã não estivesse lá dentro, eu sugeriria que a gente fugisse.

— Vinho terrível? — Ela fez uma careta. — Uma irmã é *mesmo* necessária?

Ele riu. Um som cheio, que fez o ar parecer mais leve.

— Vamos. — Ele estendeu a mão para ela. — A gente joga embaixo da mesa quando ele virar de costas.

— Parece o tipo de plano que eu bolaria.

Os olhos dele brilharam com determinação. Carinho.

— Já estou aprendendo você.

Hallie não conseguiu fazer nada exceto entrelaçar os dedos nos dele depois disso. Com um nó na garganta, assistiu-o beijar os nós dos seus dedos com gratidão, puxando-a para o seu lado rumo ao celeiro. E então... ela entrou em uma degustação de vinho de mãos dadas com Julian. Como um casal. Ele a conduziu através do celeiro, com suas luzes penduradas, passando por cerca de duas dúzias de pessoas; no ar, o pesado aroma de uvas fermentadas misturado ao de palha. Convidados estavam parados em grupos ao redor de mesas altas com velas, suas taças permanecendo nitidamente cheias.

O garçom que tinha sido contratado para reencher continuamente as taças e incentivar os convidados a comprarem algumas garrafas parecia estressado, sem saber o que fazer. E seu chefe, o ex-oficial da Marinha e agora vinicultor, estava ocupado demais encarando Natalie para dar qualquer orientação ao funcionário.

— Ai, meu Deus — murmurou Hallie.

— Pois é. Pergunta se eu não fiquei feliz quando vi seu Uber chegar.

— Talvez a gente devesse ajudar.

Julian deslizou uma taça de vinho tinto na frente dela e lhe indicou com o olhar. Ela a pegou e tomou um gole, o gosto amargo descendo pela garganta.

— Deus do céu — soltou ela, engasgando. — Isso não tem salvação.

— Nenhuma — concordou Julian.

Alguém a algumas mesas dali — um cliente regular da paisagista — chamou Hallie e ela acenou, sorrindo e trocando algumas previsões sobre o que iria desabrochar em breve. Quando se virou de volta para Julian, ele a estava observando atentamente, aquele sulco fundo ocupando o espaço entre as sobrancelhas. Ela só conseguiu encará-lo de volta, suspirando com um estremecimento quando ele apoiou uma das mãos grandes no seu quadril, puxando-a para mais perto. E mais. Até ela conseguir sentir seu calor, a cabeça inclinada para trás.

— Você é perigoso assim — murmurou ela.

Ele pressionou o dedão no quadril dela, muito de leve.

— Assim como?

Hallie sentiu uma série de arrepios até os pés, os folículos capilares formigando no topo da cabeça.

— Vai fingir que não está tentando me seduzir?

O olhar dele caiu sobre os lábios dela.

— Ah, estou 100% tentando te seduzir — respondeu Julian.

Houve uma contração longa e quente entre as coxas de Hallie, os músculos da barriga se tensionando, a temperatura da pele subindo rapidamente. Com uma risada trêmula, ela olhou para trás e deu uma breve examinada no ambiente.

— Pelo menos três clientes regulares meus estão aqui. Não seria muito profissional ser seduzida na frente deles.

Julian estava olhando para a pulsação no pescoço dela? Pois ela se acelerou ainda mais, como que se deliciando com a atenção dele.

— Então sugiro que a gente dê uma volta.

Hallie fez um biquinho e soltou um murmúrio.

— Não sei. Da última vez que saímos pra andar num vinhedo, eu voltei decepcionada.

O canto da boca dele se ergueu, achando graça, mas os seus olhos estavam sérios.

— Não dessa vez, Hallie.

Uma promessa. E confiante.

— O que isso significa, exatamente? — perguntou Hallie baixinho, com hesitação.

Ele parou um momento, a língua enfiada na bochecha. Então se aproximou do ouvido dela e disse:

— Significa que dessa vez eu não vou gozar nas suas coxas.

Nossa Senhora.

Imagens bombardearam a mente dela. O pescoço de Julian se tensionando, as mãos desesperadamente se movendo no escuro, os joelhos dela nas mãos grandes dele.

Se ela não soubesse que não era o caso, teria pensado que aquele único gole do vinho horrível tinha subido à sua cabeça, de tão magnífico que foi o tesão atordoante que sentiu. Deixar-se levar por Julian podia ser uma péssima ideia. Ela não só guardava um segredo — que era *ela* a admiradora secreta dele —, como também não havia provas de que um relacionamento entre eles fosse funcionar. Na verdade, era bem improvável. As pessoas não podiam mudar de forma tão drástica, podiam?

Mas não eram momentos como aquele o motivo de Hallie ter dado um jeito de renovar o jardim da casa de hóspedes? Ela queria uma dose de magia com Julian Vos. Agora que o conhecia, que tinha se apaixonado pelo homem real, se contentar com um único momento era impossível. Mas ela não precisava pensar nisso naquela noite. Podiam só dar uma volta — aquela com que ela sonhava desde o ensino médio. A volta que era muito mais significativa agora que ela o conhecia: o homem que comprava toldos para enotecas em dificuldade, ou que se oferecia para contar histórias para crianças entediadas, e a salvava antes de ela ser presa.

Perdida em pensamentos, Hallie oscilou para a frente sem querer e seus peitos roçaram o dele, o arranhar sugestivo das roupas fazendo-a querer gemer e esfregar-se contra Julian como uma gata. Especialmente quando os olhos dele ficaram vidrados, as pálpebras pesadas.

— Hallie — era quase um rosnado. — Vem dar uma volta comigo.

Com a palavra "sim" na ponta da língua, a consciência dela fez uma última tentativa antes de ceder, um último apelo para convencê-la a não aceitar algo que precisava e queria. *Conta a verdade pra ele primeiro ou você vai se arrepender.* Mas aparentemente levaria mais tempo para ela se tornar uma pessoa sensata, não inconsequente, porque tudo que disse foi:

— Sim.

Capítulo dezoito

Se ele não a beijasse logo, o mundo ia acabar. Julian não tinha a menor dúvida disso. Estava tão ávido pelo gosto de Hallie (que vinha negando a si mesmo) que a levou para fora do celeiro como se o lugar estivesse prestes a cair. Nada estava desabando, porém, exceto o autocontrole dele. Como caralhos ele tinha mantido distância daquela mulher? Quando saiu do celeiro e a viu subindo pelo caminho, tão familiar e imperdoavelmente desconhecida ao mesmo tempo, teve vontade de ir rastejando até ela.

Não era assim que ele tinha planejado a noite.

A ideia era pedir desculpa. Eles iam se sentar e conversar, resolver os problemas entre eles e bolar um plano conjunto para seguir em frente, juntos. Como dois adultos com uma meta em comum: um relacionamento saudável e comunicativo. Talvez, se ela não tivesse usado aquele vestido preto justo, as chances de sucesso de Julian teriam sido mais realistas. Talvez, se ela não o fizesse se sentir um animal, ele não a estaria levando para a escuridão agora, o pau meio ereto, o suor escorrendo pelas costas.

E talvez, se ele não sentisse que estava se apaixonando perdidamente, poderia já a ter levado para as sombras àquela altura e satisfeito seu desejo por aquela boca perfeita. Mas ele sabia o que estava acontecendo. Sabia bem. Portanto, não podia ignorar o peso dolorido no coração, perguntando-se por que havia sido negligenciado até aquele momento. Não podia ignorar como a garganta parecia fechar cada vez que ela piscava para ele.

Jesus Cristo. Pelo visto, o amor doía.

O amor significava se expor por completo e estar mais do que preparado para implorar por mais.

E como ele queria mais do que só uma noite, como queria tentar o máximo possível ter mais do que uma transa suada com aquela mulher, ele reduziu o ritmo e inspirou fundo pelo nariz, depois soltou o ar pela boca.

— Tudo que você está pensando agora está na sua cara — disse ela, à sua esquerda, ecoando o que ele tinha dito antes.

Porque Hallie era completamente incrível. E ele vinha negando as próprias emoções por conta do medo do desconhecido. Estar perto dela, só os dois juntos, era a coisa certa — ele não podia mais rejeitar esse sentimento. E, mais importante, precisava garantir que ela sentisse o mesmo. Como se estivessem parados exatamente no mesmo lugar naquele universo gigantesco, sem um centímetro de distância, física ou emocional.

Era aterrorizante? Sim. Era. Como ele sabia desde o começo, aquela mulher o desequilibrava, arruinava seus planos e ignorava totalmente horários. Podia muito bem enlouquecê-lo por completo. Mas, enquanto segurava sua mão e a levava para o parreiral, entre as fileiras de vinhas, não existia outra opção. Assim como não existiria no dia seguinte. Nem no outro, ou no ano seguinte. Só estar com Hallie. Ele teria que deixar alguma outra coisa além de si mesmo determinar o curso do seu tempo a partir daquele momento.

O acaso. Possibilidades que ele não podia controlar.

Essa revelação foi tão pesada, tão difícil de absorver para um homem como ele, que Julian reduziu o passo depois de avançarem cerca de cem metros entre as fileiras. Como se tivessem sido feitos especificamente para se encaixar um no outro, ela avançou para os braços dele, pressionando o nariz contra a lateral do seu pescoço de um jeito tão fofo e confiante que ele precisou de um instante para conseguir falar.

— Estar entre as vinhas me lembrava do incêndio... até a gente ir colher uvas juntos. Agora, quando olho para elas, só penso em você — disse Julian, observando fascinado o modo como um dos cachos dela se enrolava no seu dedo. — Você estava em Santa Helena quando aconteceu?

Ele sentiu o estômago afundar enquanto esperava a resposta. Julian não conseguiria suportar saber que ela havia sentido medo, muito menos que tinha estado em perigo. Especialmente sabendo que ele estava na cidade na ocasião.

— Minha avó e eu fomos de carro para o sul. Ficamos num hotel de beira de estrada e assistimos às notícias por cinco dias. — Hallie recuou e examinou o rosto dele. — Você ficou para trás.

Julian assentiu, ouvindo os estalos distantes de madeira queimada.

— Meu pai e eu fizemos o que podíamos para nos preparar. Tiramos todo mundo da propriedade, movemos os equipamentos. Mas eles disseram... Os bombeiros disseram que tínhamos seis horas antes de o fogo nos alcançar. E aconteceu em uma. Uma hora, em vez de seis. — Ele ainda se lembrava de como aquele tempo roubado o tinha asfixiado, como a negação o havia cortado ao meio. Era para o tempo ser absoluto. A base de tudo. Pela primeira vez, o tempo o traíra. — Minha irmã estava em um dos galpões maiores quando aconteceu. Carregando um caminhão com o estoque de vinho. Disseram que foram só algumas brasas levadas pelo vento... E o lugar inteiro ardeu em chamas em questão de minutos. Eu estava a quilômetros dali no momento em que começou. Quando finalmente entrei lá, o galpão estava tomado pelo fogo. Éramos os únicos aqui, então ninguém a ouviu gritando. Quase não consegui tirar a Natalie de lá. — Ele não queria pensar naquilo, então prosseguiu rapidamente. — Eu nunca tive um...

— Espera. Volta um pouco. — Ela estava *tremendo*? — Como você a tirou de lá?

— Eu entrei — explicou ele.
— Você entrou num lugar pegando fogo pra resgatar sua irmã? Só pra eu entender.
— Eu... Sim. Ela precisava de ajuda.
— Você salvou a vida dela e ela ainda chamou você pra essa degustação horrível — murmurou Hallie, balançando a cabeça. Apesar da piada, no entanto, ela parecia abalada pela história.
— Interrompi o que você ia dizer. Você nunca teve um o quê?

Ele raramente dizia aquilo em voz alta, mas estava falando com Hallie.

— Uma crise de ansiedade. Eu tinha quando era criança, mas não mais até aquele dia. Não como adulto. Meus cronogramas não faziam sentido no contexto daquele incêndio. A gente devia ter seis horas, e daí, de repente, estamos dirigindo no meio da fumaça só torcendo para escapar com vida. O tempo não era mais seguro. Minha irmã não estava mais a salvo. Eu não lidei bem com isso. — Ele parou um pouco para organizar os pensamentos, enxugando o suor das mãos na calça. — Eu odiei aquele sentimento de estar preso. E seria de se esperar que o incêndio agisse tipo uma terapia de imersão: ao perceber que eu jamais conseguiria controlar o tempo, a minha obsessão por ele diminuiria. Mas aconteceu justamente o contrário. Perdi a noção do tempo. Completamente. Entrei numa espécie de estado de dormência, Hallie. Por dias. Minha família tentando salvar a vinícola e eu não estava lá mentalmente. Não fiz nada para ajudar. Só consegui ficar sentado num quarto escuro e escrever planos de aulas. Palestras. Não lembro de quase nada dos dias depois do incêndio.

Ele hesitou antes de continuar.

— Foi por isso que tentei tanto ficar longe de você. Qualquer coisa que ameace esse meu controle... eu considero um inimigo. Quando essa sensação toma conta de mim, eu não me recupero rápido, como o Garth. É algo que evito a todo custo. Mas não posso mais fazer isso com você, porque por você vale a pena eu me queimar. Por você, vale eu dar meia-volta e correr em direção ao fogo.

— Uau — sussurrou ela, os olhos úmidos refletindo as estrelas. — Não sei que parte disso discutir primeiro. A parte em que você talvez seja um herói por salvar a sua irmã, mas só conseguir se concentrar num momento difícil, ou...

Ele tirou o paletó e o jogou atrás dela no chão, só pensando na lavanderia por um momento fugaz.

— A parte em que eu disse que entraria no meio do fogo por você?

Ela assentiu, os olhos fixos nos dedos dele enquanto Julian desatava a gravata e depois a enfiava no bolso da frente da calça social.

— É, essa parte.

— O que tem? — perguntou ele.

Ela ergueu os olhos, hesitante.

— E se eu dissesse que faria a mesma coisa por você?

Então era assim a sensação de ficar sem palavras. Ter a sanidade nas mãos de outra pessoa, que podia fazer com ela o que quisesse.

— Eu ficaria grato pra caralho. — Ele a pegou pelos quadris e a puxou para perto, suspirando quando a barriga dela finalmente encontrou sua aflita ereção. — Mas também perderia a cabeça se você estivesse em perigo, então, por favor, nunca mais diga isso.

— A analogia foi sua — provocou Hallie, ficando na ponta dos pés e arrastando lentamente os peitos, a barriga e os quadris no corpo dele. Julian gemeu alto, bem ali no meio do vinhedo. — Obrigada por me contar isso.

Ah, Jesus, o pau já tão duro e ela ainda sussurrando daquele jeito, ele não ia aguentar... Quem tinha enviado aquela mulher para matá-lo? Ele estava se sentindo voraz, desesperado, pronto para ceder anos de vida para pôr as mãos naqueles peitos.

— Eu conto o que quiser, só me deixa beijar a sua boca, ficar em cima de você.

Com um pequeno ruído de choque — ela não entendia que ele estava morrendo? —, Hallie se ergueu mais um pouco e lhe ofereceu os lábios, deixando-o cair de boca nela, ávido, confuso e carente, as mãos tentando apertar e acariciar cada parte de Hallie ao mesmo tempo, experimentar cada centímetro. Elas se enfiaram no cabelo da paisagista e desceram pelas suas costas, puxando-a pela bunda mais para perto, ambos ofegando no beijo com a fricção milagrosa que criaram. A fricção que mantiveram viva se esfregando e puxando e pressionando.

— Me diz que a gente vai foder hoje, Hallie — rosnou ele, os dentes roçando a orelha dela.

— Você sempre foi boca suja assim? — soltou ela.

— Não. — Ele a conduziu gentilmente para o chão até as costas de Hallie alcançarem o paletó aberto dele, os cachos pulando em noventa direções diferentes, uma visão que fez as mãos de Julian tremerem, de tão *ela* que era. — E pode culpar meu vocabulário no fato de você ter passado semanas ajoelhada embaixo da janela do meu escritório. — Ele deixou o peso acomodar-se sobre aquelas curvas incríveis lentamente, a respiração escapando feito ar de um pneu furado, seu pau pulsando insuportavelmente. — *Semanas*.

— É a posição padrão para plantar flores.

Ele pegou a bainha do vestido dela e a subiu até os quadris, imediatamente ocupando o espaço entre as coxas e lamentando nunca ter estado lá antes. Era onde deveria estar. E, caramba, o jeito como ela gemeu e arqueou as costas, iluminada pelo luar e toda corada, era a coisa mais próxima de magia que ele já tinha presenciado.

— Flores são a última coisa na minha cabeça quando você está de quatro — Julian rosnou, movendo-se de novo, a satisfação contraindo os músculos da barriga quando Hallie abriu os joelhos, agarrou o cós da calça dele e o puxou. — Eu fico pensando na sua bunda batendo na minha barriga.

— Ó-ótimo — balbuciou ela entre beijos quentes. — Nunca vou conseguir fazer meu trabalho de novo sem ficar vermelha.

— Falando nisso. — Jesus, ele mal conseguia falar, as palavras saindo arrastadas de tesão, abafadas no pescoço dela enquanto ele traçava uma linha para baixo com a língua, pelo trecho suave atrás de sua orelha, pela sua clavícula, a doce base do seu pescoço. — Até onde chega essa cor?

— Não sei — sussurrou ela. — Nunca cheguei.

— Melhor a gente descobrir. — Julian analisou o rosto dela com cuidado enquanto percorria o decote com a língua, querendo saber que eles estavam juntos nisso. E seguindo em frente. — Hallie. Você está usando aquele maldito sutiã de bolinhas?

— Eu... sim. Como você...?

Grunhindo, ele beijou os mamilos intumescidos através do tecido, o fato de ela estar usando aquele sutiã enlouquecedor transformando seu pau em pedra.

— Me deixa tirar isso e chupar você, linda.

Ela se esforçou para puxar o ar.

— Ah, uau. Ótimo momento pra usar nomes carinhosos.

Julian fechou a boca sobre o bico do seio duro, arrastando os lábios de um lado para outro e gemendo quando ele inchou e enrijeceu ainda mais.

— Estou chamando você assim na minha cabeça há muito mais tempo.

— Só abaixa logo o vestido — disse Hallie, com uma risada sem fôlego.

Isso o deixou tão envolvido naquele momento, ainda mais do que já estava, que ele teve que esconder o rosto entre aqueles peitos e se acalmar com as batidas velozes do coração dela. Foi respirando pelo nariz e soltando o ar pela boca, até que o aperto no peito ficasse suportável. Mais ou menos.

— Julian... — disse ela.

— Eu sei.

Ele não tinha ideia do que estavam falando, mas ouvir Hallie usar o seu nome o trouxe de volta, deixando sua boca ávida pelo gosto da língua dela de novo. E ele se entregou a isso, voltando a beijá-la, puxando com mais intensidade, descendo depois para os peitos arquejantes. Em algum momento, ele tinha começado a abaixar o decote do vestido, ou talvez a fricção dos corpos tivesse feito isso, porque os peitos de Hallie estavam quase completamente fora do vestido e do sutiã de bolinhas, tão grandes, fartos e doces, que ele sussurrou uma prece antes de dar a primeira lambida nos mamilos nus à sua frente.

— Primeira parte de você que eu vi de perto — murmurou, com a voz embargada. — A última coisa que quero ver antes de morrer.

Ela deu uma risadinha, e Julian aceitou que iria para o inferno algum dia, porque Hallie rindo enquanto ele chupava seus mamilos, com o sutiã de bolinhas empinando-os para receber sua atenção, as mãos dele apalpando aqueles peitos lindos... era o momento mais excitante de sua vida. Nada jamais iria superar aquilo. Só que essa certeza foi quebrada alguns segundos depois, quando Hallie começou a gemer, os dedos cravados na cabeça dele, os quadris inquietos no chão.

— *Julian*.

— Estou deixando você molhada?

Ela assentiu, estremecendo, o lábio inferior entre os dentes.

— Deixa eu sentir? — A ponta dos dedos dele já estava subindo de leve pelo interior da coxa, massageando a parte de dentro do joelho, e então subindo e subindo em direção ao calor.

— Quero você mais do que pronta, Hallie. Vou brincar com eles até o zíper da minha calça ser seu pior inimigo.

— Ai, meu Deus.

O jeito como ela meio que derretia no chão e remexia os quadris toda vez que ouvia alguma sacanagem deixava nítido que adorava aquilo. E Julian também, aquela liberdade de dizer tudo que vinha à sua mente, querendo que ela soubesse o que ele estava pensando até os mínimos detalhes. Ele jamais havia se importado com isso antes. Nunca tinha falado muito durante o ato. E agora não conseguia calar a boca, ansiando por uma conexão com Hallie em todos níveis disponíveis: verbal, físico, emocional.

Seus dedos a encontraram, massageando-a através do nylon fino da calcinha, a umidade atravessando o tecido. *Isso. Jesus Cristo, isso.* Ela estava tão molhada que ele abaixou o rosto entre seus peitos e gemeu, abrindo as dobras da pele dela com dedos gentis e acariciando o clitóris. Quando os quadris de Hallie se ergueram do chão e ela soltou um soluço, ele se moveu por instinto, capturando a boca dela num beijo bruto, ainda esfregando aquele ponto sensível com o nó do dedo sem parar. O jeito desenfreado como ela se entregou ao beijo o fez se perguntar se... ela já estava perto?

Julian parou com a boca em cima da dela. Eles respiraram juntos. Rápido. Mais rápido. A antecipação era tão real que dava para sentir.

— Você goza depressa, né, Hallie? — Com os olhos grudados nos dela, ele abaixou só um pouco a calcinha, deixando-a no topo das coxas. — Lembro como você gozou gostoso na cozinha. Como foi rápido. — Ele a abriu com o polegar, acariciou tudo ali e viu os olhos dela se revirarem. — Não só é linda e sexy e... Jesus... tem essas curvas *da porra*. — Mordendo e puxando o lóbulo da orelha de Hallie, Julian enfiou o dedo do meio nela. — Você está muito excitada, né?

— *Julian*.

Ela estava falando o nome dele, mas ele não conseguia ouvir direito, em meio ao zumbido nos seus ouvidos. Hallie era apertada. *Realmente* apertada. E o jeito como as suas coxas estremeceram ao redor da sua mão, como se a sensação do seu dedo ali fosse estranha... Não era possível... Mas quando ele olhou para o rosto dela e viu que segurava o fôlego, nitidamente esperando que ele captasse a mensagem, Julian entendeu.

— Hallie, você é virgem.

Houve um breve silêncio.

— Sim.

Por que ele não estava chocado? Deveria estar, certo? Aquela mulher enérgica e espontânea tinha de alguma forma chegado aos 29 anos sem explorar um lado sensual de si mesma que estava vivíssimo. Ela estava praticamente vibrando debaixo dele, cada parte do seu corpo entregue ao que estavam fazendo. Talvez ele só estivesse arrebatado demais de desejo para se prender a algo tão inútil quanto surpresa. Seu foco permaneceu no ato do qual ela tinha necessidade *naquele momento*. Hallie havia decidido deixá-lo lidar com seu desejo, e isso era o suficiente.

Se o fato mudava algo, era que ele precisava se certificar de que ela queria aquilo. Antes de tirar a virgindade dela.

Eu sou o primeiro dela.

O orgulho que o engasgou o tornava um homem das cavernas?

Não. Quem não ficaria orgulhoso de uma mulher como Hallie ter decidido que ele valia sua primeira vez? Um homem que não valorizasse sua posição não a mereceria — e essa era a última vez que ele ia pensar em homens em geral e Hallie no mesmo contexto, porque seus dentes estavam mordendo o pescoço dela. *Minha.*

Relaxa, porra.

Julian tentou inspirar para se acalmar, mas isso só o fez sentir o cheiro de Hallie e salivar. Ele enfiou o dedo um pouco mais, só para ver a pulsação dela disparar na base do pescoço.

— Hallie. — Senhor, ele parecia o lobo mau falando. — Pode ser completamente sincera comigo agora. Você tem certeza disso?

Com os dedos apertando os ombros dele, ela assentiu vigorosamente.

— Sim. Com certeza.

Graças a Deus.

— Por que você parece aliviada?

— Achei que você ia ser responsável e desistir.

— *Seria* a coisa certa a fazer — concordou Julian, ao mesmo tempo em que dava mordidinhas e descia pelo corpo dela, provando seus peitos, sua barriga, suas coxas, antes de ir com a língua até seu sexo. — Sua primeira vez deveria ser numa cama macia. Em algum lugar familiar. Confortável. — Ele pressionou os dedos em V na pele dela, com a faixa de pelos loiros, abrindo-a para ele, e só quis que tivesse a luz do sol para vê-la melhor. Memorizar cada ondulação e sombra. — E cá estou eu, me preparando pra te foder deitada no chão duro, com o vestido ao redor da cintura. Não é, linda?

Antes que ela pudesse responder, ele passou a ponta da língua pelo meio da sua boceta e a deixou parada no topo do clitóris dela por longos segundos, antes de mexê-la com força. E, Deus do céu, ela gozou. A prova encontrou sua língua inesperadamente, e ele não pensou, apenas seguiu o instinto, abrindo as coxas daquela mulher o máximo que conseguiu e indo com tudo, lambendo a fonte inchada de prazer até ela gemer para ele parar.

— *Por favor!*

Completamente enlouquecido, com mais tesão do que imaginou ser possível, ele subiu pelo corpo corado dela enquanto se atrapalhava com o cinto, a carteira e a camisinha, rasgando a embalagem. Hallie tentou ajudar, mas suas mãos se atrapalharam, a boca de ambos procurando uma à outra atrás de beijos molhados e ilícitos que subiram direto à cabeça dele. Dos dois.

— Estou colocando a camisinha, mas vou gozar tão fundo e apertado que vai parecer que não estou usando nada...

— Ah, meu Deus, ah, meu Deus...

— Se eu não entrar em você logo...

— Nem brinca.

E então eles riram, até que ele introduziu o pau nela, o divertimento morrendo em um gemido longo e gutural de Julian.

— Ah, puta que pariu — soltou no pescoço dela, empurrando os quadris mais e mais para a frente, encontrando a resistência da carne virgem e parando, ofegante, chamando-se de filho da puta por dentro por tomar algo tão perfeito, mas os dedos dela estavam agarrados nas laterais da sua cueca e o puxavam tão fundo, *tão fundo, caralho,* gemidos saindo da sua boca, os quadris se erguendo, os joelhos roçando nas costelas dele, as pálpebras dela tremulando.

Porra, ah, caralho. Ele ia começar a perder a cabeça.

Fora de controle. Julian estava fora de controle.

Achou que podia fazer aquilo, se jogar de cabeça em tudo que Hallie o fazia sentir, mas tinha sido idiota de subestimar a magnitude daquela sensação. Com a pele dela esticando-se ao redor da ereção dele, seus olhos presos nos dele em busca de conforto, afeto e gratidão e — Deus o acudisse — demonstrando possessividade, o coração de Julian quase vacilou. Não havia cronograma em que pudesse confiar. Não havia papel e caneta para tomar notas. Não havia o que fazer, exceto se entregar ao que Hallie o fazia sentir, e foda-se o resultado ou as consequências. Julian não conseguia construir um muro. Com cada toque dos dedos dela em seu rosto, cada beijo na mandíbula e nos ombros, ela o despia de todos eles.

— Hallie — rosnou Julian no pescoço dela, começando a se mover, segurando seu cabelo com uma das mãos enquanto começava a meter.

Ele não conseguia fazer mais nada enquanto ela o apertava daquele jeito, choramingando toda vez que ele ia mais fundo. A virgindade dela era óbvia? Sim. Deus, sim. Ele mal conseguia entrar e sair, de tão apertado que era. Mas era igualmente óbvio que ela estava gostando daquilo. Gostando do que ele fazia. Seus olhos estavam vidrados, os lábios entoando o nome dele, e aquelas coxas sedosas o abraçavam como se não quisessem que ele jamais saísse. Ou parasse. Na verdade, o incentivavam a ir mais rápido, e ele obedeceu, enterrando a língua na boca doce dela e aumentando o ritmo dos quadris.

— Você anda fazendo coisas tão ruins pro meu pau, linda. Fica quicando por aí com esses cachos e seus shortinhos apertados, sem se preocupar com nada, né? Bom, agora tem que lidar comigo. Tem que pôr pra fora esses peitos lindos e lidar comigo, não tem?

— Sim — ofegou ela, a pele se contraindo ao redor dele, os quadris impacientes.

Uma deixa, a permissão de ir mais forte, mais rápido, e ele fez isso, apertando a boca na dela enquanto os dois gemiam e aumentavam o ritmo, sentindo um estremecimento percorrer o corpo no exato momento em que ela aprendeu o seu poder. Aprendeu que podia flexionar a boceta e transformá-lo em um animal.

— Você gosta disso — sussurrou ela.

— Gosto, gosto, eu adoro, porra — arquejou ele, rouco. — Eu *amo*. De novo.

E, de fato, era um pedido imprudente, porque ele esqueceu o próprio nome depois daquilo. Esqueceu que era a primeira vez dela e que eles não estavam *tão* longe assim de um evento público. Quando ela contraiu as paredes já apertadas ao redor, os olhos reluzindo de excitação com a resposta desesperada, não houve mais volta. Julian cravou os dedos na terra e perdeu a visão, fodendo para aliviar a dor entre as pernas. Fodendo para reivindicá-la como sua. Não dava para evitar. Não dava para pensar.

— Minha, linda, *minha* — grunhiu no ouvido dela, arrastando os dentes pela lateral do seu pescoço.

Quem sou eu? Ele não fazia ideia, só sabia que estava exatamente onde devia estar. Com ela. Mesmo conforme sua cabeça girava e o pânico do desconhecido o ameaçava, ele não conseguia parar. Jamais conseguiria. Ela era salvação, lar, desejo, mulher.

— Hallie. *Hallie.*

— Sim.

O que ele estava pedindo? Ele não fazia ideia, mas ela sabia. Sabia e seu corpo entendia, as costas arqueando para esfregar o clitóris no pau dele enquanto se movia, aquela virgem incrível que já tinha aprendido a usar o próprio corpo. E ele a enalteceu, banhando seu pescoço com a língua e agarrando sua bunda, sustentando-os para poder mudar o ângulo e esfregar onde ela precisava, exultante quando ela gemeu em resposta, a voz falhando, e estremeceu com outro orgasmo, a boceta contraindo-se ao redor dele e tornando impossível para ele fazer algo além de meter mais fundo e segui-la. Os dois ficaram tremendo na terra juntos, as bocas frenéticas, as mãos se apertando, tentando chegar lá.

Então veio um alívio que Julian sentia que nem devia existir. Era potente demais. Poderoso demais. Como ele seguiria com sua vida cotidiana sabendo que essa colisão de poder e fraqueza era uma possibilidade para ele? Para os dois?

Tentou não desabar em cima dela, mas não conseguiu, seu corpo inteiramente esvaziado de tensão. Mas ela o recebeu de braços abertos, as línguas se movendo juntas preguiçosamente, as mãos dela moldando a bunda dele feito barro dentro da calça aberta. Com... uma espécie de possessividade que ele não conseguia conceder com rapidez suficiente.

— Eu sou seu também — disse ele, ainda recuperando o fôlego. Será que faria isso um dia? — Caso tenha esquecido de comentar.

— Eu li nas entrelinhas — murmurou ela, sonolenta.

Não havia o que fazer exceto beijá-la, saborear aquele ritmo entrecortado da respiração dela. Por ele. Quando Hallie precisou respirar, ele se afastou, estudando-a, ainda sem conseguir romper a conexão entre os corpos, embora em breve fosse necessário.

— Amo você assim. Com sono e presa no chão, onde não pode criar problema.

Aqueles pequenos músculos femininos se moveram junto com o canto da boca dela.

— Tem certeza?

— Retiro o que disse — resmungou ele depressa, o pau endurecendo de novo.

Em uma questão de minutos, Julian seria capaz de tomá-la outra vez. Inacreditavelmente, ele *precisava* disso. Mais do que conseguia lembrar de já ter precisado de qualquer coisa. Mesmo com o suor ainda secando da última vez. Isso era amor. Isso era paixão. Não havia saída e ele não estava procurando por uma. Não, ele estava selando todas elas. Mas ia possuí-la de novo ali na terra dura, com a temperatura caindo tão depressa, em vez de cuidar de Hallie como ela merecia? Também não. Por mais que isso fosse matá-lo. Estremecendo, Julian saiu de dentro dela e cuidou da camisinha.

— Vem pra casa comigo — disse ele, vendo-a ajeitar o vestido, cobrindo os peitos repletos de mordidas e as coxas arranhadas pelo tecido da calça dele. *Minha.* — Me deixa fazer isso melhor.

— Espera. — Ela o encarou. — Tem como fazer melhor?
A risada alta dele ecoou pelo vinhedo.

Quando chegaram na área iluminada ao redor do celeiro, ele analisou a aparência de Hallie e puxou fios de palha e partículas de terra do cabelo dela, limpando suas panturrilhas e os cotovelos. Ela fez o mesmo por ele, embora Julian tivesse sofrido bem menos danos. Ele a puxou para perto e sussurrou na sombra do celeiro que ela devia usar o cabelo para cobrir o chupão no pescoço, os dedos deles entrelaçados, as bocas incapazes de ficar separadas, os lábios roçando e os beijos se aprofundando.

Finalmente, conseguiram adotar um comportamento decente, seguindo de mãos dadas para o celeiro, que agora estava... vazio.

Eles pararam de repente na porta.

Não, não completamente vazio.

Natalie e o oficial da Marinha — August, não era? — estavam cara a cara, os narizes a centímetros de distância. Mas, dessa vez, não estavam flertando. Não, Julian ainda conhecia a postura irritada da irmã.

— Vixe — murmurou Hallie.

— Eu só estava fazendo uma sugestão — disse Natalie, sucintamente, olhando para o gigantesco ex-militar. — Eu cresci num vinhedo, a fermentação está no meu sangue.

— O único problema com isso, gata, é que eu não te perguntei nada.

— Bom, deveria ter perguntado pra alguém. Porque seu vinho tem gosto de mijo de demônio.

— Isso não te impediu de beber quatro litros dele — comentou August calmamente.

— Talvez eu precisasse estar bêbada pra considerar dormir com você!

O homem sorriu. Ou expôs os dentes. Era difícil dizer daquela distância.

— A oferta ainda está na mesa, Natalie. Você só precisa prometer parar de falar.

Com isso, Natalie jogou vinho na cara de August.

Julian pulou na frente deles, sem saber como o ex-militar ia reagir. Mas se preocupou à toa, porque o homem nem se encolheu. Em vez disso, lambeu o vinho do próprio queixo e deu uma piscadinha para ela.

— Pra mim tá gostoso.

— Eu te odeio.

— O sentimento é mútuo.

Ela olhou para cima e soltou um grito agudo com a boca meio fechada.

— Não acredito nas coisas que eu ia deixar você *fazer* comigo.

Isso fez August hesitar. Ele deu uma secada muito óbvia em Natalie, que Julian imediatamente desejou poder apagar do cérebro.

— Só por curiosidade — começou August —, essas coisas são...?

— Ok. — Julian pigarreou. — Vou interromper essa conversa agora.

— Onde você estava? — exclamou Natalie, jogando as mãos para o alto quando viu o irmão. — Me deixou aqui com esse *neandertal* e... — Ela espiou Hallie por cima do ombro dele e seus lábios se contorceram de divertimento. — Ah. Entendi. Bom, pelo menos um de nós se deu bem hoje.

A nuca de Julian ficou quente.

— Hora de ir, Nat.

Ela já estava andando na direção dele, mas hesitou.

— Você não me chama assim desde que estávamos no ensino médio.

Natalie estremeceu e seguiu em frente, passando por Julian e saindo do celeiro, até onde Hallie esperava. Ela não se virou nenhuma vez, então não viu a expressão arrependida de August, mas Julian sim. Isso suavizou significativamente o que ele planejava dizer, mas não por completo.

— Experimenta falar com a minha irmã assim de novo e eu quebro a sua cara.

August ergueu as sobrancelhas, como se estivesse impressionado, e Julian foi embora. Encontrou Natalie e Hallie apoiadas no carro alugado que ele tinha estacionado na estrada principal. Hallie estava fazendo Natalie rir, mas ele ainda via uma boa dose de tensão ao redor da boca da irmã.

— Ei... — Hallie esfregou o ombro de Natalie e foi na direção de Julian, fazendo o corpo dele endurecer. Caramba, ela era linda. — Você devia cuidar da sua irmã. E, enfim, eu nunca deixei os cachorros sozinhos de noite. Não sei se seria uma novidade muito popular.

— Jesus — murmurou ele.

— O quê?

— Quando você passar as noites na minha casa, vai ter que levar os três, né?

Ela deu uma olhadinha para ele.

— Vale a pena?

— Pode levar um circo inteiro, Hallie.

Mesmo depois de tudo que tinham feito naquela noite, o choque dançou pelas feições dela.

— Seria praticamente isso. — A surpresa deu lugar à preocupação, mas ela tentou escondê-la com um sorriso. — Tem certeza de que está pronto?

— Tenho.

Foi o que ele disse — e, porra, estava sendo sincero. Porque estava pronto para ter Hallie na sua vida. Na verdade, parecia já ter passado da hora de tê-la ali. Se ainda havia um fiapo de dúvida que fosse flutuando desde aquela noite quatro anos antes, ele estava mais do que disposto a ignorá-lo para dar um beijo de boa-noite na sua namorada.

Capítulo dezenove

Hallie estava parada sob o luar, lendo sua última carta anônima. E aquela definitivamente seria a última. Ela ia confessar.

Depois da degustação, tinha voltado direto para casa, confessado tudo numa folha de caderno e saído de casa com ela, recusando-se a dar-se uma chance de desistir. Mas, *nossa*, como as ações dela pareciam idiotas ali escritas.

Querido Julian,

Aqui é a Hallie. Sou eu que tenho escrito as cartas pra você. Fique à vontade para contratar um especialista em grafologia, mas acho que, quando ler todas elas, vai concordar que nenhuma pessoa em sã consciência admitiria algo tão estúpido, a não ser que fosse verdade.

Eu tinha uma paixonite aguda por você no ensino médio. Do tipo que planejava nosso casamento na sala de aula. Quando nos reencontramos, adultos, pareceu óbvio que eu tinha imaginado a centelha entre nós ou que havíamos crescido em direções opostas e estávamos tão longe um do outro que ia ser impossível nos encontrarmos. Agora percebo que o amor entre pessoas adultas significa aceitar os defeitos do outro, além das partes empolgantes.

Você é um rio; há um pouco de turbulência debaixo da superfície, mas a corrente o mantém em movimento, seguro, com a certeza de estar seguindo no caminho certo. Já eu sou um redemoinho, incapaz de escolher um rumo, uma direção. Mas redemoinhos também têm uma superfície e algo que está por baixo. Eu só queria mostrar o meu interior para você e ver se podíamos encontrar pontos em comum. Queria me conectar com você, porque tudo que eu disse naquelas cartas era verdade. Eu te admiro. Sempre admirei. Você é muito mais do que pensa. É atencioso e heroico e justo. Quem quer ser melhor e vê seus próprios defeitos é alguém com quem eu quero passar meu tempo. Seus defeitos vão complementar os meus, se a gente quiser mesmo.

Desculpa por ter mentido pra você. Espero não ter arruinado tudo, porque, embora eu pensasse que estava apaixonada pelo Julian do ensino médio, eu não o <u>conhecia</u>. Mas eu conheço o de hoje. E agora entendo a diferença entre amor e paixão. Senti ambos por você, com quinze anos de diferença. Por favor, me perdoe. Estou tentando mudar.

Hallie

A última frase tinha sido apagada e reescrita várias vezes. Alguma coisa naquele juramento não soava certo. Hallie *estava* tentando tomar decisões com mais confiança e pensar antes de fazer escolhas potencialmente desastrosas. Naquela manhã, tinha começado um diagrama de cores para o projeto do jardim da biblioteca. Mas sempre haveria um elemento de caos dentro dela. Estava ali desde que ela se lembrava, e nem a avó tinha sido capaz de contê-lo. Não por inteiro.

Ela queria mudar por um homem?

Não.

Só que ele tinha começado a mudar por *ela*.

Me lembraram de que eu sou muito mais errado para você do que o contrário, Hallie. Você é simplesmente de tirar o fôlego. Única, linda, ousada. E eu sou um idiota do caralho se já fiz você sentir que não era.

Então me deixa aprender.

Ainda era "mudar por um homem" se o homem também estava mudando por si mesmo? Ou isso era só a natureza das concessões?

Só havia um jeito de descobrir. Tentando. Dando uma chance ao relacionamento deles. Sem se esconder mais atrás de cartas. Sem se esconder, ponto. Os dois ficavam vulneráveis perto um do outro. Tinha sido assim desde o começo. E se isso era assustador para pessoas como eles, também havia todo um leque de possibilidades sussurrando em seu ouvido, dizendo a ela que a vulnerabilidade completa podia ser gloriosa. Podia ser totalmente certa. Com Julian.

Uma chance de crescer com alguém, de se ajustarem em conjunto, até encontrarem um equilíbrio.

Emocionalmente, eles tinham trabalho a fazer. Mas fisicamente? Tinham acertado essa parte. Muito bem.

Hallie tinha abaixado suas defesas mais cedo no vinhedo, como sempre.

Pensando no que tinham feito, as palavras disparadas entre arquejos e sussurros, nem a brisa fria conseguia esfriar suas bochechas. Em todas as suas fantasias, ela jamais imaginara uma intimidade como Julian havia lhe mostrado naquela noite. Aquela necessidade desesperada e física, saciada na terra. Ela nunca tinha esperado se entregar tão completamente ao tesão. Às sensações. Ou que os sentimentos descontrolados tivessem uma parte tão grande no que seu corpo desejava.

Parada ali na escuridão, ela queria Julian de novo. Não só aquele alívio de tensão que ele lhe dava, mas o peso do seu corpo sobre o dela. O cheiro de sal e vinho e perfume, seus dedos se entrelaçando, os quadris dele girando e avançando entre as coxas dela. Hallie nunca tinha sido mais sincera na vida do que ali embaixo dele, sem ficar se criticando ou duvidando de si mesma. Só se soltou. Só voou.

Hallie estreitou os olhos em direção à Vinícola Vos e distinguiu a silhueta prateada da casa de hóspedes, ao longe. Ela podia ir até lá, bater na porta e entregar a carta pessoalmente. Talvez devesse isso a ele, especialmente depois de Julian aparecer na degustação com flores e um pedido de desculpas. Ela podia fazer o mesmo, não podia? Encarar as consequências dos seus atos? A última coisa que desejava era começar um relacionamento com uma mentira. Sentiu aos poucos a tensão crescente da cilada em que havia se metido.

A cada passo lento em direção à casa de hóspedes, sua coragem foi se esvaindo. Até que por fim ela parou, a brisa soprando os cachos na frente de seus olhos. Julian podia ler a carta e precisar de um tempo para processar tudo. Para realmente refletir sobre as palavras dela. Seria pressão demais se estivesse presente, espiando por cima do ombro dele enquanto Julian lia o que ela havia escrito, certo? Não seria melhor terminar aquela jornada como tinha começado, com uma carta não entregue em mãos, mas deixada no tronco para que ele achasse? Pelo menos Julian teria tempo para pensar. Considerar o que queria.

Com a decisão tomada, Hallie encaixou a carta da forma mais segura possível na fissura do toco e voltou correndo pelo caminho, tentando colocar o máximo de distância possível entre ela e a confissão antes que pudesse mudar de ideia e pegá-la de volta. E se a admiradora só meio que... desaparecesse? Parasse de escrever? Julian nunca saberia o que teria acontecido com ela.

Não. Você não vai escapar assim tão facilmente.

Em uma questão de horas, a ideia mais louca que ela já tivera seria revelada a Julian, e Hallie só teria que torcer...

Torcer para que ele ainda quisesse o circo.

Depois de voltar da sua missão, Hallie tinha demorado a dormir e, quando conseguiu, foi um sono agitado, os cachorros parecendo julgá-la do pé da cama. Ao acordar, se deu conta de que boa parte da manhã já havia se passado, seu estômago se embrulhando ao ver a hora no relógio. Julian estaria se preparando para a sua corrida. Estaria a poucos minutos de descobrir o segredo dela.

Levantou-se, levou os cachorros para passear e deu comida para os três.

Fez café e sentou-se no banco entre os canteiros de amores-perfeitos e hortênsias do jardim dos fundos, as pernas cruzadas. Os dedos tamborilavam na xícara e o coração batia acelerado no peito. Àquela altura, Julian já deveria ter encontrado a carta. Provavelmente estava em casa, lendo-a pela oitava vez, perguntando-se como tinha confundido psicose com charme. A qualquer segundo, seu telefone tocaria e ele tentaria, de forma bem breve, terminar as coisas com ela — e, embora Hallie não fosse culpá-lo por isso, *tentaria* fazê-lo mudar de ideia.

Era algo que havia decidido no meio da noite insone.

Ela ia resistir se ele tentasse terminar com ela?

Claro que sim. Ela valia um pouco de dor de cabeça, não valia? Era uma paisagista ligeiramente exausta, muitas vezes enlameada e de riso fácil, mesmo que carregasse um lago de mágoas dentro de si. Muitas vezes não havia lógica em suas ideias profissionais, mas no final do processo seus jardins ficavam bonitos, não era? Da mesma forma, quando ela fazia algo ridículo — como roubar amostras de queijo ou escrever cartas anônimas — não estava cheia de boas intenções?

Sim.

Ela gostava da sua casa. Amava a sua gente.

Só precisava achar um jeito melhor de canalizar seus impulsos natos. E faria isso, porque sentar-se ali no jardim e esperar que o homem que amava descobrisse suas mentiras era uma tortura, e ela não queria nunca mais se sentir daquele jeito.

Quando chegou o meio-dia e Julian não deu sinal de vida, Hallie largou sua xícara de café frio e ligou para Lavinia.

— Boa tarde, gata — cantarolou a amiga, a caixa registradora tinindo ao fundo. — Como foi a degustação ontem à noite?

Ela ouviu um eco distante de Julian rosnando o nome dela.

— Ótima — respondeu, rouca. — Foi ótima. Escuta... Julian já passou correndo na frente da loja?

— Sim, senhora. Estava adiantado hoje, na verdade. — Alguém encomendou uma caixa com vários tipos de donuts. — Saindo! — disse Lavinia, antes de abaixar a voz. — Seu homem passou pela vitrine correndo sem camisa às onze e quinze. Lembro da hora exata porque foi o momento em que esqueci meus votos de casamento. Fingi ajustar o ângulo do cavalete de promoções na calçada, mas só estava assistindo os músculos das costas suadas do professor à luz do sol. Não é justo só você se divertir.

— Eu não podia concordar mais. — Ela parou de andar de um lado para o outro. — Ele estava... sem camisa?

— Totalmente. Lindamente. São treze e cinquenta.

— Você ficou babando no meu namorado e eu tenho que te pagar?

— Eu estava falando com o cliente. E quem você está chamando de "namorado"? — O tom dela ficou mais empolgado. — É oficial, então?

— Bem...

Lavinia resmungou.

— Pelo amor, mulher. Que foi agora?

— Eu confessei tudo. Em uma última carta anônima, sem esconder mais nada. Se ele estava correndo quase uma hora atrás, já deve ter encontrado. Nesse caso, eu posso não ser mais a namorada dele. Pelo menos não durante um período de afastamento, durante o qual eu vou dar um jeito de me infiltrar de novo no coração dele até todos nós rirmos disso no Dia de Ação de Graças.

— Você pensou bastante sobre isso, o que é incomum.

Andando de novo, Hallie apertou a barriga, sentindo o estômago embrulhado.

— Eu mereci essa.

A amiga desejou bom-dia ao cliente.

— Bem, eu posso ser capaz de lançar uma luz sobre por que seu namorado temporário ainda não ligou te xingando. — Ela fez uma pausa, soando meio convencida. — Ele fez uma rota diferente.

Hallie congelou.

— Como assim, fez uma rota diferente?

— Na corrida. Ele não virou onde normalmente vira.

— Deixe eu ver se entendi direito. Ele estava sem camisa *e* sem rumo certo? Era um descamisado perdido?

— Correto. O que leva à minha próxima pergunta... — Ao fundo, Hallie ouviu uma porta batendo e o clique de um isqueiro. — O sexo foi bom?

Hallie quase engasgou.

— Quê?

— Gata, eu tenho experiência quando se trata de homem. Saí de Londres pra encontrar um marido porque tinha praticamente esgotado minhas opções, se é que me entende. Não sobrou pedra sobre pedra.

— É, isso precisa estar numa camiseta.

— A questão é — continuou Lavinia, resoluta — que eu sei reconhecer um homem que transou, e transou bem, quando vejo um. Ele agitou meus feromônios a dois quarteirões de distância.

— Ok, você planeja deixar as pedras *do Julian* intactas, certo?

— Ah, cala a boca. Eu sou casada e feliz. Só estava dando uma espiada. — Hallie ouviu o estalo do cigarro de Lavinia enquanto ela aspirava. — Mais uma vez, meu ponto é: você o inspirou não só a correr pela cidade feito um leão que acabou de acasalar, como também a pegar uma rota diferente.

O prazer lutou contra a inquietude no peito de Hallie.

— Mas ele não vai encontrar minha carta assim.

— Você vai ter que contar pra ele pessoalmente.

Nem dois segundos depois, a campainha de Hallie tocou.

Lógico, os cachorros enlouqueceram.

Isso não acontecia com frequência. Até o carteiro tinha aprendido a lição e começado a deixar os pacotes sem avisar, para evitar o drama canino que ocorria toda vez que alguém tocava a campainha. Dessa vez, porém, as sirenes caninas ao redor dela não eram páreo para os explosivos em seu estômago.

Julian.

De alguma forma, ela sabia que era Julian parado na sua porta.

Confirmou um momento depois, espiando pelo olho-mágico e ganhando uma vista ampliada de um pomo de adão e uma barba rala que fez seus dedos estremecerem e o interior das coxas formigarem com a lembrança dos pelos dele ali.

— Julian? — perguntou ela, desnecessariamente.

Enrolando, talvez, a fim de descobrir se ele tinha voltado pela sua rota típica e encontrado a carta.

— Sim, sou eu. — Ele riu, um som caloroso que atravessou a porta e a deixou arrepiada. — Desculpa por soar o alarme.

Reconhecendo a voz dele, os latidos dos cachorros passaram de defensivos para empolgados. Por que isso fazia o coração dela se expandir? Eles gostavam dele. Ela o amava.

E ele definitivamente não tinha encontrado a carta.

O que significava que Hallie teria que contar pessoalmente. Tipo assim, naquele momento. Antes que o que estava acontecendo entre os dois ficasse mais sério. *Ah, meu Deus, ah, meu Deus, ah, meu Deus.* Ela devia começar com uma piada? Destrancando a porta, Hallie a abriu um centímetro e encontrou o homem mais devastadoramente lindo do mundo olhando para ela.

— Só lembre que, não importa o que acontecer quando você entrar, eu tenho um rolinho tira-pelos.

— Ok, estou avisado.

Mordendo o lábio, ela abriu o que faltava da porta e deu um passo pra trás, gesticulando para ele entrar. Julian teve que se abaixar um pouco para passar pelo batente, como um gigante sendo recebido numa casa de bonecas, e essa impressão continuou conforme se aproximava de Hallie, olhando por cima da cabeça dela e lentamente examinando toda a sua casa.

— É exatamente como eu imaginei — disse ele por fim, a voz baixa. — Colorida e aconchegante... e meio bagunçada.

Ela arquejou.

— Sério? Eu acabei de fazer a maior faxina da minha vida!

Julian riu, rugas surgindo ao redor dos olhos.

— Não foi uma crítica. — O sorriso dele diminuiu, e ele passou os dedos pelo cabelo dela. — Como poderia ser, se me faz pensar em você?

O coração de Hallie deu uma cambalhota no peito.

— V-você está me chamando de bagunçada e é pra eu achar romântico?

Ele encostou os lábios nos dela, os longos dedos se emaranhando no cabelo de Hallie até ele segurar toda a sua cabeça, controlando o ângulo do seu pescoço. Gentilmente, a puxou para trás, e então — *ah, Senhor* — subiu com a boca aberta pela frente do pescoço dela.

— Se a bagunça é sua, eu quero — sussurrou contra a boca dela. — Se você se atrasar, eu não ligo. Só apareça.

Os joelhos, tornozelos e quadris de Hallie quase falharam todos ao mesmo tempo. Especialmente quando a mão de Julian se fechou no seu cabelo, virando-a para que a boca dele pudesse devorá-la como um banquete. O beijo era controlado, mas Hallie podia sentir as vibrações do corpo daquele homem e sabia que havia lhe custado uma boa dose de autocontrole para se segurar. E ela não queria isso. Com a barba arranhando o seu queixo e a língua com sabor de hortelã na sua boca, ela queria mais do que eles tinham feito na noite anterior. Muito. Mas ele terminou o beijo com um rosnado antes que ela pudesse tirar o roupão e exigir ser tomada, a testa dele na dela.

— Eu tirei sua virgindade no chão ontem à noite, Hallie.

— Protesto. Eu te *dei* minha virgindade no chão ontem à noite, Julian.

— Justo. — Ele parecia estudar seriamente os cachos no topo da cabeça dela, com aquele vale fundo presente entre as sobrancelhas. — Mas eu não fui tão cuidadoso quanto teria sido...

— Quanto teria sido normalmente?

— Como assim, "normalmente"? — Ele franziu a testa.

— Isso sugere que existe qualquer comparação entre você e outras mulheres.

Ah.

Ok, então.

— Então eu sou anormal agora? — perguntou ela, sem fôlego, repensando todas as suas definições de romance.

Aparentemente não eram vinho e rosas. Era aquele homem dizendo que ela era bagunçada, eternamente atrasada e incomum.

— Sem dúvidas. — Ele provou demoradamente a boca de Hallie, até ela tropeçar nos próprios pés como se estivesse bêbada. — Quis dizer que eu não fui tão cuidadoso quanto teria gostado de ser. — Ele esfregou as costas dela e agarrou o roupão com um dos punhos. — Se eu não tivesse deixado o que sinto por você crescer até sair do controle.

Hallie olhou para o teto, delirante, enquanto aquele homem lindo e brilhante recitava uma versão bem sincera de poesia no seu ouvido. E ela precisava contar para ele das cartas? Que eram dela? Naquele momento? Tinha que destruir aquela conexão perfeita de intimidade e honestidade? Aquela sensação de que tudo estava certo no mundo quando eles estavam pele com pele, boca com boca?

Mas você não foi honesta. Não totalmente.

Sim, cada palavra daquelas cartas tinha saído do seu coração. Mas ela havia se apresentado de outra forma. Ela o tinha deixado acreditar que estava respondendo a uma completa desconhecida. E, pior, quando ele citara as palavras dela, Hallie deixara passar a oportunidade de falar a verdade. Bem, não podia se arrepender mais do se arrependia naquele momento, quando ele a segurava tão apertado que ela mal conseguia respirar.

— Eu adorei o que a gente fez ontem à noite — sussurrou ela, porque pelo menos aquilo era verdade. E, como era tão bom falar a verdade para ele, continuou. — Quero fazer de novo.

— E vamos — garantiu Julian, depressa, passando um antebraço debaixo da bunda dela e puxando Hallie para a ponta dos pés. Ele alinhou o corpo dos dois e inclinou seus quadris, a respiração acelerando ao mesmo tempo. — Vamos repetir pra caralho, Hallie. Mas primeiro eu vou sair com você.

— Vai? — Ela o sentiu endurecer. — Você tem um plano, não tem?

Ele conteve um xingamento e afastou os quadris dela, a segurando a certa distância com um aperto de ferro.

— Sim. Estou dando o tom. — Ele abaixou a boca e pegou os lábios dela, deixando-a atordoada com sua língua. — E o tom é que você é minha namorada, não uma garota com que eu transo num campo e mando embora de Uber, entendeu? Eu não consegui dormir ontem à noite. Parecia que tinha deixado tudo inacabado com você.

Ontem à noite.

Quando ela estava deixando sua carta de confissão no toco.

Conta pra ele.

Ele estava sendo honesto e ela precisava fazer o mesmo. Mas contar a verdade não estragaria tudo? No mínimo, ela podia pelo menos descolar mais uns beijos antes de lançar a bomba.

— Não pareceu inacabado — disse ela, tonta pelo contato prolongado, a forma dele, o calor entre os dois. — Pareceu... bem acabado.

A risada grave de Julian contra a boca dela mandou um arrepio quente pela coluna de Hallie.

— Droga.

— Droga?

— Eu não quero te deixar. — Ele enrolou um cacho no dedo e o soltou, assistindo com fascínio. — Mas tenho um almoço agora de tarde em Calistoga. É o vigésimo aniversário de quando meu pai formou a Associação de Vinicultores de Napa Valley.

— Pensei que seu pai estivesse na Itália.

— Está. Natalie e eu vamos aceitar a homenagem em nome dele e eu vou fazer um discurso... — Mais dois sulcos surgiram entre as suas sobrancelhas. — Eu prometi pra minha mãe que faria isso.

— O que está te incomodando, então?

Um som rouco saiu da garganta dele. Julian demorou para falar, como se tentasse identificar a fonte exata da sua irritação.

— Napa gosta de lembrar das suas tradições. Meu pai e meu avô desempenharam um papel enorme em estabelecer Santa Helena como um destino para amantes de vinhos, não estou negando isso. Mas não foram eles que fizeram as coisas continuarem funcionando quando quase fomos varridos do mapa.

Hallie estudou os olhos dele.

— Você está falando da sua mãe.

— Sim. Ela devia ser reconhecida tanto quanto meu pai é. Possivelmente mais, a essa altura. — Por um momento, ele se perdeu em pensamentos, depois pigarreou e olhou para a paisagista, a expressão subitamente formal. — Você gostaria de vir com a gente?

— No almoço?

— Isso.

— Eu... Tem certeza?

Ele passou o polegar sobre o lábio inferior dela, parecendo hipnotizado pela covinha ali no meio.

— Se aprendi alguma coisa desde que nos encontramos pela segunda vez, Hallie, é que eu fico muito, muito mais feliz quando você está comigo.

Ah, nossa. E ele estava falando sério, não estava? A honestidade de Julian a surpreendeu de tal forma que tudo que ela conseguiu fazer por um bom tempo foi encará-lo. Obviamente, depois daquela confissão, Hallie ia ao almoço de qualquer forma. Se pudesse estar lá para ajudá-lo em uma tarefa difícil, queria essa responsabilidade.

Esse privilégio.

Ela fez um inventário mental do seu guarda-roupa.

— Quanto tempo eu tenho pra me arrumar?

Obviamente animado por calcular o tempo, Julian olhou para o relógio.

— Vinte e um minutos.

— Ai, meu Deus — disse Hallie, afastando-se dele.

Todd sentiu sua energia nervosa e começou a uivar.

— Você consegue escolher alguma coisa no meu guarda-roupa enquanto eu tomo banho? — Ela gritou a segunda metade da pergunta pela porta do banheiro da suíte. — Uma roupa apropriada para a ocasião.

Um instante depois, houve um baque no chão do quarto.

— Hallie, você está ciente de que metade de tudo o que você tem está enfiado nesse armário?

Ela ligou o chuveiro depressa.

— Quê? Não consigo ouvir.

Resmungos abafados.

Com um sorriso no rosto, ela prendeu o cabelo, tomou banho, se secou e colocou maquiagem depressa. Seu sutiã preto favorito estava pendurado atrás da porta do banheiro, e ela o vestiu, enrolando uma toalha ao redor do corpo. Hesitou com a mão na maçaneta, perguntando-se se era cedo demais para andar perto dele daquele jeito. Mas, com aquelas restrições de tempo, tinha escolha? Suspirou e abriu a porta. Lá estava Julian Vos, sentado na sua cama, com um vestido de festa com estampa florida estendido no colo, como se tivesse saído diretamente das fantasias dela. Alto, moreno e sério contra o edredom branco e feminino.

— Eu não faço ideia se...

As palavras foram morrendo, o pomo de adão dele subindo e descendo, os dedos se fechando na beirada da cama.

— Não faz ideia do quê? — perguntou ela.

— Se esse vestido passa como esporte fino. — Ele a viu ir até a cômoda e abrir a primeira gaveta, selecionando uma calcinha que combinaria com a roupa que ele tinha escolhido. — Só quero ver você nele.

Hallie ofegou.

A última parte foi dita contra o seu ombro nu.

Quando ele tinha cruzado o quarto?

— Eu amo esse vestido — disse ela, com esforço. — Eu... É uma boa escolha.

A mão dele se fechou ao redor do nó da toalha, apertou e girou, a boca descendo pelo pescoço dela.

— Posso te ver sem isso?

Sua inibição tentou estragar a festa. Óbvio. Ela nunca tinha ficado totalmente nua na frente de um homem. Ainda mais no claro. E por mais que amasse seu corpo, ela o amava vestido mais do que despido. Quando podia controlar o que e o quanto as pessoas viam das suas coxas, barriga e bunda. Quando podia controlar como o tecido marcava suas curvas. Se ele tirasse a toalha, tudo ficaria à mostra, até a última covinha.

— Hallie, você pode dizer não.

— É idiota ficar nervosa. Depois de ontem à noite...

— Não é idiota. — Ele beijou atrás da orelha dela, mordendo o ponto gentilmente. — Mas se é insano pra mim que você esteja hesitante em me mostrar seu corpo, sendo que eu cruzaria um lago de fogo a nado por ele? Um pouco.

O rosto dela ficou quente.

— Mas você pode estar imaginando outra coisa.

Ela o sentiu franzir contra o ombro.

— Ajudaria saber o que eu estou imaginando?

— Não sei. Talvez?

A boca dele se acomodou no cabelo dela, acima da orelha.

— Acho que você é macia. Não, eu *sei* que é macia. Acho que trabalha duro debaixo de sol, na terra... e que isso se traduz nas suas mãos, nas panturrilhas e nos seus ombros. Mas o fato de ser uma mulher também é óbvio... pra caralho. Seus peitos são incríveis. — Ele deslizou a mão pela frente da toalha e lentamente apertou cada um deles, fazendo os bicos intumescerem. — Você tem quadris. Do tipo que me deixaram ser um pouco bruto ontem à noite. — A visão dela começou a duplicar, e então triplicar, vidros de perfume no topo da cômoda multiplicando-se até virarem um exército. — Ainda consigo sentir minha barriga suada deslizando pra cima e pra baixo da sua. Já amo cada centímetro dela. Provavelmente deixei uns arranhões pra provar, né?

Ela conseguiu assentir, atordoada.

— Você me mostra quando estiver pronta, linda.

A mão dele caiu, a ponta dos dedos subindo pelo interior da coxa. Em direção à umidade. *Isso* ela não tinha medo de mostrar. De ver e sentir. Eles já tinham passado dessa fase de fingir que não se excitavam mutuamente, e, no momento, ela tinha ultrapassado tanto as fronteiras da excitação que precisava de um passaporte.

— Nesse meio-tempo, posso te deixar com algo em que pensar? — perguntou Julian.

— Pode — sussurrou ela.

A mão enorme dele fechou-se ao redor do sexo ela. Da coisa toda. Ele só a engoliu e a segurou. Com vontade.

— Eu conheço cada movimento desse corpo. Eles se revezaram pra deixar meu pau duro. Um por um. — Julian fez tanta pressão que ela gemeu. — Suas curvas tremem quando eu estou enchendo essa coisinha apertada. Eu sei disso agora. As partes que você está nervosa pra me mostrar são o que me deixam duro, Hallie. — Devagar, bem devagar, ele separou a pele dela com o dedo do meio e o esfregou pelas partes encharcadas do seu sexo. — Pensa nisso até hoje à noite.

Admiradora secreta? Quem?

As cartas foram involuntariamente empurradas para o fundo da mente de Hallie. Ela pensaria nelas de novo... no dia seguinte.

Definitivamente no dia seguinte.

Capítulo vinte

Quando Julian acordou naquela manhã, pensou que seu maior desafio seria o discurso que faria em breve. Ele só tinha escrito alguns agradecimentos para a associação que homenageava Dalton Vos, membro fundador — para pessoas que Julian não conhecia e que admiravam muito seu pai.

Estava acostumado a sorrir e concordar quando elas falavam da engenhosidade de Dalton, de suas técnicas revolucionárias e sua dedicação à excelência. Mas, como um homem adulto que sabia muito mais sobre responsabilidades, tinha ficado mais difícil sorrir e suportar os elogios àquele homem. Atravessando o saguão da vinícola, ele tinha apertado a mão de vinicultores e críticos que falavam o nome de seu pai como se mencionassem um santo.

Porém, no fim, acabou sendo ainda mais difícil lidar com o humor das três mulheres extremamente diferentes da sua vida. A mãe estava à sua esquerda, com um sorriso tão firme que a fazia parecer quase maníaca. Natalie já bebia a segunda taça de Cabernet e parecia procurar o significado da vida com muito afinco no fundo dela.

E então havia Hallie.

Ela estava à sua direita, os olhos no homem que discursava na frente do salão de festas. Mas havia um nítido rubor subindo pela sua nuca, provavelmente porque os olhos *de Julian* certamente não estavam no sujeito fazendo o discurso. Nem *perto* dele. Estavam concentrados naqueles cachinhos atrás do pescoço dela, que obviamente estava ciente disso. Antes de saírem da casa dela, Hallie havia prendido o cabelo, e ele nunca tinha visto aqueles cachos pequenininhos tão de perto. Se não estivessem na frente de uma plateia atenta, ele pressionaria o rosto no ponto de onde eles surgiam e inspiraria seu cheiro como nunca antes.

Dizer que Hallie estava bonita no vestido que ele havia escolhido seria um eufemismo imperdoável. Será que ela sabia como as flores em rosa e verde espalhadas na frente do vestido correspondiam às partes exatas do seu corpo em que as mãos dele estavam loucas para tocar? Mas Julian suspeitava que as flores poderiam estar em qualquer lugar, porque cada centímetro dela o consumia, fascinava.

Os dedos de Julian se contraíram no colo, e ele reprimiu a vontade de enrolar um daqueles cachos no mesmo dedo com que a havia tocado antes. Jesus, eles iam chamá-lo ao palco a qualquer minuto para fazer um discurso e ele estava meio duro — por causa de *cachos* —, então precisava parar de pensar em Hallie enrolada naquela toalha. Sem calcinha.

Sentindo-se febril, Julian tirou o paletó e o pendurou atrás da cadeira de Hallie, gostando até demais da maneira como ficava ali. Um homem não pendurava o paletó atrás da cadeira de uma mulher se eles não estivessem juntos, e agora a sala toda sabia disso — e isso satisfez algo em Julian que ele nunca soube que existia.

Minha.

Ele tinha dito aquilo a Hallie na noite anterior, no vinhedo, e a palavra ecoou em sua cabeça naquele momento, até ele ser obrigado a engolir e desviar os olhos da nuca corada dela.

Mais tarde.

Julian soltou o ar devagar e voltou sua atenção para Natalie e Corinne. A irmã estava construindo um forte com sachês de açúcar e guardanapos. Hallie lhe lançou um olhar preocupado por cima do ombro; ela havia percebido os gestos nervosos da irmã de Julian, que também não tinham passado despercebidos pela mãe, cujo falso sorriso tinha diminuído um pouco durante o discurso de abertura. Se aquele momento, aqueles poucos segundos, tivessem ocorrido um mês antes, ele talvez não estivesse pensando em nada além do ritmo das palavras que diria. No cronograma do almoço e como se encaixava no seu dia, e na rotina que ele precisaria completar ao voltar à casa de hóspedes mais tarde.

Mas ele não estava vivendo aqueles segundos um mês antes. Aquilo estava acontecendo naquele momento.

E Julian não o trocaria por nenhum outro. O barulho de fundo e o movimento no salão compunham um cenário difuso, exceto pelas mulheres ao redor dele. Julian pegou a mão de Hallie embaixo da mesa, e então, decidindo que aquilo não era o bastante, aproximou sua cadeira até que pudesse sentir o cheiro dela, inspirando fundo.

Os momentos não eram mais iguais.

Cada segundo não era um grão de areia em uma ampulheta.

O tempo era maior que ele. Talvez não fosse algo que pudesse ser controlado; a questão era aproveitar o tempo com as pessoas que amava.

O homem que discursava chamou o nome de Julian à frente, e ele se levantou e deu alguns passos, antes de perceber que ainda estava segurando a mão de Hallie. Quase a tinha arrastado da cadeira.

— Desculpa — disse, beijando os nós dos dedos dela.

Com a clareza de um homem que tinha acabado de jogar fora o roteiro, ele a notou inspirando rispidamente e entreabrindo os lábios. Ou talvez tivessem jogado fora o roteiro fora *por ele*. Não tinha certeza e, ironicamente, nem tempo para descobrir.

Julian aceitou a placa que o homem lhe oferecia. Os dois posaram para uma série de fotos antes de ele se posicionar diante do microfone. Ele o ajustou à sua altura e apoiou a placa no púlpito. Foi aí que percebeu que os cartões com os pontos principais de seu discurso estavam no bolso do paletó, pendurado atrás da cadeira de Hallie. Isso deveria tê-lo desequilibrado, mas ele só olhou para sua mesa com uma sensação de... liberdade.

Foda-se o discurso.

— Muito obrigado por essa honra. Meu pai é grato à Associação de Vinicultores de Napa Valley por reconhecer a contribuição inicial dele à associação depois de vinte anos de sucesso. Ele transmite seus cumprimentos da Itália. — Julian parou e traçou um dedo sobre a inscrição dourada. — Mas não vou aceitar esse reconhecimento em nome dele. Vou aceitá-lo em nome da minha mãe.

Ouviu-se um murmúrio surpreso por todo o salão, pessoas se aproximando para cochichar, sussurrando. Julian não viu nada disso, porque estava ocupado assistindo Hallie, Natalie e Corinne. Pessoas. As suas pessoas.

Corinne parecia chocada, mas havia um brilho nítido em seus olhos que, por sua vez, criou um formigamento estranho na garganta dele. A casa de sachês de açúcar de Natalie tinha perdido a batalha com a gravidade e, por fim, Hallie — Deus, Julian estava tão feliz com a presença dela — sorria para ele, os nós dos dedos brancos em seu colo. Ela brilhava mais que o salão inteiro, tão linda que ele tropeçou nas palavras e só ficou a encarando. O que ele estava dizendo mesmo?

Foco.

— Minha mãe nos reergueu depois do incêndio, quatro anos atrás — continuou ele. — Pode não ser o nome da família dela nos rótulos, mas suas digitais estão em toda garrafa que deixa a vinícola, garanto a vocês. Junto com o trabalho duro do nosso gerente, Manuel, e da equipe que cultiva as uvas como se seu sobrenome também fosse Vos. A vinícola só prospera por causa deles, por causa de Corinne Vos, e, por mais que agradeçamos essa honra, o esforço dela deveria ser reconhecido aqui hoje. E todos os dias. Obrigado.

— Só estou dizendo, teria sido mais dramático se você tivesse jogado a placa do outro lado do salão, naquela pirâmide de taças — disse Natalie, enquanto chamava o garçom, pedindo mais uma rodada. Em vez de ficarem para o almoço oferecido pela associação, eles haviam sentido o clima e decidido comer em outro lugar. — Você ofendeu os deuses do vinho hoje, maninho. Eles vão exigir um sacrifício como pagamento. Alguém conhece alguma virgem?

Hallie imediatamente engasgou com seu primeiro gole de Sauvignon Blanc.

Se esforçando para ficar impassível, Julian apertou a perna dela sob a mesa.

— Nenhuma. Você?

— Não desde que a mamãe nos fez ir para o acampamento para bandas no décimo ano. Tenho quase certeza de que as virgens não eram mais inocentes quando acabou. — A irmã recuou um pouco no assento. — Acampamento para bandas: uma orgia com flautas.

— Abaixe a voz, Natalie — sibilou Corinne, mas havia uma centelha em seu olhar que não estivera ali antes do almoço. — E era um programa musical muito renomado. Você deve estar exagerando.

— A gente chamava de acampamento de *transas*, mãe.

Corinne cuspiu um pouco de vinho, só conseguindo pegar o final do borrifo com o guardanapo.

— Jesus Cristo — balbuciou ela. — Por favor, poupe-me de saber que você participou de qualquer... atividade desse tipo.

— Só queremos saber de dedilhados musicais — especificou Hallie, fazendo Natalie rir.

Julian a puxou mais para perto no banco até as coxas deles estarem apertadas uma conta a outra, o ombro dela encaixado sob a sua axila, os cachos próximos o bastante para ele contá-los. *Pronto*.

— O que você falou hoje, Julian... — disse Corinne abruptamente, as bochechas um pouco vermelhas. — Você não precisava ter feito isso. Meu trabalho na vinícola é difícil, mas nunca um fardo. É muito recompensador.

— Um trabalho recompensador ainda assim deve ser reconhecido — respondeu Julian.

— Sim. — A mãe se remexeu no assento. — Mas eu não *precisava* que isso fosse feito publicamente.

Julian balançou a cabeça.

— Não, claro que não.

— Dito isso, foi muito... agradável. — Ela estendeu a mão até a cesta de pães, e então pareceu mudar de ideia, ajeitando o cabelo em vez disso. — Não fiquei incomodada.

Natalie enterrou a cara em um guardanapo de tecido.

— Seu filho faz um discurso dramático em sua honra na frente dos vinicultores mais frescos de Napa e você só consegue dizer "Foi agradável".

— Acredito que disse *"muito* agradável".

— Por que a gente é assim? — perguntou Natalie para o teto.

Corinne revirou os olhos para o drama da filha.

— Preferiria que nos abraçássemos constantemente e fizéssemos coisas como noite de cinema em casa?

— Sei lá — murmurou Natalie. — Talvez? Só pra experimentar.

Surpreendentemente, a mãe não parecia inclinada a desistir do assunto.

— Bem, para isso eu precisaria que meus filhos ficassem aqui por um tempo. Se eles estiverem inclinados a isso. — Ela uniu as mãos na mesa, cravando o olhar em Julian. — Julian, sua perspectiva sobre a vinícola já está fazendo diferença. Agora temos um plano... Nem lembro a última vez que pude dizer isso. Espero que a gente possa deixar as palavras duras do seu pai no lugar delas: o passado. E esquecê-las. Você não só é bem-vindo a ajudar a administrar a vinícola, como eu realmente gostaria que isso acontecesse. Espero que não seja temporário.

Julian podia sentir os olhos questionadores de Hallie ao seu lado. Ela provavelmente estava se perguntando o que exatamente o pai tinha dito a ele, depois de Julian ter tirado Natalie do galpão, onde estava encurralada pelas chamas. Depois de o incêndio ter sido controlado. Foi aí que a ansiedade o atingira, compensando o tempo perdido. A adrenalina sumira e o entorpecimento o dominara, deixando-o impotente, sem conseguir ajudar quem mais precisava dele.

Tudo tinha acontecido bem na frente da família.

Você sempre foi fodido da cabeça, não foi? Jesus Cristo. Olha só pra você. Se controle. Continue dando suas aulas e só... Fique longe de tudo que eu construí, entendeu? Fique longe da vinícola.

Agora ele estava determinado a ajudar a reerguer a vinícola com ou sem a aprovação do pai, mas será que a dúvida quanto às suas capacidades que o pai havia semeado dentro dele desapareceria um dia? Talvez sim. Talvez não. Porém sua mãe estava abertamente pedindo ajuda. Ela realmente precisava daquilo — e Julian *queria* ajudá-la. Queria tirar o negócio da família do fundo do poço e ajudá-lo a prosperar. Por muito tempo, ele não tinha se permitido sentir falta daquele lugar. Do processo. Mas assim como Natalie havia falado ao ex-militar na noite anterior, a fermentação estava no seu sangue.

E sim, por último, mas certamente não menos importante, *Hallie estava ali.*

— Eu não vou a lugar nenhum — disse ele, olhando para a paisagista.

Deixando-a saber: *Eu vou ficar. Nós vamos fazer isso.*

Nossa, como ela era linda. Ele não conseguia parar de encará-la...

Natalie tossiu, eficientemente quebrando o feitiço entre eles.

— Vamos lembrar o acampamento de transas...

Julian balançou a cabeça para ela.

— Não. Já foi ruim o suficiente assistir às tentativas de flerte da minha irmã essa semana. Não só uma, mas duas vezes.

Natalie se endireitou na cadeira.

— *Tentativas?*

A boca de Julian se curvou um pouquinho.

— Vou deixar o resultado falar por si só.

— Ah, você é o *especialista*, né? — Natalie mostrou-se indignada por um momento, mas então se virou para Hallie. — Como meu irmão parece estar sugerindo que é um especialista em flerte, por favor, compartilhe com a gente a técnica magistral dele.

Hallie concordou sem hesitar, espalmando uma mão no peito.

— Bem, primeiro ele esqueceu que a gente já se conhecia do ensino médio. *Isso* realmente fez as coisas deslancharem... — Ela abanou o rosto. — Depois ele criticou minha técnica como paisagista e me chamou de caótica. Foi aí que eu soube.

Lembranças desabrocharam na mente de Julian. Ele sentiu seu estômago embrulhar e se virou para se desculpar com Hallie, mas ela foi mais rápida:

— Infelizmente, ele frustrou meus planos de ignorá-lo quando comprou três caixas de vinho na minha enoteca preferida na Grapevine Way. A Tinto. A loja estava quase falindo; era o lugar preferido da minha avó. Eu contei isso pro Julian sem imaginar que ele faria cartões de visita para a Lorna e convenceria vocês duas a distribuí-los no Filosuvinhas dos Sabores. E *aí* ele instalou um toldo novo na loja, dando uma repaginada muito necessária no lugar, o que triplicou a clientela dela da noite para o dia.

Julian percebeu que seu queixo havia caído e fechou a boca bruscamente.

— Você sabia?

— Eu sabia.

Ele grunhiu, achando difícil olhar para Hallie em público com aquela expressão grata e tímida no seu lindo rosto. Ele não precisava de crédito por seus atos, mas a prova de que eles tinham servido ao seu propósito e a deixado feliz? Deus, se tivesse que escolher entre o sorriso de Hallie e oxigênio, ele ficaria com o primeiro, sem hesitar. Em qualquer dia da semana. E se ela achava que estava feliz agora, mal podia esperar para a noite.

— Por que você não disse nada?

— Eu estava esperando a nova linha de produtos personalizados da Tinto, lógico.

— Camisetas e saca-rolhas seriam um bom começo — disparou ele.

Quando tinha se aproximado o suficiente para beijá-la? Pigarreando com força, Julian abriu uma distância apropriada entre os dois. Mas a separação não durou muito tempo, porque a irmã, já bêbada, como de costume, disse algo em seguida que fez Hallie se aproximar.

— Não se esqueça de como ele assumiu a contação de histórias no Filosuvinhas dos Sabores, Hallie. — Ela adotou um tom de voz mais grave: — "Eu não gosto quando a Hallie está aflita. Sinto que vou explodir se não resolver a situação pra ela."

Certo. Agora ele estava começando a suar.

— Chega, Natalie.

— Você... disse isso mesmo?

— Talvez algo do gênero — respondeu depressa. — Estamos prontos pra pedir?

— Eu quero um de você, por favor — disse Hallie, baixinho, de forma que só ele pudesse ouvir e de um jeito que deixou evidente que ela pretendia falar só *dentro* da cabeça dela, não em voz alta.

Algo deu uma cambalhota no peito de Julian e ele pressionou um beijo na têmpora daquela mulher, inspirando o aroma paradisíaco do seu cabelo. Da sua pele. *De Hallie.*

— Você já me tem, linda.

Capítulo vinte e um

Certo. Mudança de planos.
Confessar. Na vida real. Cara a cara.
Hallie *não podia* deixar que ele encontrasse aquela carta.
Essa abordagem seria impessoal demais depois de ele ter almoçado com um braço ao redor da cintura dela, o polegar de vez em quando apertando o seu quadril como se fizesse uma promessa. Não depois que ela o pegara olhando em sua direção tantas vezes entre as entradas e a sobremesa, como se a estivesse vendo repetidamente pela primeira vez. Não quando eles estavam se beijando contra a porta da casa dela, depois que as chaves haviam caído no chão cinco minutos antes, sem que nenhum dos dois se movesse para pegá-las.
Os nós dos dedos de Julian traçaram as maçãs do rosto dela como se fossem feitas de porcelana. Quando se separaram para respirar e seus olhos se encontraram, formaram um sistema solar próprio, deixando o mundo real a anos-luz de distância. O corpo duro de Julian a prensou contra a porta com firmeza, as mãos dele se familiarizando com os peitos e quadris dela, até os seus joelhos — nos quais ele parecia particularmente interessado, apertando e traçando círculos com o polegar no topo. Ele levantou um deles, encaixando ao redor do próprio quadril, e segurou-o ali enquanto

a empurrava para cima e para baixo contra a barreira de madeira, a parte inferior do corpo fazendo pressão. Erguendo-a na ponta dos pés sem parar, com arquejos roucos.

Deus, estava completamente arrepiada.

O calor aumentava entre as pernas.

Hallie era um corpo de sensações, terminações nervosas e anseios. E quanto mais Julian a beijava — beijos que ela sentia até a ponta dos dedos do pé —, mais sexy ela se tornava na própria pele. Como podia se sentir algo além de incrivelmente desejável quando cada arranhada reverente dos dedos dele na sua cintura fazia seus peitos parecerem mais volumosos e tentadores? Julian estava tão excitado que parecia estar sofrendo, e suas mãos começaram a subir pela parte de trás das coxas dela para agarrar a bunda de Hallie, seu corpo enorme a prensando na porta com um som gutural. *Ah, Senhor.*

— V-você quer entrar e tomar um café? — ela meio que riu, meio que gemeu.

— Hallie, eu preciso te levar pra cama — rosnou ele, interrompendo o beijo frenético por um momento. — Não estou brincando.

Os dentes dele desceram arranhando pelo seu pescoço, a boca subindo de volta até o cabelo, bagunçando os cachos. Tirando cada parte dela do lugar, por dentro e por fora. Mas especialmente a sua consciência. Como ela podia levar aquele homem para dentro de casa e fazer amor com ele sabendo muito bem que tinha um segredo que podia fazê-lo questionar a decisão de estar com ela, para começo de conversa?

Conta pra ele. Conta pra ele agora.

— Julian...

— O problema é que eu não consigo parar de pensar em você gozando. — A confissão foi dita logo em cima da boca de Hallie, os lábios dela se movendo com os dele, como se estivessem formando as palavras juntos. — Era um problema antes de ontem à noite. Mas agora... Hallie. Agora? — Os dedos de Julian se moveram entre as coxas dela, massageando-a através do material fino da calcinha. Ele abaixou a peça rapidamente até o topo das coxas e esfregou devagar, devagar... bem *ali*... com a base da mão. — Agora eu não consigo passar um minuto sem sentir como essa coisa me *agarrou* no final. — O dedo do meio dele apertou fundo e a boca dela abriu-se num gemido silencioso. *Deus, ai, Deus.* — Eu vou te pôr no meu colo hoje. Vamos tirar seu sutiã. Jogar fora. Queimar, foda-se. E você vai montar no meu pau. — Outro dedo se juntou ao primeiro, entrando e saindo dela devagar, os gemidos arquejantes dela contidos por mordidinhas dos lábios dele. — Amanhã de manhã eu já quero saber como é estar dentro de você por todos os ângulos.

Talvez... ela devesse se revelar como a admiradora secreta de manhã, então?

Com as respirações pesadas se misturando, ele abaixou a calcinha dela mais um centímetro, empurrando os dedos fundo, os corpos sacudindo a porta numa tentativa de ficar mais próximos.

Uau, eles realmente precisavam entrar.

A casa era cercada por árvores e o vizinho mais próximo não estava perto o bastante para vê-la ser apalpada na varanda, mas não era incomum Lavinia passar para uma visita. Além disso, era bem possível o carteiro dar de cara com eles bem ali.

— Vamos entrar — soltou Hallie quando os dentes dele se fincaram no lóbulo da sua orelha.

— Sim.

Julian abaixou para pegar as chaves, enfiando uma delas na fechadura e xingando. Escolheu outra. E aí finalmente eles estavam tropeçando pela casa escura, os cachorros completamente loucos no encalço dos dois, seus latidos felizes no começo, antes de ficarem um pouco revoltados por serem ignorados.

— Espera — disse Julian, recuando e enfiando a mão no bolso. Ele tirou um guardanapo dobrado e o abriu, revelando pedaços do filé servido no almoço. — Aqui, garotos.

Hallie encarou-o enquanto ele punha os pedaços de carne no chão, devolvia o guardanapo ao bolso e pegava sua mão novamente.

— Você planejou essa distração?

— Sim. Acredite, eu queria terminar o filé. — O olhar dele percorreu o rosto dela. — Mas realmente precisava de uma distração para eles.

— Diabólico — sussurrou ela. — Vamos sair daqui antes de eles acabarem. Temos uns quatro segundos.

— Jesus.

Julian começou a arrastá-la na direção do quarto, mas ela o puxou para o jardim dos fundos. Talvez, como não podia dar a ele total honestidade — não naquela noite, em que tudo estava tão perfeito —, pudesse lhe dar intimidade. Seu jardim pessoal. Seu lugar mais íntimo. Até mais que o quarto dela. No caminho, Hallie apertou o interruptor e segurou o fôlego. Ver o rosto dele se transformar com assombro quando saiu pela porta de tela fez sua pulsação disparar.

— É aqui que eu passo a maior parte do meu tempo — disse ela, tentando ver o espaço pelos olhos de Julian, se perguntando se parecia tão mágico para ele quanto sempre fora para ela, ou se Julian via as torres de plantas, as luzes coloridas e as flores silvestres como uma bagunça sem planejamento.

Ele andou pelo jardim com os olhos semicerrados, como se tirasse um tempo para fazer uma avaliação justa. Hallie teve um pressentimento de que se lembraria daquele momento por muito tempo, talvez para sempre. Julian Vos fazendo um tour pelo seu jardim com uma expressão séria, as mãos de professor unidas atrás das costas, cercado por flores e videiras. Ele tirou o paletó, a luz do entardecer banhando seu rosto, ressaltando a barba por fazer e marcando os altos e baixos dos seus músculos.

— O que você costuma fazer por aqui?

Ela entendeu. Quando lhe contou que era ali que passava a maior parte do tempo, aquele interruptor no cérebro dele tinha se acendido. Aquele que dissecava minutos e horas e anos, transformando-os em algo científico.

— Eu como aqui. Leio, planto, falo no telefone e brinco com os cachorros. — Ela pensou em como Julian havia se exposto no almoço, os cuidados que secretamente tivera com ela revelados, e seus lábios formigaram. — Fico pensando em você.

Ele andou mais devagar.

— É mesmo?

Hallie soltou um murmúrio breve.

Com a mandíbula tensionada, Julian voltou a examinar o jardim, agora se movendo na direção dela. Com uma determinação tão urgente, que ela não conseguia respirar. *Me toque.*

— Se eu soubesse que você estava neste jardim perfeito e escondido pensando em mim, Hallie — disse ele, franzindo a testa e olhando para a boca dela —, acho que teria arrombado sua porta só pra te alcançar.

— Eu teria gostado.

Confissões. Verdade. Ela daria a ele o máximo que pudesse para compensar a única coisa que tinha medo demais de admitir. *Por enquanto.* Os dois estavam encontrando um meio-termo. Julian tinha dado alguns passos para dentro do caos dela e Hallie havia começado a planejar o trabalho da biblioteca para valer. Marcando mais compromissos, empenhando-se, fazendo um esforço para ser pontual. E a sensação era boa. Ela não podia estragar isso confessando seu rompante de loucura.

E se a revelação fosse o ponto de virada e ele fosse embora?

Eles se encararam por tanto tempo que a noite chegou, o céu passando de rosa para um tom de laranja queimado, o castanho cor de uísque dos olhos de Julian se tornando rico e enfumaçado. Hallie estava tentada a falar mais algumas verdades para ele, mas só conseguiu seguir o impulso do seu corpo. Podia se abrir e ser vulnerável agindo assim — e, nossa, queria muito fazer isso. Precisava. Sem esconder nadinha daquele homem.

Foi assim que se viu dando um passo à frente, beijando a parte de baixo do queixo de Julian, os dedos abrindo a fivela do cinto dele.

Imediatamente, ele começou a respirar pesado, as narinas se alargando, mas sem parar de encará-la. Não até ela descer o zíper por cima do pau duro e enfiar a mão na sua calça, acariciando-o de cima a baixo pela abertura. Aí as pálpebras de Julian se fecharam, pesadas, apertando os olhos com força.

— *Hallie* — disse, meio engasgado. — O que você vai... Ah, Jesus. Ah, merda.

Ela não sabia o que a tinha levado a se ajoelhar. A guiar aquele membro firme até a boca e a tomá-lo com tanta avidez. Talvez fosse porque tivesse fantasiado aquilo incontáveis vezes, embora, em suas fantasias, eles estivessem em uma sala de aula em Stanford — um fato que ela levaria ao túmulo. Ou talvez só quisesse fazer algo bom com uma boca que estava contendo uma mentira. Ela fechou os olhos e venerou aquela extensão dura e macia, a mão ficando cada vez mais confiante na habilidade recém-adquirida enquanto percorria o sexo de Julian de cima a baixo, aumentando o inchaço com cada movimento.

— Não po... — Ele ofegou, os dedos se emaranhando nos cachos dela. — Não pode ser sua primeira vez chupando... — Gemendo ao redor dele, ela assentiu, e ele ofegou, soltando um gosto quente e salgado na boca dela. — *Caralho*. Eu não deveria ter perguntado. Eu não deveria ter... Eu vou gozar. Para. Você tem que parar.

Ah, tá. Como se isso fosse acontecer. Ele fazia ideia de como era assistir ao professor certinho dos sonhos dela perder o controle por sua causa? Em algum momento, Julian devia ter enfiado uma das mãos no cabelo geralmente perfeito, porque estava puxado em alguns lugares. A mandíbula dele estava tensa, o pescoço, inclinado para trás, e o pau na boca dela estava dolorosamente ereto. Hallie lembrou-se dele assim na noite anterior. No final. Como ele havia ficado mais rígido antes de gozar, e gostou do fato de agora conhecer o corpo de Julian a esse ponto. Os sinais que ele dava. Uma fraqueza — ela. *Eu sou a fraqueza dele*. Havia tanta força e poder naquele ato que sua confiança aumentou mais um pouco, e ela o tirou da boca. Enquanto segurava a ereção, encontrou seu escroto com os lábios e soprou gentilmente em um lado, antes de puxá-lo para dentro da boca com um gemido.

— Não, não, não, não. Hallie. Levanta. Chega disso. Caralho, linda. — Os dedos dele se torceram no cabelo dela involuntariamente, um estremecimento violento atravessando seu corpo forte. — Espera. Não para de me tocar — disse ele, a voz embargada. — Forte. Enquanto me chupa... *Merda*.

Julian agarrou um punhado de cabelo dela e puxou sua cabeça, e ela tomou golfadas de ar enquanto saboreava a visão à sua frente. O brilho molhado que tinha deixado na pele excitada dele, os pelos que nunca tinha visto no topo das coxas e na parte de baixo da barriga musculosa. Julian por inteiro. Ele era tão espantosamente sensível e lindo. Mas então Julian caiu de joelhos e a beijou, invadindo a boca de Hallie com um som animalesco.

O tesão a inundou, ardente e feroz, e ela retribuiu o beijo, vagamente ciente de que Julian procurava algo na carteira. O preservativo. Colocou-o depressa enquanto os dois exploravam cada canto da boca um do outro com a língua, os quadris se apertando e esfregando.

Ele devia ter terminado de pôr a camisinha — graças a Deus, graças a Deus —, porque apertou a mandíbula dela e ergueu seu rosto para encontrar o seu olhar perscrutador.

— Há quanto tempo você quer me chupar com essa boquinha linda?

— Muito — admitiu Hallie, gaguejando, mal reconhecendo a própria voz.

Dava para ver que Julian queria fazer mais perguntas sobre essa informação reveladora — e talvez fizesse, mais tarde —, mas, no momento, a urgência era grande demais. O fogo estava alto.

— Já que estamos realizando nossas fantasias, porque você não se vira e enterra esses joelhos na terra?

Senhor. Ah, Senhor.

— Sim.

Assim que ela respondeu, Julian a virou e usou o corpo grande para empurrá-la para a frente.

— Afaste os seus joelhos — indicou ele, ofegando no ouvido dela. — Se suje bastante.

Hallie quase ficou vesga, o coração batendo tão veloz e furioso que ela o sentia na garganta. Nunca na vida tinha se sentido tão sexy quanto naquele momento, girando os joelhos na terra do jardim, a boca de Julian subindo e descendo pelo seu pescoço, encorajando-a com gemidos, as mãos erguendo o vestido sobre as suas coxas.

— Está pronta pra me mostrar esse corpo, Hallie? — A voz dele era pura rouquidão. — Inteirinho?

Sabendo que não ia conseguir responder com nada exceto um gemido, ela assentiu devagar.

— Não, eu preciso que você me diga. — Ele agarrou a bunda dela através do vestido, a mão subindo pelas costas até se emaranhar no seu cabelo, puxando a cabeça dela para trás de um jeito que a fez se sentir completa e maravilhosamente possuída. — Preciso que você diga: *Julian, tira as minhas roupas. Olha pra cada centímetro do meu corpo gostoso.*

O chão girou diante do rosto de Hallie, os músculos internos da coxa amolecendo, o calor líquido escorrendo lentamente até que fosse desconfortável ficar de calcinha. *Fala. Só fala.*

— Julian, tira as minhas roupas. Olha pra cada centímetro do meu corpo gostoso.

— Essa é a minha garota — elogiou ele, puxando a calcinha dela até os joelhos e então a tirando. Jogando para longe.

De quatro, Hallie se esforçou para respirar enquanto aquele homem abaixava brutamente o zíper do vestido. O material suave saiu do seu corpo pelo braço direito, depois pelo esquerdo, e a peça foi fazer companhia à calcinha. *Ah, Deus. Ah, Deus.* Só faltava o sutiã. E importava, a essa altura? Ela estava de quatro, os joelhos sujos de terra, vestida apenas com o luar e absolutamente nada mais restando para a imaginação.

— Jesus, Hallie. — Em um movimento hábil, ele arrancou o seu sutiã e colou o próprio peito contra as costas nuas dela, as mãos subindo pelas suas costelas para apertar os seios com firmeza. — Você não faz ideia de como é linda, né? Estou enrolando agora. Estou enrolando porque sei que, assim que entrar em você, vou gozar. Você é linda pra *caralho*. Não consigo aguentar sua boceta apertada. E, Deus, essa *bunda*. — A última parte foi dita entre dentes, seguida por uma exalação trêmula no ouvido dela. — Você vai ficar tão confortável comigo olhando e tocando e provando cada parte do seu corpo que vai aprender a ficar de quatro com a bunda no ar, desse jeito, e me pedir pra te comer todinha.

Com isso, Julian a penetrou por trás e ela gritou com os dentes cerrados, com aquela sensação perfeita. Como ele a preenchia e a esticava, como a explosão de sensação afastava a dor remanescente da primeira vez. E então não havia mais nada além dos gemidos no ouvido dela, Julian metendo devagar no começo, e então cada vez com mais força, o tecido caro da camisa arranhando as costas dela.

— Você gosta disso?

— Gosto.

Ele puxou os quadris de Hallie com um aperto intenso, endireitou o corpo e pareceu se entregar ao prazer por vários instantes suados, metendo rapidamente, com tanta força que as mãos dela deslizaram para a frente na grama, os joelhos se enterrando mais fundo na terra. Ela conseguiu sentir o quanto de força de vontade ele precisou para ir mais devagar. O jeito como conteve um ruído frustrado e cravou a ponta dos dedos na cintura dela, suavizando o ritmo até passar a movimentos mais lentos e fundos, que encheram o olhar dela de pontos de luz, seus músculos íntimos se contraindo ao redor dele como um presságio. Cada vez mais molhada, um latejar aumentando nas profundezas do seu ser.

Julian lambeu a sua coluna e enfiou os dedos entre as pernas dela, pressionando e esfregando bem onde Hallie precisava. E ela queria dizer a ele para ir mais rápido, mas suas cordas vocais pareciam ter sumido, então, em vez disso, pegou a mão dele e a moveu no ritmo certo. Julian murmurou com a boca nas suas costas e manteve o ritmo que ela havia pedido, e essa aceitação grata das suas necessidades a excitou mais que tudo. Tanto que ela não conseguiu conter a compulsão de recompensá-lo com contrações pulsantes de suas paredes internas, uma após a outra, até ele soltar um grito abafado e meter mais fundo, mais rápido, batendo a virilha contra a bunda dela com sons brutos e úmidos.

— Olha como você balança, porra — rosnou ele, os dentes cerrados. — Deus, eu amo te ver.

Qualquer timidez sobre seu corpo ou seus defeitos que restasse rapidamente desapareceu, e beleza, êxtase e ousadia surgiram no lugar.

— Eu quero te ver sem camisa — disse ela, arfando.

Tinha certeza de que ele não ia ouvir, mas a confissão escapou mesmo assim. De onde tinha vindo? Soava quase irritada.

— Como é, Hallie? — perguntou Julian no pescoço dela, não parando os movimentos brutos dos quadris. — Sem camisa?

Por que você é assim?

— Você c-correu pela cidade sem camisa hoje. Na frente das pessoas. E, quer dizer, *eu* não te vi assim ainda e...

Ele reduziu o ritmo até parar e, sem os movimentos dentro dela, Hallie percebeu como ele era realmente grande e duro. Quanto espaço ocupava.

— Você está... — Ele respirava pesado. — Você não está com ciúmes, está?

— Acho que estou com um pouco de ciúmes — murmurou ela, hesitante.

Um segundo pesado se passou, preenchido pelo som de grilos, da brisa da montanha e de respirações curtas e entrecortadas. Então, com um grunhido dolorido, ele saiu de Hallie e gentilmente a virou, no que ela pôde ter uma visão direta da cara descrente dele. Mas Julian não a questionou. Não disse que era doida ou debateu como ela deveria estar se sentindo. Em vez disso, só pôs a boca na dela, emaranhando suas línguas enquanto desabotoava a camisa. Ele a tirou depressa, arrancando os últimos botões e jogando-a na grama. Hallie o beijou com os olhos vidrados, assistindo tudo, vendo como ele fechava os olhos com força enquanto a devastava com movimentos habilidosos da língua, fundos e suaves.

E então ele estava sem camisa, sob o luar, com o peito arfante em cima do de Hallie. E uau. Ah, uau. Ela esperava as linhas esguias do corpo de um corredor, e *havia* definição onde ela esperava encontrá-la, mas também a incrível forma dos músculos, do homem, da carne. Uma forma humana. O tipo físico natural dele não era o de um corredor. Não, a robustez transparecia apesar dos treinos rigorosos. Estava ali na barriga rígida e na extensão carnuda dos ombros. Se ele parasse de correr, provavelmente deixaria de caber nos seus ternos em pouco tempo, e ela não sabia por que a ideia a excitava tanto.

— Jesus, Hallie. O jeito que você está me olhando... — Ele balançou a cabeça devagar, a risada tensa. — Só vem e pega o que quiser, sua linda.

Enquanto ela se apoiava nos joelhos e avançava, subindo no colo dele, não conseguia lembrar uma única vez que tivesse sido qualquer coisa exceto isso: desejada e valorizada e presa num calor abrasador com aquele homem. Segurando a bunda da paisagista, Julian a guiou sobre o seu pau, os olhos ficando vidrados conforme ela se abaixava, a boca aberta em um gemido. Hallie sentiu seu poder, segurando os ombros nus dele e rebolando. No primeiro giro dos quadris, a cabeça dele caiu para trás, os dentes cravando no lábio inferior, a mão esquerda fincada na terra, o polegar direito encontrando o clitóris e se movendo naquele ritmo rápido e firme que ela tinha mostrado, e sim, sim, Hallie ia recompensá-lo por prestar atenção.

— Ah, merda. Ah, Deus. Não para — grunhiu ele, esfregando com os dedos e erguendo os quadris dela para irem de encontro com as investidas cada vez mais frenéticas dos seus. As bocas colidiram em beijos rápidos e molhados, enquanto ele examinava os movimentos daquela mulher, seu corpo, com um olhar que seria capaz de derreter aço. — Hallie, eu só tenho mais uns trinta segundos assistindo seus peitos pulando enquanto você esfrega essa boceta apertada no meu pau, entendeu? Por favor, linda. Goza no meu colo. *Caralho, por favor...*

Ele nem precisava incentivar — já estava acontecendo —, mas o jeito como olhou para ela, como falou com aquela voz rouca e desesperada, a levou ainda mais perto do limite.

— Mais — disse Hallie com os lábios entorpecidos. E, sem que tivesse que explicar, o polegar dele pressionou forte o seu clitóris e esfregou, de um jeito tão intenso que ela gritou o nome dele, a represa finalmente estourando dentro dela.

Hallie o abraçou enquanto o turbilhão passava por ela, as terminações nervosas crepitando como fogo azul em meio às terríveis e maravilhosas contrações no seu âmago, tão intensas que eram quase insuportáveis, mas aquela sensação... Deus, a descarga no final foi escaldante, maravilhosa e a deixou sem palavras. Deixou-a agarrada ao corpo de Julian, antes que ele ficasse imóvel embaixo dela. E então ele rosnou um palavrão e começou a tremer sem parar. As mãos estavam na bunda de Hallie agora, puxando-a para cima e para baixo, num ritmo irregular, dando nela um tapa ardido e involuntário de que ela gostou *bastante*.

Por fim, os dois caíram de lado na grama, lutando para respirar, o pôr do sol dando lugar a um azul sereno acima. Olhos sonolentos se encontraram através da grama verde alta, e eles sorriram, entrelaçando os dedos e chegando mais perto, e mais, até os corpos estarem apertados um contra o outro.

Teria sido perfeito, não fosse a única mancha de mentira que crescia cada vez mais escura e densa entre os dois enquanto a pele dela esfriava.

Mas Hallie era a única que podia vê-la. E agora que tinha deixado passar ainda mais tempo com o segredo pairando na relação, começou a ficar com medo. E se Julian deixasse de enxergá-la como uma deusa... e passasse a vê-la como uma mulher bêbada que escrevia cartas de amor no banco de trás de um Uber?

Talvez só precisassem de mais um tempo para que o relacionamento ficasse mais firme e tivesse perspectiva de durar antes de ela botá-lo à prova.

Sim. Seria melhor, não seria?

Hallie recolheria aquela última carta e contaria para ele depois, quando o relacionamento fosse mais sólido.

Não importava quanto tempo precisasse para reunir coragem, ela *ia* contar.

Mais tarde naquela noite, quando Julian estava dormindo, ela cuidadosamente se desvencilhou do braço dele ao redor da sua cintura, deixou uma pilha de petiscos para os cachorros e se esgueirou para fora de casa.

Capítulo vinte e dois

Julian acordou aos poucos, o que era raro para ele.

Em geral, seu alarme tocava e ele despertava de um sono profundo completamente alerta, já pronto para começar o dia, mentalmente preparado para se jogar no seu cronograma. Ao longo das semanas anteriores, havia acordado rezando para conseguir aderir a *algum* tipo de estrutura, embora tivesse começado a perder as esperanças nos últimos dias. Mas naquele momento, na cama de Hallie, recuperou a consciência sem a menor motivação para fazer qualquer coisa exceto ficar deitado ali, no calor dela, naquele quarto que cheirava a flores, detergente, cachorros e sexo. Porque, sim, ele tinha ficado ridiculamente duro assistindo à rotina noturna daquela mulher: passar cremes, vestir seu pijama curto de seda e soprar beijinhos para os cachorros. O colchão tinha rangido por mais meia hora antes de eles se ajeitarem em conchinha, a bunda incrível dela encaixada no colo dele como se tivesse sido feita para Julian.

Graças a Deus ele tinha caído em si antes de fazer algo idiota, como voltar para Stanford e deixar Hallie em Santa Helena.

Ele amava dar aulas. Muito. Procuraria um jeito de fazer palestras esporádicas como convidado e, verdade fosse dita, estava ainda mais animado para falar sobre o significado do tempo agora que tinha uma nova perspectiva sobre o assunto. Antes, se preocupava em transmitir informações. Fatos. Mas passou a se perguntar se poderia fazer a diferença na vida dos alunos que o ouvissem. Talvez pudesse impedi-los de cometer os mesmos erros que ele, tomando como certo que as coisas importantes na vida ainda estariam lá quando estivessem prontos. Não dava para criar mais tempo; você tinha que abrir espaço para ele.

Julian não precisou de tanto esforço quanto tinha pensado para se imaginar em Santa Helena, usando o tempo para facilitar os dias da mãe. Seu pai podia não ficar feliz, mas Dalton não morava ali. Julian estava preparado para tomar posse da vinícola que trazia o nome de sua família.

O futuro da irmã ainda estava por ser decidido, mas ele poderia ajudá-la também, quando ela estivesse pronta para pedir isso.

E havia Hallie.

O coração acordou em seu peito, acelerando tão depressa que ele respirou com força.

Automaticamente, estendeu a mão para o lado dela da cama, esperando encontrar cachos. Ou pele. Aquela pele macia que o fazia se sentir como uma lixa, ao deixá-la áspera e vermelha, com marcas de dedos e dentes. Ele catalogaria os danos agora. Beijaria toda marca que tivesse deixado...

Abriu os olhos e virou a cabeça.

Nada de Hallie. Nenhum cacho loiro no travesseiro amarelo grande e fofo dela.

Onde estaria?

Ele se sentou e prestou atenção, não ouvindo nada além dos cachorros roncando pelo quarto. Todd tinha a honra de dormir ao pé da cama, enquanto os outros dois ocupavam suas próprias camas num canto do quarto, esparramados. Fora isso, não se ouvia movimento na casa. Não havia nenhuma luz acesa também. Talvez ela tivesse entrado no banheiro da suíte sem acender a luz para não acordá-lo.

— Hallie — chamou Julian, irritado com o calafrio que subira pela sua nuca.

Não havia motivos para ficar preocupado. Não era como se ela tivesse desaparecido do nada. Mesmo assim, quando não ouviu resposta alguma do outro lado da porta do banheiro, Julian jogou os lençóis para o lado e foi verificar só para garantir, depois saiu do quarto, determinado. Cozinha ou jardim dos fundos. Ela estaria em um dos dois. Eles nunca discutiram seu sono, mas fazia sentido que o de Hallie fosse irregular, certo?

Um sorriso carinhoso surgiu no rosto dele.

O estilo de vida excêntrico e sem programação daquela mulher realmente já o tinha irritado? Porque, agora, o desafio de entender como ela funcionava o deixava extremamente empolgado. Como ele tinha dito na tarde anterior, Hallie podia aparecer tão atrasada quanto quisesse, contanto que aparecesse. Ponto. No momento, ele gostava da ideia de carregá-la para a cama e mostrar que não havia cronograma fixo quando precisava dela. Era o tempo todo. Cada minuto de cada dia...

Mas onde Hallie estava, afinal?

A sala de estar estava sinistramente silenciosa, e o outro banheiro, menor, vazio. Ninguém na cozinha. Nenhum sinal de que alguém estivera ali para beber água ou fazer um lanchinho da noite. E as luzes estavam apagadas no jardim. Mas ele foi checar mesmo assim, abrindo as portas duplas de vidro e dando uma volta na área vazia.

— *Hallie.*

Ela tinha saído. Às...

Julian acendeu a luz para ver o relógio, antes de lembrar que estava na mesa de cabeceira. Olhando para trás em direção à cozinha, espiou a hora no micro-ondas.

2h40.

Ela tinha saído de casa às quase três da manhã. Não havia explicação razoável para isso. Nem para Hallie. As pessoas não saíam para dar uma volta no meio da noite — e, se fosse o caso, ela teria levado os cachorros, não? Nada estava aberto na cidade. Nem os bares. Hallie tinha uma amiga... Lavinia? Mas ele não tinha o telefone dela, e, de toda forma, para onde quer que tivesse ido ou com quem, por que não o havia acordado? Que porra estava acontecendo?

Ela não podia ter sido... levada contra a sua vontade para algum lugar, certo?

A ideia era absurda.

Será que era sonâmbula e não tinha contado?

O que era aquele som?

Ele ficou ouvindo vários segundos antes de perceber que era o chiado da própria respiração.

Porra. Caralho. Ok, respira fundo.

Mas ele não conseguia. E em algum universo paralelo esquisito, podia ouvir sirenes e o aroma enjoativo de fumaça. Não havia incêndio. Ninguém estava em perigo. Mas ele não conseguia se convencer disso. Hallie podia estar lá fora, na rua, de pijama, ou presa em algum lugar. Será que ela estava presa?

Os cachorros tinham se levantado para segui-lo pela casa, abanando o rabo e batendo a cabeça contra os joelhos dele. Quando sua pulsação tinha começado a ricochetear dentro do crânio? Julian conseguia ouvir o bombear do sangue nas veias como se tivesse um microfone dentro do peito. A cozinha, onde ele nem se lembrava de ter entrado, de repente ficou menor, e ele não conseguia lembrar como chegar ao quarto.

— *Hallie* — chamou, bem mais ríspido agora. E os cachorros começaram a latir.

Caralho, ele não estava se sentindo bem. O jeito como a garganta se fechou, o ambiente ao redor ficou borrado, os dedos rígidos — ele lembrava bem de tudo isso. Bem demais. Tinha passado quatro anos tentando evitar que acontecesse de novo, aquela sensação de impotência colidindo com ele feito um navio cargueiro estilhaçando um barco a remo. E antes, antes do incêndio, tinha passado a vida se esforçando para não acabar daquele jeito. Então não faria isso. Não faria.

— Está tudo bem — disse ele aos cães, mas sua voz não soava natural e seus passos estavam tensos.

Ele atravessou a sala de estar escura até a porta da frente, abrindo apenas uma fresta, ciente de que não estava usando nada além da cueca. O ar frio na pele o alertou ao fato de estar suando. Muito. As gotas escorriam pelo seu peito e pelo rosto.

Ataque de pânico. Reconheça o que é.

Ele ouviu a voz do dr. Patel flutuando do passado. Daquelas sessões cem anos antes, quando eles tinham trabalhado estratégias de enfrentamento emergenciais.

Nomeie os objetos ao seu redor.

Sofá, porta-retratos, cachorros. Cachorros uivando.

O que mais?

Ele não conseguia se lembrar que merda devia fazer em seguida, porque Hallie tinha desaparecido. Não era um sonho, era vívido demais. Não se ficava nauseado assim durante o sono. Sua mandíbula também não trincava, as mãos inertes, sentindo-se um palerma inútil enquanto tentava sair para encontrá-la.

— Hallie — gritou ele, seguindo com as pernas duras pelo caminho do jardim até a rua, olhando para os dois lados em busca da silhueta dela na escuridão.

Nada da caminhonete. Não estava estacionada ali. Por que ele não pensou em procurar o carro? Por que não tinha tentado ligar para ela? Seu cérebro não estava funcionando como deveria, e isso era assustador.

— Caralho — soltou Julian, esfregando o pescoço. — Caralho...

Ele precisava voltar para casa e tentar ligar para ela.

Foco. Foco.

O som de pneus no cascalho o fez empacar um momento antes de entrar na casa. Ele virou-se depressa, depressa demais, e encontrou Hallie correndo pelo jardim, branca como um fantasma. O alívio quase o fez desmaiar, e ele apertou o batente da porta para continuar em pé. *Ela está bem, ela está bem, ela está bem.*

Mas estava mesmo? Não de verdade.

A boca estava se movendo, mas nenhum som saía.

Ele não gostava disso, não gostava de vê-la chateada, e precisava descobrir onde ela havia ido. Se tinha saído no meio da noite, alguma coisa devia estar muito errada.

— Tem um incêndio? — perguntou ele, a voz arrastada.

— Quê? Não. — Hallie deu um passo para trás, as mãos nas bochechas. — Ai, meu Deus.

— Você está tremendo — disse ele com dificuldade, a mandíbula se recusando a afrouxar.

— Eu estou bem, está tudo bem. — Apesar das garantias, ela começou a soluçar, o som rasgando as entranhas dele. — Vamos entrar, está tudo bem, eu prometo.

Você sempre foi fodido da cabeça.

O golpe final veio na forma de humilhação. As pernas não estavam funcionando corretamente, ele parecia um idiota e a estava assustando. Assustando Hallie. Esse fato o quebrou de vez. Além da sensação de instabilidade nos membros e o raciocínio confuso, ele já estava antecipando o entorpecimento que se seguiria. Aí não seria capaz de reconfortá-la. Não conseguiria fazer nada. Não podia deixar Hallie vê-lo assim, do jeito que o pai o tinha visto no quarto dos fundos da casa principal, quando Julian não conseguiu emergir mentalmente para ajudar. Para agir. Ser útil para a família no momento em que mais precisavam.

Fique longe da vinícola.

Enquanto ela tentava levantar Julian, algo branco despontou do bolso da jaqueta de Hallie. Ele fitou o objeto, sua visão borrada em meio à vergonha ardente, sem saber por que aquilo acionava algo em sua memória. Parecia familiar, tanto na cor quanto no formato. Se não estivesse tão desorientado, teria pedido para ver o que era aquilo; naquele estado em que nada parecia normal, porém, ele simplesmente puxou o que estava no bolso dela.

E se viu segurando uma... carta da sua admiradora secreta?

O que Hallie estava fazendo com aquilo?

— Onde... — Julian balançou a cabeça com força, tentando afastar a confusão mental que desabava sobre ele. — Foi lá que você foi? Pra pegar essa carta? Por quê?

Hallie estava arfando como Julian, uma respiração superficial e sem sentido, ambos sentados nos degraus da varanda dela, embora ele não se lembrasse de ter se sentado.

— Desculpa — disse ela, soluçando. — Desculpa.

A verdade o atingiu como um balde de água gelada.

Hallie tinha saído no meio da noite para pegar aquela carta.

O que significava que ela sabia que estava lá... e não queria que ele a encontrasse.

Não queria que lesse. Por que já sabia o que dizia?

Sem conseguir engolir, Julian rasgou o envelope e leu a carta, a concentração voltando a cada momento, cada frase o golpeando duramente. Era difícil decidir como se sentia.

— Eu imaginei você como a admiradora o tempo todo — confessou ele, parecendo distante, as palavras tropeçando umas nas outras. — Deveria ter ouvido o meu instinto, acho...

Hallie recuou, chocada. Ele tentou acariciar o rosto dela, mas não conseguia erguer o braço. Estava bravo? Não. Não exatamente. Não sabia bem como ficar bravo de verdade com aquela mulher. Era humanamente possível sentir algo além de gratidão por ela retribuir seus sentimentos de tal forma que tinha escrito cartas para ele? Gratidão por ela ter encontrado um modo de alcançá-lo quando ele ainda estava se escondendo dos seus sentimentos?

Não. Apesar de ela ter mentido, seria idiota ficar bravo por isso. A conexão entre os dois era um presente, não importava como tivesse surgido. Mas, agora, o medo que ele havia sentido com a ausência dela mal acordara; o medo de que ela estivesse ferida ou em perigo ameaçava asfixiá-lo.

Julian se levantou de súbito e entrou na casa, determinado a sair imediatamente de lá. Tinha acontecido de novo. Bem na frente de Hallie. Ele tinha acabado de mostrar à mulher que amava sua maior fraqueza. Havia feito tudo ao seu alcance para escondê-la, resolvê-la, superá-la. E se tivesse que encarar a compaixão nos olhos dela por mais um segundo, ele morreria.

— Julian, pode parar de se afastar de mim? Diz alguma coisa, por favor!

Ela estava em pânico, chorando, torcendo a carta e a rasgando — e não havia nada que ele pudesse fazer sobre isso. Reconfortá-la? Não era capaz. Não naquele estado... e não quando ele sabia o que viria em seguida. Pelo menos Hallie estava a salvo. *Graças a Deus* ela estava a salvo.

— Desculpa — continuou ela. — Pensei que você ia achar mais cedo hoje. A carta. Queria que soubesse tudo, mas então... Por favor, estava tudo tão perfeito, tão perfeito que eu não suportava a ideia de arruinar as coisas.

Não, tinha sido ele quem havia feito isso.

O suor ainda se agarrava à sua pele. O estômago queimava. Julian não conseguia olhá-la nos olhos. E não conseguir falar só aumentava sua humilhação.

Sem nem conseguir sentir as pernas, ele voltou para o quarto e se vestiu, enfiando o relógio, o celular e as chaves nos bolsos.

— Julian, não. Aonde você vai?

Tudo que ele pôde fazer foi sair da casa, afastando-se do que tinha acontecido. Assim como tinha feito quatro anos antes. Mas, desta vez — e ele podia sentir no fundo do seu ser —, o preço que ele pagaria seria muito mais alto.

Capítulo vinte e três

Hallie percorreu um dos quarteirões residenciais próximos à Grapevine Way, outra vez esperando evitar... Bem, qualquer pessoa, na verdade. Até Lavinia e Lorna. Conversar e sorrir como uma pessoa normal só a fazia se sentir exausta, uma fraude.

Duas semanas tinham se passado desde que ela voltara para casa e encontrara Julian no jardim, parecendo um cadáver. Por quanto tempo ia continuar se sentindo atordoada e enjoada?

Quando o buraco no seu peito ia se fechar?

Ela estava começando a pensar que não era uma questão de "quando", e sim de "se" ele se fecharia... Recuperar-se das consequências da sua imprudência e irresponsabilidade não parecia uma opção. Ela viveria com as consequências daquela noite por um bom tempo. Talvez para sempre. No mínimo, enquanto seu coração estivesse em pedaços.

Se pudesse, voltaria no tempo e seria honesta com Julian, em vez de se esgueirar furtivamente no meio da noite que nem uma idiota. Porque talvez ele não quisesse mais nada com ela depois de saber a verdade sobre as cartas, mas pelo menos o teria poupado do medo e da ansiedade que o tinham enfiado em um invólucro selado a vácuo, onde Hallie não conseguira alcançá-lo por longos e agoniantes minutos. O fato de ela ter sido responsável por isso... como ele tinha temido o tempo todo... era insuportável.

A garganta de Hallie se contraiu, repuxando os músculos do pescoço e do peito. Seu corpo vinha se movendo de novos e torturantes modos nas últimas duas semanas. Comer a enjoava, mas ela se obrigava a engolir, porque o vazio dentro dela só crescia, e não ia alimentá-lo deixando de comer. O dia todo, ela se sentia nauseada, a pele quente e fria ao mesmo tempo. Andava envergonhada, culpada e arrependida demais para encarar o próprio reflexo no espelho.

E sabia que merecia se sentir assim.

As consequências dos seus atos a haviam atingido, finalmente. Julian tinha razão em ir embora sem olhar para trás. Ela ligara para ele três vezes desde aquela noite, para se desculpar, de novo e de novo, mas ele não havia atendido. Nem uma vez. Três dias depois, ela tinha ido à casa de hóspedes e batido na porta. Não houve resposta. Hallie então plantara as flores que havia levado na traseira da caminhonete e fora embora. Havia uma chance de que ele tivesse caído naquele mesmo estado de entorpecimento que tinha mencionado. Aquele em que ficara depois do incêndio, a depressão que se seguira ao ataque de pânico.

Mas, Jesus, essa explicação não deixava tudo pior?

Depois de uma semana sem ter qualquer sinal dele, Hallie acordara sombriamente resignada. Julian não ia ligar nem aparecer na casa dela. Ele assimilara sua bagunça e a desorganização como seu estilo de vida peculiar, aprendera a gostar do circo cujo picadeiro era ocupado por seus cachorros, divertira-se quando ela recebeu voz de prisão e lidara com crianças elétricas e cheias de chocolate na feira de vinho — mas aquela mentira gerara consequências insuperáveis. Ela o tinha perdido.

Realmente, o homem que ela amava se fora. Hallie não só o amava, como o admirava, se importava com ele — ela *precisava* dele. Não por uma questão de amor-próprio ou sucesso. Só porque, quando eles estavam juntos, o ar parecia mais puro. Seu coração batia de um jeito diferente. Alguém a viu, ela retornou esse olhar, e ambos disseram: sim, apesar das falhas nesse plano, vamos fazer isso. Porque ela tinha valido a pena.

Até não valer mais.

Hallie chegou ao fim do quarteirão e hesitou antes de virar na Grapevine Way. Não tinha escolha; precisava comprar leite. Depois de uma xícara de café puro e uma tigela de cereal com água, tinha se obrigado a vestir roupas de verdade e sair de casa.

Por favor, que eu não tope com ninguém.

Lavinia a havia azucrinado por alguns dias, depois permitiu que ela sofresse em paz, deixando vinho e caixas de donuts na sua porta. Hallie ficou grata à amiga por não incluir um bilhete dizendo *Eu avisei*, o que ela teria todo o direito de fazer. Hallie havia cancelado sua agenda de trabalho por alguns dias. Mas não conseguia ir à biblioteca. Tinha passado por lá de carro, uma vez, pretendendo preparar o solo para o plantio, mas não conseguiu sair da caminhonete.

Quem sou eu pra assumir um trabalho desse?

Ela achava mesmo que era capaz de fazer o jardim de um marco histórico da cidade? A mulher que tinha ficado estupidamente impressionada com seu sistema de organização por cores que consistia em rosa, rosa claro e rosa ainda mais claro? Porque agora só queria rir. *Eu sou uma fraude. Olha a destruição que eu causo.*

Com aquele nó permanente na garganta, Hallie abaixou a cabeça e entrou apressada na lojinha de conveniência, lançando-se na direção das geladeiras. Estava sendo ridícula, lógico. O mundo não ia acabar se ela topasse com um conhecido. Havia passado meses enlutada pela avó, então sabia que era possível agir com naturalidade sob circunstâncias ruins. O motivo de não querer ver ou interagir com ninguém no momento tinha mais a ver com a aversão que sentia por si mesma.

Não acredito que você fez isso.

Não acredito que o machucou desse jeito.

Hallie abriu a porta da geladeira e tirou de lá um litro de leite, fechando-a de novo com um estalo. Seguiu pelo corredor tão rapidamente quanto antes, voltando só uma vez para pegar um pote de manteiga de amendoim que não estava nos planos — mas congelou a cerca de dez passos do caixa. Sério? *Sério?* Ela devia ter ido comprar leite e manteiga de amendoim na cidade vizinha. Por que aquele lugar tinha que ser tão pequeno?

Não só uma, mas duas pessoas que conhecia estavam na loja. Às oito da manhã de uma quinta-feira, ainda por cima. Quais eram as chances?

Natalie estava com o quadril encostado numa prateleira do outro lado do estabelecimento, franzindo a testa enquanto lia os ingredientes de uma caixa de biscoitos. Por mais que gostasse muito da irmã de Julian, a mulher era literalmente uma das últimas pessoas que Hallie queria ver depois do que tinha feito com ele, desenterrando lembranças traumáticas do incêndio. E, então, havia Owen. Ele também estava dentro da loja, agachado na frente do mostruário de doces, escolhendo que pacote de chiclete levar. Tinha ligado alguns dias antes perguntando onde ela estava, e ela havia respondido por mensagem, alegando estar gripada. Não podia evitá-lo para sempre, mas alguns anos sendo antissocial e afogando as mágoas em tigelas de cereal era pedir demais?

— Hallie! — exclamou Owen alegremente, endireitando-se tão depressa que quase derrubou o mostruário de papelão.

Ele arrumou o negócio revirando os olhos, encabulado, e então seguiu em sua direção. Parou a alguns passos, esfregando as mãos no jeans. Eram calças manchadas de grama, que ele obviamente usava para jardinagem. Atrás dele, Natalie virou a cabeça e examinou os dois atentamente, sua expressão ilegível.

Larga o leite e corre.

Era o que Hallie queria fazer, mas ela merecia passar por uma situação constrangedora. Você colhe o que planta.

— Uau, deve ter sido uma gripe e tanto — disse Owen, rindo, antes de se tocar. — Droga, não... não quis dizer isso. Você sempre está bonita. Só dá para ver que esteve doente, sabe? Passou umas noites insones. Sem ofensas.

Natalie seguia atenta.

Pelo amor de Deus.

— Não tem problema. — Ela abriu um sorriso forçado e deu um passinho na direção do caixa. — Desculpa, tenho que voltar pra casa e passear com os cachorros...

— Ei, eu estava pensando... — Owen a acompanhou. — Por que você não tira mais um tempo pra se recuperar, daí vem comigo à feira de jardinagem em Sacramento esse fim de semana? Pensei que podíamos sair cedo no sábado e aproveitar o dia.

Natalie cruzou os braços e se acomodou ainda mais contra a gôndola, como que para dizer *Ah, agora vou ficar para ver o espetáculo inteiro.* Hallie engoliu em seco. E não conseguiu evitar procurar no rosto da irmã de Julian algum sinal de como ele estava. Será que tinha se recuperado totalmente do apagão? Estava escrevendo de novo? Furioso? Talvez voltado para Stanford?

A última possibilidade fez seus olhos arderem.

Ah, Deus, ela não estava pronta para sair. Deveria ter ficado em casa.

Cereal com água estava ótimo. Era mais do que ela merecia.

— Hã, Owen... Acho que não vai dar para mim.

Ele se afastou, o sorriso tenso de um jeito que Hallie não vira antes.

— Deixei muito espaço pra você, Hallie. Ou dê o golpe de misericórdia ou... tente. — As orelhas dele estavam ficando vermelhas nas pontas. — Estou pedindo que tente ver se a gente pode ser alguma coisa. Se podemos funcionar.

— Eu sei. Eu sei disso.

Hallie estava suando sob as luzes fluorescentes, o café puro que tomara queimando o estômago. Natalie, de braços ainda cruzados, tamborilava um dedo contra o cotovelo oposto, os olhos nas sombras. Quantas pessoas Hallie tinha afetado com sua impulsividade? Primeiro, a avó rearranjara suas prioridades para ajudar a gerir as da neta. Lavinia fora arrastada para a sua insanidade, embora às vezes *parecesse* gostar do caos, mesmo que o desaprovasse. Os clientes de Hallie estavam sempre exasperados com sua falta de confiabilidade. De alguma forma, ela havia convencido Julian de que valia todo o transtorno que causava, mas até isso conseguira arruinar. Ela o tinha perdido. Perdido o homem que fazia seu coração bater no ritmo certo.

E agora estava parada ali, olhando para Owen. Novamente diante das consequências de agir de acordo com seus impulsos, evitando planos e semeando insatisfação, em vez de só dizer um *Não estou interessada* definitivo desde o começo.

— Eu vou com você — disse ela, os lábios mal se mexendo. — Mas só como amigos, Owen. Só vamos ser amigos. Se achar isso aceitável, eu vou. Se não, entendo que prefira ir sozinho ou com outra pessoa.

Seu colega paisagista e amigo de longa data olhou para os pés.

— Meio que tive a impressão de que essa seria a sua resposta, no fim das contas.

Hallie apoiou a mão brevemente no braço dele.

— Sinto muito se não é a resposta que você queria. Mas não vai mudar.

— Bem. — Ele suspirou, decepcionado. — Obrigado pela honestidade. Eu ligo depois pra falar de sábado. Pode ser?

— Está ótimo — respondeu Hallie, e ele foi embora.

Agora só tinha que enfrentar Natalie.

— Um litro de leite não vale isso — refletiu ela em voz alta.

Natalie deu um sorrisinho, afastando-se das prateleiras para seguir casualmente na direção de Hallie. Passaram-se dez segundos inteiros sem que a irmã de Julian dissesse qualquer coisa. Ela só semicerrou os olhos para Hallie, andando ao redor dela, uma policial interrogando uma criminosa.

Finalmente, disse:

— O que diabos foi isso?

Hallie se assustou.

— O que diabos foi o quê?

— O ruivo desajeitado convidando você pra sair. Ele não sabe que você está namorando meu irmão?

Hein? Certo, era a última coisa que ela esperava que a outra dissesse.

— Hã... Você ainda está morando na casa de hóspedes com o Julian?

— Sim.

— E ele não contou que nós terminamos?

Dizer as palavras em voz alta fez os olhos de Hallie marejarem. Ela inclinou a cabeça para trás e piscou para o teto.

— Hã, eu sei que ele disse alguma bobagem sobre vocês dois precisarem de espaço. E aí se trancou no escritório para terminar o livro. E não sai de lá há duas semanas. A não ser que tenha saído quando eu estava desmaiada, o que acontece bastante ultimamente.

— Você precisa dar um jeito nisso.

— Eu sei. Tenho um plano. Só preciso de um pouco mais de coragem antes de colocar em prática. — Algo cruzou as feições de Natalie, e então seu olhar ficou sério outra vez. — Escuta, eu não sei o que aconteceu entre vocês, mas sentimentos não somem simplesmente, tipo... puf. Não os do tipo que vocês têm um pelo outro. Agora, meu ex-noivo e eu? Pensando nisso, era óbvio que o sucesso daquele relacionamento dependia de dinheiro e reputação. Finalmente consigo perceber. Já você e Julian... — Ela lançou um olhar suplicante para Hallie. — Não percam o que têm. Você consegue dar um jeito nisso.

— Eu escrevi cartas para ele como se fosse uma admiradora secreta e menti a respeito.

— *Foi você?* — exclamou Natalie, encarando-a boquiaberta. — Por que caralhos fez isso, sua maluca idiota?

Hallie soltou um resmungo.

— Parece tão ridículo agora.
— Bem, *é*.
— Começou porque eu queria tirar essa... paixonite do peito. Mas aí falar com ele fez eu me sentir muito melhor sobre onde estou. Quem eu sou. Nossas discussões me fizeram pensar melhor. Então escrevi sobre meus sentimentos nas cartas, esperando... conhecer a mim mesma *e* a ele, o que seria o bônus do processo. Não pensei nas consequências, esse é o problema. Eu *nunca* penso. Ele teve razão em ir embora e não atender às minhas ligações. Devia me esquecer para sempre.

Natalie a examinou por um momento e deu um tapinha desajeitado no ombro dela.

— Certo, não vamos ser dramáticas.
— A situação é extremamente dramática! — replicou Hallie. A irmã de Julian estava com uma cara de pena, provavelmente por causa das lágrimas que insistiam em escapar dos olhos de Hallie, mas a paisagista não queria sua simpatia. Não até ter sofrido por mais uma década. — É melhor eu ir.
— Espera. — Natalie barrou o caminho dela, nitidamente desconfortável com as emoções exaltadas de Hallie. — Escuta, eu... entendo. Meu irmão mal falou comigo por quatro anos depois de me salvar de um incêndio. O fogo teve a audácia de assustar a minha família toda estoica. Nunca aprendemos a nos expressar de um jeito saudável, então só evitamos as coisas. — Ela gesticulou para si mesma. — Viu só? Oi, tudo bem? Prazer, eu estou a cinco mil quilômetros dos cacos da minha vida.

Apesar da tristeza, Hallie deu uma risada embargada.

— Entendo o que você está dizendo, mas... — *Ele está melhor sem mim.* — Nós ficamos melhor longe um do outro.

Hallie teve a impressão nítida de que Natalie queria bater o pé no chão.

— Não ficam, não. Eu e aquele marinheiro arrogante, August sei lá o quê, ficamos melhor longe um do outro. — Ela parou, o olhar distante por um momento antes de se sacudir. — Você e Julian estão sofrendo, e um dos dois precisa parar de ser teimoso e consertar as coisas. Sim, sei que é o sujo falando do mal lavado, mas não fui eu que escrevi cartas de amor anônimas, então estou reivindicando a superioridade moral nessa situação. Se você sair com aquele nerd ruivo, ainda que como amiga, eu vou furar seus pneus.

— Você faria mesmo isso, né?

— Eu carrego um canivete na bolsa.

Hallie balançou a cabeça.

— Droga. Eu realmente gosto de você.

Ela assistiu com espanto e confusão quando Natalie ficou vermelha.

— Ah, bem. — Ela esfregou a sobrancelha escura. — Quem não gosta, né?

As duas se olharam em silêncio.

— Foi ruim, Natalie. O que aconteceu com a gente. — A lembrança dele suando na porta da casa dela surgiu em sua mente e Hallie teve que respirar fundo. — Nem consigo dizer o tanto que eu estraguei as coisas. Você furaria os meus pneus *e* quebraria as minhas janelas.

— Talvez. — Natalie suspirou, procurando as palavras certas. — Julian se perde na própria cabeça às vezes, Hallie. Só dê um tempo pra ele encontrar a saída.

Ela assentiu como se concordasse, embora não fosse o caso.

Se a conversa com Natalie tinha feito alguma coisa, foi deixá-la ainda mais determinada a seguir em frente e não se permitir olhar para trás e ter esperanças.

Ela já havia causado mais do que caos suficiente no universo.

Capítulo vinte e quatro

Julian digitou *FIM* no manuscrito e tirou as mãos do teclado. O contorno das letras tornou-se cada vez mais fino até elas serem engolidas no branco e desaparecerem completamente. Tudo que sobrou na ausência dos sons de digitação foi o murmúrio eletrônico do seu computador, o zumbido baixo nos ouvidos que estava ali fazia... sabe-se lá quanto tempo; desde que tinha acontecido de novo. Ele se sobressaltou ao lembrar por que tinha se trancado naquele quarto, desesperado para ter sua distração de volta.

Tudo que tinha agora era silêncio.

Um monte de palavras na tela. Suor pegajoso na pele. Ainda. Ou de novo. Ele não sabia.

Onde estava aquela satisfação imensa de terminar um livro? Julian certamente a sentiria a qualquer momento. O triunfo, o alívio, a alegria. Ele estava em busca dessas coisas, precisando delas. Demandando que *algo* aplacasse o barulho na sua cabeça. Mas não havia nada, exceto articulações rígidas, maxilares doloridos e olhos injetados — e, porra, isso era inaceitável.

Ele pigarreou, e sua garganta só produziu um som rouco. Apertou os olhos com a ponta dos dedos. Jesus, era uma luta erguer os braços; suas articulações doíam de tão tensas. Ele provavelmente não tinha notado nada daquilo porque nenhuma dor física podia competir com aquela que o rasgava por dentro, e que se tornou muito pior quando ele parou de digitar.

A luz na escrivaninha estava apagada, e só Deus sabia quando ele a havia desligado. As persianas estavam abaixadas, mas era possível ver que lá fora o sol brilhava. Pássaros cantavam e partículas de poeira dançavam nos feixes de luz que ele não conseguira manter fora dali.

O pânico pesava intensamente em seus ombros, fazendo com que eles protestassem, e Julian sabia por quê. Sabia o que temia, mas, assim que reconhecesse o fato, o estágio final do torpor esvaneceria. Então ele se esforçou para impedir esse último véu de se dissipar. Cerrou os dentes e lutou com cada gota de força de vontade que tinha contra a visão do contorno da cabeça dela e o som da sua voz.

Subitamente, Julian agarrou o teclado sem fio e o lançou contra a parede oposta do escritório. Ele tinha acabado um livro. Não devia acontecer alguma coisa agora? Não devia haver mais do que uma sala vazia, o ar estagnado e um cursor que *ainda piscava*?

Wexler tinha feito exatamente o que deveria fazer. Tinha enfrentado os elementos, lutado contra o inimigo, solucionado os enigmas deixados por seus camaradas do passado e triunfado. Devolvera o artefato ao seu dono legítimo. Agora o herói estava em um vale, olhando para o horizonte, e não havia um sentimento de realização. Apenas o vazio. Wexler estava sozinho. Ele estava sozinho, e era...

Perfeito. Não havia absolutamente nada errado com ele. Exceto por ter sido brevemente capturado pelo rival, ele não cometera erros. Nem um único erro ao longo do livro. Tinha sido rigoroso e corajoso e inflexível. E Julian descobriu que não dava a mínima por Wexler ter vencido. Lógico que o personagem sem qualquer característica ruim tinha vencido no fim. Ele não havia cometido um tropeço sequer. Não se questionara ou fora questionado. Não reconhecera as próprias limitações, nem fizera nada para consertá-las. Só tinha vencido. Esse não era o sonho? As pessoas não queriam ler sobre alguém que aspiravam ser? Julian queria.

Normalmente.

Mas o final o deixara totalmente vazio.

O personagem que havia criado e sobre o qual vinha escrevendo era o homem que ele *queria* ser. Um cara corajoso. Mas não existia satisfação em vencer sem enfrentar antes os fracassos. Não havia coragem quando a vitória era certa.

Um herói com defeitos e até fraquezas de verdade... ainda podia ser um herói. Uma pessoa só podia ser corajosa se houvesse a possibilidade de fracassar.

E naquela noite no incêndio... ele tinha mesmo fracassado? Sempre havia pensado que sim. *Sim, eu me deixei ficar sobrecarregado, deixei os parafusos se apertarem até meu exterior rachar.* Na realidade, porém, ele ainda estava ali. Tinha voltado. As pessoas que amava estavam a salvo. O tempo continuou seguindo em frente, e ele faria tudo de novo, mesmo sabendo o resultado. Correria em direção ao fogo sabendo que a ansiedade o esmagaria depois, e talvez... Talvez Wexler precisasse de um pouco disso. Medo. Medo de fracassar. Medo das fraquezas. Isso não fazia a força ser mais recompensadora?

A tela do computador ficou preta depois de tanto tempo inativa, e Julian se ergueu com um pulo, notando a hora no relógio: 7h40. Ele dormiria até o meio-dia, tomaria um banho...

Por quê?

Por que precisava seguir um cronograma tão implacável? Não parecia tão necessário quanto antes. Nada parecia necessário, exceto...

Julian se viu descendo os degraus da frente da casa. Não estava nem pensando direito — seguia em direção ao jardim, mas sem saber ao certo por quê. Não até estar diante dele.

Era uma... obra-prima absoluta.

O ar foi sugado dos seus pulmões.

Hallie havia terminado o trabalho.

Era uma explosão de cores, assim como ela. Selvagem, alegre e sem estrutura, mas, daquela distância, fazia sentido. Flores preenchiam espaços e se entrelaçavam feito articulações. Estendiam-se ao céu em alguns pontos, rastejavam no chão em outros, criando um padrão que ele não havia sido capaz de detectar até aquele momento, com a obra terminada.

A jornada não tinha sido bonita, mas o resultado era espetacular.

Como aquele jardim, Hallie era um caos. Mas era *boa*, e ele sempre soube disso. Tinha estendido as duas mãos para Hallie e pedido para ficar com ela, com a desordem e tudo; mas não tinha aceitado seus *próprios* defeitos. Havia reconhecido a beleza nos dela enquanto acreditava que os dele ainda eram horrendos, e foi *aí* que errou.

Julian não era nem estava totalmente certo e preparado para ela. Não quando não conseguia aceitar suas próprias imperfeições... e perceber que essas imperfeições eram o que faziam a vitória valer a pena.

E ela era a vitória. Hallie.

Os últimos vestígios do entorpecimento onde estivera mergulhado sumiram quando o nome dela explodiu na cabeça de Julian e, como ele previra, o pânico o rasgou como uma faca. O som da voz dela implorando que não fosse embora, o puxão suave mas persistente no seu cotovelo. A carta. As palavras da carta dela.

Quem quer ser melhor e vê seus próprios defeitos é alguém com quem eu quero passar meu tempo. Seus defeitos vão complementar os meus, se a gente quiser o suficiente.

Julian foi tropeçando até a casa, sem olhar para o chão. E então começou a correr. As chaves do carro. Ele só precisava pegar as chaves do carro. Jesus, precisava vê-la *naquele instante*.

Desculpa por ter mentido pra você. Espero não ter arruinado tudo, porque, embora eu pensasse que estava apaixonada pelo Julian do ensino médio, eu não o <u>conhecia</u>*. Mas eu conheço o de hoje. E agora entendo a*

diferença entre amor e paixão. Senti ambos por você, com quinze anos de diferença. Por favor, me perdoe. Estou tentando mudar.
Eles nem tinham conversado sobre a carta.
Ele era a paixonite dela no ensino médio? Julian queria saber cada detalhe. Queria saber tudo. Queria rir sobre isso com ela no seu jardinzinho mágico e compensar o fato de ter sido um adolescente estúpido e não a ter conhecido e amado por quinze anos. Onde tinha estado a cabeça dele por quinze anos?
Naquele momento, sua mente estava liberta da opressão dos minutos e das horas. O tempo não significava nada se não estivesse com ela, era tudo o que Julian sabia.
Natalie surgiu na porta do quarto quando ele passou correndo, a máscara de dormir na testa.
— Julian. Você saiu.
— Cadê as minhas chaves? — Ele apontou para o aparador entre a sala de estar e a cozinha. Se não visse um Sorriso de Hallie imediatamente, ele ia rachar no meio. — Estavam bem aqui.
— Hã, *estavam* aí. Agora estão na minha bolsa. Devolvi meu carro alugado e estou dirigindo o seu já faz semanas.
— Semanas. — Ele sentiu a garganta se fechar. — Do que você está falando?
— Você passou duas semanas e meia escrevendo sem parar. Tomou um ou dois banhos. Comeu sanduíches de vez em quando. Dormiu vez ou outra. Eu fiquei fora do seu caminho para não interromper o seu... "processo". Mas não vou entregar as chaves até você se limpar. Acredito que o termo científico para sua condição é "um nojo".
Julian só tinha ouvido em parte o que Natalie havia falado depois de "duas semanas e meia". *Duas semanas e meia?* Não. De novo não. *Por favor, diz que eu não fiz isso de novo.* Ele tinha lembranças vagas de sair do escritório, cair na cama mergulhado em um torpor, assistir através dos olhos cansados suas mãos prepararem algo para comer, ver palavras aparecendo na tela. Era um borrão, mas nunca teria ficado tanto tempo longe de Hallie.

Não teria sobrevivido.

Você quase não *sobreviveu.*

O corpo estava terrivelmente dolorido depois de ficar sentado por tanto tempo, mas o vazio que sentia no peito provocava a pior das dores, se expandindo à medida que ele se dava conta de todas as conversas importantes que eles não tiveram. O perdão que havia negado a ela. Os dias desperdiçados num livro que seguira por um caminho errado desde o começo. O tempo que ele podia ter passado com Hallie.

— Toma um banho antes de ir atrás dela.

— Não posso. Duas semanas e meia.

Natalie bocejou, indo até o quarto para pegar a bolsa e jogando-a pela porta.

— É, e você talvez queira alcançá-la antes de ela sair para a feira de jardinagem com o ruivo. Eles só são amigos, mas, sabe, não sei se ele vai apagar a playlist de casamento tão cedo.

Ele sentiu suas entranhas derreterem. Nunca tinha se sentido tão infeliz, mas isso não importava merda nenhuma. Estava tão ocupado chafurdando no autodesprezo que havia largado Hallie chorando, sem cuidar dela, sem tranquilizá-la, sem garantir que não estava com raiva por causa do segredo que ela revelara, mas *grato* por ele. Aquelas cartas foram o primeiro passo na sua jornada para ver o mundo de um jeito diferente. Ver a si mesmo de um jeito diferente.

— Como ela está? — Ele revirava a bolsa da irmã em busca das chaves do carro. *Foda-se o banho.* — Eu não queria ficar longe dela por tanto tempo. Ela deve me odiar.

— Odiar você? Não. — O tom de Natalie fez Julian se virar. — Julian, não sei o que aconteceu entre vocês, mas ela está assumindo a culpa. Se a Hallie odeia alguém, é a si mesma.

Não. Não, não, não.

A testa dele começou a latejar, enquanto uma enorme onda de náusea tomava seu estômago, já contraído. Ir até a casa dela e pedir desculpa não era suficiente. Não, ela precisava de mais.

Muito mais. A mulher mais singular e carinhosa do mundo vinha escrevendo cartas de amor para ele, e ele precisava mostrar a ela o que aquilo significava para ele. O que *ela* significava para ele.

Tudo.

Será que Hallie o aceitaria de volta depois de saber que ele era capaz de ficar em silêncio por semanas?

— A última vez que isso aconteceu, eu... não consegui estar aqui quando minha família precisava de mim. Agora fiz a mesma coisa com ela. Hallie está sofrendo há semanas e eu estive perdido na minha própria cabeça. Fui derrubado por essa porra de fraqueza. Eu só... — Ele procurou a explicação certa. — Eu acordei sozinho e ela tinha sumido. Achei que ela estava machucada. Ou pior. E aí não consegui me acalmar...

— Julian. — Natalie o observava com as sobrancelhas franzidas e um olhar pensativo. — Isso só te aconteceu duas vezes — disse ela, devagar. — Uma quando eu estava em perigo e de novo quando você achou que algo podia ter acontecido com a Hallie.

Tudo em que ele conseguia pensar agora era chegar até ela. Abraçá-la.

— Não estou entendendo.

Natalie não falou de imediato, os olhos marejados.

— Você é um cara protetor. Que resolve os problemas. Sempre foi, desde que éramos crianças. Se sua suposta fraqueza é se importar demais com as pessoas que você ama, ao ponto do *pânico*, então é uma *força*, não uma fraqueza. Só precisa ser usada direito.

Ele finalmente absorveu as palavras da irmã. Será que ela estava certa?

O pânico era pior quando pessoas que ele amava estavam em perigo?

— Quando eu desligo desse jeito, deixo as pessoas lidarem com as coisas sozinhas. Não consegui ajudar depois do incêndio. Deixei a Hallie sozinha por *duas semanas e meia*. Meu Deus...

— Eu não tenho como resolver essa parte, Julian. Mas *tem* um jeito para isso. Sei que tem. — Ela inclinou a cabeça de leve, a expressão solidária e compreensiva. — Talvez seja hora de parar de tentar fazer isso por conta própria.

— É. — Sua voz saiu rouca. — Certo. Eu sei que você tem razão. — Assim que ele não se sentisse mais como se fosse morrer por estar longe da sua garota por tanto tempo, ele faria as ligações. Marcaria as consultas necessárias para cuidar de sua saúde mental. Por ele mesmo. Por todo mundo. Mas naquele momento? Nada aconteceria antes que Hallie se sentisse bem de novo. — Natalie, por favor. Preciso da sua ajuda.

Hallie estava sentada no jardim, recostada na cerca e rodeada pelos cachorros, adormecidos. Tinha um caderno de desenho no colo e um lápis ainda rolando depois de cair dos dedos. Ela havia terminado. O projeto para o jardim da biblioteca estava pronto — e era glorioso. Um plano que não parecia necessariamente com um plano. Um bufê *à la* Hallie de margaridas, cornisos e flores silvestres da região. Bancos sombreados, água borbulhando sobre pedras e um balanço pendurado no carvalho. Era um projeto de que Rebecca teria orgulho.

E Hallie também tinha orgulho dele.

Era estranho como a concretização dos piores cenários colocavam tudo em perspectiva. Todo aquele tempo ela havia usado as distrações e a desordem para não ter que decidir quem seria, sem entender que já tinha feito isso. Só precisava parar de se exaltar, e então apenas ouvir. Sentir. Focar no silêncio e na luz do sol. Era uma sobrevivente. Uma amiga. Alguém que espalhava a cor de jeitos pouco convencionais, mas que dava o seu melhor. Tinha um coração partido e remendado inúmeras vezes, mas ainda estava de pé, e isso a tornava resiliente. Ela era mais forte do que imaginava.

Uma buzina de carro soou na frente da casa.

Ela torceu o nariz. Quem era? Owen tinha dado cano nela por mensagem de manhã, alegando uma emergência de trabalho. Já era fim da tarde, e eles tinham perdido a feira de jardinagem.

A buzina tocou de novo e todos os cachorros se levantaram de uma vez, uivando para o céu e trotando em círculos.

— Tá bom, meninos. — Hallie se apoiou na cerca, as pernas formigando depois de tanto tempo sentada. — Não precisam ficar nervosos.

Descalça, ela atravessou a sala e, por uma fresta da cortina na janela da frente, foi ver quem estava causando aquele tumulto.

Lavinia?

A melhor amiga a viu e abaixou a janela do banco da frente.

— Entra logo, otária.

Com o caderno ainda nas mãos, Hallie destrancou a porta e atravessou o jardim, acompanhada por três cachorros muito ansiosos.

— O que está acontecendo?

— Entra no carro.

— Mas... Quê? Por quê? Tem alguma coisa errada?

— Não. Bem, sim. Mas espero que não por muito tempo. — Lavinia estalou os dedos e apontou para o banco de trás. — Entra na porra do carro, Hallie Welch. Eu sou péssima pra guardar segredos e só tenho uns cinco minutos antes de explodir.

Hallie levou os cães de volta para casa, balbuciando:

— Pelo menos me deixa calçar os sapatos e trancar a porta!

— Você está forçando a barra! — berrou Lavinia, buzinando de novo.

Menos de um minuto depois, Hallie entrou no carro de chinelo e ainda segurando o caderno. Tinha esquecido o celular e quase certamente as chaves, se trancando para fora de casa, mas pelo menos a amiga havia parado de buzinar.

— O que está acontecendo? — perguntou.

Ela analisou Lavinia, que permaneceu teimosamente de boca fechada. Literalmente: apertava os lábios com tanta força que sua boca era uma linha branca fina. E foi então que Hallie notou os colares.

Lavinia geralmente usava uma corrente simples com um pequeno pingente de ônix. Naquele dia, havia tantos ao redor do pescoço dela que Hallie não conseguia sequer contar quantos. Prateados e dourados e com peças de madeira grandes.

— Por que você está...

Lavinia mostrou o dedo do meio e balançou a cabeça.

Certo. Ela estava sendo feita de refém. Presa num carro velho a cem quilômetros por hora, possivelmente sendo debochada por seu gosto em bijuterias, e não havia nada que pudesse fazer a respeito, aparentemente. Hallie se recostou no assento, os dedos agarrando o caderno de desenhos, olhando pelo para-brisa e tentando adivinhar aonde Lavinia a estava levando. Foi preciso apenas três minutos para o destino se tornar óbvio.

Hallie se inclinou bruscamente para a frente, quase agarrando o volante para impedir Lavinia de virar na estrada bem cuidada que levava à Vinícola Vos.

— Ai, meu Deus. Não. Lavinia. — Por um momento, ela pensou seriamente em abrir a porta do passageiro e se jogar do carro em movimento. — Eu sei que você está tentando ajudar, mas ele não quer me ver.

— Quase lá — replicou Lavinia. — Quase lá. Não olha pra mim. Eu consigo.

— Você está me assustando.

Os freios guincharam e Lavinia desligou o carro, fazendo um gesto para enxotar Hallie.

— Sai. Vai. Estou logo atrás.

— Eu não vou sair.

O protesto de Hallie morreu nos lábios quando três pessoas desceram do jipe que estava atrás delas... Todas cheias de colares. Tipo, dúzias e dúzias de colares que não combinavam. Hallie olhou para sua própria coleção, no V da camiseta, e sentiu uma pontada nas costelas. Nos últimos dias, havia tentado reduzir sua seleção a só um, mas não conseguia. Gostava de todos eles. Representavam partes diferentes da sua personalidade e suas experiências. As pérolas eram uma ode ao seu lado romântico; a cruz dourada, um lembrete de que ela tinha sido uma boa neta, a melhor que conseguira ser. A gargantilha rosa com as flores bonitas e coloridas costumava representar a parte dela que gostava de evitar conversas indesejadas, mas tinha se transformado em um lembrete para não usar flores como uma distração e enfrentar as conversas difíceis. Especialmente consigo mesma.

Ainda que ela sentisse saudades de conversar com Julian acima de tudo.

Com os olhos marejados, Hallie não conseguia mais ver nenhum dos colares. Quando olhou pelo para-brisa de novo, levou um momento para a figura à frente entrar em foco.

Natalie. Coberta de colares.

— Sério, o que tá acontecendo?

Lavinia desceu do carro e acendeu um cigarro.

— Ela está num humor teimoso. Você pega de um lado, eu pego do outro.

Natalie assentiu e pôs os óculos escuros.

— Vamos nessa.

Hallie viu horrorizada as duas mulheres convergirem do seu lado do carro, obviamente pretendendo arrastá-la dali. Estava tão pasma e confusa que não conseguiu trancar a porta a tempo; e, na verdade, não tinha nem chance. Cada uma pegou um dos seus braços e a puxou do veículo apesar dos seus protestos, o caderno de desenho pendendo inutilmente da sua mão direita.

— Por favor! — Hallie fincou os calcanhares na terra. — Não sei o que está acontecendo, mas...

Mas o quê?

Ela queria evitar confrontar a personificação de seus erros? Queria se esconder em casa por mais duas semanas e meia comendo cereal?

Não. Se tinha aprendido algo graças a seu tempo com Julian, era que crescer significava superar as coisas difíceis e sair mais forte daquilo. O caderno era a prova de que ela conseguia confrontar seus temores e lidar com coisas que nunca havia pensado ser capaz de enfrentar. Então ela podia fazer aquilo também.

O que quer que "aquilo" fosse.

Hallie parou de resistir e andou entre Natalie e Lavinia como uma mulher normal que não tinha o hábito de evitar problemas. Obviamente as amigas tinham orquestrado algum tipo de sessão de incentivo temática, e por ela tudo bem. Julian provavelmente nem *estaria* ali.

Foi quando ela ouviu a voz dele.

Ele estava... gritando?

— *Onde quiserem* — ressoou a voz grave dele, assim que elas viraram para o centro de boas-vindas.

Lá estava Julian. De jeans e camiseta, mais bagunçado do que ela jamais o vira, em pé na traseira de uma caminhonete que parecia estar transportando um canteiro inteiro de flores, arbustos e treliças de madeira.

Havia um grupo grande ao redor da caminhonete, e Hallie imediatamente reconheceu os rostos. Lorna estava lá. Owen. Vários dos seus clientes. August, o oficial da Marinha e agora vinicultor. Jerome. Os funcionários do Othello. A sra. Cross, dona da cafeteria do outro lado da rua da Tinto. A sra. Vos. Dois grupos gigantes de turistas erguendo taças de vinho meio vazias. Julian estava entregando bandejas de flores e vasos com mudas aleatórios para a multidão reunida, as mãos quase pretas de terra.

Ele usava dezenas de colares ao redor do pescoço.

— Encontrem um lugar para elas. Onde quiserem no vinhedo. E plantem.

— Em qualquer lugar? — perguntou Jerome, cético.

— Sim. — Hallie assistiu, sem acreditar, Julian passar uma das mãos sujas pelo cabelo e deixá-lo espichado. — Sem regras. Onde acharem melhor.

O que estava acontecendo ali?

Hallie ainda estava tentando entender, suas pernas rapidamente se transformando em gelatina. Era um sonho? Ou Julian tinha organizado uma festa de paisagismo no vinhedo da família... em homenagem a ela? O que mais os colares poderiam simbolizar? Por que outro motivo ele estaria instruindo as pessoas a usarem o método característico de Hallie Welch de não ter método algum?

Julian se virou bruscamente e encontrou o olhar de Hallie.

Dava para ouvir as batidas do coração dela em Júpiter.

Olhar nos olhos dele de novo, mesmo daquela distância, foi tão impactante que ela quase virou e correu de volta para o carro. Julian saltou da traseira da caminhonete e seguiu em direção a ela, não charmoso e determinado como na noite da degustação promovida por August... Não. Aquela era uma versão assombrada de Julian que estava em pé por um triz.

— Hallie — disse ele, rouco, parando a alguns passos dela.

Natalie e Lavinia a soltaram subitamente, o que não foi uma boa ideia. Os joelhos de Hallie vacilaram, e Julian se adiantou depressa, segurando-a antes que ela caísse.

— Peguei você — disse ele, os olhos correndo pelo rosto dela. — Está tudo bem. Minhas pernas também querem ceder só de ver você de novo.

Hallie permitiu que ele a firmasse, mas não conseguiu encontrar o fôlego para dizer nada.

As pessoas começavam a se espalhar pelo vinhedo com lindas flores coloridas nas mãos, preparando-se para plantá-las aleatoriamente — a pedido de Julian —, e isso significava alguma coisa. Algo tão maravilhoso que ela ainda não conseguia articular em voz alta. Mas talvez... ele tivesse conseguido perdoá-la?

— Hallie... — As mãos grandes de Julian se fecharam ao redor dos braços dela. Com a cabeça curvada para a frente, ele soltou o ar, trêmulo. — Desculpa. De verdade.

A surpresa a fez erguer um pouco o queixo.

Quê? Ela tinha ouvido direito?

— Desculpa?

— Sei que não é suficiente depois de desaparecer por dezessete dias, mas é só um começo...

— Você não tem que pedir desculpa — ela deixou escapar, a cabeça ainda girando de espanto por Julian assumir a responsabilidade por *qualquer coisa* que tivesse dado errado. — *Eu* é que tenho que pedir desculpa, Julian. Menti por omissão. Deixei você acreditar que estava escrevendo para outra pessoa, quando tive todas as oportunidades de contar a verdade. Obriguei você a se sentir de um jeito que nunca iria querer de novo. Isso porque não consegui evitar fazer uma bagunça, como sempre, e não vou deixar você se responsabilizar por nada disso.

Ela tentou se afastar, mas ele a puxou para perto e apertou a testa contra a dela.

— Hallie, me escuta. Você não faz nenhuma bagunça. Apenas segue seu coração, e ele é tão lindo que não consigo acreditar que já foi meu. — Ele pareceu se preparar para um golpe. — Acaba com a minha tortura e diz que ainda é meu. Por favor.

Ela esqueceu como falar. Só conseguia encará-lo. Será que estava sonhando?

— Tudo bem, eu posso esperar — disse ele, engolindo alto. — Tem tanta coisa que quero contar. Terminei meu livro e é horrível.

Hallie já estava balançando a cabeça.

— Tenho certeza de que não é verdade.

— Não, é 100% verdade. Mas precisava terminar esse primeiro rascunho horrível para saber o que ajustar. A primeira tentativa nunca é a melhor. É por isso que evoluímos. Por isso mudamos. Eu nunca teria aprendido isso sem você. Sem aquelas cartas. — Ele parou, nitidamente em busca das palavras certas. — Jornadas mais turbulentas levam a destinos melhores. Você. Eu. Nós somos o melhor destino de todos.

Os olhos de Hallie começaram a arder, seu coração explodindo no peito.

— Como você pode se sentir assim sobre mim depois de eu fazer você entrar em pânico daquele jeito?

— Hallie. — Os dedos sujos dele se enfiaram no cabelo dela, os olhos implorando para que ela entendesse. — Eu entrei em pânico porque *amo você*. — Ele não parou por tempo suficiente para ela absorver aquelas palavras incríveis. — Por muito tempo, pensei que precisava de um controle rigoroso para evitar a ansiedade, e talvez, de certa forma, eu até precise de estrutura. Vou descobrir. Mas só sinto pânico quando alguém que eu amo está correndo perigo. Agora eu percebo isso. Quando acordei e não consegui te encontrar... só consegui pensar o pior. Hallie. — Ele segurou o rosto dela cuidadosamente. — Se alguma coisa acontecesse com você, isso me destruiria. Mas esse medo é só um sinal de que meu coração pertence a você, entende? Está bem aqui. Por favor, aceita.

Ela soltou o ar. Mas não todo. Segurou só o suficiente para sussurrar as palavras gravadas na sua alma em tempos e modos diferentes ao longo de quinze anos.

— Eu também te amo — disse ela. — Uma jornada turbulenta, a seu dispor, se você tiver certeza. Se você...

— Se eu tiver certeza? — Com as testas encostadas, eles respiraram pesadamente contra a boca um do outro por longos instantes. — O tempo não é sempre igual. Finalmente percebi isso. O tempo com você é o mais importante. Provavelmente nunca vou conseguir parar de contar os minutos que ficarmos separados, mas quando estivermos juntos não vou deixar espaço para nada. Não importa o que aconteça. Buracos de toupeira, tempestades...

— Roubos, cartas de amor bêbadas...

— Bêbadas? A primeira? — Ela confirmou, e ele riu. — Tinha um tom diferente mesmo. — Ele abaixou as mãos, pegando os pulsos dela e colocando-os no pescoço dele. Com os corpos se encontrando e se encaixando, eles se moveram de um lado para outro em uma dança lenta ao som das batidas do coração dos dois. — Promete que vai continuar me escrevendo cartas.

Ela estava flutuando?

— Por quanto tempo você quiser.

Julian olhou nos olhos dela.

— Isso vai ser um tempo muito longo, Hallie Welch. — A boca dele se encaixou na dela e a puxou para um beijo alucinante. — Vou escrever de volta pra você também. Uma carta por cada dia que fiquei sem você por quinze anos.

Então era assim que as pessoas se sentiam quando perdiam o fôlego.

— Vão ser muitas cartas — Hallie conseguiu dizer.

O sorriso de Julian se alargou contra a boca dela.

— Temos tempo.

Mais tarde, naquele dia, depois que todas as flores foram plantadas e as risadas cessaram na noite perfumada e cheia de estrelas de Napa, Hallie e Julian pararam diante da biblioteca fechada, lado a lado.

Ela lhe entregou seu caderno de desenhos e ele o examinou com um olhar sério de professor.

— Não sei por onde começar — admitiu ela.

E Julian pareceu entender perfeitamente o que ela queria dizer. Porque assentiu uma vez e voltou até o carro do seu jeito eficiente e determinado. Abriu a porta de trás e a metade superior do corpo desapareceu no veículo. Os músculos das costas se flexionaram e os dedos dela se alongaram, sentindo falta da textura da pele dele, mas qualquer ideia de sacanagem desapareceu quando ela avistou o objeto que Julian estava puxando do carro. Estava debaixo de um cobertor, e ela supôs que fossem mais ferramentas que ele tinha comprado no viveiro. Mas não.

Era a mesa da avó dela.

Aquela que ficava do lado de fora da Tinto desde os anos 1950. Estava bem ali, nos ombros de Julian enquanto ele a carregava até o outro lado da rua. O mundo ao redor pareceu perder as estruturas embaixo de Hallie, sua garganta tão apertada que era um milagre ainda estar respirando. Chamou o nome dele, mas as palavras não saíram. Tudo o que pôde fazer foi passar os dedos pelos redemoinhos intrincados da mesa, a tinta branca descascada. Julian já estava de volta no carro, tirando as cadeiras de ferro forjado do porta-malas. Pegou uma em cada mão e as pôs ao lado da mesa, olhando para Hallie, o peito subindo e descendo.

— Lorna precisa agora do triplo de lugares na calçada. Então a gente encomendou mesas novas. Cadeiras. Nenhuma combinava com essa. Nada poderia ser igual a ela. — Ele se inclinou para a frente e encostou os lábios na testa de Hallie. — Talvez seja hora de dar outro lar pra ela.

— Eu sabia que faltava alguma coisa nos meus planos. — Por trás das lágrimas, a paisagista sorriu para os sulcos e as texturas familiares do padrão de ferro forjado. — Faltava essa parte da minha avó. Você me trouxe o coração.

Ele a abraçou, envolvendo-a em calor.

— Eu teria trazido o meu, mas já dei para você, Hallie.

Depois do dia que Julian tinha planejado na vinícola, ela havia pensado que seu coração estaria completamente curado. Mas devia faltar algo, porque um último pedaço imediatamente tomou seu lugar e agora ele batia forte, inteiro. Quem poderia viver com um coração aos pedaços quando havia alguém no mundo que faria aquilo por ela?

Julian lhe ofereceu a mão e eles entraram no pátio da biblioteca juntos.

E ficaram até tarde da noite se sujando na terra, plantando flores e sorrindo um para o outro sob o luar. Porque a jornada deles só estava começando.

Agradecimentos

Dizem que a gente deve escrever sobre o que conhece. E se eu conheço duas coisas são vinhos e crises de identidade, então *Secretamente sua* é bem a minha praia. Este livro harmoniza melhor com o que quer que deixe *você* feliz, seja um Cabernet envelhecido ou um milk-shake. Falando em milk-shakes, vou tentar não exagerar na dose, mas são vocês, leitores, que *me* fazem feliz. Valorizo demais suas vozes, e-mails e posts nas redes sociais. Gosto até se você for um dos que ficam em silêncio. Obrigada por me dar a confiança necessária para continuar fazendo esse trabalho. Sou grata também à minha firme e talentosa editora, Nicole Fischer, na Avon, a Holly Rice-Baturin — assessora dos meus sonhos e eterno raio de sol — e à maravilhosa e estimada Naureen Nashid. Minha gratidão também se estende à minha agente, Laura Bradford. E ao meu marido, Patrick, e minha filha, Mac: amo vocês para sempre.

1ª edição	MAIO DE 2023
impressão	LIS GRÁFICA
papel de miolo	PÓLEN NATURAL 70 G/M²
papel de capa	CARTÃO SUPREMO ALTA ALVURA 250 G/M²
tipografia	PALATINO